선행약

항급혼

장

솔 겸 장편 소설

SCARLET ROMANCE STORY

장항선
급행
혼약

contents

1호 차

칩거 14일, 방 밖으로 나가지 않아도 구원받을 수 있다.

칩거 20일, 시간이 신이 되었다.

칩거 30일, 전화기가 신이 되었다.

칩거 40일, 봄이 신이 되었다.

칩거 50일, 또 개종을 해야 한다.

❈ ❈ ❈

또각또각.

누군가 집 안을 거닐고 있다. 정희는 거실 겸 안방의 이불 속에서 귀를 쫑긋 세웠다. 이내 안도의 숨을 내쉬고는 쓴웃음을 지었다. 정적이 휩싸인 공간에서 시곗바늘 소리가 설핏 하이힐을 신은 불청객으로 와 닿았던 것이다.

저마다 겹겹이 문을 걸어 잠근 도시의 새벽이 퍽이나 낯설다. 전등을 켜고 벽시계를 치어다보았다. 자신이 예민해져서 새삼 크게 들리는 건지, 본디 품고 있던 초침 소리인지를 가늠해 보았다. 정희는 고개를 절레절레 흔들며 코앞의 주방으로 향했다. 안 그래도 생각이 너무 많다. 일상은 어느덧 선택의 연속이 되어 버렸다.

찻물을 올린 뒤 커피와 생강차를 앞에 두고 잠시 고민에 잠겼다. 식탁의 노트북을 켠 뒤 다시금 망설이다가 드디어 개중에서 하나를 고른 듯 생강차를 탔다. 찻잔을 두 손으로 감싼 채 초점 없는 눈길로 노트북을 바라보다가 종료 버튼을 눌렀다. 그러고는 스프링노트를 꺼내 펼쳤다.

겨울 여명이 어둠을 점차 쓸어 내자 정희는 찻물을 미지근하게 데우고는 약봉지를 꺼냈다. 숨죽였던 이웃의 기척이 단단한 벽을 뚫고 하나둘 날아든다. 등교를, 출근을 준비하는 그 기척이 정희의 머릿속을 흔들어 댄다. 달력을 확인하니 저절로 탁한 한숨이 터진다.

"두 달. 정말로 두 달이나 됐어."

얼마 전 장항을 다녀오고 나서야 되살아난 날짜 감각이었다.

"이제 방 밖으로 나가야 해."

어금니를 사리물고 분주히 밥그릇을 비웠다. 단단히 옷을 껴입고 빛바랜 크로스백을 걸멨다. 현관에서 신을 신는 도중 바라본, 거울 속에 비치는 키 작은 여자는 스물일곱 살의 젊은 나이에 어울리지 않는 무심함과 그늘을 담고 있었다. 정희는 대수롭지 않은 듯 옷매무새를 가다듬고 마스크까지 쓴 다음 힘차게 현관문을 밀었다.

십수 년을 살았던 서울이 온통 낯설게 다가왔다. 파도에 떠밀리듯 출근길 대열에 합류했던 정희는 용산역에서 내렸다. 전광판의 열차 시간표는 시기적절하게 정보를 생산했고, 그녀는 그 정보를 기나긴 버퍼링을 거쳐 받아들였다. 때문에 기차가 떠난 뒤에야 '그 기차를 탔어야 했어.' 하고 아쉬움을 삼키곤 했다. 이런 식이라면 오늘도 그 어떤 기차도 타지 못한 채 떠나는 사람들만 지켜볼 터였다. 정말이지 오늘은 이대로 돌아가고 싶지 않았다.

"가야 해."

정희는 성큼성큼 매표소로 걸었다.

"장항 한 장 주세요. 잠깐만요! 홀수 자리로 부탁해요."

출발 시간까지는 아직 한 시간 이상 남아 있었다. 하지만 떠난다는 설렘을 오롯이 누릴 수 있었기에 정희는 일찍 표를 사기를 참 잘했다고 생각했다.

칩거 60일째, 기차는 그녀를 구원해 줄 신이 되었다.

❈❈❈

정체성이 모호한 겨울이다. 미세 먼지가 뜸해지자 눈이 내렸고, 며칠 동안 흐렸다가 비가 오기를 반복하더니 오늘은 칼바람이 사뭇 매웠다.

민우는 옴츠린 몸을 펴고 단칸방 문을 열었다. 켜켜이 쌓여 있던 음험한 악취가 마스크를 뚫고 코를 찔렀다. 유향 타는 냄새에 생선 이며 날계란이 썩을 때 나는 비릿한 악취가 뒤섞였다.

민우는 문지방을 넘지 못한 채 장갑을 낀 손으로 마스크를 눌렀다. 이로써 그의 30년 인생을 통해 나름 산전수전 다 겪은 후각이라는 자부심이 단박에 무너졌다. 망자의 공간을 몇 번이고 들락거려 봤지만 이런 냄새는 처음이었다.

"염병, 쩔었네, 쩔었어. 캬악!!"

동행한 오 주임이 진저리를 쳤다.

"어이, 민우. 환기 좀 시키게 문 그냥 열어 놔."

유품 정리업체 짬밥을 3년 동안 먹은 중년의 오 주임 역시 선뜻 안으로 들어서지 못할 정도로 망자가 남긴 악취는 두터웠다.

"지금 들어가면 밤새 목욕해도 악취가 안 없어져. 조금만 있다 들어가자구."

오 주임이 방 어귀에 청소 도구를 내려놓고 약품을 희석한 뒤 담배를 물었다. 하지만 오래 기다릴 순 없었다. 일을 맡긴 집주인은 방 안에 악취가 배길 원치 않았다. 흉흉한 소문 역시. 그래서 허름한 단칸방에 많은 돈을 지불하고 청소를 맡겼던 것이다.

민우는 악취를 견디기 위해 코 밑과 마스크에 치약을 발랐다. 냄새를 다른 냄새로 방어하는 수단이다. 차라리 독성이 없는 허브가 더 유용하지 싶었는데, 직원들은 재채기가 나거나 낯설다면서 익숙한 치약을 선호하고 있었다.

민우는 포대 자루를 들고 먼저 방으로 들어갔다. 꾀죄죄하고 초라해도 높낮이의 배열이 제법 안정적인 세간을 훑어보았다. 딱히 복지센터에 기부할 물건은 없었다. 고철로 넘길 만한 것도 드물었다. 조악한 구식 가전제품과 찌들어 더럽혀진 살림살이를 가지고 노파는 쪽방에서 마지막 7년 인생을 살다 갔다. 다만 여느 독거노인의 방과 다른 점이라면 누렇게 변색된 책들이 제법 쌓여 있다는 정도였다. 민우는 기름때에 전 간장병이며 플라스틱 양념 통 따위를 포대에 쓸어 담았다.

이윽고 밖에 서 있던 오 주임이 들어와 헌 이불을 담는 일을 도왔다. 언제 마셨는지 그에게는 술 냄새가 풍겼다.

"술 드셨어요?"

"염병할, 할멈이 죽은 몸으로 사흘 있었다던데 구라였어."

"집주인 말로는……."

"사기 친 거지. 지금이 한여름도 아니고 겨울이잖아. 사흘 묵은 냄새가 이리 염병하게 독하진 않아."

죽은 자의 집을 수년 동안 들락거린 오 주임의 말이었기에 민우는 수긍하며 고개를 끄덕였다.

"그러니까 맨 정신으론 일을 못할 지경인 게지."

그 말인즉 민우가 이해하고 술을 먹은 그를 대신해 운전대를 잡아야 한다는 뜻이었다. 더불어 유품 정리업체 사장인 자신의 형에게도 본인의 음주 사실을 함구해 달라는 부탁이기도 했다. 치약 냄새를 뚫고 삭은 죽음의 냄새가 여전히 코를 찔러 왔다. 민우는 조금이라도 빨리 방에서 벗어나고자 바삐 움직였다.

"아이고, 그놈의 냄새! 그나마 빨리 끝나니 살겠네, 허허. 민우가 힘이 장사라 금방 다 실었어."

오 주임은 화물차 조수석으로 올라탔다. 이윽고 민우도 운전석에 올라탔다. 조금만 쉬고 마무리 작업을 해야 했다. 오 주임은 자신이 운전을 안 해도 된다는 바를 확인한 마당이니 술을 온전히 비우기로 작정한 듯 한편에 있던 술병으로 손을 뻗었다. 한 모금을 들이켠 오 주임이 민우를 찬찬히 훑어본다.

"아무리 형님네 사업장이라도 해도 내 골통으론 이해가 안 된단 말야. 이리 인물 좋고 힘 좋은 젊은 양반이 죽은 사람 뒤치다꺼리나 하다니. 참, 민우 자네, 유학까지 갔다 왔단 소문이 돌더라고. 대기업에서 서로 모셔 가려고 안달이라나 뭐라나."

오 주임이 호기심 가득한 말을 털어놓았다. 어쩌면 오늘이 민우의 마지막 근무이니만큼 그동안 물어보지 못해 근질거리던 목구멍을 연 것이리라. 민우는 그의 말에 대답하지 않고 쓴웃음만 지었다.

"그래, 자네가 워낙 인물이 고상하게 생겨 먹어서 그런 소문이 돌았겠지. 하긴 말이 안 되는 일이긴 하지, 흐흐."

형에게는 한 달이라는 단서를 달았지만 마음의 짐은 여진히 묵직하게 남아 발목을 잡아 댄다. 불쑥 술이 고파진 민우는 오 주임이 들고 있는 술병에서 눈을 돌리고 방으로 돌아갔다. 세간이 빠진 방 안은 휑했다. 쪽창이 칼바람에 시달리며 내는 소리도 음울하기 짝이 없다. 장판과 벽지를 뜯어내고 소독을 한 번 더 해야 작업이 끝난다.

민우는 오 주임을 기다리지 않고 장판을 들춰내다가 움찔했다. 거기에는 투명 비닐로 감싼 내용물이 조악한 장판 아래 숨겨져 있었다. 그것은 옹색한 세간과는 너무도 어울리지 않았다.

"돈?"

죄다 신권으로 교환해 감춘 듯싶다. 그래서 위조지폐 같다는 이질감마저 든다. 특수인쇄를 공부한 덕에 이 방면에 민우는 적지 않은 지식을 품고 있었다. 그런 그가 투명 비닐을 들어 골똘히 살폈다. 비닐 속에 납작하고 정교하게 펼쳐진 것은 진짜였다. 위조라면

천재도 이런 천재가 없으리라. 그뿐만 아니라 얼추 추정해 본 금액은 결코 적지 않았다. 민우는 빠끔 열린 방문을 힐긋 보고는 찬찬히 비닐을 뜯었다. 돈다발 맨 위로 붙은 편지지를 보다 분명하게 읽기 위해서였다.

※ ※ ※

직장을 나가지 않은 지 석 달째다. 그리고 두 달의 은둔 생활에 종지부를 찍은 지는 한 달째. 정희는 어슬녘 아침에 잠에서 깨어나 곰곰이 생각했다. 어디로 갈까? 일단은 벌떡 일어나 부산하게 움직였다.

그녀는 여느 직장인처럼 집을 나섰다. 엘리베이터 안에서 아파트 부녀회장을 만났다. 중년의 푸근한 인상을 한 그녀가 정희의 메이크업과 캐주얼 차림의 옷을 훑어보며 웃는다.

"흐응, 역시 사람은 바깥에서 놀아야 젊어지는 법이야."

정희는 배시시 웃으며 가벼이 고개를 숙였다. 신경 써서 풀메이크업을 한 것도, 정장을 입은 것도 아닌데 부녀회장은 그렇게 말해 주었다. 하지만 부녀회장의 소감엔 타당성이 있었다. 한동안 노상 같은 옷을 입고 노인처럼 맥없이 아파트를 배회했으니 말이다.

정희는 단지를 가로지르며 마주치는 낯익은 얼굴들에도 바쁜 걸음걸이를 유지한 채 인사를 나누었다. 부녀회장을 비롯한 이웃들은 그녀가 두어 달의 자택 근무를 마친 뒤 한 달 전부터 다시 직장으로 출근한다고 알고 있다.

10년 이상 지난 복도식 소형 아파트 단지인데도 동생이 군대에

갔다는 사실을 비롯해 사적인 정보는 오롯이 정희가 원하는 만큼만, 그리고 원하는 방향으로만 노출되어 있었다. 장항 같은 시골이라면 어림없는 일이었다.

전철역 안에서 정희는 잠시 머뭇거렸다. 저마다 분명한 목적지를 향해 탄환처럼 나아가는 사람들에게 동화된 그녀는 곧 개찰구를 통과해 전철을 탔다. 오늘도 결국 용산역에서 내렸다. 집에서는 영등포역이 더 가까웠다. 하지만 하행 열차만 줄줄이 멈추는 그곳과는 달리 용산역은 선택의 폭이 더 넓었다.

그녀는 지난 한 달 동안 그랬던 것처럼 대합실에 앉아 승차권 발매 상황을 오랫동안 지켜보았다. 한참을 멍하니 전광판을 바라보고 있다 문득 무언가를 잊고 있었다는 듯 매표소로 가 전날처럼 장항선 기차표를 끊었다.

❈ ❈ ❈

해거름이 깔릴 무렵 집으로 돌아온 정희는 힘든 하루를 보낸 직장인처럼 아담한 소파로 몸을 던졌다. 오랜만에 생긴 유익한 피로감을 즐기는 시간은 짧았다.

겨울은 사람들로 하여금 겹겹이 문을 닫고 커튼을 드리우게 하기 때문에 시각적이며 청각적인 공해로부터 더 자유롭다. 하지만 그런 미덕을 더 이상 즐기지 못한다. 너무도 익숙하여 이제는 진저리마저 나는 적막감에 그녀는 얼굴을 무릎에 묻고 태아처럼 웅크린 채 미동도 하지 않았다.

휴대폰이 울렸다. 낯익은 목소리의 전화는 단 한 통도 오지 않은 날이 흔한 요즘이다. 한때는 전화기를 통해 기적이 생기고, 구원이 생길 것처럼 주시했던 적도 있다. 하지만 그녀에게 전화기는 진즉에 구원의 통로로서 신용을 잃었다. 또 흔한 광고 전화겠지, 하며 액정을 바라보다가 자리에서 벌떡 일어났다.

— 잘 지내고 있어?

전화기 속 성준의 목소리에는 살짝 긴장감이 묻어 있었다. 정희는 반가운 안부로 응수해야 할지 아닐지를 놓고 잠시 고민했다.

— 정희야?

성준이 자신의 침묵을 나무라는 듯싶어 정희는 지극히 성실함이 묻어나는 대답을 뱉었다.

"네, 성준 씨. 전 잘 지내고 있어요."

— 약은 잘 먹고 있고?

"네, 착실히요."

— 그래, 착실히 먹어야지. 추워지니 혹시나 걱정돼서 전화해 봤어.

"나, 알잖아요? 혼자 노는 법에 도통한 사람이니 내 걱정 할 필요 없어요."

정희는 마음과는 달리 뾰족하게 응수했다. 전화기 너머에서는 잠깐의 침묵이 이어졌다.

— ……또 연락할게.

통화 내용은 지난번과 비슷했다. 전화를 끊고 나서도 또 연락한다는 그의 말이 머릿속에서 맴돈다. 저번 통화에서도 그 말을 마지막으로 했던 그였다. 이젠 연락 안 해도 된다고 말하지 못한 점이 못내 마음에 걸렸다.

카톡으로 자신의 의지를 굳이 알리려고 하다가 어플을 삭제했다
는 바를 뒤늦게 깨달았다. 다시 설치하려다가 포기하고 메시지 아
이콘을 만지작거리다 그마저도 포기했다. 주전자에 물을 받아 가스
레인지에 얹으면서 그녀는 중얼거렸다.

　"약을 먹는다고 식어 버린 사랑이 치료되는 건 아니겠지?"

　찻물이 채 끓기도 전에 주전자를 내린 뒤 냉장고 속 곰솥을 꺼내
올린 후 노트북을 식탁으로 가져와 유튜브의 음악을 틀었다. 정희
는 '이네사 갈란테'가 부르는 '카치니의 아베마리아'를 반복해서
들으며 쌀밥과 곰국을 천천히 떠먹었다. 그러다가 이내 수저를 내
려놓고 기도하듯 손을 모았다.

　"내일은, 내일은 어디로 가야 할까요?"

　그때 식탁 위의 휴대폰이 울렸다. 정희는 화들짝 놀라며 액정을
바라보았다. 모르는 번호였다.

　— 여보세요. 혹시 양정희 씨 되십니까?

　낯설지만 어쩐지 신뢰감을 주는 묵직한 남자의 목소리였다. 부디
이 남자가 광고 목적으로 전화하지 않았기를 바라며 정희는 입을
열었다.

　"네, 그런데요?"

　— 직업이 사회복지사 맞으시죠?

　"지금은…… 아, 네. 그런데요?"

　자신의 상황을 설명하기가 복잡해진 정희는 뭉뚱그려 대답했다.
남자는 어떤 여자의 이름을 말했다. 글쎄요, 하고 대답하자, 남자는
그 여자가 노인이라는 사실과 함께 거주지를 말해 주었다. 아! 이
제야 누군지 알 것 같다.

— 돌아가셨습니다.

"아! 언제요?"

— 아무튼 그 일로 양정희 씰 만나야 합니다.

남자는 일방적으로 대화를 이끌었다. 가지를 싹둑싹둑 잘라 내면서 지극히 사무적으로 일관하는 남자의 붙임성 없어 보이는 말투는 아이러니하게도 오히려 신뢰감을 안겨 주는 단서가 되었다.

잠들기 전 정희는 '임재범'의 '비상'을 들었다. 그리고 습관적으로 소망했다. 오늘 밤의 결심이 아침이면 지워지는 연속성이 이제는 부디 깨지기를.

❋❋❋

줄줄이 늘어선 여러 개의 화로에 거의 동시에 불이 붙었다. 이날의 첫 번째 시신 화장이 시작된 것이다.

부스스 털이 일어난 블랙 오버핏 코트 차림의 민우는 관망창을 통해 소멸해 가는 육신을 담담히 바라보았다. 고인의 바람과는 달리 눈물의 배웅이 쉽지 않았다. 건조한 눈물샘이 머쓱하여 고개를 돌렸다. 언제 왔던 걸까? 지척에서 한 여자가 관망창을 바라보고 있었다.

그녀는 폴라로 된 니트에 블랙 패딩을 걸친 작은 키의 소탈한 차림새였다. 맑은 눈동자와는 달리 안색은 병을 앓거나 앓았던 사람처럼 창백했다. 하지만 눈동자 하나만으로도 그녀는 첫눈에 선한 느낌을 풍기는 인상이었다. 갑자기 그 눈에 물기가 번진다. 급기야 뺨이 흠뻑 젖었고, 얇고 작은 입술 사이로는 오열이 터져 나왔다.

그녀의 눈물은 전염성이 강했다. 곧 민우의 눈도 촉촉이 젖어 들었다. 자신도 모르는 사이에 할머니를 생각하고 아버지의 말년을 추측했던 탓인가 보다.

그렇게 얼마나 지났을까. 곁에서 오열하는 여자의 몸이 한순간 기우뚱거렸다. 민우는 급히 몸을 움직였다. 얼결에 여자는 민우의 품으로 쏙 들어왔다. 작은 새가 품으로 들어온 성싶었다. 함께 망자를 배웅한다는 즉흥적인 유대감에 힘입어 민우는 오래전부터 아는 사람인 양 등을 토닥여 주었다. 그녀가 조용히 몸을 빼냈다. 슬픔으로 젖은 창백한 볼이 발그레하게 물들어 가는 바를 민우는 놓치지 않았다. 머릿속으로 굴뚝새가 그려진다.

"고미워요."

그녀가 손으로 입을 가린 채 나직이 말했다. 한마디의 목소리면 충분했다. 그녀가 누구인지 분명히 알 수 있었다. 미리 통화를 했을 때 느꼈던 것처럼 그녀의 목소리는 과연 굴뚝새처럼 투명했다. 민우는 눈두덩을 훔치며 소멸하는 육신을 향해 속으로 말했다.

'할머니, 소원 푸셨네요. 곱빼기로. 그러니 편히 가세요.'

고인은 이제 다른 무연고 유골과 함께 머물다가 일정 시일이 지나면 공동 추모관으로 향할 터였다.

"화장실 좀 갔다 올게요."

민우의 말에 그녀가 눈을 동그랗게 치떴다. 그러고는 한참을 멀거니 바라보다가 가벼이 고개를 까닥했다.

화장실에 도착한 민우는 거울 속에 비친 자신의 얼굴을 바라보았다. 부은 눈이 영 못마땅하다. 그에게 눈물이란 나약함의 상징이었다. 여태까지 오랜 지인들에게도 내보인 적이 없었다.

갑작스러운 상황에 필요 이상으로 눈물의 흔적을 지우느라 지체한 탓일까. 화장실을 다녀왔을 때 그녀는 보이지 않았다. 혹시나 싶어 여자 화장실을 힐긋거리며 한참을 서 있어도 그녀는 나타나지 않았다. 딱히 지금이 아니어도 상관은 없다. 같은 서울에 살고 있는 것 같으니 다음에 만나도 될 터였다.

하지만 일부러 피하는 것 같은 그녀의 행동거지가 못마땅했다. 고인의 배웅 말고도 따로 용건이 더 있다고 분명히 밝혔는데도 그녀는 휑하니 사라졌다. 더욱이 마지막으로 본 눈빛이 마음속에 걸렸다. 눈물로 씻겨 있어 더욱 맑은 눈동자인데도 허무함이 가득 묻어 있었다. 용건을 떠나서 이상하게 신경이 쓰인다. 품 안에 들어왔을 때의 체온이 여전한 것 같아 민우는 갸웃하며 밖으로 나왔다.

겨울치곤 그리 추운 날씨는 아니었으나 햇살이 먹구름 뒤로 숨어 버려 산자락을 넘어온 바람은 얼얼했다. 그는 주변을 훑으며 주차장까지 내달렸다. 빠져나가는 승용차들을 시선으로 좇다가 갓 출발하는 버스의 차창을 다급히 훑었다.

"스톱! 스톱!"

민우는 이제 막 출발하려는 버스를 가로막은 끝에 가까스로 올라탈 수 있었다. 덕분에 승용차 안의 가방을 챙기지 못했다. 작업복을 넣고 다니던 볼품없는 가방 안에는 상황에 따라 그녀에게 건네야 할 것이 담겨 있었다. 하지만 민우는 여자 곁을 떠날 수 없었다. 지금 이대로 놓치면 어쩐지 가뭇없이 사라져 버릴 것 같았다.

어느새 마스크를 써 얼굴을 가린 그녀는 외자리에 앉아 있었고,

민우는 걸음을 옮겨 그녀의 뒤편으로 앉았다. 시내에서 그녀가 내릴 때까지 민우는 입을 열지 않았고, 그녀 또한 민우를 없는 사람처럼 취급했다.

가방을 챙기지 못했던 탓에 그녀에게 접근할 명분이 약했지만, 설령 가방을 소지했어도 말을 붙이지 못했을 만큼 그녀는 자신의 주변에 견고한 울타리를 치고 있었다. 함께 망자를 전송한 입장인데도, 또한 민우가 뒤따른 바를 빤히 알면서도 버스에서 내린 후 그녀는 한 번도 뒤돌아보지 않고 서둘러 걸음을 옮겼다. 전철을 타면서도 그랬다.

용산역에서 내린 그녀는 곧장 열차 매표소로 향했다.

"홀수 자리로 부탁해요."

표를 끊고 돌아서던 그녀는 민우와 마주쳤다. 무슨 의미일까. 그녀는 가벼이 목례를 건넨 뒤 그대로 그를 지나쳤다. 민우는 타박타박 걸어가는 그녀의 뒷모습을 바라보다가 곧 매표소에 얼굴을 들이대고 소리쳤다.

"방금 장항, 홀수 티켓 끊은 여자분하고 동행입니다. 옆자리로 부탁합니다."

매표소 직원은 눈을 슴뻑거리며 바라보다가 무슨 상상을 했는지 배시시 웃음을 흘리며 키보드를 두드렸다. 이내 '운이 좋으시군요.' 하는 표정을 지으며 발권을 시작했다.

평일 오전의 장항선 새마을호 객실은 한산했다. 그녀는 여전히 마스크를 쓰고 있었다. 감기가 들었나? 하지만 여기까지 오는 동안 그런 기운은 전혀 발견하지 못했다.

민우가 곁으로 가 옆자리에 앉자, 그녀는 그를 힐끔 쳐다보더니 이내 창으로 시선을 돌렸다. 화장터에서 그랬던 것처럼 묘하게 가슴을 찌르는 눈빛의 잔상이 눈앞으로 떠다닌다. 자신의 품에 안겨 울음을 토했던 그때와 달리 잔뜩 웅크린 그녀는 투명하고 견고한 울타리를 치고 있었다. 그에 대해 호기심마저도 드러내지 않기에 민우는 말을 붙이지 못했다. 버스를 가로막은 끝에 올라탄 민우를 설퉁하게 바라보았던 모습과는 또 다르다.

'이상한 여자.'

곧 쓴웃음이 나왔다. 여자 입장에선 도리어 이쪽이 이상한 남자일 터였다. 문득 고인이 남긴 편지 중 한 구절이 떠올랐다.

댁이 내 핏줄이 아니라면 세상 누구보다 다른 사람 이야기를 잘 들어 줄 것 같은 양정희 선생에게…….

현재로선 고인이 남긴 정보와는 상당한 괴리감이 느껴졌다.

덜컹. 삐그덕.

객실 안에선 기차 특유의 마찰 소리보다는 좌석 어딘가에서 들리는 삐거덕거리는 소음이 더 크게 들렸다.

수원을 지나자 차창 밖으로 진눈깨비가 흩날리기 시작했다. 민우는 왠지 궂은 날씨가 싫지 않았다. 오래간만에 찾아온 느슨한 일정과 낯선 여자를 향한 적당한 긴장감 역시도. 먼저 말을 붙이는 일이 내키진 않아도 이쯤에서 용건을 내놓아도 될 듯싶다. 어쩌면 여자는 이쪽에서 먼저 말을 꺼내기를 기다리는 중일지도 모른다.

사실 용건을 떠나 그녀의 목소리를 듣고 싶었다. 전화 통화 때부터 이채로웠던, 가늘고 높아 한없이 투명한 굴뚝새 같은 목소리를. 민우는 목청을 가다듬었다. 그리고 그녀에게 시선을 돌리며 말했다.

"으흠, 양정희 씨가 맞……."

순간 민우는 말을 삼키고 피식 웃었다. 그녀는 차창으로 고개를 돌린 채 조용히 잠들어 있었다. 기도하듯 깍지를 낀 손과 평화로워 보이는 얼굴을 바라보니 어쩐지 민우의 가슴에도 훈기가 번졌다. 그때 휴대폰이 울렸다. 진동에서 소리로 바뀌기 전에 민우는 사붓이 객실을 벗어났다. 그러고는 통로 연결망의 소음을 피해 화장실로 들어가 통화를 시작했다.

— 기차 안이라고? 뭔 일인지 진짜 말 안 할래!

형의 화난 목청이 쩡쩡 울렸다.

"미안해요, 형. 오늘은 일 못 해. 설명은 나중에……."

— 한 달 다 채웠잖냐. 어쨌든 우리 일은 영영 안 해도 되니 빨리 네 자리로 돌아가기나 해. 한 사장님이 아까도 전화했더라.

형의 목소리가 적이 누그러졌다.

— 근데 너 괜찮냐?

"응."

— 나쁜 일이 생긴 건 아니고?

"응."

— 휴우, 자식아. 네 인생 설명하는 법 좀 배워라. 네 형수가 걱정하더라. 한 사장님한테도 꼭 전화 넣고.

그러는 형의 인생은 왜 솔직히 밝히지 않았냐고 따지려다가 통화를 마쳤다.

민우는 교환학생으로 슈투트가르트로 건너간 뒤 바라던 대로 인턴십을 통과해 자동차 부품의 금형 설계뿐 아니라 3D 프린터 설계를 경험했다. 아버지가 남겼다는 유산을 형이 송금해 준 덕분에 장기적으로 승부할 수 있었다. 더 나아가 독일 공부에 만족하지 않고, 3D 프린터의 강자가 있는 미국으로 건너가 실무를 익혔다. 그러다가 한국에서 온 중견 기업 오너를 만났다. 파트너를 만나 국내에 들어온 민우는 비로소 형이 거짓말을 했다는 사실을 깨달았다. 그때 민우는 스스로에게 비아냥거렸다.

'몰랐다고? 아니 사실은 알려고 하지도 않았겠지.'

몇 번을 자문해 보아도 답은 같았다. 줄곧 그렇게 살았다. 줄곧 나 자신만을 아껴 왔고, 이익이 되지 않거나 불편한 문제는 아예 눈길도 안 주었다.

객실로 돌아와 옆자리에 앉으며 살펴본 그녀는 아까와 같은 모습인데도 사뭇 느낌이 달랐다. 평화로웠던 모습에 예의 울타리가 보였다. 옴츠린 모양새가 포식자의 영역에 들어선 고슴도치가 잔뜩 가시를 세운 방어적 자세를 떠올리게 했다.

기차가 수원을 지나 평택으로 향할 때 날리던 진눈깨비가 멈췄다. 차창 밖 뿌연 대기와 젖은 숲을 통해서 빗줄기가 사그라듦을 느낄 수 있었다. 오래도록 건조했던 가슴이 촉촉이 젖어 든다. 왜 쉬는 날엔 기차를 탈 생각을 못 하고 죽어라 산에만 올랐을까. 민우는 한참을 생각에 잠겼다. 그는 여자가 이미 진즉부터 잠에서 깨어나 있다는 걸 알고 있었다.

달리는 기차 안에서 정희가 바라본 세상은 퍽이나 찬찬히 움직였다. 설핏 잠들었던 정희는 남자가 휴대폰을 들고 일어날 때 깨어났다. 하지만 눈을 뜨지는 않았다. 남자는 금방 돌아왔다. 정희는 그가 고마웠다. 딱히 그가 아니더라도 기차를 타면 만나게 되는 모든 사람들이 고마웠다. 아무것도 묻지도 따지지도 않고 곁에 앉아 사람의 온기를 나누어 준 뒤 깔끔하게 뒤돌아서 떠나는 여행객들 모두가 고마운 요즘이다.

'진즉에 밖으로 나와 기차를 탈걸.'

오늘은 도중에 내리지 않고 목적지인 장항까지 갈 터였다. 그녀는 죽은 할머니를 통해서 더 늦기 전에 장항의 외할머니를 보러 가야 한다는 조급증에 사로잡혔다. 그래서 자신의 용무를 채 밝히지 않은 장민우를 내버려 둔 채 기차 시간을 가늠하며 내달렸다. 하지만 기차를 타고부터 결심은 흔들렸다. 해결된 문제는 전혀 없다는 현실을 깨달은 탓이다. 요컨대 혼자 장항을 가는 것은 여전히 좋은 생각이 못 되었다.

"후우!"

탁한 한숨을 토할 때 장민우가 나타나 곁에 앉았다. 그리고 얼마 안 가 그 둘 사이에 침묵이 내려앉았다. 정희는 어떻게 그를 대해야 할지 고민하다 보니 입을 열지 못했고, 그 역시 입을 열지 않았다. 아마도 예의 용건이라는 것 때문에 따라왔겠지만 가능하면 찬찬히 그의 말을 듣고 싶었다.

민우는 예상했던 것보다 훨씬 핸섬했다. 호리호리한 키에 말쑥한 생김새는 수수한 옷차림마저 바람직한 코디로 만들고 있었다. 그런 남자가 곁에 앉았다는 현실을 오롯이 즐기다 보니 울울했던 기분이 나아지고 있었다.

기차가 터널로 진입하자 차창은 투명한 흑색 거울이 됐다. 그 기회를 통해 정희는 장민우를 훔쳐보았다. 그리고 순간 움찔했다. 그가 빤히 그녀를 바라보는 중이었다. 시선이 마주친 창유리 속의 그가 입을 연다.

"커피 한잔하실래요?"

"네?"

정희는 뚱하니 그를 바라보았다. 터널 소음으로 못 들은 것은 아니었다. 어떻게 대응해야 할지 몰라 호흡이 가빠졌다.

"용건이 궁금하지 않으세요?"

"아, 네. 용건. 그렇군요."

기차는 천안으로 향하고 있었다. 그는 어디까지 가는 것일까. 그러고 보니 여기까지 동행한 그의 행동거지도 퍽이나 이상했다. 정희는 헛웃음을 삼켰다. 뭐, 나만큼이나 이상할까.

"기차 안에 카페가 있다던데."

커피를 먼저 제의한 그가 말을 흐리며 엉거주춤 머뭇거렸다. 정희가 자신 있게 손으로 앞쪽을 가리켰다.

"2호 차가 카페예요."

정희도 그의 용건이라는 것이 궁금하긴 했다. 그는 전화 통화에서 돌아가신 할머니 일로 그녀를 만나야 할 일이 있다고 말했고, 화장터에 올 수 있냐고 물었다. 그에 정희는 흔쾌히 가겠다고 대답했다. 그렇게 이야기가 흘렀던 탓에 그가 따로 긴한 용건을 품고 있다는 말은 허술하게 챙겼었다.

어쨌거나 정희는 용건을 마친 그가 기차에서 먼저 내리지 않으면 좋겠다는 생뚱맞은 바람을 안고 열차 카페로 들어섰다. 따뜻한 원두커피를 한 잔씩 주문하고 계산을 치를 때였다.

"제가……."

먼저 값을 지불하려는 정희를 그가 단호하게 가로막았다.

"제가 할 테니 저기 앉아 계세요."

그는 말을 하며 싱긋 웃어 보였다.

이윽고 원두커피를 각자 손에 쥔 채 두 사람은 널찍한 창 바로 앞에 있는 테이블로 가 나란히 앉았다. 그가 먼저 커피를 한 모금 마시고 정희를 바라봤다.

"감기 걸렸어요?"

"아뇨."

그의 시선이 닿는 곳을 알아차린 정희는 객쩍게 웃으며 마스크를 벗었다. 워낙에 자주 쓰다 보니 마스크를 썼다는 사실도 잊은 채 커피를 입으로 가져갈 뻔했다. 한 모금 마시자마자 그가 용건이라는 것을 털어놓았다. 그의 전화를 처음 받았을 때처럼 사무적인 투로 재빨리 말한다.

"돌아가신 할머니가 양정희 씨에게 무언가를 남기셨습니다."

"저한테요?"

"네. 양정희 씨가 할머니와 이야기를 나눈 마지막 사람이었습니다. 그리고 화장터에서 유일하게 눈물을 흘리셨던 분이기도 하고요."

눈물은 그쪽도 흘리지 않았나요. 정희는 그 말은 일단 삼켰다.

"할머니께선 양정희 씨에게 돈을 남기셨습니다."

"……왜, 왜요?"

"이유는 전화로 말씀드렸잖아요."

"설마, 단지 제가 마지막 대화 상대여서요? 정말 그게 이유……."

"눈물도 흘려 주었죠."

"고작 그런 이유로……."

어안이 벙벙해 있는 정희와는 달리 남자는 시큰둥하고도 무덤덤하게 말을 잇는다.

"고작이 아니죠. 당시 할머니 상황으론."

"그치만 할머닌 몹시 어렵게 사시던 분인데, 그런 분이 무슨 돈이 있다고……."

"아마도 당신 저승길을 위해 모으셨나 봅니다. 아니면 자식들을 위해서나."

정희가 알기로는 할머니의 자식들은 이미 오래전에 연락이 끊겼다. 할머니의 부탁을 받고 정희 딴에는 애썼건만 구청의 도움으로 아들 한 명이 캐나다에 살고 있다는 것만 겨우 알아냈을 뿐이다.

"캐나다에 사는 아들은 할머니의 시신 인수를 거부했다더군요. 호적이 복잡한 딸은 시신 포기 각서만을 보냈고요. 그래서 구청에서 무연고 시신으로 처리한 겁니다."

딸의 존재는 생경했고, 할머니의 아들은 30여 년 전에 도축장 취업 비자로 캐나다에 들어간 뒤 한국과 인연을 끊었다고 했다. 그 후 할머니는 남편과 이혼한 뒤 다른 남자와 재혼을 했고, 어찌어찌하여 20년 전부터는 혼자 살고 있었다. 이것이 실태 조사를 통해 정희가 알게 된 가족사의 전부였다.

"자제분들은 법적으로 이미 끊어진 상태였어요. 그래서 진즉에 기초 생활 수급자로 선정될 수도 있었어요."

"선정될 수도?"

"예. 할머니는 신청을 안 하고 혼자 힘으로 사셨어요. 작년 가을에야 구청에서 수급자 선정을 해 줬고요. 당시 몸이 많이 안 좋은데도 돈 때문에 병원을 못 간다고 이웃분들이 말씀해 주셔서 그때야 할머니 형편을 알게 된 거죠."

"잠깐. 그 전엔 혼자 힘으로 사셨다는데, 도대체 뭐로 생활하셨던 거죠?"

"아프시기 전엔 길거리 장사를 했다고 들었어요."

"노점상 말입니까?"

"광주리에 나물이나 청국장 같은 걸 날라다 팔았다고 하니 겨우 밥벌이나 하셨을 거예요."

"장사라 ……."

민우가 곰곰 생각에 잠기더니 수긍하듯 가벼이 고개를 끄덕였다.

"돈은 그때 모아 놓았나 보군요. 아니면 아주 오래전부터 가지고 계셨거나."

"할머님께서 제게 남겨 주신 돈이 큰돈이라도 되나요?"

"상대적이죠."

"네?"

"받는 사람 입장에 따라서 아주 큰돈일 수도 있고, 푼돈일 수도 있겠죠. 한 가지 분명한 건 할머니 입장에선 확실히 큰돈이라는 겁니다."

왠지 그의 말씨가 시큰둥하게 들렸다. 이런 긴 대화는 아주 오래간만이다. 그래서 정희는 자신이 행여 오해를 사는 말을 하지나 않았을까 걱정했다. 바로 그때 그가 무언가 생각났다는 양 획 고개를 돌렸다. 이맛살을 찌푸린 그의 모습에 정희는 방어적으로 움츠렸다.

"할머닌 왜 병 치료를 안 했을까요? 돈이 없는 것도 아니었는데."

"모, 모르겠어요. 실태 조사를 나갔을 때는 마음 편히 잘 지내시는 것 같았거든요."

"차라리 요양원 같은 델 들어갔으면 좋았을걸."

그가 질책하는 것으로 여겨져 정희는 변명조로 덧붙였다.

"여건상 사회복지사들이 날마다 모든 집을 들여다볼 순 없어요. 또, 할머니가 긴급 구조 요청을 할 수 있는 매뉴얼도 준비하고 충분히 숙지시켜 드렸어요."

그의 표정이 여전히 질책을 담고 있는 것 같아 정희는 문득 억울한 마음이 들었다. 적어도 지금은 그 누구도 자신에게 차가운 표정을 짓지 말아 줬으면 좋겠다는 바람이 목소리에 가시를 심었다.

"그리고 전 그쪽이 준다는 돈엔 욕심이 전혀 없어요. 그러니 심문하는 투로 몰아붙이진 마세요!"

민우는 갑작스러운 그녀의 힐난에 적이 놀랐다. 붉어진 눈시울이 묘하게 마음을 아프게 한다.

"뭔가 오해하시는 것 같은데 전 양정희 씨를 탓할 생각이 조금도 없습니다."

민우의 말이 들리지 않는 듯 그녀는 다급하게 말을 이었다.

"뭐, 변명 같지만 마지막으로 뵈었을 땐 전 그 동네 담당이 아니었어요. 그렇다고 후임을 책망하는 건 아니고요."

거듭 해명하는 것으로 보아 민우 때문에 여간 기분이 상한 게 아니었나 보다. 하지만 민우에게는 꼭 필요한 절차였다.

"그럼 마지막으로 뵙던 날은 공무가 아니라 양정희 씨 개인 자격으로 할머니를 찾아갔던 겁니까?"

"네, 제 외할머니가 생각나서 몇 번 찾아뵀었어요."

공무를 떠나서 개인적으로 들여다보았다고 한다. 휴대폰 번호까지 따로 남겼으니 그녀의 말은 사실일 것이다. 그래서 고인에게는 양정희가 특별한 의미로 다가왔나 보다. 그렇다면 할머니가 남긴 돈이 그녀의 몫이 되는 데에 순응해도 될 성싶다. 민우는 객쩍은 헛기침을 한 뒤 살짝 고개를 숙였다.

"기분이 상했다면 미안합니다. 적어도 할머니에겐 엄청 큰 금액이라 그 돈을 건네는 데에 신중하고 싶었어요."

하지만 그 신중한 태도가 장민우가 돈에 집착하는 사람이라는 느낌을 정희에게 심어 주었다.

'그렇다면.'

정희의 호흡이 가빠졌다. 뜬구름 같았던 발상이 현실적으로 이루어질 수도 있다는 기대감으로 발전한다. 정희는 스스로를 다독였다. 집중해야 했다. 실패로 끝날지 모르지만 어쨌거나 설득에 최선을 다할 필요가 있었다.

"그 액수 말예요. 장민우 씨에게도 큰돈이에요?"

"그렇다고 볼 수 있죠."

"유품 정리하는 일을 한다고 했죠? 실례지만 할머니가 남긴 돈이 장민우 씨 한 달 급여보다 더 많나요?"

"훨씬."

정희는 방망이질이 일어나는 가슴을 다스리며 그의 차림새를 찬찬히 훑어보았다. 언뜻 보면 꽤나 비싼 옷들을 몸에 휘감은 듯한 모습이지만 자세히 보면 죄다 낡은 옷들이다. 적어도 몇 년 묵은 옷을 걸친 정희의 것보다도 더.

"근데 양정희 씨, 우리 앞으로도 한 번 더 만나야 합니다."

그의 말에 정희는 고개를 갸웃하며 바라보았다.

"급하게 따라오느라 돈다발을 차에 두고 왔거든요."

그가 머리를 긁적였다. 처음 보는 허술한 몸짓에 정희는 옅게 웃었다. 그도 풋, 웃음을 터뜨렸다.

"돈은……."

"잠깐만요!"

정희는 재빨리 그의 입을 막았다.

얼결에 입술을 스치는 그녀의 손길에 민우는 화들짝 놀랐다. 딱히 설레는 감정 따위를 품지 않고 있는 상대인데도 그 작은 접촉이 당혹감을 주었다. 정희 역시 손끝에 닿는 따스하고 촉촉한 감촉에 움찔하며 말을 이었다.

"금방 내리실 거 아니죠?"

"종점까지 가도 괜찮습니다."

생긴 것만큼이나 시원한 그의 답변이 마음에 들었다. 거기에 힘입어 정희는 쾌하게 말했다.

"그럼 조금만 있다가 우리 다시 이야기해요. 저한테 좋은 생각이 떠오를 것 같거든요."

천안을 지나 아산을 향할 즈음 조용했던 카페의 분위기가 어수선해졌다. 두 사람은 주변을 둘러보다가 서로를 마주 보았다. 그가 객실 쪽으로 턱짓을 했다. 정희는 고개를 끄덕였다. 그와 작은 몸짓만으로 원만한 소통을 이루었다는 사실에 정희는 썩 기분이 좋았다.

카페를 나와 객실에 앉기 직전 그녀가 가벼운 기침을 토했다. 흠칫 놀라더니 황망히 마스크를 쓴다.

"말을 많이 해서 그런가 봐요."

온양온천을 지나 긴 터널을 빠져나오자 거짓말처럼 날씨는 돌변해 있었다. 대낮인데도 먼동이 뜨는 것처럼 먹구름 사이로 희미한 빛이 감돌았다.

민우는 지그시 눈을 감고 기차의 작은 흔들림에 몸을 맡겼다. 그때 코로 생경한 냄새가 느껴진다. 이제까지는 미처 몰랐던 냄새였다. 비누 냄새 같기도 하고 샴푸 냄새 같기도 하다. 직업 특성상 잔뜩 바르곤 했던 민우의 로션 냄새와는 달랐다. 문득 팔걸이에 놓인, 맞닿은 그녀의 팔꿈치에서 냄새가 비롯되었다는 엉뚱한 생각이 스친다.

훌쩍.

수상한 콧물 소리에 민우는 눈을 떴다. 마스크를 벗고 손수건으로 콧물을 훔쳐 내는 그녀의 눈은 벌겋게 부어 있었다.

"나한테 전화라도 하시지…… 죄송해요, 할머니."

그녀가 창밖을 향해 나지막이 흐느꼈다. 화장터에서 그랬던 것처럼 민우는 한 손을 들어 천연스럽게 그녀의 어깨를 토닥거렸다. 이내 그녀가 시선을 돌려 그를 바라본다.

"할머닌 좋은 데로 가셨을까요?"

민우는 그렇다고 고개를 까닥했다. 그러고는 자신의 행동이 너무

성의 없는 것 같다고 여겨져 말을 보탰다.

"분명 그랬을 겁니다. 양정희 씨가 저승길 배웅을 해 줬으니까요."

고인이 편지에 그렇게 적었다. 당신 저승길에 울어 주는 사람이 단 한 명만이라도 있었으면 좋겠다고. 그녀가 여전히 자책하는 성싶어 민우는 덧붙였다.

"할머닌 정부의 도움 없이도 얼마든지 병원에 입원할 수 있었어요."

"그걸 어떻게 확신하시죠?"

"치료비는 충분히 가시고 계셨어요."

"남기셨다는 돈 말인가요?"

"네. 병원비로는 부족해 보이지 않았습니다."

"그럼 입원을 하시지. 왜……."

"아마 더 살아야 할 이유를 못 찾으신 거겠죠."

민우의 단호한 선언에 정희가 고개를 갸우뚱하며 쳐다보았다. 민우는 그녀의 반응을 대수롭지 않게 여기며 말을 이었다.

"그러니 자책하지 마세요."

"그래도 죄송하기만 한데, 나 같은 사람한테까지 마음 쓰셨다니 더 죄송해요."

"아무튼 할머니에게 가장 고마운 사람은 양정희 씨로 남았습니다."

고인이 진정 기다린 사람은 피붙이였으리라. 자식들에게 마지막으로 선물을 주고 싶어서 돈을 모아 놓았고, 일정 금액이 모인 순간 5만 원 신권으로 교환해 두고 연락처를 수소문했으리라. 신권의 발행 날짜로 보아 한두 해 전에 준비를 마친 듯싶다. 아마도 치명적인 병에 걸린 것을 안 뒤였으리라.

하지만 자식들은 돈을 받을 기회를 스스로 차 버렸다. 민우 또한 그들에게 굳이 돈이 가도록 협조하고 싶지 않았다. 정희가 머뭇거리다가 조심스럽게 입을 연다.

"저기요, 할머니와는 일면식도 없으셨다면서요?"

"네, 고인의 유품을 정리했을 뿐이죠."

"그런데도 무척 슬퍼하시더군요."

"제가요?"

민우의 얼굴이 구겨졌다.

"많이 우셨잖아요. 화장터에서."

"흠, 잘못 봤겠죠."

민우는 콧방귀를 뀌며 애써 시선을 돌렸다.

광천을 지나서 지나치게 소박해 보이는 청소역에서 기차가 멈추었다. 정차역은 아니었지만 반대 방향에서 오는 열차를 피해 가기 위해 대기한다는 안내 방송을 들었다. 정희가 커다란 비밀이라도 된다는 양 속달거린다.

"장항선 가운데 지은 지 가장 오래된 역이에요."

"여기도 표 팝니까?"

"역에선 표를 안 팔고 그냥 탄 다음에 승무원한테 표를 끊어요."

"흠, 언제 한번 여기서 타 보고 싶네요."

"하루에 상행, 하행 딱 두 차례만 탈 수 있으니 시간을 잘 맞춰야 할 거예요."

민우는 하마터면, 정희 씨가 안내해 주면 되잖아요, 하고 말할 뻔했다. 이상한 일이다. 딱히 이성을 건드리는 느낌이 아닌데도 그녀의 목소리를 들을수록 동행을 지속하고 싶다는 욕심이 든다.

"장항선은 아직도 단선이군요."

"그리고 아직 전기가 깔리지 않았죠."

그녀가 여전히 나직한 목소리로 뽐내듯이 말했다.

"그래서 같은 새마을호라도 전기로 가는 경부선이나 호남선에 비해 정숙하지 못해요."

"난 적당한 마찰음이 있어서 더 친근하고 좋던데."

"맞아요. 그래서 저도 장항선을 특히 좋아해요."

그녀는 몇 시간을 함께하는 동안 가장 천진해 보이는 웃음을 지어 보였다.

"아, 시장하시겠어요."

"조금……."

벌써 오후 2시를 향하는 중이다. 그녀가 문득 힘차게 말한다.

"우리, 대천역에서 내려요."

"장항이 목적지 아니었나요?"

민우가 고개를 갸웃하자, 그녀는 난처한 기색을 짓는다. 몹시 바쁜 사람처럼 급히 역으로 가서 표를 끊어 놓고는 도중에 내리자고 한다. 단지 배가 고파서 그러지는 않을 터였다. 민우는 이내 그녀의 뜻을 따랐다. 같이 밥을 먹은 뒤 그녀의 '좋은 생각'이라는 것을 듣는 것도 괜찮을 성싶다.

진눈깨비로 시작해서 실비를 흩뿌렸던 하늘은 제법 따사로운 햇살을 비추고 있었다. 하지만 역사 앞으로 몰아치는 바람은 제법 차가웠다. 그녀가 역 앞에 양쪽으로 위치한 버스 정류장을 번갈아 가리켰다.

"이쪽은 바다로 가는 버스고요, 이쪽은 시내로 가요."

민우는 여기까지 온 마당이니 당연히 바다로 가고 싶었다. 하지만 그녀가 고집하는 마스크를 힐끔 본 뒤에 시내 방향을 가리켰다.

버스는 10여 분 만에 시내 종점에 도착했다. 학창 시절에 왔을 적엔 기차역이었던 자리는 어느새 문화 공간으로 변모해 있다. 민우는 주변을 두리번거리다가 시선을 멈추었다. 그녀가 그를 빤히 올려다보고 있었다.

"어떤 음식 좋아하세요?"

"잡식성 포유류라서 다 잘 먹습니다."

민우는 슬쩍 몸을 낮추면서 대답했다. 그에게서 시선을 뗀 정희는 길을 건너 시장으로 곧장 들어섰다. 쟁반에 음식을 담아 배달하는 아주머니와 눈이 마주친 정희가 꾸벅 고개를 숙였다. 그러고는 돌아선 뒤 민우에게 속삭였다.

"시래기국 좋아하세요?"

민우가 주춤하자, 그녀가 말을 이었다.

"보리밥은 어때요?"

"좋습니다."

그녀는 반대편 시장 어귀로 민우를 이끌었다. 허름한 겉모양과는 달리 꽤나 유명한 집 같았다.

"오래간만에 왔네?"

중년의 여자가 괄괄한 목소리로 정희를 반겼다.

"보리밥 둘 주세요."

정희가 쾌하게 주문했다. 어쩐지 으스대는 것처럼 보였다.

"단골입니까?"

"전에 몇 번 왔어요. 근데 혼자는 미안해서 잘 안 오게 되더라고요."

따로 담은 나물 따위를 쟁반 가득 내오는 것을 본 뒤에야 민우는 그녀의 '미안'을 헤아릴 수 있었다. 일인분도 주문을 받기는 한다지만 반찬 그릇에 10찬을 담아내 오는 주인 입장에서는 내키지 않을 듯싶다. 그녀는 정말로 보리밥을 그리워했나 보다. 더불어 그녀는 밥 한 끼 함께할 동행자가 있다는 것을 한껏 즐기는 것 같았다. 그릇을 말끔히 비우고는 그녀가 환하게 웃었다.

"덕분에 잘 먹었어요."

"어, 밥값은 양정희 씨가 내는 거 아닌가요?"

그녀가 눈을 동그랗게 뜨고 바라보다가 풋 웃었다.

"농담도 할 줄 아시네요."

"뭐, 실없는 말을 종종하죠."

윗옷을 걸친 그녀가 삐죽 고개를 내밀고는 큰 비밀을 발설하는 양 속달거린다.

"같이 밥을 먹어 줘서 고마워요."

환한 수줍음을 담고 있는 그녀의 말이 자못 아프게 가슴을 찌른다. 민우는 멀거니 그녀를 바라보다가 입을 열었다.

"차는 내가 살게요."

아까부터 두 사람을 힐끔거리던 곰살궂은 주인의 배웅에 그녀는 다시금 환한 수줍음으로 응수했다.

식당을 나온 그녀는 바로 시장 안쪽을 가리켰다.

"빵 좀 사 갔으면 해요."

"아직 배가 안 찼어요?"

"그건 아니고요, 집에 가서 먹으려고요."

"저기서 파는 빵이 특별한가 보죠?"

시큰둥한 민우의 말에 정희는 계면쩍게 웃었다.

"주인이 친절하시거든요."

시장 한편에 위치한 허름한 빵 가게의 친절한 주인에게 빵을 받아 나온 그녀는 빵이야 부서지든 말든 납작하고 네모난 가방에 쑤셔 넣었다. 어쩌면 저 빵은 어딘가로 버려질지도 모른다고 민우는 생각했다. 국숫집 앞을 지나던 그녀가 슬쩍 가게 안을 들여다본다. 안쪽에서 앞치마를 걸친 할머니가 안경을 추켜올리고 보니, 정희가 목례를 건네며 지나쳤다.

"이 동네에 살았나요?"

"아, 잠시 여기 시청 일을 도와주느라 자주 왔어요."

서울시 공무원이 어떻게 지방공무원 업무를 돕는다는 걸까. 게다가 우물거리며 대답하는 그녀의 모습은 지극히 부자연스러웠다. 그녀가 억지웃음을 지으며 덧붙였다.

"근데 다들 따뜻한 분들이세요."

시장 어귀로 되돌아온 그녀가 길 건너편 버스 정류장을 가리켰다.

"저기서 아까 우리가 내렸던 버스를 다시 타면 바다로 가요. 어떠세요?"

"흠, 좋은 생각이란 걸 꺼내려면 바다 배경도 필요합니까?"

민우의 너스레에 그녀는 눈을 씀벅거리며 그를 빤히 바라봤다.

바다를 가고 싶다. 그녀 역시 바다를 원한다는 바를 민우는 알 수 있었다. 마스크를 고집하는 여자와 함께 세찬 바닷바람에 노출되는 일은 내키지 않았지만 이내 바다로 향하는 버스에 올라탔다.

시장에서 상큼하게 웃어 대던 그녀가 어느새 부쩍 경직되어 간다. 민우가 이 동네에 사느냐고 물었던 순간부터다. 아까부터 그녀의 한마디가 머릿속에서 작고 더운 울림을 만들고 있다.

"같이 밥을 먹어 줘서 고마워요."

대단한 비밀을 고백하는 것 같던 그 천진한 말이 왜 자꾸 가슴에서 아프게 울리는지 모르겠다. 다소곳이 앉아 있던 그녀가 옆에 앉은 민우를 힐끔거리다가 뜬금없이 변명을 꺼냈다.

"맞아요. 전 이 동네 사람이 아니에요. 그렇지만 어쩐지 장민우 씨가 제 동네를 찾아온 손님 같았어요. 그래서 이곳 명소로 안내하고 싶었을 뿐이에요."

기차역이며 상식적인 이야기는 잘도 풀어 내면서 개인 신상과 관련되면 지나치게 예민하게 구는 그녀였다.

대천 해수욕장은 비수기인데도 사람들이 적지 않았다. 널찍하게 확 트인 모래밭은 사람들의 모습을 축약시켰다. 앞서 걷는 정희의 뒷모습이 유난히 작아 보인다. 파도 소리와 갈매기와 바람 소리가 중력을 삼킨 듯한 착각이 일어 제3의 공간을 유영한다는 느낌마저 들었다. 아니 허방을 짚는 듯한 그녀의 뒷모습이 그리 보였다. 그녀의 시선 끝에는 화력발전소의 굴뚝들이 연기를 뿜어내고 있었다.

철썩, 우우웅.

파도 소리가 칼바람을 실어 왔다. 민우는 걸음을 빨리해 그녀 곁으로 붙었다.

"난 이만 따뜻한 차를 마시고 싶습니다."

그녀가 움찔하더니 미안한 표정을 짓는다.

"아, 죄송해요. 춥죠?"

그쪽이 추워 보인다는 말을 삼키며 민우는 상가 쪽을 가리켰다.

"저기 따뜻한 데서도 바다를 감상할 수 있지 않을까요?"

"그, 그렇죠."

민우는 당황해하는 그녀 앞에서 토라진 양 홱 돌아서서 걸음을 옮겼다.

"원하는 차가 없나요?"

찻집에서 그녀는 좀처럼 메뉴를 정하지 못하고 있었다. 차 한 잔 고르는 데 진땀을 흘리는 모습을 민우는 잠자코 지켜보았다. 결국 그는 먼저 유자차를 주문했다. 그러자 그녀도 같은 것을 시켰다. 과연 그녀는 추위에 약했다. 뜨거운 찻잔에 차가운 손을 부지런히 비벼 대는 그녀의 얼굴은 급격한 온도 변화로 홍조를 띠고 있었다.

민우는 찻잔의 반이 비워지자 그녀를 똑바로 바라보았다. 우물에 담긴 샛별처럼 우수와 맑음을 공유한 그녀의 눈동자가 워낙 민우에게 특별했기에 마스크를 벗어도 인상에 관한 느낌은 별로 변하지 않았다.

"자, 이쯤에서 좋은 생각이란 걸 들어 볼까요?"

"아, 네. 말씀드려야죠. 기, 기다려 줘서 고마워요."

고마운 게 퍽이나 많은 그녀는 바짝 긴장한 태도다.

"……저기요, 결혼은 하셨어요?"

질문을 던진 그녀의 눈빛이 초조하게 흔들렸다.

"안 했습니다. 만나는 여자는 있지만."

"그, 그렇군요. 다행이에요."

"다행?"

"아, 아니에요."

그녀는 잠시 뜸을 들였다가 말을 이었다.

"저기요, 할머니가 남기셨다는 돈 말이죠. 그쪽에겐 큰돈이라죠?"

민우는 선선히 고개를 끄덕였다.

"그걸 장민우 씨에게 몽땅 드릴게요."

민우는 어처구니가 없다. 더욱이 액수를 묻지도 않은 상황이다. 고인의 유언대로 그 돈을 발견한 자의 몫을 싹둑 떼어 낸다고 해도 결코 적지 않은 금액이었다.

"저기요, 공짜는 아니고요. 대신에 제 부탁을 들어주셨으면 해요."

민우는 아무런 감정이 실리지 않은 얼굴로 그녀를 바라보기만 했다. 그런 그의 시선을 느꼈는지 그녀가 침을 꼴깍 삼켰다. 어쩔 수 없이 떨고 있는 모습이 드러나고 만다. 민우가 채근했다.

"말씀하세요."

"아, 그러니까…… 저기, 혹시 역할 대행이라고 아세요?"

"들어는 봤습니다. 혹시 저한테 역할 대행이라도 제안할 생각입니까?"

"마, 맞아요. 그리 어렵진 않을 거예요. 어른을 속이는 일이긴 해도 선의에서 출발한 거니 괜찮을 거고요."

"……어떤 역할을 찾는데요?"

"시, 실은 제 결혼 상대자를…… 한 달 정도만."

민우는 적이 이맛살을 모았다. 하지만 그녀를 비웃지는 않았다. 몇 시간을 겪어 보지 않은 상태에서 이런 제의를 들었다면 콧방귀로 일관했으리라.

"제가 한시적으로 양정희 씨의 결혼 상대자가 된다는 거죠? 맞습니까?"

"네, 근데 저희 가족 앞에서만요. 주말에만, 엄마하고 할머니 앞에서만 그래 주시면 되거든요."

"요컨대 평일에는 알아서 내 일을 하고, 주말에만 애인이 된다는 거죠?"

"어, 애인이 아니고, 결혼 상대자요."

"그게 그거 아닌가요?"

"전 진지해요. 정말로 여러 번 고심 끝에 드리는 말씀이에요."

"나도 진지하게 응하는 중입니다."

정희가 고개를 숙이곤 테이블로 더운 한숨을 내쉬었다. 그러고는 무언가 결심을 했다는 양 고개를 들더니 뚫어져라 응시하는 민우의 시선을 똑바로 받아 내며 입술을 뗐다.

"미리 밝히자면 저한텐 결혼을 약속한 남자가 있어요."

"그럼 왜 나한테……."

"지금 외국에 나가 있어요. 근데 당장 엄마하고 외할머니한테 보여 줘야 할 사정이 생겼어요."

의아한 듯 그가 입을 열었다.

"부모님은 결혼할 남자 얼굴을 모릅니까?"

"네, 이런저런 이유로 미루다가 더 이상 미룰 수 없게 됐어요."

"잠깐, 그런데 이 일에 허점이 좀 있지 않나요? 결혼 상대자를 임시로 해서 보여 주었다고 쳐요. 헌데 진짜 신랑이 오면 가족들한테 또 인사를 시켜야 하잖아요?"

"그건 그때 가서 제가 해결할게요."

"하긴. 난 차 버렸다고 하면 되겠군요."

실소를 뱉는 민우 앞에서 그녀는 웃지 않은 채 호소한다.

"너무 나쁘게 생각하진 말아 주세요. 외할머니가 많이 아프시거든요."

"외할머닌 장항에 계신가요?"

"어머, 제가 말했었나요?"

"장항 표를 끊었잖아요."

"아, 맞아요. 거기가 제 고향이에요."

대천이 고향인가 했는데 아니라고 한다. 민우는 손가락으로 찻잔을 톡톡 두드리면서 생각에 잠겼다. 자꾸만 신경이 쓰였던 여자다. 그렇다고 남녀 간의 감정에서 비롯된 것은 아니다. 길을 잃은 굴뚝새와 같은 체온과 눈빛이 시발점이 되어 이쪽에서 챙겨 줘야 한다는 부담감을 준다. 고개를 드니 그녀는 초조한 모습으로 그를 주시하고 있었다.

"역할 대행이라면, 그런 일을 하는 업체에 의뢰할 수도 있지 않나요? 내가 양정희 씨에게 건넬 돈도 생길 테니까."

"그렇지만 아무에게나 맡길 수 있는 역이 아니잖아요."

"전 '아무나'에 속하지 않다고 자신하나 보군요."

"오늘 저랑 꽤나 많은 이야기를 나누셨잖아요. 좋은 분 같았어요."

그녀는 '큰돈'의 기준에 관해 물었고, 민우 자신에게는 크다고 대답했었다. 아마도 그 말이 그녀의 결정에 영향을 끼쳤으리라. 하지만 민우의 생각은 달랐다. 자신보다는 도리어 그녀에게 더 큰돈일 성싶다. 그래서 꼭 건네주고 싶었다. 그녀의 차림새는 단정하면서 소박했다. 의자에 올려 둔 낡은 밤색 미니 크로스백의 소박함도 기차 안에서 이미 파악했다.

문득 민우는 자신의 차림새를 훑어보았다. 고인에 관한 예의를 차린답시고 어두운색을 우선 골랐을 뿐, 지금 입고 있는 옷들은 구제옷 가게에서 작업복으로 구했던 한 무더기 옷에 포함된 것들이었다. 오해를 살 법도 했다.

"장민우 씨 애인분한테 오픈해도 될 만큼 제가 조심할게요."

그녀의 '좋은 생각'이 이쪽에는 결코 좋은 생각이 아니라고 단언하고 싶은데 무언가 자꾸만 뒷덜미를 잡는다.

"아프시다는 외할머니 때문인가요?"

"맞아요. 조만간 꼭 인사를 시킨다고 약속했거든요."

그녀의 눈동자에 기대감이 서려 보인다. 그것을 배신하고 싶은 상반된 마음과는 달리 민우는 흥정을 하는 양 말을 이었다.

"한 달 동안 주말마다 기차를 타고 그쪽 할머니를 방문한다?"

"일이 있으시면 한두 주 쉬어도 되고요."

어느덧 그녀의 눈이 반짝거린다. 하지만 민우가 한참 동안 침묵하자 초조감을 드러내며 덧붙인다.

"어려울 것 같으면, 정말로 어려울 것 같으면 딱 한 번만 함께 가 주셔도 괜찮아요."

"딱 한 번에 그 큰돈을 내놓겠다고?"

민우는 당장 돈의 액수를 밝히고 싶다는 충동이 일어났다. 액수를 알고도 이렇듯 바보같이 흥정을 할지 궁금했다.

"아, 그러니까 일단 한번 방문해 보고, 더는 못 하겠다고 해도 돈은 그대로 장민우 씨 몫이에요."

헛웃음이 나온다. 하지만 그녀의 진지한 모습에 민우는 이내 동화될 수밖에 없었다. 그렇다. 그녀는 진심이었다. 액수를 밝혀도 흔들리지 않을 듯싶다. 뭐, 이런 여자가 다 있지? 탄식이 아니라 안타까움이었다. 그때 다시금 애처로웠던 말 한마디가 머릿속에서 울린다. 덕분에 더 뜸 들이지 않고 결정을 내렸다.

"뭐, 연극은 그리 소질이 없지만 주말마다 기차를 타는 것은 괜찮겠네요."

"아!"

그녀는 말을 잇지 못했다. 함박웃음을 짓고는 주르륵 눈물만 흘렸다.

민우가 결정을 내리는 데 지대한 영향을 끼친 것은 그녀에 관한 호기심보다는 묘하게 가슴을 후벼 댔던 그 한마디 때문이었다.

"같이 밥을 먹어 줘서 고마워요."

자꾸만 민우의 뒷덜미를 잡던 그 한마디는 그로 하여금 그녀의 여러 비상식적인 행동까지 기꺼이 품어 줄 수 있게 만들었다.

정희는 가방에서 국판 크기의 스프링노트를 꺼냈다. 그가 메모지를 찾았기 때문이다. 건성으로 펼치니 볼펜 글씨로 빼곡하게 채워진 면이 나왔다. 그가 매의 눈처럼 그 글씨를 훑어보았기에 정희는 냉큼 뒤로 넘긴 뒤 빈 종이 두 장을 북 뜯어냈다.

"볼펜도 있나요?"

종이를 낚아챈 그는 볼펜까지 받아 들었다. 창밖으로 보이는 바다로 연분홍빛 햇살이 반짝거렸다. 짧은 겨울 해는 서쪽으로 기울어서야 제 모습을 온전히 드러내는 중이다.

"시작합시다."

"무, 무얼 하시게요?"

"제대로 된 역할 대행을 하기 위해선 호구조사부터 해야겠죠?"

"아, 그렇군요."

"양정희 씨 나이는요?"

"스물일곱이에요."

"흠, 제가 세 살 많군요. 어른 앞에서 경어 여부는 따로 의논해야겠어요."

그는 분위기를 완연히 휘어잡았다. 숫제 깐깐한 면접관이 되어 필기까지 하면서 질문을 이어 갔다.

"현재 동거 중인가요?"

"동거요?"

"결혼할 남자분하고."

"아녜요!"

정희는 재빨리 손사래를 쳤다. 너무 과한 반응이란 생각이 들어 이내 목소리를 낮추었다.

"동생하고 사는 중인데 동생은 지금 군대에 있어요."

"가족에게 남자분 이야기를 어디까지 했습니까?"

"거의 밝히지 않았어요. 그냥 결혼할 사람이 있다고만 했어요. 오래 사귄 사람이고."

"남자분 직업이 뭡니까?"

"어? 그것도 알아야 하나요?"

"필요합니다."

"공대를 나와 아버님 사업을 돕고 있어요."

"어떤 사업이죠?"

"반도체 분야예요. 규모는 그리 크지 않고 삼성전자 협력 업체라고 들었어요."

"흠, 오너 2세씩이나? 그럼 일이 쉽겠군요."

"네?"

"그럼 제 직업은 월급쟁이 3D엔지니어쯤으로 포장하죠."

"굳이 직업까지……."

"첫째, 그쪽 외할머니에게 기왕이면 저를 좀 있어 보이는 신랑감으로 소개할 필요가 있고, 둘째, 훗날 소개할 진짜 신랑보다는 좀 덜 있어 보이는 직업이 정답이겠죠."

"근데요. 전 유품 정리업체 직업도 나쁘지 않게 봐요."

"그래요?"

그는 고개를 갸웃하면서 엷은 웃음을 흘렸다.

"하긴. 수입이나 보람 지수로 보면 어지간한 엔지니어보단 낫죠.

하지만 정희 씨 입장에선 좋지 않아요. 외할머니가 많이 아프시다 했잖아요?"

"네."

"죽음이 멀지 않은 연로한 분 앞에서 유품 정리업체 직원이라고 소개하면 모양새가 좋을까요? 꼭 저승사자를 소개하는 것 같잖아요?"

"아! 듣고 보니 그러네요."

그를 선택한 일은 신의 한 수라고 해야 할까? 정희가 미처 계산하지 못했던 바를 그는 시원시원하게 짜 맞추어 간다. 문득 의혹 하나가 스쳤다.

"내 직업은 그대로 3D엔지니어로 가고······."

"잠깐만요! 갑자기 죄송한데요."

손을 들어 그의 말을 가로챈 정희는 눈썹을 찡그리며 새삼스럽게 그를 뜯어보았다.

"혹시 이런 일, 전문이세요?"

그는 턱 말문이 막히는 양 멍하니 입만 벌리고 있다가 아주 천천히 고개를 가로저었다. 정희는 계면쩍게 웃었다.

"아, 오해하지 마세요. 칭찬, 칭찬이거든요."

"고맙군요."

그는 살갑지 못하게 대꾸하고는 자세를 가다듬었다.

"사귄 지는 얼마나 됐죠?"

"3년, 아니 4년 정도요."

"잤나요?"

"읍!"

기습적인 질문에 하마터면 찻물을 뿜을 뻔했다. 그는 이쪽의 당혹스러움에 아무런 책임이 없다는 양 뚱하게 바라본다.

"으흠, 대답하지 않겠어요. 꼭 필요한 질문 같지도 않고요."

정희가 제법 퉁명스레 응수했다. 그는 무언가 알기라도 한다는 양 고개를 끄덕거린다. 그 모습이 사뭇 언짢았지만 내버려 두었다. 어차피 몇 번만 동행하고 말 남자 아닌가.

"아무튼 오래 사귄 사이니 어른 앞에선 둘이 서먹하게 굴면 안 되겠군요."

그 점엔 정희 역시 선선히 동의했다.

"직장은…… 참, 주민센터 사회복지사라고 했죠?"

"근데 잠시 쉬는 중이에요."

"왜요?"

"그게…… 결혼하면 어차피 살림만 할지도 모르고 또 잠시 사정이……."

정희는 말끝을 흐렸다. 그냥 사실대로 말할까 잠시 망설이는 사이 잠자코 기다리던 그가 먼저 입을 열었다.

"어머님하고 외할머니 앞에선 어떻게 말한 겁니까?"

"아, 계속 근무 중인 걸로 해 주세요."

"주민센터 근무 중."

하고 말하며 그는 종이에 적었다. 자지레한 질문들이 좀 더 이어졌고, 정희는 취업이 절실한 지원자처럼 응대했다. 그의 사무적이고 꼼꼼한 태도에 딱히 거부감이 들지는 않았지만 정희는 조금은 억울하다는 느낌을 떨칠 수 없었다. 그래서 불쑥 한마디를 건넸다.

"여러 가지로 고맙긴 한데요. 그쪽을 고용 비슷하게 한 건 저라는 걸 잊진 말아 주세요."

정희는 말을 내뱉고 난 순간 치졸한 반항이란 생각에 자책했다. 그는 멈칫하다가 빙그레 웃는다.

"물론이죠, 고용주님."

그의 너스레는 썩 시기적절하다고 여기며 정희도 환하게 웃었다.

"프로젝트 제목은 무엇이 좋을까?"

그가 혼잣말을 하며 생각에 잠겼다. 신규 프로젝트를 이끄는 팀장 같은 모양새였다.

"굳이 제목까지 꼭 정해야 할까요? 너무 거창하게 생각하지 않으셔도 되는데."

"일이 작거나 크거나 상관없이 기획이며 형식은 똑같이 완벽해야 하죠."

아무렴. 그녀는 건성으로 고개를 주억거렸다.

"장항선 급조정혼은 어때요?"

"네?"

"급조한 정혼으로 장항선을 함께 타는 프로젝트니까 딱 맞을 것 같은데."

"정혼이라고 할 것까진 없지 싶은데요."

"혼인을 약속한 사이가 정혼. 같은 말로는 가약, 혼약이 있죠. 왜, 맘에 안 듭니까?"

"글쎄요. 급조라는 말도 좀 그렇고요. 어쩐지 부실을 떠올리는 낱말이잖아요."

"좋은 용어가 있으면 말해 봐요."

"기왕이면 행운을 떠올리는 말이면 좋을 것 같아요. 믿는 대로 된다는 말이 있잖아요."

"믿는 대로 된다? 들어 본 적 없는데?"

"됐어요. 그냥 장민우 씨가 정하세요."

하마터면 숙제를 자청해서 대책 없는 고민에 잠길 뻔했다. 도대체 언제부터 무언가를 선택하는 일이 고역이 되었을까? 정희는 잠시 씁쓰름해졌다.

"흠, 그렇다면…… 급행은 어떻습니까? 급행혼약. ……장항선 급행혼약?"

"뭐, 그게 차라리 낫지 싶네요."

"장항선 급행혼약."

읊조리며 그가 종이에 적었다. 비록 작은 참견이었지만 시종 심문 당하듯 답변만 하다가 모처럼 고용주답게 협의를 이끌어 낸 점이 마음에 들어 정희는 생긋 웃었다.

첫 번째 장항 방문은 토요일로 잡았다. 교통편은 정희의 뜻에 따라 승용차 대신 기차로 정했다. 입을 맞춰야 할 사항이 더 떠오르면 그 문제는 기차 안에서 해결하기로 했다.

서울로 돌아가는 기차 안에서 그가 물었다.

"몽땅 나한테 줘 버린 돈 말입니다. 액수가 궁금하진 않아요?"

궁금하긴 했다. 하지만 굳이 알고 싶지는 않았다.

"솔직히 장민우가 씨가 가져 주시니 맘이 편해요."

그 돈은 어차피 정희 수중에 들어온대도 차마 쓰지 못할 돈이었다.

어느새 차창으론 성긴 불빛들이 하나둘 둥둥 떠다녔다. 퍽이나 다양한 풍경을 주는 하루다. 어쩐지 오늘 날씨가 자신의 내면과 같은 궤도로 변모를 거듭했다는 생각이 들었다. 창을 따라붙는 동그란 불빛 하나가 얼굴로 변한다. 엄마의 작은 얼굴이었다가 이내 할머니의 야윈 얼굴로 다가온다. 또 하나의 불빛이 아까부터 기차를 따라오고 있었다. 희망이라는 이름을 가진 빛이.

방 밖으로 나온 후 30일 — 신은 죽지 않았다.

2호 차

언제부터인가 경자 씨는 유행하는 옷에는 욕심을 품지 않았습니다. 주변의 색깔에 동화되는 옷을, 그런 모양새를 탐하기 시작했습니다. 그녀는 안타깝게도 어른이 될 때까지 예쁘다는 소리는 거의 듣지 못했습니다. 아마도 모친 말고는 그 누구도 예쁘다는 말을 하지 않았을 겁니다.

그렇지만 경자 씨는 다른 사람의 어여쁨을 칭찬할 줄 알았습니다. 그리고 보니 경자 씨를 예쁘다고 칭찬하는 마을 사람들이 꽤 많았군요. 그들은 입을 모아 이렇게 말했습니다.

"경자만큼 마음이 예쁜 사람이 또 있을까?"

장항의 중학교를 졸업하자 많은 친구들이 학교의 주선으로 신례원과 대전의 방직공장으로 취직을 했습니다. 그곳은 일을 하면서 학업을 병행할 수 있는 공장이었습니다. 하지만 어머니는 어려운 형편에도 기어이 경자 씨를 고등학교에 진학시켰습니다.

"다른 집은 입이 많아서 죄다 거둘 방도가 없겠지만, 우린 덜렁 너 하나잖어."

그렇게 장항에서 고등학교를 졸업한 경자 씨는 어머니의 권유로 수협 공판장에 이력서를 내고 면접을 보았습니다. 하지만 그녀는 학업 성적이 우수했는데도 탈락하고 말았습니다.

"거긴 너같이 똑똑한 머리가 필요 없는가 벼."

어머니의 위로를 우군 삼아 경자 씨는 몇 군데 더 이력서를 냈지만 부름을 받지는 못했습니다.

"어째 너보다 공부 못한 것들은 죄 합격시키면서!"

어머니는 치를 떨었습니다.

"망할 남정네들 같으니!"

경자 씨는 결국 군산으로 건너가 이모 부부가 운영하는 식당에서 일을 시작했습니다.

계산대는 어두운 조명을 쓸 수 없어서 옴팍옴팍 얼굴에 퍼져 있는 수두 흉터는 물론이거니와 까무잡잡한 피부 또한 감출 수 없었습니다. 어쨌거나 식당 근무는 카멜레온처럼 주변의 사물과 자신을 동화시키려던 방어막 전술을 무용지물로 만들었습니다.

그렇지만 경자 씨는 식당 일을 감사하게 받아들이고 바지런히 움직였습니다. 키가 썩 작은 경자 씨를 위해 이모가 굽이 높은 신발을 선물했지만 경자 씨는 단화를 더 자주 신었습니다. 활동에 편한 신발을 신어야 이모를 더 많이 도울 수 있었기 때문입니다.

얼마 후 첫 월급을 탄 경자 씨는 장항에서 생선 좌판으로 생계를 이어 가는 어머니에게 고스란히 가져다주었습니다. 다음 달 월급도 가져다주었습니다. 몇 달 뒤 어머니는 이모를 찾아와 한참 동안 머리를 맞댔습니다. 그러고는 경자 씨를 데리고 도시의 병원을 다니기 시작했습니다. 그즈음 점을 제거할 동안은 가게를 쉬었고, 다시 일을 하면서 수두 흉터를 수습하기 시작했습니다.

오랜 노력 끝에도 주위 사람들에게 여전히 예쁘다는 소리는 듣지 못했지만 어머니만은 환하게 웃어 주었습니다.

"타고난 얼굴이야 팔자니 어쩔 도리 없어도 피부만 고와도 한결 예쁘네그려."

뿌듯하게 바라보던 어머니가 갑자기 경자 씨를 끌어안고 눈물을 찔끔 흘렸습니다.

"죄 내 탓이여. 니 아부지한테 하루하루 맘 졸이다 보니 널 못 챙겼어. 어차피 떠날 양반이었는데 말여. 그때 니 병원이나 데리고 다녔음 지금보다 예뻤을 겨."

경자 씨는 어머니를 원망하지 않았습니다. 동네 찐빵집 주인도 곰보였으며, 당시엔 수두 흉터가 남은 사람들이 흔했기 때문입니다. 더욱이 경자 씨는 당시 자신이 간지럼을 참지 못하고 손으로 생채기를 내는 바람에 흉터가 심해졌다는 사실을 알고 있었습니다.

경자 씨가 식당에서 근무한 지 1년이 지났습니다. 단골손님들의 태도가 확연히 달라졌다는 바를 경자 씨는 피부로 체험합니다.

"아가씨, 요새 연애라도 해? 예뻐졌어."

손님들에게 그런 말을 자주 듣다 보니 그저 말 인심 같지만은 않았습니다. 그때부터 경자 씨의 나지막한 말소리는 살짝 커졌다지요. 그렇다고 이따금 가슴을 쿡쿡 찌르는 말들이 사라진 것은 아니었습니다. 오늘도 젊은 남자 세 명이 계산을 하면서 서로 보며 웃음을 참는 표정을 짓습니다. 채 식당을 벗어나기 전에 한 명이 성급하게 내뱉습니다.

"우악, 진짜 못생겼다."

그때 우람한 어깨를 가진 한 남자가 들어서다 말고 그들의 뒤통수를 노려보았습니다. 기름때에 전 작업복을 입은, 순박하고 얼굴선이 고운 단골이었습니다. 그는 경자 씨보다 서너 살이 많았으며, 장항에서 선박 수리 일을 하고 있었습니다. 그 시절엔 장항의 많은 사람들이 배를 타고 군산으로 건너와 물건을 사고 사람을 만나곤 했거든요.

경자 씨는 '못생겼다'는 말이 그날따라 가슴이 아팠습니다. 바로 그 남자가 들었기 때문입니다. 처음에는 동료들과 들락거리다가 최근 들어 혼자 오는 일이 많아졌습니다. 언제부터인지 경자 씨는 그 사실을 알고 있었습니다.

어느 날, 테이블에서 떨어져 바닥을 구르는 접시를 집고자 주저앉던 남자는 거북살스러운 모양새를 연출하고 말았습니다. 바지가 북 터졌던 겁니다. 그것도 엉덩이 쪽 속옷이 몽땅 드러날 만큼.

한가한 때라 이모는 시장에 가고 없었고, 이모부는 주방에서 서울올림픽 중계방송을 시청하고 있었습니다.

"꿰매 준다고? 그럼 이거 일단 입으라고 줘라."

이모부가 건네준 추리닝을 남자에게 내밀었습니다. 머뭇거리던 그는 결국 바지를 갈아입은 뒤 터진 옷을 객쩍게 내밀었습니다. 경자 씨는 바느질에 일가견이 있었으며 재봉틀은 더욱 자신이 있었습니다. 아마 그녀는 이모네 식당에 취직을 하지 않았다면 '옷 수선' 가게를 차렸을지도 모릅니다.

여하튼 경자 씨는 한달음에 식당 안 살림집으로 들어가 재봉틀 앞에 앉았습니다. 그녀에게 바지를 건네준 남자가 고마웠습니다. 그냥 고마웠습니다. 그래서 그가 마음을 바꿔 바지를 그냥 달라고 할까 봐 도망치듯 바지를 들고 왔던 겁니다.

그날 이후 남자는 식당에 오는 횟수가 더 늘어났습니다. 그리고 계산대에서 계산을 치를 때마다 빤히 경자 씨를 내려다봅니다.

오늘도 경자 씨는 남자가 자신을 내려다보고 있다는 바를 알 수 있었습니다. 그래서 머리카락은 단정한지, 또 비듬이라도 보이지는 않는지 공연히 걱정을 하면서 계산을 마쳤습니다. 잔돈을 주머니로 넣던 남자가 손에 무언가를 쥐었는지 주머니가 볼록해졌습니다. 이 윽고 계산대 위로 남자의 주먹이 펴지자 양갱 하나가 뚝 떨어집니다.

"먹어요."

무뚝뚝한 말과 함께 남긴 양갱을 경자 씨는 두 손으로 감싼 채 오래도록 그대로 앉아 있었습니다.

그녀는 한참이 지난 뒤에야 가게 밖 시장 어귀로 나갔습니다. 물론 남자는 보이지 않았고, 저 멀리 양쪽 도시를 가로지르는 금강으로 노란 불빛들이 꽃망울처럼 떠 있었습니다. 그때 애앵, 사이렌 같은 소리가 저편에서 울려 퍼졌습니다. 장항으로 향하는 배가 곧 출발하나 봅니다. 경자 씨는 내항의 도선장 불빛을 바라보며 은근 한 고백을 하는 것처럼 속삭였습니다.

"고마워요, 그대."

✳✳✳

집으로 돌아온 정희는 곰국을 불에 올린 뒤 칼로리를 보강하고 자 치즈를 넣은 계란말이를 만들었다. 말을 많이 했던 하루여서 그런지 오랜만에 유익한 시장기가 돌았다. 새김질해 보니 지난 석 달 동안 했던 말보다 더 많은 말을 오늘 하루에 다 쏟아 냈다.

'말실수는 없었을까?'

그런 염려는 이내 큰일을 치러 냈다는 뿌듯함이 밀어 냈다. 게걸스레 저녁을 먹은 뒤 여기저기 옷가지를 뒤적여 세탁기를 돌리고는 청소를 시작했다. 이마에 땀이 나자 기분이 좋았다. 목이 마른 그녀가 부엌으로 걸음을 옮겼다. 습관처럼 생강차를 타려는데 유자차로 저절로 손이 갔다.

정희는 흡족하게 유자차를 홀짝거리며 휴대폰을 잡았다. 성준의 전화번호 앞에서 망설였다. 이제는 그를 편히 놓아줄 수 있었다. 장민우를 믿지 못하는 건 아니지만 백 프로 장담은 할 수 없는 노릇이라 성준을 놓아주는 시기를 좀 늦추는 게 낫지 싶다. 성준의 번호를 넘긴 뒤 날마다 걸고 싶어도 아프게 참아야 했던 번호를 터치했다.

— 그래, 어쩐 일이냐.

목소리만 들어도 마치 따스하게 안아 주는 것 같다.

"할머닌 좀 어떠셔?"

— 그대로지 뭐.

"계속 병원에 계시고?"

— 집으로 옮겼다고 했잖냐.

잠시 착각했다. 그런 혼돈에 정희는 울컥했다. 엄마의 목소리는 따스하지 않다. 첫마디부터 투박했다. 이쪽에서 안기려 들어도 밀어 낼 것처럼.

"엄마."

— 응.

"토요일에 그 사람이 인사하러 간대."

— 확실해?

엄마가 반색하는 것 같다. 아니 그렇게 믿고 싶다.

"반갑지?"

— 거야 할머니가 좋아하겠지.

"엄마도 좋아할 거야. 좋은 사람이야."

— 흥, 첨부터 안 좋은 사람이 있나.

시큰둥한 말투에 정희는 잠시 입을 다문 그녀는 곧 마음에 드리워진 그늘을 털어 냈다. 설날에 갔을 때처럼 '진짜 있긴 한 거냐?' 하고 빈정거리지 않는 것만 해도 어디인가.

— 할머닌 주무신다.

목소리를 듣고, 또 직접 알리고 싶은 욕심은 미루어야 했다.

"할머니 일어나시면 전해 줘. 그럼……."

통화를 마치려는데, 엄마가 재빨리 말한다.

— 그 사람 뭐 좋아하나?

여전히 퉁명스러운 말씨였지만, 정희는 단박에 기분이 좋아져 환하게 웃었다.

"잡식성 포유류라 다 잘 먹어."

그가 시장에서 했던 말이 떠올라 그렇게 말했다.

"요즘엔 뭐 말려?"

— 주로 물메기하고 박대지. 아귀도 말리고.

"그거면 돼. 다른 음식은 그 사람이 사 갈 거야."

엄마는 외삼촌이 운영하는 서천의 건어물 가게에서 일한다. 경매로 받은 생선을 손질해 말리는 일을 주로 한다. 손수 판매가 가능한 좌판도 겸했는데 지금은 외할머니 병시중 때문에 장항의 집에서만 작업한다.

통화를 마치고 나자 들뜬 마음이 곧 헝클어진다.

'그 사람이 약속을 지킬까? 당일에 전화할 걸 그랬나 봐.'

정희는 어렵게 찾아든 일상의 빛줄기 앞에서 어두운 예감일랑 삼가고 싶었다. 일단 그를 믿기로 했다. 그녀가 머물고 있는 곳은 거실 겸 큰방 하나에 작은방 하나의 구조로 된 아파트다. 정희는 동생의 방문 앞에 대고 뽐내듯이 말꼬리를 추켜올렸다.

"누나, 주말에 장항 간다."

주인을 맞이한 강아지처럼 방 안을 빙빙 돌아 걷다가 유자차를 한 잔 더 탔다. 장민우는 이쪽을 배려해 주느라 유자차를 시킨 것 같다. 마스크를 힐끔 보고 주문을 했으니 말이다. 묘한 남자다. 말씨도 그렇고 두뇌 회전이 여간 빠른 게 아니다. 유품 정리 일은 아르바이트일까? 그러기엔 나이가 좀 많다. 아니면 그쪽으로 사업을 하려는 걸까. 하긴 요즘은 취업이 어려우니 다양한 창업으로 생계의 돌파구를 열고 있지 않은가. 문득 탄식이 새 나온다.

"백화점을 가자고 할걸!"

영등포역에서 내리면서 용산역까지 간다는 그를 밖으로 끌어내지 못했던 게 못내 아쉬워지는 순간이다.

"슈트를 한 벌 선물했어야 했어."

간절했지만 그를 어떻게 설득해야 할지 내내 고민하다가 끝내 말을 꺼내지 못했다.

스프링노트를 꺼내려고 가방을 열고서야 빵을 담았다는 사실을 깨달았다. 배는 이미 잔뜩 부른 상태였다. 그녀는 빵을, 그리고 장민우의 전화번호가 담긴 휴대폰을 번갈아 보며 고민에 잠겼다.

❈ ❈ ❈

장항선의 명칭은 1955년부터 시작되었다. 장항이 종착지였던 노선은 2008년에 군산을 거쳐 익산까지 연장되었음에도 예전 명칭 그대로를 유지하고 있었다.

민우는 종점인 익산역까지 기차를 타고 갔다가 역 주변을 둘러본 뒤 용산행 상행선을 탔다. 기왕 익산까지 왔으니 왕궁리 등 유적을 둘러보고 싶었으나 대중교통이 너무 빈약했기에 포기했다.

사실 상관없었다. 단지 기차를 타고 싶었을 뿐이다. 줄곧 이유를 찾아야 움직였고, 필요에 의해서만 시간을 쪼개며 살았다. 하지만 어제 예기치 않게 깨달았다. 목적지가 모호해도 여행은 낭비가 아니라는 걸. 즉흥적이며 아주 작은 여행일지라도 말이다.

차창 밖으로 시시각각 변모하는 풍경은 의외로 현재의 상념에 기여했다. 스스로를 애써 갉아먹어야 직성이 풀리던 날이 선 심중에도 쉼표가 생겼다. 어쩌면 이것은 양정희라는 여자 덕분에 얻은 선물이었다.

장항선에 신축 역사가 흔한 이유도 검색을 통해 알았다. 군산역도 그렇고 장항역 역시 선로 직선화 공사 때 새로 지어졌기 때문이다. 몇 년 후면 수도권에서 출발해 당진과 내포신도시를 거친 고속 열차가 홍성역으로 합류할 터였다.

민우는 마치 처음부터 그럴 계획이었던 것처럼 자연스럽게 대천역에서 내렸다. 시내에 들어가 전날 들렀던 식당에 들러 팥죽을 먹었다. 문득 손님끼리 나누는 이야기가 귀에 들렸다.

"그럼 가짜 시청 직원이었던 거여?"

"아, 글씨. 요새 보이싱인지 뭔가 하는 사기하고 비슷한겨 벼. 첨부터 난 수상했어. 요새 젊은 것들이 얼마나 약은가. 공연히 노인네를 도왔겠어. 다 등쳐 먹을 속셈이었던 겨."

"아무리 그래도 저승 노자를 탐내다니. 천벌을 받을 짐승들이여."

민우는 사람들의 이야기를 뒤로하고 식당을 나왔다. 그러고는 이곳에서 정희가 건넸던 말을 떠올렸다.

"저랑 함께 밥을 먹어 줘서 고마워요."

여전히 그녀의 말은 아프게 가슴을 찌른다.

시장을 가로질러 걷다가 '친절한 빵집' 앞에서 머뭇거렸다. 안쪽에서 빵을 팔고 있는 부부는 온화한 인상부터가 과연 퍽이나 친절해 보였다. 어렸을 적에 이런 빵집이 동네에 있었다면 아마 형은 날마다 들렀을 것이다.

할머니가 돌아가신 뒤 형은 17세의 어린 나이에 소년 가장이 되었다. 형은 동생인 민우 앞에서는 늘 조숙한 어른이었다. 그런 형도 결국은 외로움에 사무친 인간이라는 것을 빵을 통해 알았다. 갑자기 형은 빵으로 끼니를 대신하기 시작했다. 차라리 라면이 좋다고 불퉁거리는 민우를 무시할 만큼 빵에 대한 형의 집착은 가히 대단했다.

어느 날, 밤새 화장실을 들락거리던 형이 심한 몸살에 걸렸다. 민우의 전화로 동사무소 직원이 다녀갔고, 이어서 낯선 상담사가 방문했다. 빵을 과식한 게 몸살의 원인이라고 판단이 내려진 뒤였다.

"탄수화물 중독증이 뭔데요? 그리고 전 스트레스 따위 안 갖고 놀아요."

중독이니 정서적 불안 증세니 하는 말에 더럭 겁이 난 형은 동생을 놔두고 어딘가로 수용될지도 모른다는 불안감에 흠뻑 빠졌다. 그래서 실토했다.

"중독 아니고요, 제 정신도 말짱해요. 빵은 그냥 버리기 아까워서 먹었다고요."

그 많은 빵을 사 온 당사자가 자신이라는 바를 지적받은 형은 이렇게 응수했다.

"밤까지 안 팔린 빵이 많이 있길래 싸게 준다 해서 돈을 몽땅 털었어요."

이어서 왜 형제의 비상금을 털면서까지 그 빵들을 구입해야 했는지 추궁을 당했다. 한참을 망설이던 끝에 형은 모기만 한 소리로 이렇게 대답했다.

"아줌마가 너무 친절했어요. 그래서 자꾸 가고 싶었어요."

빵집 주인이 세상에서 가장 친절한 사람이 될 만큼 어린 가장은 남몰래 외로움을 삼켰나 보다. 유일한 가족인 동생이 워낙에 쌀쌀맞고 이기적이라 더 외로웠으리라.

민우는 '친절한 빵집'과 시장을 지나친 뒤 버스를 타고 종점인 항구까지 갔다. 여객선 터미널에서 섬으로 뻗은 노선을 훑으면서 헐벗은 겨울 방랑자의 기분을 불러들였다. 어쩌면 아버지도 집을 나온 후 맞이하게 된 초라한 말년에 여기를 기웃거렸을 것 같은 생각마저 들었다.

초저녁에 서울에 도착한 민우는 택시를 타고 화장터로 갔다. 가방이 실린 승용차를 찾은 뒤 숙소인 여인숙을 들르지 않고 형네 집으로 향했다.

"어디 갔다 오는 거냐?"

일이 없어 일찍 퇴근한 형이 다짜고짜 민우를 소파로 이끈다. 굽어지지 않는 한쪽 다리 탓에 실내에서도 지팡이에 의지하는 형의 모습에 왈칵 부아가 치민다. 민우는 애써 표정 관리를 하며 되물었다.

"무슨 일 있어?"

"무슨 일이긴! 한 사장님 만나러 간 줄 알았는데 아니라니까 걱정된 거지."

세 살 터울인 형은 젊은 나이에 벌써부터 세파에 찌든 그늘이 얼굴에 깊이 박혀 있었다. 그럴 만했다. 일찌거니 가장 노릇을 해 댔으니.

"잠깐 방에 좀."

민우는 여전히 복받치는 감정을 다스리고자 숨듯이 민우 몫의 방으로 들어갔다. 성급히 방문을 닫은 그는 다양한 입체 도면과 자동차 부품 시제품이며 피규어 등이 널려 있는 널찍한 책상 앞에 앉아 심호흡을 했다.

형은 어릴 때부터 '우리 똑똑한 동생'이란 말을 입에 달고 살았다. 그러면서도 민우에게 속내를 밝히는 데는 인색했다. 기존에 했던 사업에 실패하고 청소업체로 다시 시작하면서도 민우에게는 알리지 않았다. 직업을 다시 유품 정리업체로 바꾸었다는 것 역시 밝히지 않았다. 하지만 민우가 정녕 참을 수 없는 것은 마지막으로 보낸 거액이었다. 민우가 호사스럽게 공부를 할 수 있었던 그 돈의 실체를 형은 반드시 밝혀야만 했다.

한국으로 돌아와서야 형이 뺑소니 교통사고를 당해 한쪽 다리의 기능 일부를 상실했음을 알았다. 그래서 직업도 바꿨다고 했다. 형이 좋은 여자를 만나 결혼했고 예비 아빠까지 됐다는 점을 애써 기억하며 민우는 막연한 죄의식을 죽였다.

한 사장과는 보름 정도 휴식을 취한 후에 본격적으로 일을 시작하기로 합의했다. 내키지는 않았지만 아버지를 모셨다는 추모관을 들렀다. 그래도 말년에 유산이나마 나눠 주었던 양반이었기에 애증이 교차하는 중이었다.

그런데 예상치 못했던 일이 벌어졌다. 누군가 추모관에 먼저 와 있었다. 새내기 대학생쯤으로 보이는 여자가 먼저 인사를 건넸다.

"뵙는 순간 누군지 알아봤어요."

그녀가 아버지의 사진을 가리키며 말했다.

"많이 닮으셨어요."

코흘리개 자식들을 버리고 새장가를 간 이 매정한 노인네를 닮았다니! 명백한 악담이었다.

"아빠가 몇 번 말씀해 주셨어요."

그녀는 아버지가 재혼해서 낳은 딸이라고 선선히 자신을 소개했다. 여자는 매정한 부친 아래서도 예의 바르게 자란 성싶었다.

"항상 형제분들께 죄송한 마음이었어요. 엄마도 그렇고 저도 마찬가지로 유산이라도 남기셨으면 챙겨 드리고 싶었는데 빚만 잔뜩 남기고 가셔서⋯⋯."

"충분히 남기신 걸로 아는데?"

"네? 뭔가 오해를 하시는 것 같아요."

"정말 남긴 유산이 없었다고?"

"정말이에요. 빚만 잔뜩 남기셔서 저희도 유산 포기 각서를 썼거든요. 정 못 믿겠다면 대행해 준 법무사 사무실 알려 드릴게요."

일단 말을 더 섞어 본 민우는 그녀가 거짓말을 하는 게 아니라는 걸 알아차렸다. 그럼 그렇지. 매정한 노인네가 새삼 자식들을 챙길 리 없지. 그렇다면 유산이었다는 돈은 어디서 나왔단 말인가. 머릿속으로 형의 교통사고와 송금 시기를 가늠해 보았다. 뺑소니가 아니다. 보상금을 잔뜩 받았으리라. 제길, 왜 의심 한 번 안 해 봤을까. 아니, 의심조차 하기 싫었던 것이다. 민우 자신은 내내 그렇게 살아왔으니까.

추모관을 나와 한달음에 형을 찾아갔다.

"유산 좋아하네! 어떻게 그런 엿 같은 발상을 할 수 있냐!"

민우는 고래고래 울부짖었다. 이 울분을 마음 안에 가두면 자신이 못 견딜 것 같아서, 자신이 아프기 싫어서 형을 연방 몰아세웠다.

"형, 바보냐! 그래, 항상 바보처럼 살았지. 성인군자 흉내 내며 매번 자기 학대를 선행이라고 착각하고 살았지. 아무리 그래도 이건 아니잖아. 엿 같은 내 입장은 생각 안 해 봤어!"

"속인 건 미안하다. 그리고 이미 다 지난 일이야. 어쨌든 결과가 좋잖냐."

토닥이는 형의 손을 뿌리치고 민우는 선언했다.

"형 다리 한쪽으로 얻은 출세, 나 포기할 거야!"

"안 돼! 민우야! 우리가 어떻게 살아왔냐!"

"보란 듯이 살자고 이 악물었지. 하지만 이건 아냐. 불공평해! 같이 폼 나게 살아야 정답인 거잖아!"

형도 목청을 세웠다.

"꼭 둘 다일 필욘 없었어! 버거우면 한쪽으로 밀어 줘야지! 정 미안하면 네놈이 왕창 벌어서 날 호강시켜 주면 되잖냐!"

"진짜 엿 같다, 이런 시추에이션."

민우가 드물게 흘렸던 눈물을 훔치자, 형은 흥분을 가라앉히고 나직이 입을 열었다.

"너한테 난 형이면서 아버지야. 아버지가 되고 싶었던 내 욕심으로 받아들여."

"보상금을 나한테 보내지 않았다면 형 시체 치우는 일 말고 다른 일 할 수 있었겠지?"

"시체 치운다는 건 오해다. 주로 집 안 청소고, 가끔 죽은 사람 방도 치울 뿐이야."

"나도 같이 하자."

"뭐?"

"정말이지 이대론 난 일 못 해. 형 집에서 살지도 못하겠고, 형수가 사 준 양복도 못 입겠어."

"말이 되는 소릴 해라."

"한다. 내 고집 알지?"

"글쎄. 안 된다니까!"

민우는 혼자 집을 나가 새벽까지 술을 마셨다. 자신을 이때까지 뒷바라지해 준 형을 생각하면 방황도 사치라고 여겨져 그날 아침에 형을 만나 선언했다.

"한 달. 적어도 한 달은 같이 해, 제길. 더는 양보 안 해."

지난날을 새김질하자니 또 스스로에게 부아가 치민다. 한 달을 다 채웠는데도 여전히 형의 다리만 보면 불편하다. 민우는 습관적으로 피하던 나약한 모습을 지워 낸 뒤 거실로 나왔다.

"도련님 오셨어요?"

잔뜩 배가 부른 형수가 해사하게 웃으며 다가왔다.

"저녁 안 드셨죠?"

일단은 뭐든 먹이려 드는 버릇은 형과 퍽이나 닮았다.

"먹고 왔어요."

"에이, 도련님."

형수가 잔뜩 실망하며 눈총을 쏜다.

"우리 조카는 잘 큽니까?"

"튼튼할 거 같아요. 축구 선수가 되려는지 발길질이 제법이에요, 풋."

"그럼 엄마를 닮겠군요."

"네?"

"우리 형은 축구 짱이거든요. 참, 남의 집 유리창 깨는 덴 소질 있어요."

"어머머."

형수는 해맑게 웃더니 형을 향해 휙 고개를 돌렸다.

"봐요. 우리 도련님도 유머에 소질 있잖아."

민우를 '목석'이라고 몰아붙이던 형에 대한 힐난이었다. 민우는 기분이 좋았다. 배가 불러 오는 형수를 본 뒤부터 학창 시절의 유머 감각을 되살리고자 애썼는데 어느 정도 성과를 본 성싶다. 여하튼 동생을 위해 희생만 했던 형에게 행복을 안겨 주는 형수는 더없이 고마운 존재였다.

민우가 형수와 이야기를 나누면 형은 잘 끼어들지 않았다. 다만 눈앞의 두 사람이 벽을 허무는 모양새를 오롯이 즐겼다.

"아이는 사람이 북적거려야 말도 빨리 배우고 지능도 좋아진대요."

형수가 복선을 깐다. 아니나 다를까.

"그러니 도련님, 빨리 들어오세요."

또 설득에 돌입한다.

"그러자, 민우야. 네 형수 말이 맞다. 네 녀석이 나불댔던 그놈의 한 달도 다 채웠잖니."

형도 거들었다. 귀국하고 잠깐 머물렀던 집이다. 넉넉하지도 않은 형편에 형은 융자를 안고 방이 셋 딸린 아파트로 이사해 있었다. 물론 민우 때문이었다. 한동안 형수가 차려 준 밥상이며 손길을 쑥스러워하면서도 소중히 누렸다.

하지만 저주스러운 진실을 알고부터는 표정 관리에 자신이 없었다. 더욱이 배가 부른 형수였다. 청승은 혼자 숨어서 떠는 게 나았기에 집을 나와 아버지가 마지막에 얻었음직한 허름한 여인숙을 달방으로 계약했다.

"집으로 들어오는 일은 조금만 시간을 주세요."

"민우야!"

형이 발끈하자 형수가 만류했다.

"그러세요, 도련님. 기다릴게요."

형수는 짐짓 양보하는 듯했지만 실상은 그녀야말로 협상의 대가였다. 그녀는 끈기 있고 진솔한 모습으로 사람을 설득하는 데 일가견이 있었다. 이것은 민우가 감탄하면서 존경심까지 품는 부분이기도 했다. 문득 양정희의 모습이 형수와 겹쳐진다. 닮은 얼굴도, 닮은 꼴 말솜씨도 아닌데.

민우는 비로소 방문 목적을 드러냈다.

"형수님, 세탁소 갔더니 제 양복을 찾아갔다던데……."

"제가 어제 가는 김에 찾아 놓았어요."

"모레 입어야 해서요."

"어머!"

형수가 묘한 웃음을 지으며 바라본다.

"별거 아니고 결혼식 같은 델 갈 일이 생겨서요."

"어쩐지. 그래서 도련님 오늘 표정이 들떠 보이셨구나."

"헛, 그래 보였어요?"

민우는 피식 웃으며 형수의 호기심 가득한 눈길에서 비켜났다.

"혹시…… 은주 아가씨도 같이 가나요?"

"아뇨."

민우는 다시금 형수의 호기심으로 반짝거리는 눈길을 피했다.

딱 한 번, 그것도 공항에서 같이 만나는 바람에 다 함께 밥을 먹었을 뿐인데도 형수는 가끔 은주를 들먹이곤 했다. 귀국하면 형과 형수에 이어 가장 궁금했던 얼굴이었다.

하지만 체형이며 얼굴이 유명 배우를 닮은 '표준형'으로 변모해 있는 은주 앞에서 민우는 엉뚱한 체험을 했다. 느닷없이 그녀가 머리, 가슴, 골반, 팔다리로 분리되고 합체된 덩어리로, 모델링으로 인식되었다. 민우가 3D툴에 푹 빠져 있었던 탓인지도 모른다. 한 가지 분명한 것은 은주의 세련되게 진화한 모습에서 민우 자신의 욕망이 보였다는 것이다. 어쩌면 민우도, 그녀도 누군가의 삶을 모델로 삼고 달려왔다는 공통점을 가졌으리라. 요컨대 그녀는 누군가의 외형을, 민우는 누군가의 지위를 닮고 싶던 것이다.

여하튼 그때부터 민우는 은주를 피하는 중이었다. 그저 누이동생으로 여기고 지내기에는 서로가 나이가 적지 않았고, 또 다행히 은주는 자신을 숭배해 주는 남자들을 아직은 사정거리 밖으로 추방하지 않은 듯했다.

형수가 안경을 고쳐 쓰며 말머리를 돌렸다.

"참, 도련님. 내일 한 사장님이 저희 부부한테 점심 사신대요."

한 사장의 친동생은 민우와 동창생이다. 그래서 한 사장은 형과 안면이 있는 동창을 내세워 진즉부터 이 집을 들락거리고 있었다.

"가는 김에 우리 커플 피규어, 그거 하고 오려고요."

회사의 출발지였으며, 지금은 부품 공장 홍보를 위해 운영하는 3D프린터 스튜디오 근처로 약속을 잡았나 보다. 한 사장이 직접 재촉하는 건 아니지만 보아하니 형을 통해 에둘러 압박하는 모양새다.

"아무 거나 입고 가도 잘 나와요?"

형수가 살짝 들떠 물었다.

"네, 투명하거나 반짝이는 것만 없으면 됩니다."

"안경은요?"

"스캔할 때 벗고 해도 안경 낀 모습 그대로 나올 수 있어요."

"아유, 친구 한 명이 결혼식 때 만든 거 보고 다들 신기해했는데, 도련님 덕분에 저도 호강하네요."

"기왕 하는 거 가장 큰 사이즈로 해 달라고 하세요."

"에이, 그런 일은 도련님이 직접 청탁 넣어 주셔야죠."

"형수님도 참. 고작 미팅 한 번 했던 직원들인데요. 뭐."

"어차피 도련님이 총책임자가 될 거잖아요."

형이라면 짜증을 냈을 텐데, 형수 앞이라 슬그머니 고개만 돌렸다. 그때 곁에서 코를 킁킁대던 형이 미간을 찌푸렸다.

"아이구, 냄새!"

"비누칠 잔뜩 했는데."

"비누는 냄새를 지우는 게 아니라 잠깐만 감출 뿐이야. 우선 씻어라."

"사우나 가서……."

"집 욕실 놔두고 왜! 어차피 이젠 작업복도 필요 없으니 벗어 놓고 가."

"그러세요. 아예 새 옷으로 갈아입고 가시는 게 낫겠네요."

민우는 형과 형수에게 떠밀려 욕실로 들어갔다.

샤워를 마치고 방에서 슈트를 입고 나오니 형수가 감탄 어린 눈길로 위아래를 훑어보곤 이내 갸웃한다.

"따뜻하긴 해도 그래도 겨울인데 새 코트가 필요할 것 같네요."

"숙소에 새 패딩이 있어요."

"그 검은색 말이에요? 코트가 더 좋을 것 같은 걸요. 에이, 진즉에 새 걸로 한 벌 장만해 드릴 걸 그랬어요."

"내 거 새로 산 거 있잖아."

형의 말에 그제야 생각났다는 듯 형수가 안방으로 내달렸다.

"이거라도 가져가세요."

그러곤 기어이 형의 코트를 손수 입혀 준다.

"결혼식엔 신부 쪽 미녀들이 바글거리잖아요. 혹시 알아요?"

"쓸데없는 소릴!"

형이 버럭 소리쳤다.

민우를 배웅하고 난 뒤 정우는 만삭의 아내에게 혀를 찼다.

"농담할 게 따로 있지, 원. 은주하곤 옛날부터 사귀던 사인 줄 당신도 알잖아?"

"서로 미지근하던데, 뭐. 그냥 친한 정도였어. 그리고 더 좋은 여잘 만날 수도 있잖아."

"당신은 민우를 아직 몰라."

"도련님도 남자야."

"남자도 나름이지. 이 여자 저 여자 만나는 남자를 혐오하는 민우잖아."

"솔직히 난……."

아내는 정우의 눈치를 살피며 조심스럽게 말했다.

"도련님이 다른 여자도 좀 만나 봤으면 좋겠어요."

"당신……."

발끈하는 대신 정우는 아내를 뚱하니 바라보았다. 그녀는 여린 듯하면서도 누구보다 솔직하고 직감이 탁월한 여자다. 절대 경솔하지도 않다. 은주를 포함해 네 사람이 함께 식사도 했었다. 어쩌면 아내는 정우가 미처 헤아리지 못한 기류를 이미 파악하고 있는 건지도 모른다. 정우는 민우가 차를 마셨던 식탁 위를 바라보았다. 옷을 갈아입으며 내놓았던 휴대폰은 잊지 않고 챙겨 간 모양이다.

"참, 아까 민우한테 전화 오지 않았어?"

"글쎄요."

"민우 목욕할 때 당신이 대신 받는 것 같던데……."

"아, 그거? 웬 여자 이름이 뜨긴 했는데 아무 말 안 하고 끊어 버리네."

아내는 무심히 말하는 것 같았지만 입가에 걸린 엷은 웃음을 정우는 알아차렸다. 어쨌거나 한 사장 전화는 아니었다.

"이놈의 자식은 한 사장님 똥줄 타는 줄 알고나 있는지 모르겠네."

현관을 바라보며 조바심을 흘리는 정우에게 아내가 참견했다.

"어차피 회사로 복귀할 텐데, 한 사장님이란 분도 그렇고, 자기도 너무 보채는 것 같아."

"주식시장 상장 때문에 그래."

"한 사장님 회사가 상장을 한다고?"

"민우가 샘플로 만든 게 기존의 것하고 달라서 시제품부터 독한 화학 용액 같은 것을 투입해서 쓸 수 있다 했잖아. 근데 한 사장이 성급하게 그걸 공개하는 바람에 투자 기관들이 회사를 주시한대. 마침 신기술이 주식시장에 뜨고 있는 상황이고 하니 이 기회에 한 사장은 더 확실한 결과물을 보여 줘서 예정보다 앞당겨 주식시장에 상장할 계획인가 봐."

한숨을 쉬는 정우를 아내가 담담히 지켜보다가 목발에 시선을 붙인 채 나직이 말한다.

"난 도련님 심정을 이해할 수 있어."

"어찌 됐든 한 달 다 채웠잖아!"

"응. 기어이 채우셨지. 하지만 걱정 마, 자기."

조심스레 다독거리던 아내가 방긋 웃었다.

"울 도련님 말야. 형님 닮아 책임감 하나는 확실하잖아."

❈ ❈ ❈

경자 씨는 노래를 즐겨 들었습니다. 노래를 잘할 것 같은 목소리라는 주변의 추측과는 달리 경자 씨의 성대는 퍽이나 약했습니다. 워낙에 낮은 소리만 내 왔던 삶이 성대의 발육을 멈추게 했는지도 모릅니다.

여하튼 경자 씨는 노래와 책이 가장 친한 친구였습니다. 남자가 양갱을 뚝 떨어뜨리고 간 날부터 그녀는 이선희의 '알고 싶어요'를 날마다 들었습니다. 밤하늘의 달과 별을 쳐다보며 배따라기의 '그댄 봄비를 무척 좋아하시나요'도 자주 듣습니다. 그렇게 달뜨는 마음을 노래에 싣고 나면 어느새 얼굴이 발갛게 익어 갔습니다.

한편 만철 씨는 오늘도 경자 씨가 일하는 식당을 찾아갔습니다. 만철 씨는 늘 그랬던 것처럼 경자 씨의 모습을 먼저 잡아냅니다.

"어서 오세요."

상냥하고 맑은 경자 씨의 목소리를 들으면 공연히 달뜨는 기분을 들키기 싫어서 퍼뜩 시선을 돌리고는 자리에 앉아 무뚝뚝하게 주문합니다.

"김치찌개 하나 줘요."

만철 씨는 경자 씨의 목소리를 가능하면 더 많이 듣고 싶었지만 굳이 얼굴을 마주하려 들지는 않았습니다. 오로지 눈동자만 보고 싶었던 겁니다. 오늘도 만철 씨는 밥을 먹으면서 그녀의 목소리를 은밀히 듣습니다. 경자 씨는 계산기나 주판 없이도 셈을 척척 잘해 냈습니다. 지금도 그녀의 목소리가 들려옵니다.

"소주가 두 병에 공깃밥도 하나 추가하셨네요? 다 해서 이천칠백오십 원이에요."

같은 목소리지만 만철 씨에게 건네던 말씨와는 좀 달라 보였습니다. 곰곰 따져 보니 여느 손님보다 자신에게 건네는 말씨가 유독 상냥했습니다. 밑반찬은 만철 씨가 평소 즐겨 먹던 찬이 유독 수북하니 담겨 있었습니다. 만철 씨는 슬며시 웃음을 지었습니다. 온종일 붙어 있는 직장 동료들조차 보기 힘든 만철 씨의 웃음이었습니다.

주방 어귀에 서 있는 경자 씨에게 이모가 잡자기 속달거립니다.

"봤어? 방금 돌미남?"

"뭐가요?"

"오매, 돌이 웃었잖어. 처음 봤어, 시상에."

경자 씨는 만철 씨의 웃음을 이미 봤다는 말을 꺼내지 않고 그저 조용히 웃었습니다. 더 오래 만철 씨를 알고 있는 이모보다 자신이 먼저 그 웃음을 봤다는 사실이 기꺼워서 나온 웃음이었습니다.

"저리 웃을 줄만 알면 동네 처녀들 죄 자지러지겠어."

이모의 말에 뒤에서 요리를 하던 이모부가 콧방귀를 뀝니다.

"흥, 돌덩이 같은 놈이 뭔 매력이 있다구."

"어머머, 모르겠수? 저 외모를 잘 봐 보시구려. 제련을 안 한 금덩이잖수."

아주 오래전부터 금을 제련했던 공장이 강 건너 장항에 솟아 있었기에 사람들은 '제련'이라는 말을 일상으로 입에 올리곤 했습니다. 그리고 보니 경자 씨의 마음에도 순금 한 덩어리가 제련되어 있었습니다. 바로 만철 씨가 선물한 웃음이었습니다. 그 금을 향해 경자 씨는 마음으로 편지를 씁니다.

세상의 어떤 보물도 당신이 안겨 주신 금의 아름다움에 미치지 못합니다. 당신이 제게 웃음을 선물하신 후 저는 세상을 향해 고맙다는 말을 몇 번이나 되뇌었는지 모릅니다. 그렇습니다. 당신의 친절과 웃음은 제게 세상에 감사하는 법을 가르쳐 주었습니다. 내일

행여 길에서 마주친 당신이 모르는 사람처럼 외면한다고 해도 그대
는 여전히 고마운 사람입니다. 당신 덕분에 저는 그래도 세상을 사
랑할 테니까요.

명절이 가까워지면서 장항에서 군산으로 넘어오는 사람들로 도
선장이 북적거렸습니다. 기차는 줄줄이 연착되었고, 여객선들은 밤
이 늦도록 사람들을 실어 날랐습니다. 그래서일까요. 경자 씨가 일
하는 식당에도 부쩍 손님이 늘었습니다. 군산에서 이리역(지금의
익산역) 방면으로 향하는 사람들이 시장기를 해결하기 위해 드나들
었던 탓입니다.

명절 무렵이면 마음이 심란했던 만철 씨는 배가 고프지 않는데
도 군산으로 넘어왔습니다. 성큼 식당 안으로 들어선 만철 씨는 이
내 굳은 몸이 되었습니다. 저쪽에서 경자 씨가 중년의 손님들 앞에
서 낭패를 당하고 있었습니다. 똑똑한 경자 씨가 알려 준 셈을 신
뢰하지 못하는 손님인가 봅니다. 아마도 외지 사람들일 것이라고
만철 씨는 생각했습니다. 여태껏 경자 씨의 셈에 군소리를 하는 동
네 사람은 없었으니까요.

"소주가 총 네 병 나갔으니 계산이 맞을 거예요. 여기 빈병이 네
개 있잖아요?"

경자 씨가 일하는 식당은 빈 술병을 가져오지 않고 한쪽으로 치
워 두며 영업을 한답니다.

"아따, 밥값도 비싸게 받아먹음서 뭔 소주값을 곱빼기로 받아먹
는다냐. 연쇄점선 삼백 원밖에 안 하든디."

정확한 경자 씨의 셈 앞에서 말문이 막힌 손님들은 딴소리를 늘

어놓더니 돈을 홱 내던졌습니다. 경자 씨는 재빨리 엎드려 바닥으로 흩어진 돈을 주웠습니다. 굴러간 동전을 주울 때는 탁자 밑으로 상체를 쑥 밀어 넣어야 했습니다. 자리를 털고 일어나던 일행 중 한 명이 음흉하게 경자 씨의 엉덩이를 내려다보더니 탁자에 발길질을 했습니다.

"생긴 것도 재수 없는 게, 쓰바."

손님의 발길질로 탁자가 출렁이는 바람에 깍두기 국물이 경자 씨의 얼굴로, 등으로 튀었습니다. 평소라면 경자 씨의 이모나 이모부가 나서서 고약한 손님들에게 삿대질을 해 댔겠지만, 이날은 워낙 분주하여 부부는 주방 안에서 정신이 없었습니다.

입구에서 이 모든 것을 지켜보았던 만철 씨는 피가 거꾸로 도는 것 같았습니다. 경자 씨가 모욕을 당하는 일이 왜 자신의 일처럼 화가 나는지는 알 수 없었지만 돌처럼 단단한 주먹을 쥐고 부르르 몸을 떨었습니다.

만철 씨 앞을 지나쳐 나가던 예의 손님들이 서슬 퍼런 눈빛에 기가 팍 죽어서 서둘러 밖으로 나갔습니다. 만철 씨도 밖으로 걸음을 옮겼습니다. 앞서 나간 세 손님이 뒤돌아보더니 겁먹은 표정으로 걸음을 재촉합니다. 어른들에게 주먹을 쓰고 싶지는 않았지만 그냥 보내기도 싫었습니다. 무엇보다 경자 씨의 험한 모습을 안 보고 싶었습니다. 그녀가 제대로 옷을 갈아입은 뒤에 손님으로 들어가고 싶었습니다.

"생긴 것도 재수 없는 게 쓰바."

만철 씨는 손님 한 명이 남기고 간 말이 머릿속을 떠나지 않아 부아를 다스리는 일이 너무 힘들었습니다. 골목 한편에 버려진 빈 사과 궤짝을 걷어찼습니다. 세 남자가 흠칫 놀라 돌아섰습니다. 만철 씨는 절규했습니다.

"왜! 왜! 왜!"

단박에 모여든 구경꾼들 사이에서 세 남자는 만철 씨를 모른 척하며 역 쪽으로 바삐 걸었습니다.

만철 씨가 식당으로 돌아갔을 때, 경자 씨는 앞치마와 티셔츠를 갈아입은 모습으로 그를 반겼습니다.

"어서 오세요."

목소리도 몸짓도 평소와 다름없이 상냥하고 단아했습니다. 슬픔을 감쪽같이 지우고 있는 경자 씨의 능력이 만철 씨는 마음에 들지 않았습니다. 밥을 먹는 도중 하얀 밥알로 눈물이 한 방울 떨어졌습니다. 너무도 당황한 만철 씨는 허둥지둥 식당을 나와 도선장으로 달려갔습니다.

그날 밤 만철 씨는 잠을 이루지 못했습니다. 별생각 없이 방 안에 있는 나무 오뚝이를 툭툭 건드리다가 또 그녀를 생각했습니다. 왜 오뚝이처럼 벌떡 일어나 웃는 것일까? 슬프면 슬프다고 드러낼 사람이 없어서 그러는 걸까? 갑자기 욕심이 밀려듭니다. 경자 씨가 자신의 어깨에 기대고 슬픔을 드러냈으면 좋겠다는 욕심이 말이죠.

❋❋❋

오전 10시가 조금 지났다. 아직은 약속 시간이 넉넉했지만 정희는 벌써부터 초조하게 용산역 대합실을 두리번거렸다. 민우가 먼저 그녀를 발견했다.

"양정희 씨."

지척에 들린 익숙한 목소리에 뒤를 돌아보니 저절로 마스크 속 입이 동그랗게 벌려진다. 방금 저쪽에서 뒷모습을 보인 채 종이컵을 들고 있던 남자가 틀림없었다. 하지만 그런 세련된 차림새의 남자가 장민우라고는 전혀 예상하지 못했다. 그는 마치 패션잡지 표지를 뚫고 나온 듯한 모습이다. 코트는 물론이고 슈트는 또 얼마나 잘 어울리는지 저절로 감탄이 새 나온다.

"아, 안녕하세요."

뜬금없이 터져 나오려는 '고맙습니다.' 라는 말을 황망히 삼키며 정희가 가벼이 고개를 숙였다. 차림새로 사람을 판단한다는 선입견을 주기 싫어서 절제하고 싶은데도 저도 모르게 소감이 새어 나왔다.

"그리 입으니 멋지시네요."

수줍은 정희의 말씨에 그는 반색하지 않고 사무적인 말씨로 응수한다.

"정말입니까?"

"네, 진짜 멋져요."

"명색이 신랑감 대역이라 형님 옷을 좀 빌려 입었습니다."

"죄송해요. 제가 사 드렸어야 했는데……."

"정말요?"

"네?"

정희가 당황하며 그를 올려다보았다. 구두를 신어서인지 전에 봤

81

을 때보다 훨씬 키가 커 보였다.

"내 옷을 사 주려고 했다는 게."

"네, 그랬어요. 왠지 그래야 할 것 같았어요."

"설마 옷 때문에 전화했던 겁니까?"

어쩜 그는 넘겨짚듯 던진 말 한 마디 한 마디가 죄다 정확할까? 정희는 감탄하며 마스크를 살짝 내렸다.

"아, 네. 그랬어요. 실례가 되었지요?"

백화점에서 이것저것 장항으로 가져갈 선물을 고르다가 민우의 옷에 대한 집착을 끝내 털어 내지 못하고 전화를 걸었다. 하지만 젊은 여자의 목소리가 들리는 순간 깜짝 놀라 끊어 버렸다. 바보 같은 행동이었다. 사실 옷 문제가 아니어도 전화를 걸고 싶었다. 정희의 머리를 복잡하게 만들었던 의외의 사실 때문이었다. 그제 그는 왜 혼자 대천에 갔을까?

"제가 오해 살 일은 한 건 아니겠죠?"

그는 대답 대신 손을 내뻗었다. 순식간에 정희의 손에 들린 쇼핑 백이 그의 손으로 옮겨졌다.

"뭡니까?"

천으로 된 쇼핑백 안의 아이스박스를 손가락으로 톡톡 튕기면서 민우가 물었다.

"꼬리예요. 소꼬리."

방긋 웃으며 그녀는 끊임없는 충동에 휩싸였다. 자꾸만 나와 줘서 고맙고, 멋지게 차려입고 나와서 더욱 고맙다고 말하고 싶다. 사람의 욕심은 노상 한계치를 갱신하기 위해 존재하는 것일까. 정희에겐 너무나 고마운 그가 조금만 덜 사무적인 말씨로 대해 주면 좋겠다는 바람이 찾아들었다. 전화가 온 줄 알면서도 무슨 일로 전화한 건지 확인하지 않았던 그의 행동거지도 마뜩잖았다. 하지만 그가 묵직한 쇼핑백을 대신 들고 앞장서자 저절로 웃음이 나온다. 그를 따라붙으며 정희가 덧붙였다.

"그건 장민우 씨가 산 걸로 해 주세요."

그가 피식 웃었다.

"그럽시다."

정희는 민우를 창 쪽으로 앉게 했다. 나란히 좌석에 앉자 아침까지 이어지던 긴장감이 온전히 빠져나가며 공연히 기분이 들떴다. 거짓말을 하러 가는 처지인데도 말이다.

덜커덩.

기차가 움직이자마자 민우가 의혹을 담은 눈길로 바라본다.

"양정희 씨 혹시…… 수배 중입니까?"

"네?"

"지명수배."

"설마요!"

"아니면 당장 벗으세요."

"뭐, 뭘요."

정희가 방어 자세를 취하며 이맛살을 찌푸리자, 그가 한심하다는 표정을 짓고는 마스크를 가리켰다.

"도망자 같잖아요."

"아, 그게 가, 감기가 겁나서요. 한번 걸리면 잘 안 나아서……."

정희는 주춤하다가 마스크를 벗었다. 그가 고개를 까닥이고는 입을 연다.

"긴장됩니까?"

"그, 글쎄요."

"지금 결혼할 남자랑 인사하러 가는 길입니다."

이번에는 어른이 아랫사람을 타이르는 말투였다.

"그리 잔뜩 웅크린 모습, 어른들이 보시기에 좋지 않습니다."

"제가 그래 보여요?"

"마치 울타리를 친 사람 같습니다. '가까이 오지 마세요.'라고 지레 자기방어며 연민에 빠진 사람 같달까?"

좀 과하다는 생각이 든다. 도대체 이쪽을 얼마나 안다는 것일까? 이쪽이 '고용주'인데도 그가 칼자루 쥔 입장을 취하는 듯싶어 정희의 내부에 작은 반항심이 일었다. 그 울타리라는 것은 세상 사람들에게 섞이지 못한 채 겉도는 운명이 빚어낸 산물이리라. 그러므로 누군가에게 비난 받을 일은 아니었다.

"충고는 고맙게 접수할게요."

정희는 뾰족하게 응수하고 고개를 돌렸다. 그가 풋 웃는 소리가 들렸다.

"헌신적인 대역의 오지랖이 월권행위처럼 보입니까?"

정희는 다시 그를 보았다. 그는 엷게 웃고 있었다. 비웃는 표정은 아니었다. 고마운 존재라는 가장 중요한 점을 헤아리며 정희는 상냥하게 말했다.

"아뇨. 고맙게 받아들일게요."

"그럼 제 말을 따르세요."

"노력할게요."

정희는 짐짓 복종하는 것처럼 대답하고는 입 안에서 맴돌던 말을 기어이 뱉어 냈다.

"저번 날도 제가 울타리를 쳤었나요?"

"심했죠. 그러니 저는 더욱 그것을 깨고 싶었나 봅니다."

하지만 정희 딴에는 그와 대화를 나눌 때는 활달하게 행동했었다. 문득 그의 적극적인 질문 공세가 또 다른 의미로 떠올랐다. 그러고 보니 그가 쉼 없이 질문을 퍼부으며 대화를 이끌었기에 이쪽에서도 적극적으로 나갈 수 있었다. 웅크리고 숨고 할 여지가 없었던 것이다. 설마, 그게 다 계산적인 행동이었을까? 아니라고 믿고 싶다. 진짜라면 장민우가 끔찍한 인간으로 다가올 것 같다. 그가 사뭇 진지하게 입을 열었다.

"저는 양정희 씨가 어깨를 펴고 동행했으면 좋겠습니다. 적어도 프로젝트를 마칠 동안은."

"프로젝트……."

"네, 역할 대행 프로젝트 말입니다."

"노력해 보죠, 휴우."

대답 끝에 얼결에 한숨을 보탰다.

"어렵진 않을 겁니다. 저번 찻집에서 보여 준 활달하고 적극적인 태도면 되니까요."

"기왕이면 구체적으로 말씀해 주겠어요?"

"저를 설득하던 모습을 떠올려 보세요."

흥정하듯 수다를 떨었던 모습을 말하는 것일까? 여하튼 무조건 복종하는 일은 마음에 안 든다.

"장민우 씨는 자신이 보고 싶은 것만 보려는 욕심이 강하신가
봐요?"

"누구나 그렇지 않나요? 어차피 동행해야 할 상황이면 상대가
편해야겠죠?"

그쪽만 편한 거겠죠, 하는 말을 삼키며 정희는 애써 고개를 주억
거렸다. 그리고 또 얼결에 작은 한숨을 토했다. 정희의 그 모습을
잠잠히 바라보던 그가 한마디 던졌다.

"한숨도 줄여요."

"아, 알았어요."

은둔 생활을 이어 가면서 모르는 사이에 한숨이 습관이 되어 버
렸다.

"억울합니까?"

그의 목소리는 진중했지만 어쩐지 약을 올리는 듯싶다. 해서 건
성으로 고개만 흔들었다.

"난 양정희 씨가 원하는 대로 행동해야 하잖아요. 그러니 양정희
씨도 내가 원하는 대로 행동해요. 공평하게."

공평이라고 한다. 그는 고용된 입장이다. 하지만 굳이 고인의 돈
을 들먹이고 싶진 않아서 정희는 그 말에 동의했다.

"알겠어요."

이내 그는 차창 밖으로 시선을 돌렸다. 겨울이어도 입춘이 지난
마당이니 심리적으로 한결 포근했다. 날씨는 좋고 목적지도 분명하
니 정희는 저도 몰래 다시 들뜨고 입이 근질거렸다. 평택을 지날
즈음 그녀는 과장된 몸짓으로 어깨를 펴며 말했다.

"안에서 보면 바깥 날씨가 봄 같아요. 그죠?"

"그러네요."

그는 꽤나 밝은 표정으로 대답했다. 또한 정희의 차림새를 눈여겨보더니 의외의 말도 한다.

"그리 차려입으니 멋지네요."

사실 그의 변신에 깜짝 놀라며 칭찬을 건넸을 적에 그가 이쪽의 공들인 맵시는 언급하지 않아 살짝 허탈했었다. 서로가 두툼한 검은색 일색으로 동행했던 사흘 전의 일까지 떠올라 살포시 웃음이 나온다.

"고마워요."

"고맙다는 말도 적당히…… 뭐, 그건 상관없겠네요."

정희는 한숨을 참았다. 설마 숨소리마저 교정당하는 건 아니겠지?

그가 이틀 전에 보령을 다녀갔다는 사실이 다시금 머릿속을 후빈다. 전날 정희는 습관적으로 집을 나서다 보니 얼결에 또 장항선을 탔다. 대천에서 내려 보령시장을 훑다가 팥죽이 먹고 싶어 보리밥집을 들어갔다.

"싸운 겨? 어째 오늘은 따로따로 온 겨!"

주인의 말에 화들짝 놀랐다. 덕분에 공연히 그에게 거짓말을 했다고 자책하며 내내 잠을 설쳤다. 지금 생각해 봐도 왜 그에게 거짓말을 했는지 모르겠다. 그러고 보니 언제부터인가 거짓말을 참으로 천연스럽게 했다. 아파트 이웃들에게도 그렇고, 거짓된 정보를 흘리면서도 그것이 사실인 양 착각했다. 그동안 흘린 거짓말을 가늠하며 파고들자니 날카로운 두통이 찾아들어 더 생각하지 않았다.

무궁화호는 새마을호와는 달리 좌석 중간에 팔걸이가 없다. 서로가 두툼한 옷을 입었는데도 어깨가 맞닿아서 그런지 그의 체온이 느껴지는 것 같다. 그런 오롯한 교류감에 집중하고자 자책감 따위를 털어 냈다.

그는 시종 창밖으로 시선을 고정하고 있었다. 그가 창 쪽으로 앉으니 좋다. 풍경을 핑계 삼아 힐끔힐끔 훔쳐볼 수 있으니 말이다. 허름한 차림새에도 매력이 드러났지만 이렇듯 차려입으니 한결 멋졌다. 그녀를 주시할 때면 주눅이 들게 할 만큼 그의 눈빛은 강렬했다. 하지만 그 속에 녹아 있는 우수의 빛을 발견한 뒤부턴 조금은 편한 느낌으로 다가왔다.

엄마나 외할머니는 얼굴이 갸름한 남자를 꺼려 했다. 하지만 장민우는 왠지 능히 환영받을 것 같다. 그러고 보니 외모만큼이나 시원시원한 성품도 딱 외할머니 취향이었다.

천안을 지날 때 휴대폰이 울렸다. 액정을 확인한 정희는 당황했다. 주말이라 통로 여기저기는 입석 손님으로 혼잡했다. 게다가 민우가 액정을 바라보며 난처해하는 그녀를 빤히 바라보고 있었다. 마치 받으라고 채근하는 눈길이다. 이내 목소리를 낮춰 성준과 통화를 시작했다.

— 장항 가는 길이니?

"예. 기차 안이에요."

— 함께 갔으면 더 좋았을걸.

그의 목소리가 오늘따라 크게 들린다. 정희는 폰을 귀에 더 바짝 붙였다.

"괜찮아요."

— 아침에 약은 먹었고?

"예."

— 참, 자고 올지도 모른다 했지? 내일 먹을 약도 챙겨 가니?

"충분히 챙겼어요."

정희는 통화가 길어지자 점점 작아지는 목소리로 그에게 답을 했다.

— 혹시 동행이 있니?

"네?"

정희는 움찔하며 민우를 힐긋 보았다. 야속하게도 그는 시선을 돌리지 않은 채 그녀를 빤히 바라보는 중이다. 더욱이 민우에게 성준은 외국에 나가 있는 남자여야 했다.

"그쪽은 안 추워요?"

일부러 뜬금없는 질문을 던지며 폰을 더욱 귀로 밀착시켰다.

— 푸근해. 네가 아프니까 날씨도 도와주나 봐. 겨울 날씨가 올해처럼 따뜻한 적 없었잖니.

"그러네요. 그래도 성준 씨 몸 관리 잘해요. 추위 많이 타잖아요."

당장 끊고 싶다. 통화를 갈무리하는 데에 어울리는 용어가 갑자기 떠오르지 않는다.

— 정희야?

말끝이 살짝 올라간 목소리. 3초 이상 정희가 침묵하면 말꼬리를 올리는 게 그의 습관이었다. 손바닥에 땀이 배기 시작했다.

— 동행이 있는 거지?

다정하던 그의 목소리가 급속 냉각되었다. 한없이 자상하다가 이렇듯 돌연 차갑게 돌변한다. 물론 정희는 그 이유를 잘 알고 있다. 그는 자신이 모르는 정희의 상황에 지극히 예민했다.

"아, 딱히 동행이라곤 할 순 없고요. 나중에 설명할게요. 화난 건 아니죠?"

— 화는 무슨. 왠지 네가 불편하게 통화하는 것 같아서 그래.

"사실 전화받기 곤란한 상황이긴 해요."

— 그만 끊을까?

"네, 그래 주면 좋겠어요."

— 알았어. 엄마한텐…… 아, 아니다. 잘 다녀와.

"네, 그럼."

정희는 서둘러 종료 버튼을 눌렀다. 그러고는 탁하게 한숨을 쉬다가 곧 입을 막고 민우를 바라보았다.

"그 사람입니까?"

"네?"

"놀라긴. 대역 말고 진짜냐고요."

"마, 맞아요."

왜 외국에 있다고 말을 했을까? 성준에 관해 몇 마디만 더 섞으면 장민우는 금세 진실을 파헤칠 것만 같다. 아무래도 말을 지어내기보단 침묵으로 응수하는 것이 나을 것 같았다. 정희는 그와 눈이 마주치자 애써 고집스럽게 입을 다문 모양새를 연출했다. 고맙게도 민우는 더 이상 묻지 않고 조용히 창으로 고개를 돌렸다. 신례원역에 이르도록 그는 말이 없다가 갑자기 홱 고개를 돌렸다. 정희는 죄를 지은 사람처럼 화들짝 놀랐다.

"그 남자, 나이가 많나 봐요?"

"그건 왜요?"

"사귄 지 오래됐다면서 깍듯이 경어를 쓰길래."

"저보다 네 살 많아요. 대학 때부터 제가 경어를 썼어요. 그게 그냥 편해서요."

"복학생이었나? 꽤나 늙었군."

"네? ……표현이 좀 그러네요."

정희가 미간을 살짝 찌푸렸지만 그는 대수롭지 않은 듯 무시했다.

"아무튼 다음에 통화할 땐 좀 당당하게 대해요. 뭐, 꼭 죄지은 사람 같잖아."

골이 난 목소리다. 그게 어째서 그의 심기를 건드렸을까. 그가 성준에 관해 더 묻기 전에 정희는 쾌하게 상황을 정리했다.

"알았어요. 또 전화가 오면 당당하게 어깨를 펴고 대하죠. 적어도 그쪽 앞에서는."

화제를 돌리고 싶어 신례원 마을을 가리켰다.

"저긴 꽤 쓸쓸해 보이죠? 옛날엔 외지에서 저곳으로 취직하러 갈 만큼 북적거렸대요. 충남방적이란 공장이 있었는데, 직원이 많을 땐 3천 명이 넘었대요. 엄마 친구들 몇 분도 고등학교 대신 저기로 갔어요. 공장에서 일하면서도 자체 고등학교를 다닐 수 있는 구조였거든요."

한참을 흥미롭게 귀 기울이던 그가 뜬금없이 말한다.

"정희는 입이 예뻐."

순간 정희는 움찔하며 손바닥으로 입을 온전히 가렸다. 이야기가 멀리 새 나가지 않도록 가렸던 행위와는 또 다른 의미였다. 그는 나무라듯이 덧붙였다.

"그러니 말할 적에 자꾸 입을 가리지 마."

따르기 싫었다. 자신의 침에 세균이 득실거린다는 공포는 얼마 전에 내려놓았다. 하지만 조금이라도 더 가리고 싶다. 상대에게 이쪽의 표정을, 이쪽의 수를.

"노력해 볼게요."

정희는 기어가는 목소리로 대답하다가 적이 힘주어 덧붙였다.

"적어도 그쪽과 동행했을 때는요."

그런데 이 남자!

느닷없는 외모 칭찬에 당황해 미처 지적하지 못했던 점이 있었다. 정희는 조심스레 따졌다.

"근데 갑자기 반말을 하시네요."

"결혼할 남자도 반말하잖아."

정희의 항변에 그는 고개를 갸웃하며 응수했다. 따지는 정희가 도리어 이상하다는 투였다.

"하지만⋯⋯."

"정희보다 내가 나이도 많고."

"그 사람보단 한 살 어리긴 하죠."

"난 생일이 빨라. 일곱 살 때 입학했었어."

"근데 엄마나 할머니 앞도 아닌데 굳이 반말을 하시니 좀 당황했어요."

"자연스러우려면 연습이 필요해."

사실 대역에 어울리는 반말이었다. 그런데도 정희는 기어이 나지막이 한 소리 보태고야 만다.

"실은 저도 빠른 생일이에요."

"며칠인데?"

정희가 머뭇거리자 그가 채근했다.

"난 정희 생일 알고 있어야 하지 않나?"

"1월 말이에요."

기세등등하게 대답했지만 속으로는 씁쓸했다. 생일날, 혼자 기차를 타고 보령시장까지 가서 보리밥을 사 먹은 일이 떠올랐던 탓이다. 성준은 기어이 생일을 챙겨 주려 했지만, 정희 또한 기어이 그 기회를 피했었다.

"민우 씨 생일은요?"

"비슷해."

어쩐지 기죽은 양 얼버무린다. 그런 모습이 자못 귀여워 정희는 웃음을 참으며 투덜거렸다.

"정보 교환에 관해선 저만 일방적으로 성실한 것 같아요."

그는 창으로 고개를 돌리더니 끝내 대답하지 않았다. 정희가 그를 흘겨보았다.

"그럼 제 맘대로 그쪽 생일 정할 거예요."

그가 여전히 창으로 시선을 고정한 채 쾌하게 고개를 끄덕였다.

"2월 14일로 할게요. 외우기도 좋고."

그는 상관없다는 양 고개도 돌리지 않았다. 정희는 개구지게 웃으며 상의 주머니를 더듬었다. 사실 아까부터 건네줄까 말까 망설였다. 행여 그가 큰 의미를 가질까 봐 고민하다가 여태 못 주고 있었다. 하지만 지금은 왠지 건네줄 용기가 생겼다.

"자요, 생일 선물."

그는 자신의 손바닥으로 떨어진 금박 포장지에 싸인 밤알 모양의 초콜릿을 보고는 갸웃했다.

"오늘이 생일이잖아요. 2월 14일."

그는 싱거운 웃음을 흘리고는 건성으로 초콜릿을 주머니에 넣었다. 마치 밸런타인데이 자체를 전혀 모르는 사람처럼 구는 모양새다. 그러길 바라며 건넨 것임에도 막상 싱거운 반응을 마주하자 이상하게도 허탈했다. 따로 애인이 있음에도 남자들은 대체로 다른 여자에게 선물을 받은 바를 기꺼워하지 않는가. 하물며 주민센터 가장들도 미혼 직원에게 초콜릿을 못 받으면 토라졌었다. 어쩌면 그는 오로지 애인에게만 초콜릿을 받고 싶은가 보다. 오! 고지식하게 올바른 남자시로군. 정희는 장난스럽게 평가해 보며 그가 내흘렸던 싱거운 웃음을 따라했다.

혼잡했던 객실은 홍성을 지나자 조금 한산해졌다. 승무원이 휴대용 기기를 들고 좌석을 점검하기 시작했다. 드물게 얼굴을 익힌 승무원이었다. 그가 정희와 민우를 힐끗 보고는 푸근한 웃음을 지었다. 그 모습에 기분이 또 좋아진다. 상대가 딱히 민우가 아니어도 공연히 으스댔으리라.

"정희야."

갑자기 그가 이름을 불렀다. 너무도 자연스러운 말투였다.

"아버님에 대해 말해 봐."

"돌아가셨다고 이미……."

"더 듣고 싶어."

당황한 정희는 양 손가락을 번갈아 쥐고 문지르며 머뭇거렸다. 그 동작을 그가 빤히 지켜본다.

"말씀드렸다시피 제 머리가 큰 뒤로는 기억이 전혀 없어요. 아주 오래전 집을 떠나 계셨거든요. 직장, 직장 일 때문에……."

직장 때문에 아빠가 집을 나섰다는 바는 사실이었다. 하지만 그 이상 밝히기는 싫다. 그리고 혼돈스럽다. 무엇이 진실이고 상상인지 가늠이 안 되는 요즘이다.

"한 가지는 분명해요. 생전에 두 분은 아주 금실이 좋으셨어요."

논리적으로 무언가 허술하다는 기분이 든다. 공연히 정보를 드러냈나 싶은 그때였다. 민우 앞에서 눈물을 보이고 싶지 않았는데도 왈칵 서러움이 복받쳤다. 그걸 감추려다 보니 말이 뾰족해졌다.

"아빠 이야긴 엄마 앞에서 꺼낼 일이 없을 거예요. 서로가 절대 말 안 해요, 흑!"

울먹울먹하다 기어이 눈물이 떨어진다. 그는 조용히 지켜보다가 창으로 고개를 돌렸다. 정희는 사붓이 일어났다. 그러고는 화장실에 가서 코를 풀고 마음까지 수습하고 난 뒤 돌아왔다. 하지만 그는 야속하게도 끈질겼다.

"아버님도 양씨 성이시겠지?"

"다, 당연하죠."

"장항에 도착하기 전에 내가 더 숙지할 점은 없니?"

"그런 거 같아요. 왠지 장민우 씨가 잘해 낼 것 같아요."

진심이었다. 설령 곤란한 상황이 닥쳐도 그는 잘 풀어낼 것 같았다.

"배 안 고파요?"

그가 물었다. 정희는 환자와 시중드는 이가 전부인 장항 집에 부담을 주기 싫어서 이른 저녁 한 끼만 먹기로 했다. 점심은 기차 안에서 간단히 해결할 터였다. 하지만 새마을호와는 달리 지금 이 기차는 카페를 운영하지 않았다.

"밥 먹자."

그가 들고 왔던 납작한 컴퓨터 가방을 열었다. 가방과는 전혀 어울리지 않는 이질적인 내용물을 보고 정희는 입을 크게 벌렸다.

"언제 준비했어요?"

"기차 타기 전 알아보니 이번 무궁화호는 카페 승무원이 없다기에."

때문에 그는 도시락을 샀던 것이다. 준비성 하나는 혀를 내두를 만큼 철저한 남자다. 또 묻고 싶다.

이런 일, 전문이세요?

❋ ❋ ❋

경자 씨가 일하는 식당은 쉬는 날도 없습니다. 그렇다고 경자 씨가 쉬는 날이 없는 것은 아니었지만요. 하루는 양만철 씨가 계산대 앞에 버티고 섰습니다. 눈을 동그랗게 뜨고 갸웃하는 경자 씨를 물끄러미 바라보다가 살짝 허공으로 시선을 비틀며 입을 열었습니다.

"언제 쉬어요?"

경자 씨는 만철 씨의 손가락을 바라보았습니다. 그 손가락의 끝은 분명 자신을 가리키고 있었습니다.

"저 말예요?"

만철 씨는 경자 씨를 똑바로 바라보았습니다.

"같이…… 영화 봅시다."

순간 경자 씨의 얼굴이 농익은 사과처럼 붉게 물들었습니다. 주방 쪽을 힐끗 보고는 기어가는 소리로 대답합니다.

"낼모레 쉬긴 하는데……."

만철 씨는 주문 전표로 쓰는 작은 종이 한 장을 뜯어내 글씨를 썼습니다. 그렇게 글쪽지를 남기고 만철 씨는 가게를 나갔습니다. 갑자기 경자 씨의 가슴속으로 기차 소리가 들렸습니다. 만철 씨가 악필로 짧게 남긴 그 글을 읽고 또 읽었습니다.

집으로 돌아와서도 몇 번이나 더 읽었습니다. 쪽지에는 약속 시간과 장소가 적혀 있었습니다. 거울을 몇 번이나 보고 또 보았는지 모릅니다. 도무지 잠이 오지 않아 창을 열고 둥근 달과 반짝이는 별들을 쳐다보았습니다. 달은 여전히 만철 씨의 얼굴을 닮아 있었는데 이날은 그 달이 웃기까지 합니다. 무수한 별들은 유독 반짝거리며 경자 씨를 응원했습니다.

어느 순간 별들이 출렁거립니다. 마침내 용기를 낸 경자 씨는 하늘과 달과 별을 향해 속삭였습니다.

"고마워요, 그대."

극장은 동시상영관이었습니다. 최근 상영한 '영웅본색'과 함께 예전 영화 '고래사냥'을 교차 상영하고 있었습니다. 주말이나 명절이면 계단까지 관객들로 가득 찼던 극장이 평일이라 한산했습니다. 경자 씨는 '고래사냥'을 이미 보았지만 내색하지 않았습니다. 콩닥거리는 가슴을 안고 스크린에 집중하기보다는 자꾸만 만철 씨를 의식하고 있는 경자 씨와는 달리, 만철 씨는 영화에 집중하는 것처럼 보였습니다.

그러다 갑자기 스크린이 텅 비었습니다. 필름이 끊어졌습니다. 어둠 속에서 휘파람 소리와 야유하는 음성들이 터졌습니다. 상영 도중 필름이 끊기는 일은 그 시절에 흔히 있는 일이었죠. 그때 만철 씨가 경자 씨에게 속삭입니다.

"경자 씬 눈이 진짜 예뻐요. 목소리도."

사실 만철 씨는 그 한마디를 목울대로 넘기기 위해 몇 시간을 고심했습니다. 경자 씨는 몸을 잔뜩 웅크린 채 두 손으로 입을 막고는 눈물을 흘렸습니다. 그러다가 문득 칭찬을 받고 울고 있는 자신이 이상했습니다. 경자 씨는 무슨 말인가 하려고 했으나 가슴이 워낙 요란스럽게 뛰어서 아무 말도 할 수 없었습니다. 만철 씨의 말은 너무도 시기적절했기 때문입니다. 경자 씨는 내내 궁금했습니다. 이 사람은 왜 나한테 잘해 줄까?

"경자 씬 눈이 진짜 예뻐요. 목소리도."

만철 씨는 마치 경자 씨의 마음속 질문을 들었던 것처럼 말했던 겁니다.

영화 '고래사냥'에서 들었던 김수철의 노래도 경자 씨의 애청곡 목록에 올랐습니다. '나도야 간다' 제목부터가 자신의 삶을 대변해 주는 것 같았습니다. 한때 즐기던 이정석의 '사랑하기에'는 더 들지 않았습니다. '사랑한다면 왜 떠나가야 해' 등의 부정적인 내용이 담긴 노래는 가급적 멀리했습니다.

세 번째 만나는 날에 만철 씨는 경자 씨의 손목을 잡았습니다. 손끝에서 시작된 열기는 얼굴까지 올라왔습니다.

"경자 씨."

부르는 소리에 소곳이 고개를 돌렸습니다. 만철 씨는 경자 씨의 눈동자에서 반짝거리는 샛별을 응시했습니다.

"난 가진 건 별로 없어요."

"좋은 기술을 가지고 계시잖아요."

"가진 게 없고 벌어 놓은 것도 많진 않지만 결혼은 빨리하고 싶네요."

그 후 몇 달 동안 만철 씨는 애가 탔고, 경자 씨는 신중하기만 했습니다. 달뜨는 가슴과 습관적인 수줍음 탓에 제대로 된 의사를 밝히지 못하던 경자 씨는 일기장에 못다 한 이야기를 풀어 놓았습니다.

당신이 저를 어여삐 보아 주시니 고맙고 또 고맙습니다. 당신의 눈빛과 몸짓에 사랑이 걸릴수록 저는 기꺼워하면서도 한편으로는 두렵기 짝이 없습니다. 당신이 놓치고 있었던 제 모자란 부분이 시간이 지나면서 드러날까 봐 저는 몹시도 두렵답니다.

듬직하고 고마운 그대여, 제가 아빠 이야기를 해 드렸나요? 아빠도 엄마를 만나서 꽃향기를 풍기며 꿀처럼 달콤한 언어를 주고받았을 겁니다. 하지만 꽃이 지면 나비와 벌이 떠나는 것처럼 아빠는

99

훨훨 엄마 곁을 떠났습니다. 쓸쓸하게 홀로 늙어 가는 엄마를 지켜 보면서 저는 다가올 사랑을 벌써부터 두려워했나 봅니다.

그럼에도 불구하고 저는 당신을 신뢰합니다. 당신이 이제까지 보여 준 진실한 모습이면 충분한 증표가 됩니다. 다만 저는 아빠와 엄마처럼 아직은 불안한 첫 느낌 속에서 단숨에 결혼하고 싶지는 않습니다.

바라건대 그대여, 우리 조금만 시간을 더 가지고 생각해 봐요, 우리. 시간이 흐른 뒤에 그대가 미처 못 보았던 저의 허물을 깨닫고 떠난다고 해도 저는 조금도 당신을 원망하지 않을 겁니다. 밤하늘의 달이 기울었다가도 결국은 다시 차는 것처럼 당신을 향한 애증도 결국에는 달의 실체처럼 온진한 고마움으로 남을 테니까요.

3호 차

기차가 대천역에서 잠시 머물 때 그녀는 차창 밖으로 보이는 널찍한 성주산으로 깊어 보이는 눈길을 주었다. 어쩐지 회한을 담고 있는 눈빛이다.

덜커덩.

기차가 움직이자 그녀는 휴대폰에 이어폰을 연결했다. 민우는 그녀를 힐긋거리다가 불쑥 이어폰 한쪽을 빼앗아 자신의 귀에 꽂았다.

"'나도야 간다', 맞지? 어린 사람이 옛날 노래도 좋아하네."

"실은 아침에 일어나 맨 먼저 이 노랠 들었어요. 나도 고향 가잖아요, 후후."

왠지 쓸쓸하게 들리는 말씨다. 그리고는 과연 퍽이나 쓸쓸하게 덧붙인다.

"우리 경자 씨가 좋아했던 노래예요. 지금은 아니지만……."

"경자 씨?"

"네, 우리 엄마 경자 씨. 친절한 경자 씨. 무척 아름다운 영혼을 가진 분이시죠."

그녀는 지그시 눈을 감고 웅숭깊은 우수에 잠겼다. 민우는 더 말하지 않고 그녀 혼자 오롯이 음악을 즐기도록 내버려 두었다.

이윽고 기차가 장항에 도착했다. 이틀 전에 혼자 기차를 타고 지나칠 때는 역사 바로 옆에 붙은 거대한 국립생태원 때문에 미처 몰랐다. 장항역 앞이 이토록 황량한 줄은.

"우리 맞게 내린 거지?"

"썰렁하죠? 저도 처음 왔을 땐 좀 당황했어요."

그녀는 산자락 어귀로 고즈넉이 엎드린 단층집 몇 채가 전부인 주변 마을을 바라보다가 걸음을 옮겼다. 버스 시간표를 훑은 그녀가 난감한 표정을 지었다.

"한 시간 이상 기다려야 해요. 택시 타야겠어요."

과연 버스는 하루에 아홉 차례만 운행되고 있었다. 그나마 대기 중인 택시도 안 보여 콜을 해야 했다.

"걸어가면 멀어?"

"읍까진 아주 멀어요. 사실 여긴 장항이 아니거든요."

"장항역인데?"

"마서예요. 서천군 마서면. 그러니까 따지자면 장항엔 장항역이 없는 거죠. 현재 화물역만 남아 있고요."

구불구불한 철길을 직선으로 개량하면서 여러 역들이 자리를 옮기게 됐다. 장항이 더 이상 종착역이 아니게 되었으니 전체 노선을 감안해 위치 선정을 하느라 외곽으로 밀려났으리라. 덕분에 장항 읍민들에겐 퍽이나 불편하지 싶다.

"역은 참 크게 지었죠?"

그녀가 쓸쓸히 말했다. 지역 특성에 맞도록 선박을 콘셉트로 설계를 했을 법한 역사는 보기보다 웅장했다. 그래서 도리어 을씨년 스러움마저 들었다. 휑뎅그렁한 광장을 쏘다니는 바람이 제법 차가운데도 민우의 충고를 착실히 따르며 그녀는 마스크를 쓰지 않고 있었다. 민우는 그녀 곁으로 바짝 붙어 은밀히 바람을 막아 주었다.

택시에서 내린 곳은 엇비슷한 단층집들이 줄줄이, 그리고 한편으론 띄엄띄엄 늘어서 있는 주거 단지였다. 그녀는 공터와 텃밭이 뒤섞인 주거지 쪽으로 앞서 걸었다. 좁은 길에 세워진 청색 트럭을 살펴보다가 터무니없이 넓은 대지를 끼고 있는 단층집 앞에서 걸음을 멈추었다. 파란 강화철판기와만을 새로 씌운 듯한 집은 세월의 이끼를 고스란히 품고 있었다.

집으로 다가서자 담배 냄새가 훅 끼쳐 왔다. 아귀가 맞지 않은 탓에 빼꼼하게 열려 있는 철문으로 정희가 손을 뻗었다. 그때 군데군데 칠이 벗겨진 문이 안쪽에서 열리면서 중년 여자가 두 사람을 안으로 들였다. 대문 안으론 담배 연기가 남아 있었다. 정희가 잔뜩 긴장하며 속삭였다.

"엄마예요."

민우는 멈칫했다. 저 여자가 바로 경자 씨라고 한다. 낡은 알록달록한 스웨터에 밤색 등산복 바지를 입은 여자는 민우가 예상하지 못했던 얼굴이었다. 가뜩이나 까무잡잡한 피부가 울퉁불퉁하여 더욱 어두워 보였다. 거기에다 불거진 광대뼈와 턱선 탓에 볼은 옴폭 파였고 기형적으로 두터운 아랫입술은 얇은 윗입술에 살짝 걸쳐 있었다. 느릿느릿 다가가던 정희가 민우의 시선을 알아차리고 쓴웃음을 짓는다. 마치 '엄마가 못생겨서 실망했어요?' 하고 야유하는 성싶다.

"엄마."

정희가 담담하게 말했다.

"일찍 왔네."

경자 씨 역시 담담하게 대답했다. 민우가 상상하던 극적인 부녀 상봉 장면으로는 썩 아쉬웠다. 민우는 꾸벅 고개를 숙였다.

"안녕하십니까."

"반가워요."

말과는 달리 훑어보는 눈매가 사뭇 도전적이다. 새끼를 곁에 둔 짐승처럼 여차하면 으르렁 이빨을 드러낼 것처럼 예민해져 있다. 한순간 벌겋게 충혈이 된 그녀의 눈동자에 설핏 맑은 빛이 스쳤다. 민우는 그 빛을 통해 비로소 모녀간의 유사점을 찾아냈다.

"미안해서 어쩌나. 조금만 기다려야겠소."

원래 투박하고 탁한 것인지, 아니면 편도선에 문제가 있어선지 톤이 낮고 거친 목소리는 정희와 영 딴판이었다. 정희가 언급했던 '친절한 경자 씨'와는 여러모로 거리가 있어 보인다.

"왜?"

정희가 찡그렸다.

"할머니 주무시다 일어나셨어. 좀 꾸미고 맞이하고 싶다신다."

"아, 그렇구나."

정희는 선선히 한 걸음 물러났다. 데면데면하게 대치 중인 모녀 앞에서 덩달아 머쓱해진 민우는 어깨를 한 번 으쓱 들어 올리고는 집 안을 살폈다. 널찍한 마당 한쪽은 비닐하우스가 차지하고 있고, 헐벗은 과실수들이 심겨진 정원 안 텃밭으로는 시든 파들이 가득했다. 꽥꽥, 소리가 들려 시선을 돌렸다. 마당 한편을 가르는 허술한 울타리 안으로 오리가 보였다. 뒤란의 크기도 만만치 않을 듯싶다. 아마도 딸린 밭과 집에 어느 순간 몽땅 담벼락을 두른 듯 보였다.

경자 씨는 다시금 민우의 위아래를 찬찬히 훑어보더니 피식 웃는다.

"인물이 훤하시네."

곰살궂지 못한 말씨 탓에 칭찬으로 와 닿지 않았다. 뚱하니 서 있던 정희가 반색하며 끼어든다.

"그치? 정신도 올바른 사람이야."

경자 씨는 대답 대신 냉소를 내비쳤다. 그렇게 시종 새치름한 태도에 민우는 애써 빈말을 내 흘렸다.

"오래 사귀었는데도 이제야 인사드려 죄송합니다."

"뭘요. 만난 지 얼마 안 돼 경솔하게 인사하는 게 더 나쁘지."

오랜 교제 끝에 이제야 인사를 와서 죄송하다는 바를 두둔해 주는 말일진대, 민우는 왠지 뜨끔했다. 이어서 자신의 배역이 만만치 않음을 직감했다.

"참, 민우 씨. 그거."

정희가 쇼핑백을 가리켰다. 민우는 그것을 공손히 모친에게 건네

주었다. 덤덤하게 받아 든 모친에게 정희가 설명했다.

"소꼬리야. 민우 씨가 샀어."

"소꼬리? 흥!"

선물이 실망스럽다는 오해를 살 만한 태도를 취한 채 경자 씨가 돌아섰다. 큼직한 걸음걸이로 툇마루를 밟은 뒤 방 안으로 사라지자, 민우가 속삭였다.

"엄마하고 싸웠어?"

"아뇨. 왜요?"

"어째 수상한 냉기가 흐르는 것 같아서."

"그럼 어떤 풍경을 기대하셨는데요?"

되묻는 정희의 표정이 사뭇 어두워 보여 머쓱해진 민우는 말머리를 돌렸다.

"어머님 눈썰미가 보통이 아니실 것 같네."

"맞아요. 엄만 똑똑해요. 그러니 조심해요."

이윽고 방문이 열렸다. 경자 씨가 마루를 손으로 짚으며 상체를 내밀고 손짓했다. 민우는 정희의 손을 잡고 걸음을 내디뎠다. 정희는 당황하면서도 손을 빼지는 않았다. 그것을 바라보던 경자 씨가 엷게 웃는다. 아니, 자세히 보니 콧방귀를 뀌는 모양새다.

방으로 들어가자 검은색 토끼털 조끼를 걸친 버쩍 마른 노인이 요를 깔고 앉아 두 사람을 향해 함박웃음을 지었다.

"할머니, 어째 더 말랐네!"

정희가 달려가 할머니를 와락 끌어안았다.

"아이구, 내 새끼가 할미 소원 들어주러 온 겨?"

할머니는 울먹이는 정희를 어르면서 눈으로는 민우를 쳐다보았다. 어떻게 인사를 해야 하지? 주춤하다가 바닥에 넙죽 엎드렸다.

"안녕하십니까, 장민우라고 합니다."

"그려, 그려."

할머니가 엉기적엉기적 무르팍을 끌며 다가와 민우의 손을 어루만졌다.

"시상에, 손이 차네. 어여 아랫목에 좀 녹이셔."

군불을 때는 집 같지 않은데도 할머니는 민우의 손을 '아랫목'의 요 밑으로 끌어당겼다. 생기를 잃은 채 불거진 뼈마디를 감싼 검버섯 가득한 손등의 피부가 짠해 보였다. 뼈대와 거죽의 부조화. 습관적인 직업병이 나오고 만다. 할머니는 최근에 급격히 살이 빠졌다. 머리카락은 퇴락을 거듭하는 피부와 어울리지 않았다. 명백한 가발이었다. 순간 민우는 환자를 모델링하고 있다는 자책이 들어 시선을 돌렸다. 방 안이 후끈하였기에 그는 코트를 벗었다.

"할머니, 안경 어디 있어요?"

정희가 눈물을 훔치며 화장대 위 안경집을 찾아냈다.

"오라, 니 짝이 잘생겼나 벼. 그려, 니가 사 준 안경이 잘 보이긴 혀. 가까우나 머나."

어느새 금테 안경을 코에 건 할머니가 살짝 뒤로 물러나 보더니 박수를 쳤다.

"시상에, 어쩜 이리 보기에 좋은 겨. 얼굴뿐 아니라 성품도 반듯혀 보여."

다시금 민우의 손을 감싸고 연방 고개를 끄덕인다. 그때 경자 씨가 초를 친다.

"사람 맘속을 어찌 알겠소. 요샌 남자도 얼굴값 한다요."

경자 씨를 제외한 모두가 그 소리를 듣고 당황했다. 이윽고 할머니가 혀를 차며 한 소리 했다.

"쯔쯧, 우리 똑 부러진 정희가 인사 시킬 정도면 된 겨."

민우는 다시금 고민했다. 처음엔 경자 씨의 성품 자체가 냉소적이라고 여겼다. 하지만 정말로 민우가 성이 차지 않아 심통을 드러내는 것인지도 몰랐다. 민우는 기왕 맡은 일이니 최고의 배역이 돼야 했다. 아니 꼭 그러고 싶었다.

"서울에서 사신다고? 하는 일은 뭔 겨?"

할머니의 목소리에 가쁜 숨소리가 섞였다. 말이 힘겨울 정도로 쇠잔한 상태이나 광대뼈 위로 옴팍 들어가 있는 눈동자는 적이 날카로웠다. 아니 깊었다. 그래서 도리어 경자 씨의 눈매보다 더 부담스럽다. 포근한 첫 느낌 탓에 하마터면 방심할 뻔했다. 머릿속에서 번쩍 경고등이 켜진다. 어쭙잖은 꼼수는 금물! 민우는 할머니의 손으로부터 자신의 손을 살며시 빼내 지갑을 꺼냈다.

"3D엔지니어라고, 자동차 공장이나 병원에서 쓰는 제품을 만들고 있습니다."

민우가 명함을 한 장 건네면서 공손히 이야기했다.

"뭐라고 쓴 겨. 글씨가 작아 잘 보이지가 않네그려."

할머니가 안경을 고쳐 쓰자, 정희가 바짝 붙으며 읽어 주었다.

"한신시스템 스리디프린터 설계본부…… 본부장, 장민우."

말하는 도중 정희는 민우를 바라보며 이맛살을 한 번 찌푸렸다. 경자 씨가 거칠게 명함을 낚아채 훑어봤다. 무엇이 또 마음에 안 차는지 벌건 눈동자에 의혹을 가득 담고 쏘아본다. 할머니가 묻는다.

"큰 회사를 다니는가 벼?"

"예, 할머니. 요즘 한창 유명한 회사예요."

정희가 경자 씨를 힐긋 보며 말했다.

"근데 할머니 말씀 너무 많이 하시는 거 아냐?"

"괜찮⋯⋯."

그때 경자 씨가 할머니의 말을 가로챘다.

"할머닌 좀 쉬셔야겠다. 둘이 바람 좀 쐬고 올래?"

"추운데 귀한 손님을 왜 내보낸다는 겨? 난 괜찮혀."

"새벽 댓바람부터 새색시처럼 이것저것 꾸미느라 힘드셨잖소."

결국 두 사람은 경자 씨에게 쫓기듯이 일어났다. 경자 씨는 민우
는 아랑곳하지 않고 정희에게 당부했다.

"저녁 먹기 전에 들어와라. 차 필요하면 써도 돼."

"밖에 트럭?"

정희가 키를 받았다. 물론 바람을 쐬자면 차가 필요하긴 했다.
하지만 생선 냄새가 묻어난 트럭을 스스럼없이 권하는 엄마의 모습
에 정희는 적이 당황했다. 그 트럭을 탈 손님에게 예의상 겸양을
떠는 엄마의 모습일랑 기대하지도 않았으면서도 말이다.

"아, 뭐. 시골에 온 손님에겐 트럭이 되려 낭만적이긴 하겠어."

정희는 너스레로 갈무리한 뒤 쾌하게 방문을 밀었다. 그러고는
마당으로 나오자마자 숨을 크게 내쉬었다.

"힘들었죠?"

"별로."

그때 꽥꽥, 오리 소리가 들렸다. 민우는 소리가 들리는 엉성한

축사로 한 걸음 내디뎠다.

"오리도 키워?"

"잠깐! 가지 마요."

정희가 화들짝 놀라며 민우의 옷깃을 잡아챘다.

"왜?"

"정들면 안 돼요."

"오리하고?"

"아무튼, 아무튼 그런 일이 있어요."

그녀는 살짝 얼굴을 붉히고는 말머리를 돌렸다.

"참, 1종 면허증 있죠?"

"그렇긴 한데 이곳 지리는 정희가 잘 알잖아."

"전 2종 면허예요. 게다가 장롱면허고."

집 밖에 세워진 1톤 트럭 화물칸으론 천막이 돌돌 말려 있었다. 가까이 가자 비린내가 훅 코를 찌른다. 운전대는 민우가 잡았다. 좌석 한편에는 주유소 티슈 등이 나뒹굴고 담배 냄새도 약간 났지만 예상외로 생선 비린내는 배어 있지 않았다. 기어를 넣고 고개를 돌리니 그녀가 눈을 흘긴다.

"안 그래도 작전상 빠져나오고 싶었어요."

"어느 쪽으로 가지?"

"일단 화물역으로 가요."

방향을 지시하고는 그녀가 조심스레 따진다.

"명함까지 꺼낼 필욘 없잖아요."

"확실히 하는 게 낫지."

"왜 하필이면 한신시스템이죠? 요새 신기술로 언론에 자주 소개

되는 회사잖아요. 엄만 신문하고 뉴스를 잘 챙겨 보는데 전화라도 걸면 어쩌려고."

"아는 사람 명함이고, 그쪽에 미리 말해 뒤서 걱정할 필요 없어."

"다시 한 번 강조하는데, 우리 엄만 보통 촉이 아니라고요."

"그러니까 확실히 한 거지."

"근데 진짜예요?"

"뭐가?"

"한신시스템 본부장하고 진짜 잘 아는 사이냐고요."

"대충."

"휴우, 대충이란 말 함부로 하지 말아요. 제겐 정말 중요한 일이란 말예요."

"알겠습니다, 고용주님."

민우의 너스레에 긴장이 조금 풀렸는지 정희가 피식 웃었다.

"어쨌든 고생했어요. 고마워요."

민우도 피식 웃었다. 아까부터 손등이 간지럽다. 곧 이유를 알 것 같다. 할머니의 체온이 진득하게 따라붙는 중이다.

"할머닌 정신은 말짱하신가 봐?"

"네, 피곤하실 때 말곤요. 그나마 다행이지 뭐예요. 많은 어른들이 자기 의사 표현 한번 변변히 못한 채 세상을 떠나시잖아요."

"의사 표현 능력이 있어도 함구하는 매정한 노인도 있지."

민우의 말에 정희가 획 고개를 돌려 빤히 바라보았다.

"그런 분을 겪었나 보죠?"

민우는 대답하지 않은 채 장항화물역 앞으로 차를 세웠다. 한때

장항선의 종착지로 번성했다는 사실이 믿기지 않을 만큼 역 주변은
썰렁하기 그지없었다.

민우에게 있어서 장항선의 매력은 느림에 있었다. 총 연장된
선로는 그리 길지는 않지만 출발역에서 종착역까지의 소요 시
간은 독일의 고속열차인 이체ICE가 프랑크푸르트에서 파리에 도
달하는 시간과 엇비슷했다. 줄곧 이체를 닮은 고속 주행의 삶을
살았기에 장항선의 느긋함에서 삶의 이면이 보였는지도 모르겠
다.

하지만 눈앞의 옛 장항역은 느림이 아니었다. 숫제 시간이 멈춰
버린 마을이었다. 역사 안팎으론 화물열차와 구조물, 그리고 상가
들이 늘어서 있었지만 장사를 하는 움직임은 보이지 않았고, 또 아
무도 들락거리지 않고 있었다.

"타임머신이라도 타고 온 기분인걸."

민우의 소감에 정희는 한숨을 쉬었다.

"정말로 그렇다면 오죽 좋겠어요."

그녀는 무언가 돌이키고 싶은 과거가 있나 보다. 사실 그런 마음
을 품지 않은 사람이 어디 흔하랴. 차에서 내린 정희는 오랫동안
방치된 듯한 건물과 낡은 상가를 훑으며 느릿느릿 걷다가 단층 건
물에 자리한 무척 오래되어 보이는 중식당을 가리켰다.

"짜장면을 처음 먹어 본 게 여기였어요. 아빠랑……."

곧 말을 삼키고는 돌아서서 트럭을 가리켰다.

"도선장으로 가요."

그녀가 삶의 흔적을 되짚는 일이 싫지 않았던 민우는 선선히 따
르며 다시 운전대를 잡았다.

배가 다니지 않는 도선장은 공원으로 꾸며져 있었다. 생선 비린 내마저 실종된 주위로는 고깃배들이 가득 방치되어 있었으며, 곳곳에 녹슨 닻이 뒹굴고 있었다. 정희가 강 건너편의 군산을 가리켰다.

"어릴 때 배를 타고 저쪽으로 놀러 다녔어요. 아빠를 따라 극장도 가고 팬시 가게도 가고."

기차 안에서 부친을 언급하자 대번에 눈물을 쏟았던 그녀가, 그리고 절대로 집안에선 부친을 언급할 일이 없다고 주장하던 그녀가 연방 먼저 들먹인다. 회한을 담은 얼굴로 한숨을 토하더니 민우와 눈이 마주치자 급히 손을 입으로 가져갔다.

"제가 한숨이 참 많죠?"

"응."

"참 희한한 게 참견하는 게 많은데도 민우 씨가 점점 편해져요. 이상하죠?"

나도 내가 이상해. 자꾸 참견하고 싶거든, 하는 말을 민우는 삼켰다.

"근데 말예요."

그녀가 고개를 숙인 채 양 손가락을 깍지 껴 불안하게 만지작거리기 시작했다.

"행여 절 동정하는 건 아니죠."

그녀의 얼굴이 고통스럽게 일그러진다.

"혹시라도 동정해서 나온 친절이라면 견딜 수 없을 것 같아서요."

"내가 왜 정희를 동정해? 두둑한 일당 안겨 준 고용주한테 당연

113

히 친절 봉사를 해야지."

"알겠어요. 민우 씬 거짓말을 안 하실 것 같아요. 그러니 믿을게요."

이내 그녀는 배시시 웃었다.

"오늘 제가 좀 오래 걸어도 에스코트해 줄래요? 여기 오면 실컷 걸어 보려고 별렀거든요."

과연 그녀는 오래도록 철길 옆을 걸었다.

"기차가 다니긴 해?"

"화물열차만 다닌다는데 몇 년간 본 적이 없어요. 어릴 땐 여기 와서 곧잘 놀았거든요."

그녀가 저편의 높다란 제련소 굴뚝을 가리켰다.

"장항은 어디서 놀아도 저 굴뚝이 보여서 집을 잃을까 봐 겁내지 않았어요. 지금도 굴뚝을 보면 나침판이 떠올라요. 살다가 때로 방향감각이 흐트러지고 결정 장애를 겪으면 고향에 내려와 저 굴뚝을 봤어요. 그러면 신기하게도 결정을 내릴 수 있었는데, 지나고 나서 보니 그 결정이 대체로 옳았더라고요."

민우는 문득 해수욕장에서 화력발전소를 주시하던 그녀의 모습이 떠올랐다.

철길은 제지 공장 안으로 사라지면서 끝이 났다. 건널목 앞에는 기차가 지나가는 시간이 적힌 표지판이 붙어 있었다. 그녀가 묻는다.

"다리 안 아파요?"

묻는 그녀는 다리가 아픈 성싶었다. 그뿐만 아니라 차가운 강바람을 고스란히 감당한 탓에 추워 보이기까지 했다.

"제가 좀 청승이죠?"

"아니."

"후후, 실은 요즘 내가 봐도 결정 장애가 맞아요. 아픈 후론 사소한 일에도 자꾸 망설여져요."

"어디가 아파?"

"네?"

그녀가 눈을 동그랗게 뜨고 반문하다가 '아차'를 삼키는 표정을 짓는다.

"별거 아니에요."

"별거 아니라면 털어놓지그래."

그녀가 대답이 없자, 민우가 채근했다.

"나한테 솔직해야 되는 거 아닌가?"

"이건……."

그녀는 허공으로 시선을 돌려 한숨을 토한 뒤 입매에 힘을 주고 똑바로 그를 바라봤다.

"제가 처음 이야길 꺼낼 때 말예요. 정 힘들면 딱 하루만 같이 와 주면 된다고 했잖아요?"

민우가 건성으로 고개를 끄덕이자, 그녀가 말을 이었다.

"우리 연극을 위해선 제가 솔직한 것이 정답이겠지만, 굳이 안 밝혀도 되는 일까지 드러내고 싶진 않아요."

"헌데 본래 한 달이 계약 조건이 아니었나?"

그녀의 표정이 복잡하게 얽혔다. 잠깐 번졌던 웃음을 지워 내고 또다시 움츠러든다.

"그야 제 희망이었고, 아까도 잠깐 겪어 봤겠지만 민우 씨에겐 퍽이나 힘든 배역이잖아요. 아무튼 오늘 하루만 잘 해내 주시면 전 만족해요."

그녀는 곧 옴츠린 어깨를 곧게 펴며 목소리에 힘을 주었다.

"참! 저 말예요. 앞으론 뭐든지 잘 결정할 것 같아요. 굴뚝을 봤으니까."

"……얼굴이 얼었다. 이제 그만 가자."

민우가 그녀의 손을 낚아챘다. 꿈틀대던 작고 차가운 손은 곧 민우의 손아귀에 순종했다. 이쪽보다 차가운 온도가 영 못마땅했다. 멍청하긴. 주머니에 손을 넣고 다닐 것이지.

"잠깐만."

민우는 걸음을 멈추고 그녀의 손에 호호, 입김을 불어 넣어 주었다. 순간 그녀가 후다닥 손을 빼내며 소리쳤다.

"기차다!"

과연 기차가 이쪽으로 들어오고 있었다. 곧 덜커덩거리는 소리와 함께 기적 소리도 들렸다.

"거꾸로 오네?"

"맞아요. 공장으로 들어갈 땐 거꾸로 들어가요."

공장의 초소에서 직원이 나오더니 건널목 차단기를 내리기 시작했다. 땡강땡강 소리와 덜커덩거리는 소리가 양쪽에서 각각 들렸다. 줄줄이 화물차를 달고 있는 기차는 느리게 후진하고 있었고, 맨 앞, 즉 꽁무니로 한 남자가 승차 계단에 매달린 채 깃발을 열심히 흔들고 있었다. 십여 개의 화물 차량을 거느린 기차가 공장 안으로 사라질 때까지 그녀는 오도카니 서서 지켜보았다. 민우는 추위를 묵묵히 감당하는 그녀를 안아 주고 싶다는 생뚱맞은 충동을 가까스로 다스렸다.

"가요."

이번에는 그녀가 앞서 걸었다. 민우는 다시금 그녀의 손을 잡았다.

"오버하진 마세요."

그녀가 부드럽게 손을 빼냈다.

"대역에 충실하려는 건데?"

"엄마 앞은 아니잖아요. 그리고 우린…… 아시잖아요. 서로가……."

"애인이 있다 그건가?"

"미안하잖아요. 서로가……."

"됐어. 그냥 추워 보여서 그랬어."

"혹시라도 동정 같은 건 정말 싫어요."

"제길, 여기서 빌어먹을 동정이 왜 나오지?"

민우가 거칠게 투덜거리자, 정희가 동그랗게 눈을 뜨고 입술도 동그랗게 벌어진다.

"화났어요?"

민우는 고개를 저으며 길을 재촉했다. 그녀 말대로 오버하는 것 같다. 왜 타인의 삶에 간여하고 싶다는 뜬금없는 욕심이 생겼는지 모르겠다. 서른 해 내내 이기적으로 살았으면서 말이다. 그런데도 여전히 그녀가 움츠린 어깨를 폈으면 좋겠고, 몸도 마음도 춥지 않아서 환하게 웃었으면 좋겠다. 그녀 스스로 행하지 못한다면 자신이 그렇게 되도록 만들고 싶다.

돌아가는 길은 멀게만 느껴졌다. 우선은 따뜻한 찻집으로 그녀를 데리고 가고 싶었는데 어디에도 보이지 않았다. 강가에 붙은 식당들도 죄다 문을 닫은 터였다. 정말로 타임머신을 타고 과거로 온 것 같다.

"에치!"

그녀가 재채기를 하자, 민우는 코트를 벗어 그녀의 어깨에 걸쳐 주었다.

"어, 괜찮은데……."

"더워서 그래. 그리고 말야. 마스크는 정작 이럴 때 써야 하는 거 아냐?"

멍하니 바라보다가 그녀는 피식 웃고는 마스크를 꺼냈다.

민우는 트럭에 올라 시동을 걸고 급히 히터를 켰다. 조수석으로 그녀가 웅크리고 앉았다가 민우와 눈이 마주치자 마스크를 벗고 어깨를 폈다. 이내 해맑게 웃는다.

"앞으론 만사형통할 것 같아요. 굴뚝도 가까이서 보았고, 화물열차까지 봤거든요. 그야말로 시간표에도 없는 서프라이즈 선물이었지 뭐예요!"

어둠 속에 오래 머문 사람일수록 주술이며 자기최면을 통해 빛을 찾는다고 민우는 믿었다. 굳이 따질 필요는 없었다. 그리고 지금 그녀가 보여 주고 있는 화사한 웃음은 아까부터 언짢았던 민우의 마음을 풀어 주기에 부족함이 없었다.

"환하게 웃으니 좋네. 아무튼 나와 함께 있을 땐 가슴을 펴고 씩씩하게 굴어."

"노력하고 있잖아요."

"어른들 앞에선 특히."

그녀가 이맛살을 모았다. 기차를 통해 획득한 행운의 징표에, 그 만사형통의 주술에 동의하지 않아서 항의하는 것만 같았다. 갑자기 그녀가 헛기침을 했다.

"저기요, 민우 씨도 가끔 꽤나 어둡던데, 본인은 알아요?"

"내가?"

"그늘이 꽤나 깊어 보였어요. 뭐, 그렇다는 거죠. 말했지만, 우리 엄마 눈썰미도 보통이 아니니 나를 만나서 행복에 겨워하는 사람으로 신경 좀 써 줘요."

기습이었고, 차마 반론은 못 하겠다. 형과 형수도 그런 지적을 했다. 민우는 쓴웃음을 지으며 자동차 기어를 넣었다. 누구보다 정희는 민우의 행동거지를 참견할 자격이 충분했다.

"노력하죠, 고용주님."

관광 지구인 금강하굿둑 부근도 쓸쓸하긴 매한가지였다. 시야에는 폐건물이 된 상가와 공사 도중 방치된 건물들도 보였다. 관광 중심가에는 문을 연 상가가 많았지만 상대적으로 그곳을 지나치는 사람들은 드물었다. 두 사람은 문이 닫힌 놀이 시설 주변을 거닐었다.

"비수기여서 더 그래요."

그녀가 고즈넉한 풍경을 찬찬히 훑으며 말했다.

"나는 이 쓸쓸함이 마음에 들어 자주 올 것 같은데."

"기차역이 가깝다면 모를까. 대중교통으론 접근성이 너무 떨어져요."

몇몇 커플이 그들을 지나쳤다. 신기한 구경이라도 된 양 지켜보던 그녀가 고개를 숙인 채 말한다.

"엄마 닮아서 제 키가 작죠?"

어쩐지 반갑게 들리는 질문이다. 하지만 다른 이유로 이내 화가 났다. 세상에 관한 막연한 부아였다. 민우는 자신도 모르게 엉뚱하다면 엉뚱한 쪽으로 화제를 돌렸다.

"이거 알아? 7등신이 인간의 표준이라는 거. 고전 화가들도 그리 그렸잖아. 헌데 현대에 와서 아티스트들이 각 부위를 강조하려고 7등신인 본래 모델을 8등신으로 조작해서 모델링했어. 그런데 대중 광고가 주동이 돼서 그게 조작이 아닌 실제고 표준인 걸로 세뇌질 한 거야. 다들 표준에 미달하지 않으려고 굶고 깎아 내고 늘이고 난리가 난 거야. 표준형이 비표준형을 쫓고 있는 황당한 일이지."

민우의 생뚱맞고도 장황한 말에 그녀는 눈을 씀벅거리며 생각에 잠겼다가 나직이 말한다.

"위로받고 싶어서 꺼낸 질문은 아니었어요. 그냥 엄마 키가 오늘따라 부쩍 작아 보여 맘이 안 좋았어요. 뭐랄까. 머리 위로 고된 인생을 얹어 놓고 살다 보니 작아졌다는, 그런 생각이 들더라고요."

민우는 공연히 열을 냈다고 자책하며 화제를 돌렸다.

"흠, 그나저나 우리 경자 씨한텐 어떻게 해야 점수를 딸 수 있을까?"

"글쎄요. 어떻게 해야 우리 경자 씨가 예전으로 돌아올까요?"

혼잣말처럼 흘리다가 그녀 스스로 움찔한다.

"어, 왜 엄마보고 경자 씨라고 해요?"

"그쪽이 먼저 그리 소개했잖아?"

"그랬나요? 우리 경자 씨…… 가끔 엄마가 친구 같아서요."

"흠, 어머님과 친구처럼 지내는 것 같진 않던데."

그의 지적은 틀리지 않았다. 하지만 여과 없는 그의 소감에 정희는 순간 울컥했다. 친구처럼 지냈던 시절이 있었다고, 그래서 그 시절로 돌아가고 싶다고 항변하고 싶었다. 얼결에 혼자만 품고 있는 비밀 하나를 털어놓고 만다.

"실은 겨울 동안 우리 경자 씨 인생을 글로 적고 있어요."

"전기?"

"아, 그러니까…… 혹시 아동문학가 린드그렌 아세요?"

"아스트리드 린드그렌?"

"아! 민우 씨도 삐삐 팬인가 봐요?"

"삐삐 책은 안 읽었어. 뭐, 독일엔 린드그렌 이름을 딴 학교나 아동시설이 흔하니까."

"독일에 계셨어요?"

"조금."

그녀는 갸웃하다가 곧 호기심을 뒤로하고 말을 이었다.

"린드그렌 여사의 작품 중 여사의 부모님이 주인공인 소설이 있어요. 부모님의 사랑이 참 아름다웠죠. 작가의 상상력과 교육관이 세상에 끼친 영향이 보통이 아니잖아요. 근데 그 소설을 읽어 보고 이런 생각이 들었어요. 서로 사랑하고, 서로 부지런하고, 또 자식들을 마음껏 뛰놀게 했던 부모님의 인생 그 자체가 빼어난 교육이라고요. 그게 부모님이 작가에게 해 준 거의 모든 것이었거든요. 책을 읽으면서 자꾸 익숙하게 느껴지는 게 있었어요. 책을 덮고야 알겠더군요. 제 부모님도 그렇게 만나셨고, 또 그렇게 우리를 키우셨던 거예요. 근데 너무 어릴 때 기억이라 까맣게 잊고 있었어요. 바보같이."

"어릴 적 기억이 새삼 복원이라도 됐나?"

"이모할머니를 통해 엄마의 인생을 들었어요. 듣다 보니 아련하게 기억이 살아났구요. 뭐, 제가 워낙에 알려고 듣지 않았으니까 기억이 흐렸던 거죠. 아무튼 린드그렌 여사 흉내를 내서 기록해 보니 안 보였던 엄마 인생이 점점 보이긴 하는 것 같아요."

정희가 언급한 경자 씨는 여전히 민우가 잠깐 체험한 현실의 경자 씨와 괴리감을 가졌다. 그녀는 노을빛이 스며드는 하늘을 바라보다가 시간을 확인했다.

"슬슬 가 봐야겠네요."

돌아가는 길도 그녀가 원하는 대로 여기저기를 헤집으며 운전했다. 느닷없이 그녀가 탄식한다.

"종일 쏘다녀도 아는 사람일랑 하나도 안 마주칠 것 같아요."

그녀는 고향에 와 놓고도 집 말고는 찾아갈 얼굴이 없는 듯했다. 고향이 아닌 대천에서는 분주히 인사를 나누던 그녀가 말이다. 심지어 그녀는 대천 지리를 묻는 행인들에게 막힘없는 답변도 해 주었다.

"공연히 사람들 눈이 무서워 오고 싶어도 참기만 했어요."

"여길 떠난 지 오래됐어?"

"고등학교 입학 전이니 12년 정도?"

"자주 들르진 않았어?"

"그래야 했는데 쉽지가 않더라고요."

그녀는 그늘이 번진 얼굴을 하고는 시선을 돌렸다.

"엄마하고 아빠 더없이 금실이 좋았는데 왜 전 일찍부터 고향을 멀리했는지 정말 모르겠어요."

"아버님 생전엔……."

민우는 말을 삼켰다. 그녀는 창으로 고개를 돌려 얼굴을 숨기고 있었지만 서럽게 울고 있다는 것을 민우는 알아차렸다. 젖어 갔던 말꼬리와 들썩이는 어깨를 통해.

삐꺼덕 소리가 나는 대문을 열고 땅거미가 깔리고 있는 마당을 밟자 음식 냄새가 훅 끼쳐 왔다. 민우는 이런 냄새, 이런 풍경, 이런 느낌이 결코 낯설지가 않았다. 기억을 더듬어 보니 어린 시절 몇 번 체험했다. 할머니 집에서 지내던 때였다. 할머니는 당신 아들의 재혼을 단 한 번도 탓하지 않으셨다. 민우 형제를 '혹'이라 지칭하며, 그 혹을 당신이 떠맡을 테니 홀가분하게 재혼하라고 아버지를 떠민 당사자였으니 그럴 만도 했다.

"긴장돼요?"

정희가 옆구리를 툭 치자, 민우는 움찔하며 상념에서 벗어났다. 그녀는 전혀 긴장한 것 같아 보이지 않았다. 마지막 노을빛에 그녀의 눈동자가 반짝였다. 그녀가 속내를 적이 풀어 냈던 탓일까? 창졸간에 민우 역시 그녀에게 오랜 서러움을 털어놓고 싶다는 충동이 일었다. 그것은 일종의 치명적인 약 기운처럼 중추신경을 잠식해 왔다. 어느 순간 민우는 정신을 번쩍 차렸다. 약하게 보이면 세상에게 당한다는 오랜 좌우명이 본능적으로 그를 깨웠던 것이다.

"긴장은. 정희나 잘해."

민우는 퉁명스레 쏘아붙이며 툇마루를 밟았다.

❋ ❋ ❋

만철 씨는 보령의 성주 탄광촌에서 태어났습니다. 줄곧 광부로 살았던 아버지는 도중에 일을 그만두어야 했습니다. 진폐증으로 폐를 잘라 냈으며 귀까지 상했던 겁니다. 어머니는 살림을 돕고자 외판원으로 나섰습니다. 할부 전집 책이며 학습지 팸플릿이 가득한 가방을 들고 돌아다녔는데 나중에는 그 안으로 보험이며 각종 생활용품 팸플릿이 뒤섞였습니다.

북적대던 탄광촌이 쇠락의 길을 걸어가면서 부친도 더불어 추레하게 늙어 갔지만, 날마다 동네를 벗어나 도시를 다녀온 어머니는 멋쟁이로 변해 갔습니다.

그러던 어느 날 언제부터인지도 모르게 동네에서는 수상한 소문이 돌기 시작했습니다. 억울하다는 어머니의 하소연을 아버지는 선선히 믿어 주었습니다. 만철 씨와, 만철 씨의 누나도 그 일은 모른 척했습니다. 아버지는 끝까지 어머니 곁에 남아 있어야 하는 이유로, 만철 씨와 누나는 석탄에 찌든 이 동네를 곧 떠나겠다는 목표를 안고 있었기에 굳이 진실을 알려고 하지 않았습니다.

국립대를 목표로 삼은 누나는 바라던 대로 친척이 사는 대도시로 전학을 갔습니다. 만철 씨가 고등학교를 졸업하자 아버지가 술상 앞으로 불렀습니다.

"대학 갈 욕심은 진짜 없고?"

굳이 꺼낼 필요가 없는 질문이었습니다. 형편이 문제가 아니었습니다. 공부엔 영 소질이 없는 만철 씨였으니까요.

"니도 이제 어른이니 한잔 받아라."

술을 따라 준 아버지는 만철 씨의 우직한 손을 바라보았습니다.

"니 큰아버지 말씀이 손재주는 널 따라올 사람이 없다더라."

어렸을 때부터 라디오며 선풍기 등 각종 기계를 해체하고 조립하기를 즐겼던 만철 씨였습니다. 간단한 고장일 경우엔 이웃의 오토바이와 경운기도 고쳐 주곤 했으니까요.

"기술 배움서 일할 곳이 있긴 한디, 먼 데여도 괜찮겠어?"

그곳이 오히려 집으로부터 먼 데여서 만철 씨는 고개를 끄덕였습니다.

떠나는 날, 만철 씨를 배웅하며 아버지가 말했습니다.

"노파심에 하는 말인데, 니 엄만 바람 안 피웠다. 그러니 이사할 이유도 없다. 본래 예쁜 마누라가 밖으로 나돌고 남편보다 잘나가면 쓸데없는 소리 나오는 법이다. 알제?"

그렇게 만철 씨는 집을 떠나 장항의 선박 수리소에서 일하기 시작했고, 몇 년 후 눈동자에 샛별을 담고 세상 어떤 노래보다 아름다운 목소리를 선물하는 경자 씨를 만날 수 있었습니다.

결혼을 채근하는 만철 씨 앞에서 어느 날, 경자 씨가 어머니를 입에 올렸습니다.

"만철 씨가 어머님을 닮으셨다면 말예요, 어머님은 퍽 미인이실 것 같아요."

경자 씨는 만철 씨의 어머니가 미인이라는 바를 이미 알고 있었습니다. 발이 넓다는 그분의 외모는 이모의 안테나에도 걸려들었으니까요. 하지만 만철 씨가 통 언급하지 않으니 모른 척했던 겁니다.

순간 만철 씨의 표정이 굳어졌습니다.

"근데 난 우리 어머니와 모든 게 반대인 여자가 좋아요."

사뭇 차갑게 내뱉고 만철 씨는 시선을 돌렸습니다. 하지만 이내 부드러운 눈길로 경자 씨를 보았습니다.

"결혼을 하면 내가 하는 거니, 우리 부모님은 신경 쓰지 말아요."

"아녜요, 만철 씨. 결혼은 집안과 집안이 합쳐지는 경사여야 해요."

"우리 집안은 없는 걸로 쳐요. 우리 아버지의 뜻이기도 해요."

"아버님요?"

"평생 두 분만 붙어 살길 원해요. 다른 사람이 끼는 건 싫대요. 찾아오는 것도."

"에이, 말씀은 그리하셔도……."

"우리 아버진 진짜로 그래요."

만철 씨의 말투가 워낙 단호했기에 경자 씨는 더 말을 잇지 못했습니다. 그리고 만철 씨는 이렇게 말했습니다.

"난 결혼하면 더 열심히 일해서 경자 씨는 살림만 하게 할 겁니다."

그날 밤, 경자 씨는 오래도록 쪽창에 기대 둥근 달을 바라보며 만철 씨가 머릿속에 각인시킨 한마디를 새김질했습니다.

"근데 난 우리 어머니와 모든 게 반대인 여자가 좋아요."

어찌 보면 서글픈 말이었습니다. 그리고 서글프면서도 이유가 되는 말이기도 했습니다. 경자 씨는 그동안 만철 씨를 생각하면서 쓴 무수한 편지들을 하나씩 읽어 보았습니다. 곰곰이 따져 보니 만철 씨는 정말로 신중한 사람이었고, 또 신중하게 접근했었습니다.

부드러운 바람이 부는 한낮에 경자 씨는 만철 씨와 나란히 오솔길을 걸었습니다. 그 길은 아는 사람의 눈을 겁내지 않아도 되는 호젓한 길이었습니다. 풀 냄새가 가득 풍겨 왔고, 햇살이 나뭇가지로 우수수 쏟아졌습니다. 쪼르륵 흐르는 도랑의 물소리로 투명한 굴뚝새의 노래가 간간이 섞이곤 했습니다.

한순간 모든 소리와 냄새와 풍경이 숨을 죽였습니다. 오로지 가슴속의 커다란 방망이 소리만 느낄 수 있었습니다. 가녀린 어깨로는 만철 씨의 우직한 두 손이 얹혀 있었기 때문입니다. 고개를 들면 그의 턱이 머리에 닿을 만큼 만철 씨는 코앞에 서 있었습니다.

"정말 저를 좋아하세요?"

길섶의 이름 모를 꽃을 내려다보며 경자 씨가 말했습니다. 밤마다 듣던 노랫말을 빌려 꺼낸 말이었습니다. 만철 씨가 대답이 없자, 경자 씨는 그전부터 꼭 확인하고 싶었던 바를 마침내 입 밖으로 꺼냈습니다.

"행여나 저에 대한 호의가 동정심에서 비롯되었다면 전 못 견딜 것 같아요. 사실 그럴지도 모른다는 의심에 두려웠거든요.”

이번에도 만철 씨는 대답하지 않았습니다. 그의 숨소리가 문득 크게 들렸습니다.

“어머!”

만철 씨는 경자 씨를 자신의 커다란 가슴 안으로 와락 품었습니다.

“난 더는 못 기다리겠어요.”

만철 씨는 경자 씨의 등을 쓰다듬었습니다.

“약속할게요. 죽는 날까지 내 아내는 경자 씨 한 사람뿐입니다.”

경자 씨는 만철 씨에게 안긴 채 그를 올려다보았습니다. 만철 씨의 얼굴 표정은 부신 햇살 때문에 가늠할 수 없었습니다. 하지만 그의 머리 뒤로는 황금빛 햇살이 가득했습니다. 그것은 만철 씨가 빚어낸 햇살이었으며, 평생 동안 꺼지지 않은 채 경자 씨의 삶을 밝혀 줄 빛으로 다가왔습니다. 이윽고 경자 씨는 만철 씨에 관해, 그리고 자신에 관해 확신할 수 있었습니다.

며칠 후 광천을 다녀온 어머니가 댕댕이덩굴과 인동덩굴을 잔뜩 가져왔습니다. 어머니는 말린 인동덩굴에 치자 열매로 황금빛 물을 들인 뒤 바구니를 만들었습니다. 이날은 경자 씨도 거들었습니다. 바구니 하나가 탐났던 겁니다. 워낙에 손재주가 좋은 경자 씨는 어머니가 감탄할 정도로 곱고 납작한 바구니를 만들었습니다. 그러고는 그 안에 만철 씨를 생각하며 쓴 편지들을 담았습니다.

그들은 그랜드예식장에서 결혼식을 올렸고, 기차를 타고 온양의 그랜드호텔로 신혼여행을 떠났습니다. Grand의 연속된 명칭은 어디까지나 우연이었습니다. 경자 씨는 그 용어를 '웅장함' 보다는 '숭고함' 으로 부분 해석한 뒤 운명의 신이 보내 준 용어라고 완전한 해석을 취했습니다.

경자 씨의 첫 번째 아이는 딸이었습니다. 세상 모든 엄마가 그러하듯 경자 씨는 극진한 정성으로 아이를 돌보았습니다. 딸이었기에 더욱 긴장하며 일찌거니 짱구베개 등을 갖추어 놓고 요람 속 아이의 위치를 시기적절하게 바꾸어 주었으며, 아이 피부에 좋다는 것에는 누구보다 욕심을 냈습니다.

"그러다 당신이 쓰러지겠네. 놔주고 잠 좀 자."

만철 씨가 졸린 목소리로 참견을 하면, 경자 씨는 자는 척하다가 이내 슬그머니 다시 일어나 아이를 보살폈습니다.

경자 씨가 애쓴 보람이 있었는지 딸은 예쁘게 자랐습니다. 물론 피부며 뒤통수도 퍽이나 예뻤습니다.

"당신 닮아서 다행이에요."

경자 씨가 오랜 긴장감을 풀어 놓자, 만철 씨는 매력적인 웃음을 지으며 고개를 가로저었습니다.

"당신을 닮아야지. 그래야 똑똑하지."

둘째는 아들이었고, 만철 씨처럼 튼튼하게 자랄 싹수를 어릴 때부터 보여 주었습니다.

해를 거듭할수록 기술이 늘어났던 만철 씨는 어느덧 선박 수리소의 대장 노릇을 하고 있었습니다. 하지만 금강하굿둑이 건설된 후로 일이 줄어들었습니다. 덩치를 키운 선박들을 새로이 들이기엔 수심이 협소했고, 고깃배는 먼 바다에 더 가까운 곳으로 터전을 옮기곤 했기 때문입니다.

훗날 군산까지 철도가 이어지면 여객선마저 운항을 멈출 것이라는 소문도 돌았습니다. 그래도 여전히 장항역은 사람들로 붐볐고, 만철 씨도 굳이 장항을 떠나려 하지는 않았습니다.

어여삐 자란 딸이 초등학교에 입학했습니다. 경자 씨는 날마다 딸의 손을 잡고 학교를 데려다주었습니다.

"엄마, 조금만 더 같이 가."

처음에는 문방구에 들러 준비물 정도만 챙겨 주었는데, 딸이 자꾸만 손을 잡아당겨 교문 안까지 들어가게 되었습니다. 교실로 향하던 귀여운 딸은 뒤돌아보며 팔랑팔랑 작은 손을 흔들었고, 또 돌아보며 손을 흔들어 경자 씨가 함박웃음을 짓게 했습니다. 비가 와서 우산을 들고 하굣길에 찾아가면, 딸아이는 경자 씨의 작은 등으로 폴짝 뛰어올랐습니다.

"비가 오면 좋아. 엄마가 업어 주잖아."

딸아이는 한 팔로는 엄마의 목을 두르고, 한 팔로는 우산을 대신 잡습니다. 등에 업힌 딸아이의 무게가 묵직하게 느껴질수록 경자 씨의 마음은 가벼워집니다. 외모가 아빠를 닮았으니 키도 엄마를 닮진 않을 것 같았습니다.

그해 만철 씨의 공장이 큰 어려움을 겪었습니다. IMF의 시련이 찾아든 겁니다. 그때 인천으로 터를 옮겼던 다른 수리소의 사장이 만철 씨를 좋은 조건으로 데리러 왔습니다. 결국 만철 씨는 가족을 남기고 인천으로 떠났습니다. 당분간은 섬이며 여러 도시를 출장 가야 한다는 사정 때문에 나머지 가족은 일단 장항에 남기로 했습니다.

결혼한 후로 만철 씨는 해를 거듭하며 멋진 남자로 변신해 가고 있었습니다. 경자 씨는 인천 같은 큰 도시에 넘쳐 날 것 같은 어여쁜 여자들 생각으로 가슴을 졸였습니다. 하지만 곧 그런 생각을 품은 스스로를 탓하며 만철 씨에 대한 신뢰를 잃지 않았습니다.

그러던 어느 날 어려운 시기에도 늘 맑을 것만 같았던 경자 씨의 행복기상대에도 먹구름이 찾아왔습니다. 만철 씨 공장에 큰일을 맡겼던 회사가 부도가 났고, 덩달아 만철 씨의 회사도 문을 닫았기 때문입니다. 만철 씨를 데려갔던 사장은 임금을 다 못 채워 준 미안함 때문인지 돈을 많이 벌 수 있다는 다른 직장을 알려 주었습니다. 하지만 그곳은 외국이었습니다. 고심 끝에 만철 씨는 한국을 떠났습니다. 짧게는 일 년만 고생하고 돌아오면 장항의 집주인이 될 수도 있다는 매력 때문이었습니다.

한편 경자 씨도 세를 들어 살고 있는 집의 주인이 되고 싶은 꿈을 앞당기고 싶었습니다. 널찍한 마당에 꽃을 심고 나무를 가꾸며 아이들의 놀이터도 만들어 주고 싶었던 겁니다. 마침 아이들도 제법 컸기에, 지금은 서천의 외삼촌 집에서 살고 있는 어머니를 찾아가 옷 수선집을 차리고 싶다고 졸랐습니다.

"정희 아범은 너 일하는 거 싫어할 텐디."

"하지만 어려운 시기에 저만 놀긴 미안하잖아요. 마침 세가 싸게 나온 가게도 있고, 시설비가 드는 것도 아니니 딱 일 년만 해 볼게요."

그렇잖아도 경자 씨의 솜씨를 아까워했던 어머니였기에 결국은 도움을 주기로 했습니다. 경제적인 지원은 물론이고 사랑스러운 아이들도 기꺼이 챙겨 주겠다는, 그런 도움이었습니다.

친절하고 꼼꼼한 경자 씨의 솜씨는 금방 입소문을 탔고, 재봉틀을 돌리는 경자 씨의 손도 점점 빨라져만 갔습니다. 그리고 집주인이 되는 날도 점점 다가왔습니다.

그리하여 경자 씨는,

그렇게 경자 씨는,

그리하여 경자 씨는…… 온 가족과 함께 오래오래 행복하게 살았답니다. 왜냐하면 만철 씨는 죽는 순간까지 오로지 경자 씨 한 사람하고만 결혼했으니까요.

❈ ❈ ❈

정희의 외할머니는 아까보다 기운이 있어 보였고, 경자 씨는 여전히 무뚝뚝했다. 밥상은 육류와 해물은 물론이고 나물도 푸짐하게 차려져 있었다. 할머니 앞으론 죽이며 부드러운 음식이 깔려 있었다. 그런데 밥상을 훑는 정희의 표정이 왠지 침울하다. 난감한 눈빛으로 경자 씨와 눈길을 섞었고, 휙 외면하는 경자 씨의 태도에 한숨까지 쉰다. 짐짓 모른 척하며 찌개를 떠먹는 민우를 할머니가 지켜보았다.

"먹을 만허유?"

"네, 얼큰하고도 시원합니다. 근데 이게 무슨 생선입니까?"

"곰치라고도 하고 물메기라고 한다유."

말린 박대조림이며 싱싱한 나물까지 반찬은 모두 맛있었다. 시원시원하게 떠먹는 그를 할머니는 흐뭇하게 바라보았다. 할머니의 시선이 정희에게로 향했다. 무릎을 살짝 움직여 바짝 붙더니 그녀의 얼굴을 쓸어 댄다.

"우리 새끼 얼굴이 어째 이리 축나 보이는 겨. 아픈 덴 없는 겨?"

"무, 무슨 소리야. 나 튼튼해요."

정희는 당황하는 기색을 여실히 드러내고 만다. 민우는 속으로 힐난했다. 감추려면 제대로 좀 하지. 그런데 묘하게도 그녀의 허술한 연극이 싫지만은 않다. 일단은 몸이 편찮으신 할머니 앞이니 두둔해 주기로 했다.

"손녀분 말이 맞습니다. 보기완 달리 아주 튼튼합니다."

민우는 옆에 앉은 경자 씨의 매서운 눈길을 느꼈지만 모른 척하며 젓가락을 부지런히 놀렸다. 밥 먹을 땐 건들지 않는 게 집안 철칙인지 넘치는 공기를 다 비울 때까지 호구조사 등을 하지는 않았다. 숟가락을 놓기가 무섭게 경자 씨가 건더기가 가득한 숭늉을 한 사발 가득 채워서 상 위에 놓았다.

"드시구려."

먹는 동안 경자 씨가 힐끔힐끔 쳐다보았다. 어쩐지 다 비워야 할 것 같아서 민우는 부른 배를 어르며 그릇을 비웠다. 과연 빈 그릇을 본 경자 씨가 모처럼 웃음을 지었다. 비록 웃음이 걸려도 편하게 바라볼 수 있는 얼굴로 다가오진 않았지만. 민우도 어색하게 웃으며 고개를 숙여 잘 먹었다는 말을 대신했다.

경자 씨는 사과를 퍽이나 정교하고 예쁘게 잘라 냈다. 함께 접시에 담은 감 조각도 야무진 틀에서 찍어 낸 것처럼 크기가 완벽하게 같아 보였다. 그러고 보니 찌개에 들어갔던 무며 야채도 모두 일정한 크기를 갖추었던 듯싶다.

솜씨가 예쁘십니다, 하는 말을 민우는 삼켰다. 경자 씨 앞에서는 그런 용어를 쓰는 일이 결례가 될 것 같았다. 숫제 '예쁨'이란 낱말 자체가 실례일 것 같다.

예상하고 기다리던 질문은 할머니가 먼저 꺼냈다.

"그려, 식은 언제쯤 치를 겨?"

"올 5월쯤 생각하고 있습니다."

"허허, 기왕 하는 거 꾸물댈 거 있소?"

그때 정희가 할머니에게 팔짱을 끼었다.

"할머니, 석 달 후야. 코앞이라고."

"에구, 안다만은 죽기 전에 니 결혼식 보고 싶은 욕심 땜에 그려."

"걱정 마. 할머닌 오래오래 사실 테니까."

삐딱하게 고개를 기울이며 지켜보기만 하던 경자 씨가 입을 연다.

"그쪽 부모님하곤 상의했냐?"

"민우 씨네야……."

정희가 머뭇거리자 민우가 재빨리 말을 받았다.

"전 부모님이 두 분 다 돌아가셨습니다. 형님이 계신데, 형님은 정희 씨를 아주 좋아하십니다. 그러니 조금도 염려 마십시오."

경자 씨는 고개를 가벼이 주억거린 뒤에 물었다.

"살림은 따로 할 참인가요?"

"네, 어머님. 그리고 말씀 낮추십시오. 남도 아닌데."

"아직은 남이죠."

비교적 차가운 말씨는 아니었지만 민우를 주춤하게 만드는 한마디였다. 경자 씨가 의외의 질문을 던진다.

"부모님 생전 금실은 좋았나요?"

어떤 의도로 묻는지 민우는 짐작할 수 있었다. 정희가 당황하며 끼어들려는 순간 민우가 손을 들어 제지했다. 민우는 이내 어깨를 펴고 경자 씨를 똑바로 바라보았다.

"자랑거리는 아니지만 미리 밝히겠습니다. 제 어머님은 일찍 돌아가셨고, 아버님은 재혼하셔서 저희 형젠 할머니가 키우셨습니다. 나중엔 형이 키운 셈이죠. 물론 저 같은 가정사가 세상에 선입견을 줄 수도 있겠지만, 한편으론 반면교사 삼아, 더욱 사랑하고 노력하는 사람들도 많다는 말씀을 꼭 드리고 싶습니다."

방 안으로 침묵이 휘돌았다. 정희는 멍하니 입을 벌리고 있었고, 할머니는 민우의 말을 새김질하는 양 고개를 모로 기울이고 있었다. 경자 씨가 고개를 주억거렸다.

"반면교사라. 그럴 수도 있겠네."

경자 씨의 입으로 번진 희미한 웃음이 이번에는 비웃음이 아닌 것 같다고 민우는 생각했다.

"술 마셔요?"

"어머님이 주신 술이라면 마셔야죠."

경자 씨가 술상을 차릴 동안 할머니가 무릎으로 몸을 움직여 다가와 민우의 손을 잡았다.

"뭔 말인가 했네. 그려, 참으로 외로웠을 텐디, 바르게 잘도 자랐네. 고생했네."

왜 정희의 외할머니 모습에서 민우 자신의 친할머니가 겹쳐 보이는지 모르겠다. 아버지만 두둔해서 무시로 원망했던 할머니였는데 말이다.

"둘이 사귄 지는 한참이라는디 좀체 코빼기도 안 보여 주길래 좀 못 미더웠던 게 사실이여. 해서 정희 엄마도 좀 살갑지 못했을겨. 사연을 들으니 짠하고 더 듬직혀. 암, 신중하고 싶어 함부로 얼굴을 내밀지 못했겠지."

할머니는 한 가닥 남은 의혹을 마저 정리한 양 오롯이 민우를 품어 주었다. 그러곤 뿌듯하게 정희를 바라본다.

"우리 똑순이 손녀가 고른 남잔데 오죽하려고. 암, 그렇고말고."

흡족하여 눈물까지 훔쳐 대는 할머니와는 달리 정희는 두통을 앓는 표정이다. 민우와 눈이 마주치자 소곳이 웃으며 묻는다.

"화장실 안 가요?"

"아니."

민우는 정희를 외면한 채 경자 씨가 가지고 온 술상을 받았다. 할머니가 몸을 눕혔다.

"에구, 손님 앞에서 흉한 모양 좀 해도 되려나?"

"별말씀을. 편히 누우십시오."

민우가 재빨리 이불을 가져와 몸에 고이 덮어 드렸다. 정희가 바짝 붙어 할머니의 손을 쓰다듬는다. 경자 씨와 민우는 말없이 주거니 받거니 잔을 비웠다. 정희가 경자 씨를 향해 볼퉁거렸다.

"잘한다, 아프신 어른 앞에서."

민우는 모른 척하며 경자 씨에게서 눈을 떼지 않았다.

"술은 자주 하십니까?"

경자 씨는 피식 웃으며 고개를 저었다.

"주량이 만만치 않아 보이십니다."

"혼자는 안 마셔요. 청승맞아서."

연방 빤히 쳐다보는 민우의 눈길이 부담스러운지 경자 씨가 미간을 살짝 찌푸린다.

"내 얼굴 보는 게 불편하지 않나 봐요?"

"솔직히 조금은……."

"흥, 근데 왜 빤히……."

"빨리 익숙해지려고요."

"흥!"

못마땅해하면서도 경자 씨는 착실히 민우의 술잔을 채워 주었다. 또 말없이 술을 나누는데, 정희가 볼멘소리를 했다.

"그만들 마시지 그래요."

그때 할머니가 힘겹게 몸을 일으켰다.

"놔둬라. 보기만 좋그만. 넌 건너가서 이부자리나 단속혀."

"이부자리?"

"이 방에서 같이 잘 순 없잖여."

"아, 아냐. 오늘 갈 거야!"

정희가 벌떡 일어났다. 민우는 그녀를 피해 다른 쪽으로 고개를 홱 돌렸다. 어쩐지 설렁설렁 회포를 나누고 느긋하게 탐색을 하는가 하며 술상까지 차리나 했다. 두 사람이 당연히 자고 갈 거라고 여겼던 모양이다. 기차역까지 택시로 10분이면 간다. 막차까지는 아직 한두 시간의 여유가 있었다. 할머니의 실망하는 모습에 정희가 울상을 지었다.

"생신 때 또 올지도 모르잖아. 아, 민우 씨 일이 안 바쁘다면…… 그니까 그때 자고 가면 안 될까?"

할머니의 시선이 민우를 향했다.

"낼 일요일이어서 쉬지 않어?"

"민우 씬 내일 볼일 있잖아요."

정희가 대신 대답했다. 그러자 경자 씨가 민우에게 직접 묻는다.

"출근해요?"

"쉬긴 하는데……."

"그럼 자고 가요. 좀 더 알게."

툭 던진 경자 씨의 한마디는 묵직하기 짝이 없었다. '좀 더 알게'라는 말이 민우에게는 그리 부담스럽지 않았다. 이미 충동적으로 가족사마저 까발린 처지였다.

"엄마, 오늘은 그냥……."

정희의 말을 경자 씨가 막는다.

"아까 할머니 힘든 거 안 봤냐? 손수 이부자리 봐 주고 싶다고 아침부터 설치느라 무리하셨어."

민우는 할머니를 바라보았다. 보는 이로 하여금 불안한 마음이 들게 하는 생기 없는 얼굴에 차마 실망을 심어 주진 못하겠다.

"볼일이 있긴 한데, 내일 일찍 출발하면 됩니다."

방 안에선 할머니의 웃음이 커졌고, 정희의 이맛살은 잔뜩 구겨졌으며, 경자 씨의 술판은 길어져만 갔다. 잠시 방을 나갔던 정희는 금방 돌아왔고, 민우의 눈길을 느낀 뒤 따로 이야기를 나누고 싶다는 신호를 보내 왔다. 민우는 쓱 고개를 돌리며 시치미를 뗐다.

"술 자주 마셔요?"

이번엔 경자 씨가 물었다.

"좋은 술친구가 있을 때만 마십니다."

"흥!"

경자 씨는 콧방귀를 뀌며 손을 뻗어 또 하나의 술병을 땄다.

"손님 앞에서 넘 많이 마시는 건 추태여."

할머니가 맥없는 목소리로 경자 씨를 책망했다.

"좋은 날이잖소. 안 그려요, 엄니?"

경자 씨가 취기에 젖은 목소리로 대꾸했다.

"암, 좋은 날이지."

할머니는 살포시 웃으며 눈을 감았다. 할머니가 잠이 들자, 정희가 쪼르르 술상으로 끼어든다. 그런 정희를 경자 씨가 뚱하니 바라보았다.

"너도 술 하냐?"

"조금. 아니. 안 마셔."

"건너가서 누워 있어라."

"어, 가, 같이 자라고?"

"그건 네 맘이고, 좀 누워서 쉬라고."

아직은 남이라면서 두 사람이 한 방을 쓰건 말건 상관없다고 한다.

"그만 마셔. 취했어."

"추하냐?"

경자 씨의 냉소에 정희의 표정이 단박에 딱딱하게 변했다.

"그런 말이 아니잖아?"

"창피해?"

비아냥거리는 말에 정희가 소태 씹는 표정을 지으며 쓸쓸히 말을 흘린다.

"그래, 창피해. 내 인생이."

정희가 휘뚝거리며 방을 나갔다. 엉거주춤 엉덩이를 들고 있는 민우에게 경자 씨가 손사래를 쳤다.

"놔둬요. 혹시 알아요? 후련할지."

뜻 모를 말을 건네며 빈 술잔을 채워 준다.

"엄마가 모났어도 저것은 곧아요. 친구들도 많이 따랐어요. 남의 고민을 밤새 들어 줄 줄 아는 애죠. 지 아빨 닮아 얼굴도 저만하면 곱상하잖소? 키는 날 닮아 자그마해도."

경자 씨의 혀는 어느덧 술기운에 잠식당해 있었다. 그 때문인지 민우를 만난 이후로 가장 길게 말했다. 하지만 더는 길게 말하지 않았다.

"둘이 싸운 적 있소?"

갑작스러운 질문에 민우는 주춤했다.

"글쎄요. 하지만 싸워도 화해하는 법은 알 것 같습니다."

"흥!"

경자 씨는 비소를 날리고는 민우의 빈 술잔을 보았다.

"술이 세네요."

"화장실 좀 다녀오겠습니다."

문을 열자 거실 한편으로 살금살금 도망가는 정희가 보였다. 정희가 사라진 쪽으로 이내 애먼 설거지 소리가 들린다. 거실 바닥은 카펫을 깔아서 그런지 푹신했다. 하지만 여기저기 주저앉아 수평

상태가 형편없었다.

민우는 짐짓 말짱한 걸음을 유지하며 화장실 안으로 들어갔다. 그러고는 변기통에 대고 토악질을 시작했다. 머리가 바위처럼 무겁고 명치가 아파 왔다. 찬바람을 쐬고 싶어서 마당으로 나갔다. 차가운 공기는 신선했고, 하늘은 반짝이는 별들로 가득했다. 다시금 토악질이 나오려 했다. 뒤에서 들려오는 인기척에 재빨리 쓴물을 뱉어 내고 휙 돌아보았다. 경자 씨가 담배를 물고 서 있었다.

"괜찮아요?"

"네."

경자 씨는 무심히 허공으로 담배 연기를 내뿜었다. 그러고 보니 정작 취하지 않은 쪽은 경자 씨였다.

"그만 마시는 게 낫겠네요."

"끝까지 대작 못 해 드려 부끄럽습니다."

그때 정희의 목소리가 끼어들었다.

"달밤에 웬 청승이실까."

그런 정희에게 경자 씨는 민우을 가리켰다.

"데리고 들어가라."

휘청거리는 민우를 정희가 부축했다. 그녀는 도배를 새로 한 듯한 방으로 민우를 들인 뒤 터무니없이 두툼한 이불 위로 민우를 눕혔다. 원목 서랍장과 구식 재봉틀이 놓인 작은 방이었다.

"도대체 뭐가 어떻게 돌아가는지."

정희가 한숨을 쉬며 민우의 양말을 거칠게 벗겼다. 스스로 벗을 수 있었지만 민우는 내버려 두었다. 무거운 머리를 흔들어 대고 몸을 일으키면서 경고를 잊지 않았다.

"또 한숨."

"한숨 쉬게 만든 사람이 누군데요. 엄마가 보통이 아니라고 했잖아요. 실수하면 어쩌려고 그리 마셔요. 뭐 벌써 실수를 한 것 같지만…… 읍!"

민우가 그녀의 입을 막았다. 정희가 흠칫하며 그 손을 뿌리치고는 쏘아보았다.

"쉿, 듣겠어."

"아!"

이번엔 그녀 스스로 입을 막았다. 민우가 고개를 갸우뚱거렸다.

"칭찬할 줄 알았는데."

그녀는 바싹 붙어 속달거린다.

"오버가 매우 심했어요."

"완벽한 미션 수행을 위한 헌신이겠지."

"술 취하면 본색이 나온다던데, 원래 뻔뻔하셨나 봐요."

지척의 얼굴이 비현실적인 미학으로 다가온다. 오랜 소망 끝에 이윽고 찾아낸 신비로운 빛이 그녀의 얼굴 가득 담겨 있었다. 와락 껴안고 싶은 충동이 일어 민우는 눈을 찔끔 감고 머리를 흔들었다.

"옷 다 구겨지겠어요."

정희가 윗옷을 벗겼다. 그러자 기분이 묘했다. 아니 아까부터 그랬다. 연극에 너무 몰입한 탓이리라. 이 집안의 예비 사위로 나서면 언제부턴가 그것이 연극이라는 사실을 망각하고 있었다.

"장민우 씨는 잠깐 머물다 갈 손님이에요. 남겨진 사람에게 가급적 후유증을 덜 줄수록 좋아요. 내 말 무슨 뜻인 줄 알겠죠?"

아이를 설득하는 듯, 그러면서도 간절하게 속삭이는 말씨였다.

민우가 번쩍 고개를 들었다.

"아니라면."

"네?"

"손님으로 그치지 않는다면."

그녀가 멀뚱하니 바라보다가 일어났다.

"주무세요."

"잠깐만."

민우가 그녀의 옷자락을 잡아당겼다.

"큰방에서 잘 텐가?"

"다, 당연하죠."

"그게 모양새가 더 좋은가?"

"당연하죠."

"진짜하고 왔어도?"

순간 정희가 입을 벌린 채 말을 잇지 못했다. 민우는 술기운을 밀어 내며 그녀의 표정을 주시했다. 이내 나직이 대답한다.

"그, 그래요. 그리고 오늘은 꼭 할머니 곁에서 자고 싶어요."

나가려던 그녀가 문득 생각난 듯 고개를 돌렸다.

"참, 잊지 마세요. 그쪽이나 저나 따로 애인이 있다는 거 말예요."

민우는 쓴웃음을 짓고 고개를 끄덕였다.

"잠깐만."

그녀가 움찔하며 돌아보았다.

"우리가 지금 불륜 관계는 아닌 거지?"

그녀는 피곤한 표정으로 이맛살을 모았다.

"취했을 땐 빨리 자는 게 상책이에요."

그녀가 나간 뒤 민우는 벌러덩 누웠다. 어지러운 머리와 쓰라린 속을 잠깐 달랜다는 것이 까무룩 잠이 들고 말았다.

누군가 들어오는 기척에 민우는 잠에서 깨어났다. 누군지 확인하려 실눈을 떴다가 곧 자는 척했다. 경자 씨는 무언가를 머리맡에 내려놓은 뒤 이불을 덮어 주었다. 그러고는 전등을 끈 뒤 방을 나갔다. 방 안은 후끈했다. 민우는 이불 속에서 바지와 셔츠를 마저 벗은 뒤 잠이 들었다.

입 안이 타들어 가 눈을 떴다. 어둠을 더듬어 불을 켰다.

우우웅.

고즈넉한 새벽 방 안으로 보일러 소리가 날아왔다. 나무와 알루미늄 몰딩으로 이중 처리된 낡은 창문이 바람에 덜컹거렸다. 민우는 머리맡에 놓인 차가운 숭늉을 벌컥벌컥 들이켰다. 경자 씨가 살며시 놓고 간 것이었다. 터무니없이 두툼한 요를 손으로 쓸어 보았다. 흔치 않은 이불이다.

빠스락빠스락.

소리며 감촉이 풀을 먹인 이불 홑청 같다. 아직도 이런 이불을 쓰는 집이 있나? 문득 낯익다. 어릴 적 할머니가 이런 이불을 깔아 준 적이 있었던 듯싶다. 어쨌거나 할머니는 죽는 날까지 손자들을 살갑게 품어 주신 고마운 분이시다. 단지 아버지를 두둔했다는 이유로 그런 애정을 애써 지워 내고 있었나 보다.

시선을 돌리다가 정희의 네모난 가방을 발견했다. 알 듯 하면서도 모를 것 같은 정희의 속내가 그 속에 숨어 있는 듯싶다. 궁금해서 미치겠다. 변태처럼 왜 이래? 스스로를 탓하면서도 손은 기어이 가방의 아가리를 벌리고 만다. 일전에 한 번 보았던 스프링노트를 꺼냈다. 펼쳐 보려다가 다시금 가방으로 휙 시선을 날렸다. 이내 민우는 가방 속의 약봉지를 꼼꼼히 살펴본 뒤 폰으로 사진을 찍었다.

어디선가 수탉이 우는 소리가 들렸다. 민우는 정희가 기록한 경자 씨의 이야기를 한 번 더 읽어 보려다가 누군가의 기척이 들리자 재빨리 전등을 껐다. 어둠을 더듬어 노트를 가방에 도로 넣어 두고 우두커니 앉아 생각에 잠겼다. 꽥꽥. 날아드는 오리 소리가 꽤나 급박하게 들린다.

※ ※ ※

정희는 아침을 먹자마자 길을 재촉했다. 얄밉게도 민우는 능청스러웠다.

"천천히 가도 되는데."

"제가 일이 있다 했잖아요."

정희의 단호한 태도에 민우는 마지못해 엉덩이를 털었다.

역까지는 택시를 타기로 했다. 엄마가 태워 준다는 것을 극구 사양했다. 썰물처럼 사람이 빠져나간 집에 엄마마저 잠깐이라도 집을 비우면 안 될 것 같아서였다. 대문을 벗어나 택시 정류장을 향해 걸을 때 민우가 손을 꼭 잡았다. 움찔하는 그녀에게 민우가 속삭였다.

"뒤에 어머님이 지켜보고 계셔."

믿기지 않아서 돌아보았다. 정말로 저 멀리 엄마가 팔짱을 끼고 서 있었다. 정희가 다녀가면 대문도 벗어나지 않았던 엄마가 한참을 저리 서 있었던 것이다. 너무 오래간만에 겪은 엄마의 오랜 배웅에 정희는 울컥했다. 초등학교 1학년 등교 때처럼 돌아보고 또 돌아보며 나비처럼 팔랑팔랑 손을 흔들었다.

집골목을 벗어난 지 오래여도 그가 손을 놓지 않았다. 그 점을 정희는 한참 늦게 깨달았다. 민우가 오버했던 것처럼, 자신도 잠시 배역 속에 녹아들어 있었다. 정희는 살며시 손을 빼냈다.

날씨는 흐렸고 바람은 차가운 습기를 품었다. 비나 눈이 뿌리지 싶다. 택시를 타는 곳까지는 멀었다. 콜을 할까 말까 망설이다가 결국 걷는 중이다. 사소한 일에도 쉬 결정을 내리지 못하는 자신이 이제는 확연히 보인다. 굴뚝을 본 뒤로, 또 민우에게 속내를 털어놓는 순간부터 그랬던 듯싶다.

민우는 묵묵히 이쪽과 걸음을 맞춰 주며 걸었다. 사뭇 진지한 표정을 짓고 있어서 정희는 따지고 싶은 말들을 일단은 삼켰다. 쓴웃음이 나온다. 그에게 무언가 따지는 일에 재미를 붙여 버렸다. 어쩌자고 이 남자는 편한 사람으로 다가와 버렸을까?

나란히 걷는 민우의 무거운 침묵이 길어지자 느닷없이 웅숭깊은 고독감이 밀려든다. 그는 오늘을 끝으로 타인으로 돌아갈지도 모른다. 왠지 한 사람이 아닌, 여러 사람이 동시에 떠난다는 느낌이다. 엄마의 배웅을 기꺼워하는 한편 어느덧 의미 있는 사람으로 다가온 민우를 배웅해야 했다. 떠날 때 떠나더라도 적어도 지금 이 순간만이라도 그가 부드럽게 웃어 주었으면 좋겠다.

택시의 도어를 열어 주면서 그가 빙그레 웃으며 타라고 손짓했다. 하마터면 내게 웃어 줘서 고맙다고 말할 뻔했다.

장항역에 들어가 매표소에서 티켓 두 장을 청할 때 정희의 목소리엔 여느 때보다 힘이 들어갔다.

　"용산행 두 장 주세요."

　나란히 앉을 수 있는 두 장의 표를 받아 들자 저절로 어깨가 으쓱 솟았다. 그가 먼저 편의점과 공유한 대합실로 들어가자 정희가 그 뒤를 따랐다. 그는 시종 입을 다문 채 조용히 지켜보기만 한다. 그러고 보니 그는 대체로 이쪽에서 먼저 말을 붙여야 입을 열었다. 그리고 이야기가 길어져도 싫은 기색은 전혀 드러내지 않았다. 어쩌면 그도 이야기를 즐겼지 싶다. 정희에게도, 엄마에게도. 그런 생각을 머릿속에 굴리다가 먼저 입을 열었다.

　"속은 괜찮아요?"

　"물론."

　"튼튼하시네요."

　"다 우리 경자 씨가 끓여 준 오리탕 덕분이지."

　오리 이야기가 나오자 정희의 입가에 저절로 웃음이 걸린다.

　"정들지 않길 다행이죠?"

　"오리하고?"

　"네."

　"안 그래도 먹으면서 정희의 경고가 생각났어. 헌데 오리 잡기로 한 거 알고 있었어?"

　"아, ……네."

　"내 식성도 모르고?"

　"말해 줬잖아요. 잡식성 포유류, 풋!"

　정희가 키득거리자, 그는 은은하게 웃으며 바라보다가 입을 연다.

"그보다 사연이 있는 것 같던걸?"

여전히 엷게 웃고 있지만 다 알고 있으니 스스로 실토하라는, 그런 눈빛을 쏘아 댄다.

"사실 조마조마했는데 아침상에 오리탕이 나와서 한숨 돌렸어요. 할머니가 제 짝이 마음에 차면 오리를 대접하기로 하셨거든요."

"그래서 어제저녁 밥상이 못마땅했었군."

"어, 티가 났어요?"

"그쪽이 좀 허술하긴 해. 아무튼 내가 잘해 낸 거네?"

"글쎄요."

정희는 편의점 안으로 그를 이끌었다. 온장고 문을 열고 따뜻한 유자 음료를 둘 꺼낸 뒤 그중 하나를 내밀었다.

"대체로 잘해 냈어요. 자, 상이에요."

음료를 받아 든 민우는 마개를 따서 다시 정희에게 돌려주었다.

"이건 팁이다."

그러고는 정희의 손에 든 음료를 가져갔다. 처음엔 몰랐는데 이 사람 유머 감각도 보통이 아니다. 더불어 눈동자에 깊숙이 담긴 우수가 처음보다 엷어진 성싶다.

"화는 풀렸어?"

"어, 제가 언제 화를 냈다고."

"집을 나올 때부터 계속 저기압 같던걸."

"아녜요. 덕분에 무거운 짐을 덜었잖아요."

"흠, 그럼 다행이고."

안내 방송이 나오자 정희는 음료를 마저 비우고 개찰구로 나가려고 했다.

"아직 10분 남았어."

그가 그녀를 도로 앉혔다.

"여긴 플랫폼이 좀 춥더라고."

"와 봤어요?"

흠칫 놀라는 정희를, 그가 갸웃하며 바라본다.

"올 때 여기서 내렸잖아."

그가 혼자 대천을 다녀갔다는 일이 여전히 마음에 걸려 과하게 반응했다. 그가 문득 움츠린다.

"제길, 술이 덜 깼나? 날씨가 춥네."

그가 춥다고 해서 열차 도착을 코앞에 두고서야 서둘러 개찰구를 통과했다. 하지만 열차는 제시간에 오지 않았다. 한 달 동안 거의 날마다 기차를 타 본 경험으로 미루어 보자면 열차가 정시에 오는 게 더 이상할 정도로 지연은 당연시되었다. 그도 그럴 것이 장항선은 단선이었다.

과연 야트막한 산자락과 들판 사이로 솟아 있는 플랫폼은 추웠다. 그가 과하게 바짝 붙어 병풍처럼 서 있는 게 어색해 아무 말이나 내 흘렸다.

"장항이 아닌 곳에 세워진 이 역은 옛 장항역의 자식 같아요. 외지로 나온 자식."

쓸쓸하게 화물역으로 남아 퇴락의 이끼를 품고 있는 옛 역사가 어쩐지 엄마의 삶 같아서 나온 말이었다.

"하지만 여긴 덩치만 컸지 삭막하죠. 사람들을 불러들이는 재주도 꽝이고요. 저처럼 말예요."

그는 여전히 바람막이처럼 바짝 붙어 선 채 가벼이 고개만 끄덕였다. 그리고 보니 그는 정말로 칼바람을 막아 주고 있었다. 춥다던 그가.

새마을호 열차 안은 따뜻했다. 왜 따뜻하다는 이유로 울컥하는지 모르겠다.

정희에게 홀수 자리를 권하고 통로 쪽으로 앉은 그는 이따금 담담한 눈길을 던질 뿐 말이 없었다. 그의 속내가 못내 궁금하다. 오늘로 미션을 마칠지, 혹은 한 달을 채워 줄지 묻고 싶었지만 자꾸 망설여진다. 곧 정희는 지그시 눈을 감았다.

"창피하냐?"

간밤에 엄마가 날린 한마디가 가슴을 후빈다. 언제부터 엄마가 창피했는지 알 것 같으면서도 모르겠다. 장항의 마지막 5년 기억이 가뭇없이 지워진 것인지, 아니면 스스로 외면한 것인지 가늠이 안 된다. 아마도 독한 약 기운 때문일 것이라고 스스로 답을 찾곤 했는데, 엄마가 날린 한마디는 그런 정희를 야유하는 듯싶다. 누군가 붙들고 엄마에 관해 이야기하고 싶다는 갈증이 치민다. 편한 사람이 있다면 말이다. 아! 정희는 번쩍 눈을 떴다. 그는 아직 떠나지 않았다. 아직은 바로 곁에 있다.

"엄마가 참 직선적이죠?"

팔짱 낀 자세로 한 손으론 턱을 받치고 있던 그가 고개를 살짝 비튼다.

"응. 그래서 좋았어."

생각을 어루더듬는 표정으로 그가 말한다.

"한편으론 그래서 죄송했고."

"혹시 연극 때문에……."

"그래서 부차적인 면에선 나도 솔직하고 싶었어."

"고마워요. 실은 술자리가 길어지니 조마조마하긴 했지만 오래
도록 엄마 비위를 맞춰 주니 보기 좋았어요."

"비위 맞춘 적은 없어."

"하지만……."

"말했잖아. 내가 좋았다고. 이리저리 말을 꼬아 사람 헷갈리게
하는 웃는 얼굴보단 백배 편하고 좋았어. 적어도 거짓말은 안 하실
것 같았거든. 우리 경자 씬."

'우리 경자 씨'라고 한다. '우리'라는 말이 퍽이나 뜨겁게 와
닿는다. 문득 언제부터인가 거짓말을 아무렇지 않게 흘리는 자신이
부끄러워졌다.

"저기요, 고백할 게 있어요."

그가 오늘로써 타인으로 돌아간다고 해도 꼭 밝히고 싶은 거짓
말이 있어서 힘겹게 다음 말을 꺼내려 하는데, 그가 갑자기 벌떡
몸을 일으켰다.

"잠깐만! 통화 좀 하고 올게."

그는 휴대폰을 꺼내 들고 바삐 객실을 벗어났다. 몇 분 뒤 그가
돌아왔을 때 정희는 마음을 돌렸다. 어차피 타인이 될 사람에게 굳
이 이상한 여자로 남고 싶지 않았다.

"고백 안 해?"

"아, 아니에요. 생각해 보니 별거 아니었어요."

고집스럽게 입을 다물고 창밖으로 시선을 돌렸다. 그가 뒤통수에 대고 말한다.

"거짓말 고백하려는 거 아니었나?"

정희는 화들짝 놀랐지만 여전히 창쪽으로 얼굴을 향한 채 응수했다.

"뭐, 뭐가요?"

"진짜가 있다는 거 거짓말이지?"

비로소 정희는 고개를 돌리고 대역인 그를 똑바로 바라보았다. 엷은 웃음이 깔려 있는데도 자못 진지해 보인다.

"왜 그런 생각을 하죠?"

"각도를 변형해 물을게. 진짜하고 헤어진 건 아냐?"

"아녜요."

"정말?"

"네."

"그래?"

그는 갸웃하다가 통로 쪽으로 시선을 돌렸다. 그러곤 한참 동안 말이 없다가 혼잣말처럼 내뱉는다.

"나쁜 자식."

정희는 이맛살만 찌푸렸다.

"아픈 사람 놔두고 혼자 외국에서 신났어, 제길!"

이쯤 되니 저절로 입이 열린다.

"오버가 심한 것 같아요. 성준 씨를 얼마나 안다고."

그가 휙 시선을 맞춘다. 마주친 눈동자에 불꽃이 타는 것 같아 움찔했는데, 곧 불꽃은 사라지고 우수에 잠긴 눈동자만 보이기 시작했다. 그가 맥없이 말한다.

"내 이야기야."

"무슨……."

"나, 장민우도 그렇게 살았어. 아픈 형님 모른 척하고."

그는 더 말하지 않았다. 다문 입이 워낙에 완고해 보여 정희도 입을 다문 채 그가 내뱉은 낱말들을 머릿속으로 배열해 보았다. 그때 휴대폰의 진동이 느껴진다. 확인해 보니, 성준이다. 진동이 벨소리로 바뀔 때까지 정희는 액정을 보며 망설였다. 굴뚝까지 보고 온마당에 받을까 말까 고심하는 스스로가 밉다. 민우의 시선이 느껴지는 순간 벌떡 일어났다.

"잠깐만요."

허둥지둥 객실을 벗어났다. 연결 통로에 이를 때까지 벨은 계속 울렸다. 잠시 망설이는 사이에 전화가 끊긴다.

덜커덩, 덜커덩.

곡선 구간을 달리는지 연결 통로가 좌우로 심하게 흔들렸다. 몸이 흔들렸고, 마음은 더욱 흔들렸다. 한참을 액정을 노려보다가 전원을 꺼 버렸다.

객실로 돌아와 앉자 민우가 빤히 쳐다본다. 속내를 알 수 없는 고요한 눈빛이다. 고맙다. 이 순간 그가 차갑게 바라보았다면 눈물이 나왔을 것 같다. 정희가 자리에 앉자 그가 나직이 내뱉는다.

"나쁜 자식."

정희는 모른 척했다. 그는 정말로 자책하는지 목소리에 서러움이 묻어 있었다.

기차는 노상 낭만적이진 않다. 더욱이 아침까지 술이 덜 깬 채 요란을 떠는 무리가 가까운 자리를 점령한다면 썩 운이 나쁜 축에 속한다. 민우도 그 나쁜 운을 굳이 감당할 마음이 없어 보였기에 카페 객차로 자리를 옮겼다. 민우는 속이 불편해 커피가 싫다며 코코아를 주문했고, 정희도 같은 걸로 시켰다. 처음 그와 기차를 탔을 때처럼 창밖으로 성긴 진눈깨비가 날렸다. 두어 모금 차를 삼킨 뒤 민우가 한 손으로 볼을 받치고 비스듬히 정희를 바라보았다.

"얼추 내 임무는 끝난 건가?"

"아, 네. 수고하셨어요."

역시 그는 한 번의 방문으로 끝내려나 보다. 그래도 1박 2일이었으니 나름 그는 성의를 보였다.

"근데 처음에 왜 한 달이라고 제의했지?"

정희는 양 손가락을 번갈아 매만지며 선뜻 대답하지 못했다.

"할머니 생신이 3월 초예요."

딱히 그 이유 때문은 아니었다. 기차 여행을 이어 가면서 키웠던 바람이었다. 완연한 봄이 올 때까지, 성준이 약속한 그날이 올 때까지 누군가 곁에 있어 주면 좋겠다는 바람을 드러냈던 것이다.

"흠, 그럼 내가 할머니 생신까지 남아 있길 바라겠군."

"솔직히 그래요. 하지만 연극하는 처지가 괴롭긴 해요. 저 못지않게 민우 씨도 힘들 것 같고요."

"생신 때 같이 가자."

"아! 그, 그럼!"

정희는 가족을 속이는 일이 괴로우면서도 그의 말이 반가워 깜빡하면 손뼉을 칠 뻔했다. 들뜨는 마음을 가라앉히며 애써 차분히 응수했다.

"그래도 괜찮아요?"

"바보냐?"

"네?"

"그 많은 돈을 줘 놓고 고작 하루 부려 먹고 보내려 해?"

"미, 미안해서……."

결국 저절로 웃음이 새어 나왔다. 그런데 그는 이맛살을 찌푸리고 있다.

"또 움츠리네."

그가 불쑥 정희의 양쪽 어깨를 손아귀로 품어 가슴을 한껏 펴 준다.

"정희는 멋진 우리 경자 씨의 자랑스러운 딸이야. 좀 건방져도 돼."

또 '우리 경자 씨'라고 한다. 타인도 감춰진 엄마의 진실한 성품을 알아차리는데, 정녕 딸은 겉으로 드러난 차가움이 끔찍이 싫어서 얼굴도 마주하려 들지 않았다. 엄마는 그저 웃고 펴 주고 안아 주게끔 설계된 로봇이어야 했다. 문득 그가 자신보다 엄마를 더 안다고 하는 듯해 불편해졌다.

"고작 하루 겪어 보고 우리 엄마 안다고 자신해요?"

"알긴. 뭐, 그냥 멋지셨어. 공장에서 찍어 낸 영혼 같지 않아서 흥미롭고."

정희는 별난 취미라는 말을 삼켰다. 민우는 생각을 어루더듬는 모습을 한다. 어쩌면 그 '흥미로운 엄마'를 떠올리고 있으리라. 과연 다시금 시선을 마주한 그가 엄마에 대한 호기심을 꺼낸다.

"우리 경자 씨 말야. 고향은 어디시지?"

"장항이세요."

"근데 할머니완 달리 사투리가 좀 재밌어서."

"엄만 원래 서울깍쟁이처럼 표준어 쓰셨대요. 근데 전라도 군산에서 지내기도 하고 장항 어른들하고 지내다 보니 말씨가 이상하게 진화해 버렸죠."

"그 이상한 진화 덕에 썩 재밌는 말씨가 나온 거로군."

"진짜 재밌었어요?"

"응. 정형화된 게 아니라 흥미롭고 귀엽기까지 하시고."

워낙에 진지한 그의 표정에 정희는 시선을 피한 후 피식 웃었다.

"에이, 귀여운 건 오버시다."

정말이지 현재의 엄마하고 '귀엽다'는 영 하나로 묶어지질 않는다. 마치 기차가 아스팔트를 달린다는 말처럼 들린다고나 할까. 그런데도 민우는 그렇게 느꼈다고 하니 취향이 독특하다고 말해 주고 싶다. 다시금 바라본 그는 눈을 감은 채 조용한 웃음을 머금고 있었다. 정희도 지그시 눈을 감고 장항을 계속 동행해 준다는 그의 말을 기억하며 웃음을 머금었다. 얼마쯤 그렇게 있었을까. 문득 그가 어깨를 툭 친다.

"참, 계약 지속에 대한 보상으로 조건이 있어."

"조건이라뇨?"

정희는 불안하게 눈알을 굴렸다.

"앞으로 내 말을 잘 들어줘."

"그게 조건이에요?"

"응."

"그야 진즉부터 착한 아이로 굴었잖아요."

"조금 부족했어. 우선 오늘 하루는 내가 하자는 대로 해."

그가 원하는 일은 의외의 것이었다.

"우리 경자 씨 밥상을 받고 나니 혼자 밥 먹는 게 싫어서 그래. 영화를 보고 싶어도 혼자여서 싫고."

"하지만 일요일이어서 서울은 극장이 복잡할 텐데요."

"꼭 서울일 필욘 없지."

그에게 이끌려 아산역에서 내렸다.

"오후엔 기차표가 없을 텐데, 예매해야 하지 않을까요?"

"표는 내가 알아서 할게."

그는 혼자 매표소로 달려가더니 직원과 말을 몇 차례 섞은 뒤 표를 받아 주머니에 넣었다.

그는 이곳 지리에 익숙해 보였다. 번화가로 향하는 중 그가 느닷없는 질문을 던졌다.

"천안에 반도체 공장이 많던데, 혹시 그 진짜네 회사도 천안 쪽에 있나?"

"아뇨. 수원, 수원에 있어요."

그러고 보니 그의 명함에 천안이란 낱말도 들어 있었다. 한신시스템 제2공장.

아산에 머물 동안 그는 말을 아꼈다. 밥을 먹을 때는 묵묵히 지켜보기만 했다. 극장 매표소로 들어서자 정장 차림의 젊은 남자 한 명이 민우에게 다가오더니 서류 봉투 하나를 공손히 내밀었다.

"죄송합니다. 파일이나 팩스로 보낼 형태가 아니어서."

남자는 정희에게도 정중히 고개를 숙이고 곧 돌아갔다. 어쩌면 민우는 정말로 한신시스템과 연관되어 있을지도 모른다는 생각이 스친다. 아무렴, 그러거나 말거나. 정희는 굳이 더 알려고 하지 않았다.

극장에서 그는 영화에 집중했다. 정희도 모처럼 영화에 푹 빠졌다. 비록 연극이었지만, 어쨌거나 할머니와 약속을 지켰다. 그리고 엄마를 만날 수 있었다. 더욱이 할머니 생신을 걱정하지 않아도 될 상황이다. 그 때문인지 민우를 의식하지 않아도 한숨이 덜 나왔다.

전날부터 영양 보충을 충분히 한 덕분인지 다행히 기침은 나오지 않았다. 사실 기침이 나오지 않도록 일부러 잘 먹었다.

"소화 좀 시키자."

산보를 하자고 그가 데려간 곳은 뜻밖에 백화점이었다.

"밖은 추워서."

습기를 가득 품은 바람이 매서운 건 사실이지만, 오늘따라 그는 추위에 민감해 있었다. 전날은 덥다며 코트까지 벗어 준 사람이. 아마도 과음한 탓이리라. 그가 머플러를 판매하는 매장 앞에서 걸음을 멈추었다.

"형수님 선물 하나 사고 싶은데, 정희가 골라 줘."

"형수님 취향이."

"정희하고 비슷해."

다양한 상품 앞에서 쉬 결정을 못 하고 진땀을 뺀 끝에 겨우 하나를 골랐다. 그가 직원에게 말했다.

"같은 걸로 두 개 주세요."

두 개를 받아 든 그는 하나를 정희에게 쥐여 주었다.

"골라 준 팁이야."

"괜찮은데……."

"내 말 듣기로 했지? 그리고 마스크보단 이런 게 더 편하지 않나?"

안 그래도 하나 살까 하다가 겨울이 저무는 마당이라 건너뛴 적이 있다.

밖으로 나오니 어느새 주위로 어둠이 내려앉아 있다. 가로등 불빛 아래로 드문드문 좁쌀 같은 눈송이가 떠다녔다. 전날 오래 걸었던 후유증으로 발목이 아팠다. 티가 났나 보다. 역까지는 멀지 않는데도 그는 택시를 세웠다. 아산역으로 돌아간 정희는 흠칫 놀랐다.

"이 시간엔 서해금빛열차 아녜요?"

"맞아."

"아, 그렇지 않아도 한번 타고 싶었는데. 근데 비싸잖아요."

"일요일이라 다른 건 표가 없더라고. 흠……."

그가 정희가 두른 머플러를 가리켰다.

"확실히 마스크보단 낫네."

그러면 비참할 텐데도 문득 묻고 싶다. 혹시 나를 동정하는 건 아니죠?

열차는 널찍한 연결 통로에 바다 그림을 새겨 놓았고, 전망을 감상할 수 있는 간이 의자도 놓여 있었다. 객실은 새마을호 특실보단 의자 간격이 살짝 좁아 보였지만, 창은 시원하게 확 트인 네모 모양이었다. 온돌마루 객실이 이웃해 있었고, 반대편으론 카페 객차가 자리했다.

"시장하진 않아?"

"설마요!"

정희 스스로 생각해도 전날부터, 아니 민우를 만나고부터 게걸스
럽게 먹었다. 처음엔 건강해 보이는 얼굴을 만들고자 먹었는데, 어
느 순간 정말로 신기한 시장기 때문에 먹게 됐다. 민우는 혼자 카
페로 넘어갔다가 금방 빈손으로 돌아왔다. 그러곤 말없이 10여 분
을 앉아 있다가 다시 일어난다.

"따라와."

머뭇거리면 그가 손을 잡아 이끌 것 같아서 순순히 뒤따랐다.

카페는 새마을호와 달리 식당처럼 테이블도 갖추고 있었다. 한
테이블에서 커플로 보이는 남녀가 식사를 하고 있었고, 그 앞에서
유니폼을 입은 남승무원과 여승무원이 기타를 치며 노래를 불러 주
고 있었다.

*1

"겨울에 태어난 아름다운 당신은 눈처럼 깨끗한 나만의 당
신……."

엄마가 과거에 즐겨 듣던 '겨울아이'였다. 아마도 생일을 축하
해 주는 성싶다. 계산대의 또 다른 승무원이 민우를 보고는 한쪽으
로 안내했다. 그곳은 족욕실이었다.

"앉아."

예약을 했는지 이미 더운 물이 채워져 있었다. 다른 승객은 없었
다.

"내가 다리 아파서 그래. 어제 많이 따라다녔잖아."

정희가 하트 모양 방석 위로 비스듬히 엉덩이를 걸치자, 민우가

갑자기 신발을 벗긴다.

"아, 제가……."

"가만있어. 어제 빚 갚는 거야."

"빚?"

"내 양말 벗겨 줬잖아."

그는 기어이 양말까지 벗겨 준다. 두 사람은 각각 발을 담그고 눈앞으로 스치는 밤 풍경을 바라보았다. 그와 영화를 볼 적에 슬프지도 않았는데 간간이 눈물이 나왔다. 눈앞의 풍경도 영화인 양 슬프지도 않는데 눈시울이 뜨습다. 고단한 발목을 데우는 물보다 더 뜨습다. 하마터면 물을 뻔했다. 제게 왜 잘해 줘요? ……물으면 비참할 것 같아서 삼키고, 또 삼켰다.

영등포역에서 정희를 따라서 내린 민우는 괜찮다고 하는데도 바래다준다고 고집을 부렸다. 그녀는 곤혹스러운 표정을 굳이 감추지 않았다.

"감사하긴 한데요, 오래 살았던 동네라서 보는 눈이 많아요."

"하긴. 오래 사귀었다니."

그는 속사정을 이해한다는 양 고개를 주억거렸다. 이 사람은 알고 있을까? 기차에서 흔들릴 때부터 자꾸만 위험하게 흔들리는 이쪽 마음을. 그래서 더는 친절을 받고 싶지 않다. 아파트까지 함께 간다면, 자신도 모르는 사이에 그를 집으로 들여 차를 대접하려 들 것 같다. 그래서는 안 된다. 성준이 아닌 남자에게 마음을 나눠 줄 처지가 아니다. 아니 삶의 나침판을 상실한 지금으로선 성준 한 사람도 감당하기 버겁다. 그리고 민우 역시 따로 애인이 있다. 어쩌면 일전에 전화를 대신 받았던 그 여자이리라.

"내리는 역까지만 같이 가자."

결국 함께 전철을 탔다. 서로가 말없이 서서 갔다.

"가세요."

개찰구까지 따라온 그를 막아섰다. 그는 알았다고 고개를 끄덕이고는 입을 연다.

"으음, 궁금한 게 있어. 처음 계약할 때 말야. 내가 애인이 없다고 했어도 계약했을까?"

"아, 아니었을 것 같아요."

"왜지?"

"그냥 부담스러워서요. 아, 그렇다고 제가 매력 있다는 뜻은 절대 아니에요. 사실을 말하자면, 상대가 민우 씨였기에 용기를 냈어요. 공사 구분이 분명하고, 또 좋은 분이란 생각이 들어서."

"잠깐 보고선?"

"생판 모르는 사람의 저승길에 눈물을 흘렸고, 또 그냥 돈을 가져도 되는데 굳이 저한테 전해 주려고 했잖아요."

"하긴. 사실 나 같은 대역도 구하기 쉽지 않지."

자찬이 전혀 밉지 않은 남자다. 하지만 그의 목소리는 왠지 쓸쓸해 보였다. 정희는 뒤돌아보지 않은 채 전철역을 나왔다. 성긴 눈발이 날리는 거리는 추웠다. 코까지 머플러를 둘렀다. 어쩐지 혼자가 아닌 누군가와 동행한다는 따뜻함이 혼돈스러운 마음을 위로해 주는 듯했다.

민우는 정희의 뒷모습을 지켜보면서 종일 목구멍을 간지럽게 했던 말을 입 안에 굴렸다.

'바보야, 난 또 죽을병이라도 걸린 줄 알았잖아.'

아침 식전에 레지던트 3년 차의 친구에게 약봉지 사진을 전송했었다. 친구는 금방 답장을 보내 왔다. 어찌 보면 흔한 병이었다. 환자에게는 미안한 일이겠지만 민우는 안도의 한숨을 내쉬었다. 하지만 곧 웅숭깊은 우울의 늪에 빠졌다.

"같이 밥을 먹어 줘서 고마워요."

그 말이 머릿속에 울리더니 그녀 혼자 여기저기 기웃거렸을 다양한 모습이 상상되었다. 한 장면, 또 한 장면, 그리고 다시 한 장면. 그 모든 장면으로는 혼자임에 추워서 사람 사는 마을을 그리워하는 굴뚝새가 함께 보였다. 가슴으로 켜켜이 쌓이던 모습들은 이내 수상한 서러움을 불러들였다. 왜 사람들은 숨어서 아플까? 아버지도, 형도, 그리고 그녀도.

그렇게 약봉지 하나의 정보를 두고 아침부터 지금까지 서러움을 곱씹는 중이었다.

"또!"

민우는 멀어지는 그녀의 뒷모습을 바라보며 투덜거렸다.

"참, 말 안 듣네. 가슴 펴는 게 그리 어려운가."

4호 차

아파트 단지로 들어서는 정희의 머릿속으로 오래도록 배웅해 주던 엄마의 모습이 아프게 떠다녔다. 어디서부터 어긋났을까. 어쩐지 오늘은 심연의 우물에 풍덩 빠트린 경자 씨의 나머지 삶을 기록할 수 있을지도 모른다.

아파트 출입구에 이르자 미등을 켜고 있던 자동차 문이 열리면서 한 남자가 내렸다.

"서, 성준 씨?"

첫눈에는 몰라볼 뻔했다. 노상 푸른빛이 돌도록 매끈했던 그의 코밑이며 턱에 까끌까끌하게 수염이 돋아 있었다. 전에 없이 넥타이는 느슨했고 곱던 피부는 까칠했으며 금테 안경 속의 선한 눈매엔 지친 기색이 역력했다. 그의 고초가 빤히 보이는데도 정희는 짐짓 모른 척했다.

"찾아오진 않기로……."

"비번을 바꿨더라."

"네, 바꿨어요."

왜냐고 묻지 않고 그가 손을 뻗어 그녀의 허리를 둘렀다.

"들어가자."

정희는 부드럽게 그를 뿌리쳤다.

"돌아가요."

"어젠 회사에서 밤새 일했고, 오늘 여기서 한 시간 기다렸어. 차나 한잔 줘."

큰 피로와 작은 짜증이 그의 얼굴에 걸렸다. 줄곧 걱정이라곤 없어 보였던 그의 미끈한 얼굴이 그날 이후로 부쩍 축나 있었다.

"정말 차만……."

"알았다. 차만 마시고 갈게."

결국 성준을 집으로 들였다. 성준은 집 안 구석구석을 날카롭게 훑어보고는 식탁 앞으로 가 앉았다. 정희는 찻물을 올려놓고 선 채로 주전자를 지켜보았다. 그런 정희를 주시하며 성준이 묻는다.

"어머니랑 할머닌 잘 계시니?"

"예."

문득 그를 들인 일이 후회된다. 거짓말이란 녀석은 번식력이 참으로 왕성하다. 하나의 거짓말 때문에 또 다른 거짓말을 해야 하는 상황이 못마땅해 그가 더 묻지 않기를 소망했다. 야속하게도 성준은 멈추지 않는다.

"혼자 간 거니?"

찻물이 보글보글 끓었다. 순간 정희의 내부에서도 무언가 부글부글 끓는다. 고개를 돌리지 않은 채 얼굴에 부아를 담았다.

"대답하기 싫어요."

정희의 말투가 워낙 차가웠던 탓인지 성준의 응수는 들리지 않았다. 정희는 시선을 마주하지 않은 채 차를 건넸다. 그는 찻잔을 쥐고서야 입을 연다.

"그래, 내가 같이 갔어야 했지. 못 가서 미안하다. 근데 왜 미리 연락하지 않았지? 내가 필요하지 않았어?"

"이제 가도 돼요. 훨훨 날아가도 돼."

정희가 쓸쓸히 말했다.

"쓸데없는 소리!"

그가 발끈했다. 나른한 표정을 단박에 지우고 성난 맹수처럼 쏘아본다.

"내가 누구 때문에 발톱을 숨기고 죽어라 인정받으려 발버둥 치는 줄 알기나 해!"

정희는 멀거니 바라보다가 동생, 준수의 방문으로 시선을 돌렸다.

"빨리 가요. 준수가 올지도 몰라요."

정희의 무심한 말에 성준은 애써 정희와 다시 눈을 맞춘다. 그의 눈동자에 일렁이던 불꽃이 단박에 꺼지면서 자책하는 듯한 기색이 얼굴로 퍼진다. 분노를 토해 냈던 입으로는 무뚝뚝하고도 나지막한 말을 흘린다.

"준수가 왜."

"휴가 나온 것 같아요."

그가 준수의 방문을 힐긋 보고는 이맛살을 모았다.

"여기로 온다고?"

"여기가 준수 집이잖아요."

그가 한숨을 토한다. 찻잔을 놓고 조용히 일어나더니 정희를 일으켜 세우고는 보드랍게 품는다. 부아를 쏟아 내던 모습은 온전히 자취를 감추었다.

"집에만 있지 말고 어디라도 좀 다녀. 헬스하고 문화센터 수강증 끊어 줄까?"

정희는 살며시 그의 품에서 벗어났다.

"다른 델 열심히 다니고 있어요."

"어딘데."

"따뜻한 마을이에요."

거긴 아무도 날 내치지도 않고, 속이지도 않고, 비난하지도 않아요, 라는 뒷말은 삼켰다. 갸웃하는 그를 떠밀었다.

"그만 가요."

"정희야."

"부탁이에요."

그는 입만 벙긋거리다 이내 말없이 코트를 걸쳤다.

"또 올게."

"아뇨. 오지 말아요. 이대로 영영."

"정희야!"

그가 발끈하다가 이내 담담히 말했다.

"약 착실히 먹어. 정희가 뭐라 해도 난 내가 한 약속을 지킬 테니까."

"약속 안 지켜도 돼요. 장항을 다녀왔으니 이젠 괜찮아요."

"장항을 다녀왔으니?"

정희가 흘린 언어를 되짚어 보던 그의 얼굴이 비참하게 일그러졌다.

"나와 함께는 아니었지. 그리고 상관없어. 아무튼 난 내가 한 약속을 지킬 테니 기다리고 있어."

그때 아까부터 정희 내부에서 부글부글 끓던 서러움이 펑 터지고 말았다.

"안 기다려요! 안 기다릴 테니 훨훨 날아가요! 성준 씨도, 나도 힘들기만 하잖아!"

울부짖는 정희를 그가 거칠게 안아 들었다. 정희는 힘껏 뿌리쳤다.

"놔요! 가요! 제발 가요, 쿨룩쿨룩!"

목이 아프도록 목청을 높이는 정희를 멍하니 바라보다가 성준이 휙 돌아섰다. 현관문을 열기 전에 기어이 한마디를 더 남긴다.

"분명히 알아 둬라. 난 이미 계획을 실행 중이고, 이젠 돌이킬 수 없다."

성준이 돌아간 뒤 정희는 구석에 웅크린 채 얼굴을 파묻었다. 무엇이 어떻게 돌아가는지 가늠하기 힘든 요즘이었다. 하지만 굴뚝을 보고 왔으니 방향감각을 금방 찾지 싶다. 앞으로 나아갈 길을 가늠하기 위해선 우선은 지나온 길을 되짚어 볼 필요가 있었다.

석 달 전, 4년의 미지근한 연애 끝에 성준이 프러포즈를 했었다. 그는 장항에 앞서 자신의 부모님께 먼저 인사를 드리자고 했다. 안 그래도 이쪽 부모님 소개에 지레 피로감을 느낀 정희였기

에 그의 제안에 선선히 응했다. 날을 잡기에 앞서 성준은 푸른빛
이 돌도록 말끔하게 면도한 턱을 쓱쓱 비벼 댔다. 난감한 상황에
서 튀어나오는 성준의 버릇이었다. 이윽고 그는 어렵게 말문을 열
었다.

"우리 부모님이 좀 별나서 그러는데 최근 정희 거 건강진단서가
필요해. 물론 정희네 부모님 찾아뵐 때도 내 거 진단서를 드릴 거
야."

"난 또 뭐라고."

정희는 풋 웃으며 받아들였다. 결혼 전 서로가 건강진단서를
교환하는 일은 드문 일도 아니었다. 최근에 자다가 식은땀을 자
주 흘렸던 일이며 감기와 기침이 오래갔던 일이 걸리긴 했지만,
작년에 받았던 건강진단에서 양호 판정을 받았던 마당이니 크게
두려워하진 않았다. 성급하게도 머릿속으로는 마침내 그의 부모
를 만날 수 있다는 기대감으로 꽉 차 있었다. 그도 그럴 것이 그
가 간간이 말해 준 그의 부모는 더없이 사이가 좋고 따뜻한 부부
였다.

병원은 성준의 모친이 잘 안다는 곳이었다. 검사를 치른 후 홀가
분하게 병원을 나왔다. 그런데 병원에서 재검사를 해야 한다는 연
락이 왔다. 도말검사에 이상이 없자, CT를 찍고 곤혹스러운 기관
지 내시경까지 이어졌다. 설마, 하는 불안감은 현실로 드러났다. 폐
결핵이었다.

"도말검사가 음성으로 나왔으니 그나마 다행입니다."

14일 동안 자가 격리 투약을 하면 전염의 위험이 거의 없기에
일상으로 복귀해도 된다는 의사의 말은 전혀 위로가 되지 못했다.

마스크를 쓰고 애써 멀찍이 떨어져 앉는 정희를 성준이 살갑게 안아 주었다.

"일 년에 4만 명이 걸렸다가 거의 완치되는 흔한 병이야. 힘내자. 여섯 달, 여섯 달만 약을 먹으면 완치돼."

그는 결혼식 일정은 완치된 후에 짜자며 미안한 표정을 지었다. 대신 인사는 미리 하자고 했다. 하지만 그가 눈에 띄게 어색하게 행동하는 모양새가 마음에 걸려 정희는 선뜻 응하지 못했다. 아는 병원이라고 들었다. 그의 부모는 이미 알고 있으리라. 그리고 그의 표정은 집안의 의견이 결코 호의적이 아님을 웅변하듯 보여 주고 있었다. 과연 그는 적극적으로 인사를 권하지는 않았다. 이내 정희는 프러포즈를 받았다는 사실을 성급하게 엄마에게 알렸던 일을 후회했다.

병원은 결핵 환자를 보건소에 통보하지만, 보건소에선 직장으로 통보하지 않는다. 일단은 병가를 내기로 계획하다가 고민에 고민을 거듭했다. 사실을 감추며 일을 하기엔 아픈 사람과 노인 들을 주로 상대하는 직업이 걸렸다. 상사에게 사실을 밝혀야 하는지도 고민이었다. 설령 전염 가능성이 없다고 해도 주변 사람들에게는 '결핵 환자'라는 엄연한 사실만 알려질 터였다. 게다가 곧 결혼을 할 것이고, 그래서 사표를 낼 거라는 소문이 직장에 퍼져 있었다. 물론 소문의 진원지는 정희 자신이었다. 성준은 결혼하면 무조건 사표를 내라고 했고, 정희는 줄곧 그의 권위에 허술하게 대응하는 중이었다.

결국 사표를 냈다. 돌이켜 보면 참으로 어리석은 행동이었지만, 당시엔 알량한 자존심이 판단력을 흐리게 만들었다.

"잘했다. 어차피 결혼하면 그만둘 참이었잖니."

성준의 소감이 왠지 공허하게 들렸다. 자기 말을 따른 결과를 보면 예뻐 죽겠다는 표정을 짓는 그의 오랜 습관과는 괴리감이 있었던 것이다.

여하튼 그는 몸에 좋은 음식을 부지런히 챙겨 주며, 약만 잘 먹으면 아무것도 아닌 병이란 말을 입에 달았지만 행동거지는 어딘가 모르게 어색했다.

약을 먹은 지 2주가 지났다. 다른 사람에게 감염될 위험이 사라졌다지만 정희의 은둔은 이어졌다. 엄마에게는 여전히 알리지 않았다. 성준은 한동안 연락이 없었다. 정희가 먼저 요구해 놓고도 막상 그가 착실히 실행하니 묘하게 쓸쓸했다. 결혼할 남자와 함께 내려올 날을 기다리는 엄마에게는 갑자기 중요한 연구를 하느라 아무 데도 못 가고, 통화도 어렵다는 거짓말을 했다. 병원에 들렀다가 문득 생각나서 물었다.

"한성준 씬 검사했나요?"

감염 여부를 위한 피부조직검사를 꼭 받아 보라고 정희가 권했었다. 결과가 못내 궁금했기에 조급하게 물었던 것이다. 병원장이 그의 모친과 친척이라 의사는 성준과도 허물없이 안부를 나누곤 했다. 갸웃하는 의사에게 정희가 덧붙였다.

"투베르쿨린 피부검사인가 하는 거 말예요."

순간 의사가 살짝 당황했다.

"그, 글쎄요. 간단한 검사니 가까운 데서 했겠죠."

정희는 무언가 수상하다는 느낌이 들기는 했지만 곧 털고 일어났다. 하긴. 꼭 이 병원에서만 검사할 필요는 없겠지.

오래간만에 성준에게 안부 전화를 받았던 다음 날, 그의 모친이 만나자는 전화를 걸어 왔다. 감염의 위험이 거의 없어졌기에 막 바깥 활동을 준비하던 때였다.

성준의 모친은 귀부인 티가 철철 났다. 아니 과하게 치장을 했다는 게 옳은 묘사겠다.

"듣던 대로 자그마하니 귀여운 아가씨로군."

정희는 죄인처럼 고개를 숙인 채 잠자코 앉아 있었다. 그녀가 혀를 차는 소리가 들린다.

"성준이 몸속에도 결핵이 생겼어. 잠복결핵이라네. 아가씬 활동성이고, 성준인 비활동성이야. 무슨 말인지 알겠어?"

정희의 활동성과는 달리 잠복결핵은 누구도 감염시키지 않는다. 즉 성준에게 세균을 심어 준 유력한 용의자는 정희였다. 무슨 말을 해야 할까? 한마디밖에 떠오르지 않는다.

"죄, 죄송해요."

내뱉고 나서야 바보 같은 대답이라고 생각했다. 새삼스러운 의문이 고개를 든다. 대체 언제부터 이렇게 나약하게 살았을까. 고개를 드니, 그녀는 손수건으로 눈두덩을 찍어 내고 있었다.

"최근에 생긴 것 같아. 좀 조심하지 그랬어."

젖은 목소리인데도 명확한 야유로 다가온다. 그녀는 말에 잔가지를 두지 않았다. 두 사람은 침묵을 사이에 두고 한참을 앉아 있었다. 그녀가 다시금 손수건으로 눈물을 찍어 내며 말한다.

"걔가 오대독자야. 해서 성준이 아빠가 며느리 건강에 각별하셔. 손이 귀하니 결혼도 빨랐으면 좋겠고."

그녀가 애증이 뒤섞인 얼굴을 하고 정희를 바라보다가 덧붙인다.

"계속 만날 테야?"

정희는 선뜻 대답을 못 했다.

"걔 외할머니도 결핵이었어. 당시엔 약이 지금 같지 않아서 고생하셨어. 헌데 이젠 아들 부부가 나란히 그럴 순 없다고 성준이 아빠가 난리가 아냐. 오대독자를 둔 부모는 손자 생각까지 염두에 둘 수밖에 없거든."

급기야 그녀는 노골적으로 흐느끼기 시작했다. 하지만 정희는 여전히 대답하지 못했다. 혀를 차는 소리가 한 번 더 들렸고, 한숨 소리도 한 번 더 들렸지만 고개를 들지 않았다. 상대가 교제 당사자가 아니라는 이유 때문만은 아니었다. 이렇게 아플 때, 이렇게 고립된 섬의 마음일 때 살갑게 품어 주는 어른은 드라마에서나 가능한 것일까. 품어 준다면 평생의 은인으로 품고 살 것 같은데 말이다. 하지만 그런 일말의 바람은 곧 지워 내야 했다.

"이런 말까진 안 하려고 했는데, 휴유. 성준이가 좋다는 집이 있어. 집안끼리 수준도 딱 맞고."

집안끼리 수준이라니. 작은 반항이 내부에서 점점 커졌다. 성준이 말한 교양이란 이런 것일까? 어쩌면 성준은 치명적인 거짓말을 했으리라. 따뜻하며 서로 사랑하고 교양 있는 부모님이라는 그의 정보가 단박에 신뢰감을 상실했다. 성준의 프러포즈를 선선히 받아들였던 중요한 이유 하나가 깨지는 중이었다.

"계속 만날 테야?"

"아, 아닙니다."

얼결에 튀어나온 대답이었다. 눈앞의 여자를 더 만나고 싶지 않다는 즉흥적인 반항심에 현혹되어.

"고마워."

한참 뒤에야 머릿속으로 들어온 한마디였다. 그녀가 떠난 뒤에야 엄청난 말을 섞었다는 사실을 실감했다. 퍼뜩 정신을 차리고 휴대폰을 꺼냈다. 하지만 성준에게 전화를 걸지는 못했다. 확진을 받은 뒤부터 성준은 어색한 모양새를 드러냈다. 매사에 꼼꼼하던 그가 과하게 당혹스러워했기에 어두운 예감은 그때 이미 품었지 싶다.

다시금 방 밖으로 나가려던 용기는 그날로 스러졌다. 면역력이 급격히 떨어져 있는 외할머니 품으로 파고들 용기마저 스러졌다.

❈ ❈ ❈

집으로 돌아온 민우를 형이 반겨 주었다. 일요일에도 일이 많아 함께 외식을 못 하겠다고 아쉬워했던 형이다. 일찌거니 퇴근한 양 벌써 잠옷을 입고 텔레비전을 보고 있었다. 민우는 퉁명스레 입을 열었다.

"입주 청소로 야근한다더니."

"응. 알바 한 명이 늘어서 빨리 끝났다."

"일이 없다면서 알바를 늘렸어?"

"응. 뭐, 그냥 새벽 알바 구한 거야. 작은 업소 청소하는."

무언가 얼버무리는 듯싶다. 화장실에서 형수가 나오다가 민우를 보고는 다시 들어간다. 곧 손을 비비며 나오더니 멋쩍게 웃는다.

"도련님, 화장실 좀 있다가 쓰세요."

무슨 뜻인 줄 알겠다. 이리 불편한 '딴 식구'를 한사코 집으로 들이려 든다.

"잘 갔다 오셨어요?"

어디서 잤냐고 묻지 않고 겉옷을 받아 든다. 순간 기분이 묘했다. 전날 밤 양말을 벗겨 주던 정희의 모습이 떠오르고, 경자 씨와 할머니의 얼굴도 어른거린다. 쓴웃음을 삼키고 가방을 열었다.

"선물입니다."

민우는 정희가 골라 준 머플러를 내밀었다. 형수의 얼굴로 함박웃음이 깔렸고, 형의 고개가 모로 기울어졌다.

"어머머, 도련님이 웬일로 선물을 다."

"실은 내가 산 거 아닙니다."

순간 형이 그러면 그렇지, 하는 표정을 짓는다. 그 모양새에 민우는 뜨끔했다. 결혼식 선물은 고사하고 예식장에도 안 갔던 동생이다. 형의 결혼보다는 미국에서 첫 번째로 치르게 될 연구 성과 발표가 더 중요했기에 비행기를 탈 생각은 전혀 안 했다.

"어머, 그렇잖아도 체크무늬는 내가 좋아하는데."

거울 앞에서 머플러를 둘러 본 형수가 고맙다고 말했다.

"근데 도련님이 산 게 아니라면 누가……."

"어떤 바보가 주더라고요."

"한번 오라고 하세요!"

"네?"

생뚱맞은 형수의 반응에 민우는 당황했다.

"선물 받았으니 맛있는 거 대접할게요."

"아, 그런 게 아닙니다."

그럴 수 있다면 오죽 좋겠습니까. 어색한 자리를 벗어났다. 방문을 열고는 들어가지 않은 채 그대로 돌아보았다.

"저 오늘 저녁밥 많이 먹을 겁니다."

"그, 그래. 알았다."

형이 대신 대답했다.

민우가 방문을 닫자, 정우는 갸웃하는 아내를 멀찍이 데리고 가서 속달거렸다.

"밤샘하려나 봐. 녀석이 시험공부 할 적엔 항상 그리 말했거든."

아내는, 입이 귀에 걸린 정우를 보고는 다시금 갸웃했다. 정우가 흐뭇하게 말을 이었다.

"일 시작했어."

"그럼……."

"낮에 한 사장님하고 통화했어. 민우가 본부장 사무실로 전화했대. 혹시 자기 찾는 전화 오면 출근하고 있다고 말해 달랬대. 게다가 전화받는 직원이 안 그래도 천안 공장에서 도움이 필요하다고 하니까 선뜻 응했대. 아마 그 일로 밤샘하려나 봐."

이야기 도중 정우는 아내의 양손을 꼭 쥐고 있었다. 두 사람은 손을 맞잡은 채 민우의 방을 따뜻한 눈길로 바라보았다.

✖ ✖ ✖

"창피하냐?"

엄마가 내뱉은 한마디는 잠자리까지 따라왔다. 정희는 벌떡 일어나 불을 켰다. 떠오르는 족족 지워 버렸던 기억들이 머릿속에서 아우성친다. 다음 길을 가늠하려면 지나온 길을 알아야 했다.

정희는 유자차를 한 잔 타고선 스프링노트를 꺼냈다. 그때 가방 안으로 약봉지 껍질이 보였다. 아침에 약을 몰래 삼키고, 혹시라도 흔적을 남길까 봐 빈 봉지를 가방에 쑤셔 넣었다. 그러고 보니 민우의 행동거지가 수상하다.

'봤을까?'

과연 전날에 비해 오늘은 확연히 자상했다. 약봉지를 보고 동정하는 것이었다면 끔찍하기 짝이 없다. 하지만 아닐 것 같다. 그는 취해서 잠이 들었고, 이른 아침에 슬며시 가방을 꺼내 올 때까지 일어나지 않았다.

여백으로 남은 경자 씨의 기록을 뚫어지게 쳐다보았다. 이윽고 정희는 싹둑 잘려 나갔던 기억을 복원해 나갔다.

※ ※ ※

역설적으로 어려운 시기였기에 경자 씨의 옷 수선 가게는 더욱 호황을 누렸습니다. 만철 씨는 멀리 떠나 있었지만 때때로 편지를 보냈습니다. 지독히도 못난 그 글씨가 경자 씨에게는 세상 그 어떤 그림보다 정겨웠습니다. 경자 씨는 그 편지를 치자 열매로 물들인 인동덩굴 바구니에 차곡차곡 모았습니다. 물론 기꺼운 마음으로 답장을 썼지요.

날마다 통장을 펼쳐 보며 꿈을 키우던 경자 씨에게 한 가지 고민이 생겼습니다. 경자 씨에게 친절했던 이웃 건어물 가게 젊은 오누이가 좀처럼 꿔 간 돈을 갚지 않았기 때문입니다. 그들은 수산물 수출을 위탁받아 일본으로 보냈고, 그 때문에 일시적으로 어렵다고 하소연을 했기에 망설이고 또 망설이다가 돈을 빌려주었던 겁니다. 도시락을 싸서 다니는 경자 씨와는 달리 그들은 맛있는 음식을 사 먹고, 또 자가용을 굴리면서도 돈을 갚지 않았습니다. 어떻게 보면 큰돈은 아니었지만 경자 씨에겐 너무도 소중한 돈이었습니다. 고민 끝에 그들을 찾아갔습니다.

"죄송하지만 빨리 돌려주셨음 좋겠어요."

돈을 빌려준 입장인데도 그렇게 죄지은 사람처럼 사정을 했습니다.

"안 떼먹을 테니 걱정 마요."

짜증은 왜 그들이 내는지 갸웃하면서 경자 씨는 돌아서야 했습니다.

어느 날, 그들 오누이는 야밤을 틈타 마을을 떠났습니다. 부랴부랴 달려가 보니 가게는 텅 비어 있었고, 보증금은 다 까인 상태였습니다. 이웃에 수소문해 봤지만, 포기하라는 말만 돌아왔습니다.

며칠 뒤 마을에서 젊은 과부 한 명이 농약을 마셨습니다. 이웃이 발견해 목숨은 건졌지만, 그 파장은 경자 씨에게까지 미쳤습니다. 오누이 중 젊은 남자는 호리호리한 키에 갸름한 얼굴이었는데, 그와 과부가 그렇고 그런 사이였다는 사실이 드러난 겁니다. 전 재산을 남자에게 맡겼다는 사실도 함께 말이죠. 남 말하기 좋아하는 일부 한량들이 경자 씨도 돈을 꿔 준 적이 있다는 사실을 놓고 멋대로 해석하기 시작했습니다. 반응은 두 가지였습니다.

"말이라고 해? 그놈이 장님이라면 모를까."

이렇게 가가대소 웃음을 터뜨리며 손사래를 치는 무리, 그리고 경자 씨가 지나가면 쑤군대는 무리였죠.

그러거나 말거나 경자 씨는 묵묵히 재봉틀만 열심히 돌렸습니다. 어머니가 믿어 주고, 딸이 우군이 되어 주면 그것만으로도 충분했습니다.

"엄마, 사람들이 이상한 소리해도 그냥 못 들은 척해. 선생님이 그러는데, 게으른 사람들은 원래 부지런한 사람 트집 잡는 걸 좋아한대."

똑똑한 열한 살 딸이 이렇듯 조숙하게 엄마를 두둔해 주니, 경자 씨는 더욱 힘을 낼 수 있었습니다.

소문은 유행가처럼 포물선을 그린 후에 꼬리를 감추었습니다. 하지만 13개월 만에 장항으로 돌아오는 길에 만철 씨는 누군가에게 그 사실을 듣고 말았습니다. 집에 도착한 만철 씨는 설렁설렁 회포를 푼 뒤 술잔을 기울이며 얼굴을 찌푸렸습니다.

"결혼 전에 내가 약속했잖아!"

결혼하면 경자 씨가 살림만 하게 만들겠다고 다짐했던 일을 들먹이며 만철 씨는 성을 냈습니다.

"엄마한테 그러지 마요. 아빠가 엄마한테 화내면 안 돼요."

제법 매섭게 쏘아보는 딸에게 만철 씨는 헛웃음을 흘렸습니다.

"가서 준수하고 놀고 있어."

딸을 막내한테 떠민 뒤 연신 탁한 한숨을 토하며 경자 씨를 초조하게 만들던 만철 씨는 의외의 선언을 합니다.

"나 다시 인천으로 갈 거야. 옛날 회사가 다시 문 열었어."

그러고는 술을 몇 잔 더 넘긴 뒤에 덧붙였습니다.

"이사는 안 해도 돼. 혼자 갈 거야. 원래 계획이 이 집을 사는 거였으니 좋게 생각해."

두 사람의 노고 끝에 바라던 집주인이 되었지만 경자 씨는 행복하지 못했습니다. 오로지 경자 씨에게만 집중하던 까만 눈동자와 듬직한 가슴을 누군가와 공유해야 한다는 비극이 찾아든 겁니다.

주말부부로 지낸 지 한 달이 지났을 때, 경자 씨는 함께 올라가 인천 집을 들여다보고 싶다고 고집을 부렸습니다.

"안 돼."

만철 씨는 단호했고, 경자 씨는 그가 입고 왔던 속옷이 새하얗게 삶아져 있다는 사실을 지울 수 없었습니다.

"혼자 있는 거…… 맞아요?"

"미안해."

'미안'이란 말이 이토록 슬프고 잔인할 줄은 몰랐습니다.

"외국에서 알게 됐어. 본사에서 파견 나온 사무직 여자야. 애를 못 낳아서 이혼했대. 당신한테 약속했듯이 절대 재혼은 안 할 거야. 애들한테는 아무 말 하지 마."

만철 씨는 한 달에 두어 번 정도는 계속 들르겠으며, 생활비도 착실히 보내겠다고 했습니다.

그 일이 있은 후 과연 만철 씨는 격주로 내려와 정희와 준수와 함께 놀아 주었습니다. 하지만 시간이 지날수록 찾아오는 횟수가 줄어만 갔습니다.

❈❈❈

나, 정희가 중학교에 들어갈 무렵이었다. 아빠가 오랫동안 찾아오지 않은 탓인지 동네에 수상한 소문이 퍼지기 시작했다.

“저 얼굴을 어찌 평생 보고 살 수 있겠어. 지금까지 견딘 것만 해도 군자지.”

“살아 준 것만 해도 고마워해야지. 그 주제에 먼저 바람을 피우니 만철이가 맞바람 난 거여.”

그렇게 쑤군대는 소리는 세 살 터울의 동생, 준수의 귀까지 흘러 들어왔다. 그리고 우리는 ‘창피’를 알게 되었다. 나는 소문이 창피해 아빠를 미워했지만, 준수는 엄마의 외모 자체를 부끄럽게 여겼다. 요컨대 준수는 엄마가 절대로 학교에 오지 못하게 했다.

나는 모처럼 아빠가 내려왔을 때 나들이에 동참하지 않았다. 준수 홀로 누나 눈치를 보다가 아빠를 따라나섰다. 그렇게 준수를 혼자 보냈던 일이 나의 치명적인 실수일 줄은 그때는 미처 몰랐다. 사실 나는 준수 홀로 누리고 온 나들이와 그 전리품인 선물들을 애써 외면하느라 다른 데에 신경을 쓸 겨를이 없었다.

여하튼 학교에서 가족사로 아이들이 쑤군대는 날이면 나는 집으로 돌아와 엄마에게 다짐을 받았다.

“아빠가 돌아온다 해도 절대로 받아 주면 안 돼. 알았지!”

어느 날, 몇 달 만에 얼굴을 내민 아빠에게 울분을 토해 냈다.

"차라리 아빠가 죽은 사람이었음 좋겠어요. 그럼 사람들이 쑤군대진 않을 거 아냐!"

아빠는 좀처럼 화를 내지 않았다. 그날도 마찬가지로 버릇없는 딸을 탓하지 않은 채 멈칫하다가 술잔을 마저 비울 뿐이었다.

막상 아빠가 1년 가까이 나타나지 않자, 나는 더욱 증오를 키웠다. 엄마는 손님이 부쩍 줄어든 수선 가게를 근근이 이어 갔고, 나는 준수의 보호자를 자청했다. 준수는 누나의 권위를 일찌거니 인정했으며, 어디를 가도 강아지처럼 따라다녔다.

중3을 앞둔 추운 겨울이었다. 나는 친구를 만나러 대천을 가면서 준수를 데리고 갔다. 언제부터인가 우리는 장항읍을 떠나서 놀았다. 엄마가 넉넉히 쥐여 준 용돈으로 돈가스 가게에서 배를 채운 뒤 친구와 헤어졌다.

기차 시간에 여유가 있어서 시장을 기웃거리다가 우뚝 멈추어 섰다. 맞은편의 아빠도 마찬가지로 흠칫 놀라며 걸음을 멈추었다. 아빠 옆으론 할아버지가 지팡이를 짚고 서 있었다. 할아버진 성주의 탄광 사택에서 지낸다. 그래서 대천동에서 마주칠 일은 없을 줄 알았다. 아빠는 멀거니 이쪽을 바라보고 있었다. 부쩍 몸이 축나 보였고, 단단한 어깨는 퍽이나 고단해 보였다.

"아빠네."

준수의 긴장된 말에 나는 퍼뜩 정신을 차렸다. 인사도 건네지 않은 채 그대로 준수를 돌려세웠다.

"가자."

누나에게 감히 반항 한 번 하지 못하고 지내던 준수는 돌아보고 또 돌아보며 나를 따라왔다. 할아버지가 부르는 소리가 들리는 것 같았지만 나는 한 번도 돌아보지 않았다. 집으로 가는 길에 준수에게 다짐을 받았다.

"아무것도 못 본 거다. 엄마한테 말하면 죽는다."

그날 이후 준수는 어쩐지 불안해 보였다. 나 못지않게 학교에서 말수가 줄었으며 걸핏하면 급우들과 싸웠다. 타인의 프라이버시를 들먹여 놀려 먹기를 좋아하는 악취미도 생겼다. 엄마도 예외의 대상은 아니었다.

"으윽, 닭살!"

키득거리는 소리에 문이 열린 큰방 안을 바라보니, 준수는 골동품 같은 바구니 속의 편지를 헤집고 있었다. 장롱이 열린 걸로 보아 거기서 꺼낸 성싶다.

"나의 태양은 노상 당신을 통해 뜨고 당신을 거쳐서 지니…… 푸하하, 진짜 뻔뻔한 닭살이다. 가만 만철 씨?"

준수가 휙 나를 본다.

"이거 아빠한테 쓴 건가 봐."

"이놈의 야만인!"

나는 득달같이 달려들어 편지를 낚아챘다.

북.

준수가 안 놓는 바람에 노랗게 빛바랜 편지지가 찢어졌다. 엄마가 보기 전에 얼른 통 안으로 수습하려 들다가 뒤통수로 수상한 기분이 느껴져 휙 돌아보았다.

"어, 언제 왔어?"

엄마는 아무 말도 안 하고 허둥지둥 편지 상자를 갈무리했다. 찢겨진 편지를 초점 없는 눈으로 응시하다가 상자와 함께 품에 안고 나갔다. 서늘한 분위기에 준수는 머리를 긁적였고, 나는 그런 준수에게 꿀밤을 먹였다. 그날 밤 엄마는 오래도록 하늘을, 혹은 둥근달을 쳐다보았다. 술 마시는 엄마 모습을 처음 본 날이기도 했다.

준수는 갈수록 외모에 관심을 가졌다. 어느 날, 거울을 보던 준수가 불안한 눈빛으로 나를 쳐다보았다. 녀석의 얼굴에는 공포가 가득했다.

"아들은 엄마 얼굴 닮는 거 아냐?"

"꼭 그렇진 않아. 자라면서 변하고, 할머니하고 할아버지 유전자 영향도 받으니까."

나의 위로가 변변찮았는지, 준수는 울상이 되어 거울 앞을 떠나지 못했다. 그리고 점점 엄마를 괴롭혔다.

"우리 아가들 밥 먹어야지."

살갑기만 하던 엄마의 습관적인 말에도 준수는 찡그렸다. 생선살을 발라 주는 엄마를 한 번도 쳐다보지 않고 식사를 마쳤고, 급기야 따로 밥을 먹는 일이 잦아졌다. 그렇다고 엄마 얼굴을 직접 들먹이진 않았다.

"엄마 쩝쩝거리는 소릴 들으면 밥맛이 없어서 그래."

"쬐끄만 게 버르장머리 봐라."

내가 힐난하면 엄마가 손사래를 쳤다.

"놔둬라. 다 내가 잘못 가르친 탓이다."

입이 짧은 준수는 반찬을 한 입씩 베어 물고 팽개치곤 했다. 그것을 선뜻 버리지 못한 엄마는 자신의 입으로 가져갔다

"비싸게 산 건데 아깝게."

"엄마 지금 뭐 하는 거야!"

준수가 악을 썼다.

"제발 그러지 마! 끔찍해! 징그럽다고!"

서럽게 울부짖는 소리였기에 엄마도 나도 아프리카 기아 문제니 바른 생활이니를 차마 거론하지 못했다.

준수는 거울을 볼 때마다 엄마를 힐끔 보며 괴로운 표정을 지었다. 시간이 지나면서 엄마를 바라보는 나의 눈도 불편해졌다. 나는 어느새 엄마의 허름한 옷과 민낯을 그냥 지나치지 못하고 잔소리를 늘어놓기 시작했다. 공부를 잘하면 인생도 잘 안다는 착각은 그때부터 시작되었던 듯싶다.

엄마의 인내심은 무한할 줄 알았다. 준수뿐 아니라 식성이 변한 나도 편식을 하게 되었다.

"지난주엔 잘 먹었잖아."

고스란히 남긴 백숙 앞에서 엄마는 새삼 억울하다는 표정을 지었다.

"누가 하래?"

준수의 퉁명스러운 반응에 엄마의 이맛살에 주름이 잡혔다. 한숨을 토하고 맥없이 묻는다.

"아침은 뭘로 해 줄까?"

"그걸 내가 어떻게 알아!"

준수가 버럭 성을 냈다. 나도 계속 반찬 변덕을 부린 공범이라

엄마를 두둔하지 못한 채 쩝쩝 입 소리만 냈다. 묵묵히 설거지를 하던 엄마가 갑자기 요란하게 그릇을 팽개쳤다. 그러고는 안방으로 들어가 좀처럼 나오지 않았다. 잠들기 전 살며시 안방 문을 열었다. 어두운 방으로 술 냄새가 떠다녔다. 차라리 아무 말 하지 말고 그냥 나왔어야 했다.

"엄마가 돼 가지고 자알하는 짓이다."

나는 장항을 떠나고 싶었다. 친구들이 시시해서 혼자 놀 뿐이라고 믿고 있었지만, 한편으론 다른 동네에서 새롭게 친구들을 사귀고 싶었다. 나는 엄마를 설득하기로 마음먹었다. 어쩐지 엄마는 똑똑한 나의 판단을 존중해 주지 싶었다.

"우리 외할머니 집으로 이사 가면 안 될까?"

엄마는 단박에 고개를 가로저었다.

"외할머니한텐 절대 안 돼."

"우릴 젤 아끼시잖아."

"그러니 더 안 돼. 외할머니 상처는 당신에서 끝나야 해."

모호한 말로 엄마는 고집을 부렸다.

"그리고 우린 이 집에서 살아야 해. 아빠가 돌아오실 때까지."

아빠를 기다린다는 뜻이었다. 어떤 이유에선지 순간 대천에서 마주쳤던 아빠의 모습이 떠올랐다. 비밀을 품고 있다는 죄의식을 죽이고자 공연히 꽥 소리를 질렀다.

"아직도야! 자존심도 없어? 어차피 안 와! 그 인간."

엄마는 눈을 동그랗게 뜨고 나를 주시했다. 맑기만 하던 눈동자로 얼핏 붉은 실핏줄이 그어져 있다.

"그 인간…… 휴우."

습관이 되었다. 엄마의 한숨은.

"다들 내가 잘못 키운 것 같다. 잘하려고 애썼는데…… 아무것도, 아무것도……."

더 말을 잇지 못하고 일어난다.

"어디 가. 또 술 마실 작정이야?"

엄마는 대답하지 않았다. 어깨를 들썩이는 뒷모습이 유난히 작아 보였다.

발정기 수컷처럼 공격적이던 준수가 기어이 사고를 쳤다. 머리 하나쯤 더 큰 같은 반 아이를 컴퍼스로 찍어 버린 것이다.

"개새끼가 엄마가 바람나서 아빠가 떠났다고 주접떨잖아! 근데 아니잖아!"

내가 엄마를 대신해 대답했다.

"당근이지!"

여하튼 초등학교 6학년생의 엽기적인 폭력은 학교를 발칵 뒤집 혔다. 엄마가 병원에 있는 피해 학생 부모와 학교를 찾아가 싹싹 빌어도 그 일은 수습되지 않았다. 그때 어떻게 연락이 닿았는지 아 빠가 내려왔다. 나중에 안 일이지만, 엄마가 전화를 걸었다. 그도 그럴 것이 아빠는 여전히 서류상으로 가장이었다.

외할머니와 외삼촌까지 더해 정상급 인사들이 머리를 맞댔다. 물 론 졸병인 나와 준수는 발언권이 없었다. 준수가 전학을 하는 일엔 이견이 없었지만, 그곳이 인천이라는 바에는 의견이 갈렸다. 그때 아빠가 엄마와 눈길을 섞은 뒤 말했다.

"서울로 정하죠. 절차는 내가 그쪽으로 전입해서 알아보겠습니다."

어쩌면 아빠와 엄마는 이미 의견을 맞춘 상태였으리라.

"준수를 누가 봐주나?"

외할머니의 말에 아빠와 엄마가 동시에 나를 보았다. 아빠가 대답했다.

"정희도 같이 가야죠. 어차피 서울에 있는 대학이 목표니, 일찌거니 전학하는 게 낫겠죠."

나는 엄마를 뚫어지게 바라보았다. 사뭇 차갑게 외면해도 계속해서 바라보았다. 마침내 엄마는 파리를 내치듯 휘이 손을 내젓는다.

"가라. 나도 더는 못 키우겠다. 둘 다."

준수라고 하지 않고 '둘 다'라고 했다. 그 순간 엄마와 비슷한 지분으로 준수를 보살펴 왔다는 착각이 깨졌다. 사실 나 또한 장항을 떠나고 싶었기에 엄마의 말에 상처받지는 않았다. 지금 성격이라면 모를까. 그때는 내가 생각해도 신통할 만큼 기가 살아 있는 아이였다.

그렇게 준수와 나는 서울로 전학을 갔고, 인천 아빠의 영역도, 장항 엄마의 영역도 아닌 제3의 영토인 아파트로 입주했다. 어쩐지 비무장지대에 세워진 만남의 집 같다는 점이 내키지 않아 나는 조건을 내세웠다. 아빠는 내 뜻이 정 그렇다면 방문을 자제하겠다고 약속했다.

아빠는 약속대로 나타나지 않았고, 엄마는 바리바리 먹을거리를 싸 들고 종종 서울을 방문했다. 그 일이 생기기 전까지는.

※ ※ ※

성준의 모친을 만난 뒤 정희는 한동안 휴대폰을 꺼 두었다. 그러고는 진즉부터 찾아보았던 결핵에 관한 다양한 정보를 다시 훑어보았다. 역시 유전하고는 관계없었고, 그래서 성준이 손이 귀한 오대독자라는 사실과도 별 관계가 없었다. 성준의 모친 앞에서 죄송하다고 대답했던 일이 새삼 억울했고, 그녀의 고맙다는 말이 야속했다. 더불어 결혼을 기정사실로 받아들이고 성급하게 사표를 준비하고 있던 경솔함도 억울했다.

"창피하냐?"

다시금 엄마의 한마디가 가슴을 후빈다.

그렇다. 성급한 사표도 창피가 원흉이었던 듯싶다. 친한 동료들에게 은연중에 성준의 재력을 과시했다. 성준이 살림만 하라고 고집하고, 정 활동이 아쉬우면 복지센터 봉사나 하라고 권하니 결혼과 함께 사표를 낼 거라고 동료들에게 예고했다. 짐짓 불만을 가장한 속물근성이었는데, 그것이 덫이 되어 돌아왔다.

꼬박 한 달을 칩거하다가 다시금 방 밖으로 나갈 채비를 했다. 그때 성준이 집으로 들이닥쳤다. 한밤중에 고주망태가 된 모습으로 정희 앞에 선 성준은 정희가 비명을 흘릴 만큼 아프게 껴안았다.

"엄마가 다녀갔지?"

정희가 함구했지만 결국 성준은 알게 되었나 보다. 사실 성준 스스로 알기를 은근히 바라기도 했다.

"멍청하게 왜 말 안 했냐?"

갑자기 그의 목소리에 울음이 섞였다.

"용서해라. 고백하지 못해 미안하다!"

정희는 갸웃하며 간신히 그에게서 떨어졌다. 그가 휘뚝거리며 정희의 양어깨로 손을 얹었다.

"고백……."

"엄마를 용서하지 마라."

무슨 말을 하는지 가늠이 안 되어 정희는 묵묵히 그를 지켜보았다. 그의 눈동자가 젖어 있어서 차마 냉정하게 돌려보내지 못하는 중이다.

"실은 내가 먼저야."

"무슨……."

"그래, 결핵은 내가 훨씬 먼저 걸렸어."

"서, 설마."

"설마가 사람 잡게 해서 미안하다. 진즉에 걸렸는데 차마 말을 못 했다."

"왜 나한텐……."

의사의 당황하던 모습이 뇌리로 스쳤고, 확률이 희박한데도 그가 감염되었는지 과하게 염려했던 자신이 우스꽝스러웠다.

"나란 놈은 약 먹은 지 2주 후론 회사도 다시 나가고 잘만 돌아다녔는데, 넌 한 달이 넘도록 집에만 있으니 괴롭더라. 와중에 중매쟁이 만나 음모 꾸미는 엄마를 보니 촉이 오더라. 염병, 진짜 널 만났구나."

정희의 입술이 바들바들 떨렸다.

"그럼…… 어머님도 알고 계셨어요?"

"왜 모르겠냐. 그 양반이 식은땀 흘린 게 수상쩍다고 병원 끌고 갔는데."

분노보다는 서러움이 복받친다.

"나한테는 왜 숨겨야 했죠?"

"너한테 동정받긴 싫었어."

동정받는 것을 죽기보다 싫어하는 그의 성격을 모르는 건 아니다. 하지만 이건 동정이 아닌 신뢰감의 문제였다.

"내가 확진받던 날도 말 안 했잖아요."

"그건, 그건 말이지. 솔직히 차라리 잘됐다고 여겼어."

"네?"

"그럼 네가 나한테 빚을 진 꼴이니 절대 안 떠날 거라고 생각했어."

어쩐지 다른 이유가 있는 것 같았지만 정희는 파고들 겨를이 없었다.

그는 술기운에 몸을 가누기 힘겨운지 상체를 이리저리 흔들어 댔다.

"많이 괴로웠다. 그 덕에 생각도 많이 했다. 평생 널 아끼는 일로 속죄할게."

정희는 그의 말이 귀에 들어오지 않았다. 아직 충격이 가시지 않은 멍한 얼굴로 물었다.

"어머님이 나한테 무슨 말을 한지도 알아요?"

성준이 비아냥거린다.

"안 봐도 뻔하지. 흐흐, 그 양반은 애당초 정희를 반대했거든. 그저 핑계를 기다렸던 거지. 치명적인 한 방을."

"어떻게 그럴 수 있죠? 개구리는 그 돌멩이에 죽을 수도 있는데."

정희는 여전히 넋이 나간 사람처럼 뇌까렸다.

"흐흐, 아이러니하게도 그 점이 우리 집을 부자로 만들어 줬지. 내가 다 빼앗을 거야. 잠깐만 숨죽이고 기다려. 나만 믿고 기다려. 나, 지금 진지하게 말하는 거야."

이쪽에선 하나도 진지하게 보이지 않는다. 완연히 이성을 잃은 술주정 같다. 도중에 서로가 무심한 적이 없던 것은 아니었지만, 그리고 일찍 타올랐기에 도리어 미지근한 관계를 이어 왔다고 하지만, 그래도 자그마치 4년 세월이다. 그런데도 그는 미리 밝히지 않았다. 그가 혼자 병을 감당했다는 사실이 서운하고, 그가 이쪽이 확진을 받은 자리에서 진실을 드러내지 않았다는 사실이 못내 서운했다. 그리고 그의 가족 전체가 무섭다. 서로 사랑하는 교양 있는 부모님이라던 모습은 전혀 가늠이 안 됐다.

"진짜라면 공포 영화가 따로 없네요. 그런 부잣집들은."

의학용어까지 써 가면서 정희를 유력한 감염 용의자로 몰아세우던 그의 모친이 떠오르자 소름이 돋았다. 어떻게 얼굴색 하나 안 변하고 사람을 기만할 수 있을까. 정희는 한 걸음 물러서서 처음으로 목소리에 힘을 주었다.

"나가세요."

"정희야."

"날 생각한다면 우선은 나가 줘요, 제발."

나지막하지만 단호한 호소에, 성준은 비틀거리며 일어났다.

다음 날, 성준이 다시 찾아왔다. 현관문을 열어 주지 않자 비번을 누르고 들어왔다. 비밀번호를 바꿔야겠다고 생각하며 차갑게 그를 맞이했다. 차 한 잔만 마시고 간다고 약속했기에 커피를 탔다. 술을 마시지 않은 그는 전날과 달리 푸른빛이 돌도록 면도를 했고 단정한 차림새였다.

"어제 내가 주정이 심했지?"

"다 기억나요?"

"대충."

"모두 사실인가요?"

그는 머뭇거리다가 곧 고개를 주억거렸다. 그러자 저절로 눈물이 쏟아졌다. 그가 예전에 그랬던 것처럼 뺨으로 손을 뻗자 탁 뿌리치고는 스스로 담담히 눈물을 닦아 냈다. 그가 동생 방으로 시선을 날리며 차분히 입을 열었다.

"실은 예전부터 너와 결혼할 생각이었어. 그때부터 부모님과 싸웠어. 개과천선한 자식처럼 회사 일을 죽어라 배워서 아버지를 설득했고, 결국에는 돈만 많고 행실이 별로인 어떤 여자를 엄마가 포기하도록 만들었어. 그러고 나서 부모님이 다음 숙제를 내 주었지. 난 오로지 정희만을 목표로 또 죽어라 일해서 후계자 수업 전 과목 A+을 받았어. 도중에 내가 결핵에 걸렸지만 별거 아니라고 여겼지. 뭐, 원래 쉽게 옮는 병이 아니잖아. 아무튼 부모님은 약속한 대로 정희를 인정했어. 정희가 확진을 받았다고 하나 큰 병은 아니니 부모님이 반대할 명분으론 약했지."

혼잣말 같은 그의 목소리는 시종 담담했다.

"정희는 그 누구에게도 피해를 주는 걸 싫어하는 착한 여자고, 또 가족의 행복을 위해서 기꺼이 스스로를 숙일 줄 아는 여자라고 내가 입이 닳도록 칭찬했어. 얼굴도 착하게 생기지 않았냐고 이런 저런 사진을 보여 주며 자랑했었어. 바보같이. 그걸 엄만 잔인하게도 약점으로 삼고 파고들었던 거야. 진짜 끔찍한 인간이지?"

'네, 정말 끔찍해요.'

"어제 정희가 그랬지. 공포 영화. 그래, 공포 영화 같은 그 집을 왜 뛰쳐나오지 못했는지 궁금하지 않아? 하지만 기다려. 내 몫을 챙기는 순간 미련 없이 독립할 테니까. 부모를 배신한다는 말이 아냐. 원래 그쪽 생태거든. 뺏고 빼앗기고. 그러니 부모님은 자식을 원망하기보단 대견스러워할 거야. 우리 자식이 정글의 생태를 익혔다고."

시종 쓸쓸한 그의 장황한 말에 정희는 혹시나 했던 어둠을 확인하고 말았다. 4년 동안 그는 암시조차 해 주지 않았다. 이런 무서운 가족의 모습은. 그가 물끄러미 정희를 바라보았다. 정희는 시선을 섞지 않았다. 그가 말을 이었다.

"정희가 확진받는 날, 많이 망설였어. 실은 먼저 알고 있었어. 병원에서 엄마한테 통보했거든. 절대로 내가 먼저 확진받았다는 말하지 말라고 당부하더라. 아니 협박을 당했지. 입을 다물면 결혼을 여섯 달 후로 미룰 뿐이지만, 어기면 빈손으로 집을 나가야 한다나? 회사는 엄마가 여기저기 돈을 끌어모아 일으켰어. 아직도 빚이 꽤 남았는데 그걸 아들 장가 장사해서 만회할 욕심이었지. 나는 그 일에 동조할 수 없었고, 대신에 내가 들어줄 수 있는 다른 일을 할 생각이었지."

그는 전날 내뱉은 말을 기억 못 하는 것일까? 분명히 그는 '그럼 네가 빚을 지는 꼴이니'라며 함구의 이유를 내밀었다. 중요한 문제였다. 만일 그것이 의도적인 거짓이었다면 지금 그가 장황하게 털어놓은 변명도 신뢰할 수 없었다. 정희는 곧 머리를 흔들어 댔다. 하긴 어젠 엉망으로 취했었으니.

"아무튼 5월까지 기다리라는 말은 유효해. 그때는 엄마가 없을 거야. 이미 내 몫을 챙겨 독립해 있을 테니."

차라리 그가 빈손으로 집을 나와 진실을 밝혔으면 지금보다 상황이 나았지 싶다. 많은 사람들이 자신의 욕망에 집착해 그릇된 판단을 하고서도 그것을 사랑하는 사람을 위해서라고 포장한다. 아닐 줄 알았는데, 성준 또한 매한가지였다.

어쨌거나 정희 때문에 그는 부모와 연을 끊을 예정이라고 했다. 즉 새로운 가정을 만들기 위해 오래된 가족을 파괴하려는 음모를 품고 있는 중이다. 그리고 그 음모에는 어쩔 수 없이 정희도 공범으로 얽힐 운명이었다. 지금 성준을 품는다면 말이다. 그는 알고 있을까? 그가 흘린 가장 치명적인 거짓말은 가족에 관한 정보였음을. 어쨌거나 어떤 결론이 다가올지라도 성준을 통해서는 서로 사랑하는 따뜻한 모습의 부모님을 만나지 못할 것 같다. 그것도 모르고 이쪽 가족사를 부끄러워했다. 그것도 많이.

"날 때려 줄래?"

그가 음울하게 말했다. 정희는 살짝 고개를 저었다.

"그럼 내가 때릴게."

이내 성준은 스스로 양 손바닥을 번갈아 휘두르며 뺨을 때렸다. 정희가 연방 고개를 가로저었는데도 그는 좀처럼 멈추지 않았다. 마침내 정희가 입을 열었다.

"그만, 그만해요."

"약속해. 기다려 준다고."

정희가 대답이 없자 또 뺨을 때렸다. 입술이 터졌다. 정희가 꽥 소리쳤다.

"날 고문하지 말아요!"

그가 멍하니 바라본다.

"고문?"

"그래요. 사람을 압박해서 얻은 대답이 과연 진심일까요?"

"내가 어떻게 해야 기분이 풀리겠니?"

참혹한 그의 얼굴을 바라보자니 어쩔 수 없이 또 눈물이 나왔다. 자신을 위한 눈물인지, 그를 위한 눈물인지 분간할 수 없는 눈물이. 그의 집을 생각하면 소름이 돋았지만, 그가 오래전부터 그 소름 돋는 집에서 부모의 마음을 돌리고자 정희 몰래 고군분투했다는 사실은 인정하지 않을 수 없었다. 하지만 그 또한 진실인지 단언할 수 없다. 전날에야 알게 된, 그의 모친이 선물한 기만이 발화점이 되어 세상 모든 사람을 향한 불신의 불꽃이 타오르는 중이다.

그가 일어났다. 휘뚝휘뚝 걸어가 동생 방문에 기대고 섰다.

"다시 너를 혼자 둘 순 없어. 약속해."

"안 해요. 약속."

"나 죽는 꼴 볼래?"

크지 않은 소리였지만 그것은 절규였다. 정희는 흔들리지 않고 응수했다.

"끔찍해. 생각만 해도 소름 돋아. 다시는 그쪽 누구도 안 보고 싶어요."

그의 터진 입술로 피가 흘렀다. 흉측해진 얼굴이지만, 교묘하게 잔인한 말을 뱉던 그의 모친 입술보다는 덜 흉측해 보였다. 그가 거칠게 숨을 몰아쉬고는 피식 웃었다.

"정 안 보고 싶으면 좋아. 가끔 목소리라도 듣게 해 줘라. 그날까지."

마침 난감해하던 차에 만난 타협책이었기에 그만 고개를 끄덕이고 말았다. 그가 신발을 신고 돌아섰다.

"장항엔 미리 알렸었지? 어차피 몇 달 후면 같이 가겠지만, 중간에 필요하면 말해. 동행해 줄게."

정희는 그 '보험'을 굳이 거절하진 않았다. 외할머니는 이미 시한부 판정을 받은 상황이었고, 생전에 신랑감을 보여 주기로 약속했었다. 그런 발칙한 계산은 이미 어린 나이에 익혔다. 커 가면서 반대로 점점 기가 죽고 자신감을 잃었지만 말이다. 그가 현관문을 열기 전에 정희가 물었다.

"부모님이 서로를 몹시 사랑해서 집안이 따뜻하다는 말…… 거짓이었던 거예요?"

그는 비린 웃음을 내 흘렸다.

"훗! 솔직히 밝히자면, 내 보모는 교도관이야. 집은 감옥이고. 그래서 이 집이 내겐 소중하지."

여전히 방 밖으로 나가지 못했다. 칩거라는 것이 그랬다. 처음에는 못 견디게 세상을 그리워하다가도 어느 순간 은둔에 익숙해져 버린다.

성준의 모친을 만난 뒤부터 한동안 자신의 입 속 세균을 혐오해 마스크를 고집했는데, 아직도 여전히 마스크를 벗지 않았다. 이쪽은 한껏 표정을 감춘 상태로 상대의 표정을 가늠하고 싶다는 욕심은 그때부터 시작되었다.

예년에 비해 따뜻하다는 겨울이 정희에게는 유난히 추웠다. 몸살을 앓았을 적 결핵에 더해 감기약까지 삼켜야 하는 고역을 치른 뒤부터 부쩍 감기를 겁내게 되었다. 사람을 사귀는 일에는 더욱 겁을 냈다. 마트에서 얼굴을 익힌 이웃들을 만나면 일단은 고슴도치가 되었다. 그렇게 사람을 그리워하면서도 막상 가까이 오면 경계했다.

사표를 던진 일을 종종 후회했고, 성준의 모친이 떠오를 때마다 소름이 돋았다. 그녀는 세상의 결핵 환자 전체를 기만한 꼴이다.

시간도, 전화기도 암울한 현실을 해결해 주지 않는다는 사실을 인정한 뒤로 도서관에서 마구잡이로 책을 빌렸다. 린드그렌이 부모의 아름다운 사랑을 소설로 엮은 '사무엘과 한나의 사랑'도 그때 읽었다. 책을 읽으면서 정희의 부모도 그렇게 아름다운 사랑을 나누며 자식들을 사랑했다는 사실을 기억해 냈다.

잔인하도록 차갑기만 한 엄마의 현재 모습으로 서러울 때면, 엄마, 경자 씨의 다른 모습을 기록해 나갔다. 끔찍하고 억울한 일을 당해서일까? 이전에는 미처 헤아리지 못했던 엄마의 아픔까지 보듬게 되었다. 하지만 공책에 적을 때면 이상하게도 항상 아름다운 이야기만 떠올랐다. 나중에는 경자 씨의 어두운 이야기 자체를 망각해 버리고 말았다. '창피하냐?' 그 한마디를 듣기 전까지는.

정희는 찻물을 끓여 유자차를 한 잔 더 탔다. 희붐히 하루가 열리고 있었다. 경자 씨 이야기를 쓰고, 또 성준과의 일을 새김질하느라 꼬박 밤을 새웠지만 여느 때보다 머리는 맑고 몸도 가벼웠다. 마침내 엄마의 나머지 반쪽 삶을 찾아낸 탓이리라.

뜨거운 찻잔을 들고 준수의 방문 앞으로 섰다. 손잡이를 잡고 망설이다가 천천히 문을 열었다.

❋ ❋ ❋

민우는 휴대폰 소리에 눈을 떴다. 햇살이 커튼 사이를 비집고 들어오고 있는 정오 무렵이었다. 은주였기에 잠긴 목소리를 애써 감추지는 않았다.

"응, 은주야."

— 어째 자다 일어난 목소리네.

"정답. 충분히 잤어."

— 이쪽 온 김에 오빠 보고 가려고. 밥 같이 먹자. 아침인지 점심인지는 따지지 말고.

근처까지 왔다고 하니 민우는 졸린 눈을 비비며 벌떡 일어나 그녀가 와 있다는 식당을 머릿속에 저장했다. 거실로 나오니 저쪽에서 형수가 음식을 만들고 있었다.

"아침에야 주무시는 것 같던데 벌써 일어나셨네. 식사는 좀 있다 하셔도 되죠?"

"저, 점심 약속 있어요."

갸웃하는 형수를 뒤로하고 욕실로 들어가 대충 씻고 집을 나섰다.

처음 와 본 식당이다. 양식은 취향이 아닌데도 본의 아니게 질리도록 자주 먹었었다. 식당에 대해선 은주가 정했기에 토를 달지 않고 들어갔다.

"오빠 왠지 이런 음식이 더 익숙할 것 같아서."

"잘했어."

민우는 언뜻 화려해 보이는, 그러나 유럽풍을 흉내 냈기에 아무리 잘해도 아류밖에 못 되는 실내를 휘둘러본 뒤 사대주의 냄새가 물씬 풍기는 설명이 곁들인 메뉴를 손가락으로 짚었다.

"어머, 오빠. 볼로냐 스타일이 취향인가 보구나. 난 뚱보 되기 싫어서 기피 중인데. 왜 있잖아. 음식 맛이 좋아서 그쪽 사람들은 죄 살이 찐다고 해서 그 동네 사람을 숫제 '라 그라싸' 라고 부르잖아."

그저 건성으로 메뉴 하나를 가리킨 반응 치고는 과하다. 민우 자신이 아기자기한 유희를 과소평가한 건지, 은주 홀로 교양이 늘어난 건지 가늠이 안 됐다.

주문을 하고 비로소 그녀를 자세히 바라보았다. 공항에서 재회할 때 그랬던 것처럼 다시금 얼굴과 몸통과 골반, 그리고 팔다리로 분리되었다가 재결합된 모델링을 대하는 것 같다. 사실 그녀는 예쁘다. 더욱이 부자다. 그녀와 친하게 지냈던 두 가지 조건을 여전히 충족시켜 주고 있었다. 그녀가 이 가게 인테리어의 일부처럼 썩 자연스럽게 동화되었다는 바를 느끼는 순간 자신의 이질적인 모양새가 느껴졌다. 은주도 그 점을 발견했나 보다. 깨끗한 옷을 고르긴 했어도 작업복의 일부였던 차림새를 눈여겨보며 그녀가 말한다.

"아직도 유품 정린가 그거 해?"

"아직은."

"의외다. 내 머리론 이해가 안 돼."

"치기 같니?"

"뭐, 안 어울리긴 해. 오빠 원래 루저들 세계 질색했잖아."

"루저?"

민우가 싱겁게 웃으며 되묻자, 그녀가 움찔하며 입을 막는다.

"어머, 오해하지 마. 오빠네 형을 두고 하는 말 아냐."

"사실인걸. 한때 내가 그랬었지."

"그랬었지? 지금은 아니라는 말?"

"음, 정체성의 혼돈 시기 정도로 매듭짓자. 넌 요즘 어때?"

"작업실 겸 숍 일은 계속 가져가고 한 군데 출강 노크 중이야. 참, 오빠 출강 생각 있어? 아빠가 공대에 자리 하나 만들어 줄 수 도 있을 것 같거든. 오빠라면 무조건 환영받을 거야."

이런 제의를 얼마나 듣기를 원했던가. 그래서 서로가 이성으로 발전할 기미가 보이지 않는데도 그녀를 멀리하지 않았다. 그런데 이상한 일이다. 막상 바라던 말을 듣게 되니 허탈하다.

"네 마음만 고맙게 받을게."

"오빠 맘이 그렇다면야."

그녀는 쿨하게 대꾸했다. 그러고는 바로 말을 이었다.

"근데 유품 정리 일보다 출강이 더 매력 없어?"

"솔직히 그래."

"쇼킹하네. 근데 한편으론 그런 대답이 묘하게 어울려. 오빠 많 이 변했거든. 본인은 알아?"

민우는 어깨만 으쓱 들어 올렸다.

"노파심에 하는 말인데, 나한테 부담 갖진 마. 그러니까, 으음. 남자 장민우가 아닌 오빠는 계속 가까이 두고 싶어."

민우는 대답 대신 쓴웃음만 지었다. 순수하게 오빠로 남는다는 일이 쉽지 않다는 것을 그녀도 모르진 않을 것이다. 잠시 서로가 포크만 놀렸다. 은주가 보더니 빙그레 웃는다.

"이상해. 몸은 루즈해 보이고 졸린 눈인데도 왠지 생기가 있어 보여. 주말엔 뭐 했어?"

"뭐랄까. 힐링?"

"힐링?"

"응. 트레인 힐링."

"혼자?"

은주는 활짝 웃으며 귀를 쫑긋 세웠다. 예전에는 안 그랬던 그녀가 지금은 성형한 얼굴을 가지고 계산된, 연출된 표정을 구사한다. 이런 이면까지 보이는 직업병이 축복인지 저주인지 모르겠다. 민우는 곧 감상에 빠져들면서 입을 열었다.

"새하고 같이 갔어. 기차에 갇힌 굴뚝새. 다시 세상 밖으로 나가도록 돕고 싶은 굴뚝새 말야."

아쉽게도 자신의 동행은 시한부라는, 그런 나머지 말은 삼켰다. 갸웃하던 은주가 불퉁거렸다.

"확실히 변했어. 모호한 말도 오빠 취향은 아니었거든."

식사를 마친 뒤 그녀는 핸드백을 열었다.

"밥은 내가 살 테니 부탁 하나만 들어줘."

민우에게 명함 한 장을 건네주었다. 남자 이름이 금박으로 박혀 있었다.

"치기공사 친구야. 3D프린터 연구원인데 찾아오면 잠깐 어드바이스 좀 해 줘."

예전부터 은주와 민우가 속한 무리에선 서로의 특기를 빌리는 일이 흉이 아니었기에 민우는 흔쾌히 응했다. 귀찮긴 해도 그녀가 또 밥을 함께 먹자는 제의보다는 덜 부담스럽게 와 닿았다.

"은주의 친구라면 나보다 젊은 남자?"

"거기다 미남이야. 오빠처럼 고리타분하지 않아서 손도 잡아 줄 줄 알고, 초콜릿도 받아 줄 줄 알아."

그녀는 쾌하게 말하며 자동차 키를 들고 일어났다. 그때 민우의 휴대폰이 울었다. 곧장 통화 버튼을 눌러 전화를 받았다.

"네? 오늘 말입니까?"

바짝 긴장해 있는 민우의 목소리에 앞서 걷던 은주가 갸웃하며 돌아보았다.

※ ※ ※

"어, 민우야! 무슨 일 있냐?"

일부러 집에 들러 늦은 점심을 먹던 정우가 화들짝 놀라 일어났다. 노상 스스로 만든 일상의 시간표에 따라 규칙적으로 움직이던 민우가 허둥지둥 뛰어들었기 때문이다.

"옷 다시 안 맡겼죠?"

정우의 아내, 주연에게 묻고는 대답도 기다리지 않고 곧바로 방으로 들어갔다. 주연이 몸이 많이 무거운지 뒤뚱거리며 안방을 다녀왔다. 손에는 정우의 넥타이 하나가 들려 있었다.

"옷을 찾는 걸 보니 급히 나갈 일이 있나 봐."

주연이 부른 배를 어르며 느긋하게 대답했다. 그러고는 명탐정 코난을 흉내 냈다.

"점심 약속은 작업복이고, 이번엔 정장이라…… 왠지 좋은 일인 것 같은데?"

민우가 겉옷을 팔에 꿰며 나오자 주연이 미리 준비된 표정을 지으며 얼굴을 찌푸렸다.

"에이, 도련님. 와이셔츠가 바뀌었으니 넥타이도 달라야죠."

그러고는 미리 준비한 타이를 건네주었다. 정우가 민우의 옷깃을 잡았다.

"야, 어디 가는데 그래."

"어디긴. 회사 가야지."

"아, 그래, 그렇지. 뭐 필요한 거 없냐?"

민우는 손사래를 치고는 구두를 신었다. 나가다 말고 돌아보고는 집게손가락을 세운다.

"필요는 없고, 바라는 건 하나 있어. 동생 잘 키운 형아, 어깨 좀 펴. 누가 보면 형수님한테 잡혀 사는 줄 알겠다."

싱긋 웃고는 재빨리 나갔다. 정우는 어처구니없다는 표정을 짓다가 주연을 향해 너털웃음을 흘렸다.

"방금 걔 장민우 맞아?"

"아, 내가 말했잖아. 울 도련님도 한 유머 한다고."

"그나저나 변하긴 변했어. 회사 출근만 봐도 너무 이상해. 계획도 없이 대낮에 갑자기 시작할 녀석이 아니거든. 게다가 어젯밤엔

안 듣던 노래를 여러 번 듣지를 않나."

"참! 자기, 어제 도련님 눈빛 봤어요?"

"글쎄."

"뭔가 달라진 것 같지 않아? 가령 힐링하고 온 사람 같은."

"당신 말 듣고 보니 그런 것 같기도 하고."

두 사람은 나란히 모로 고개를 기울였다. 문득 생각난 양 주연이 물었다.

"도련님이 무슨 노랠 들었는데?"

"응. 걔가 원래 공부할 땐 클래식만 들었어. 헌데 가요를 듣더라고."

"그니까 뭔데."

" '알고 싶어요?' "

"으응. 말해 줘."

"아니, 노래 제목이야. 이선희의 '알고 싶어요'. 후후, 장민우가 듣기엔 엄청 안 어울리는 노래지?"

잠시 생각을 어루더듬던 주연이 풋, 웃음을 터뜨렸다.

"그, 그렇긴 하네, 큭!"

※ ※ ※

회사로 향하는 도중 민우는 부하 직원에게 이것저것 준비를 시켰다. 한신시스템 본사 건물 옆으로 지어진 신축 건물 어귀로 들어서자, 미팅 때 얼굴을 익힌 보안 직원이 달려 나와 문을 열어 주었다.

"지금 지문 인식 등록을 하시겠습니까?"

앞으로 본부장실 출입을 위해 거쳐야 할 과정이다.

"이따가 할게요."

민우는 한달음에 3층 본부장실로 들어갔다. 아직은 빈 의자가 많았다.

"어서 오십시오, 본부장님."

모델러와 조형사 팀의 목소리를 수집하는 한편 본부장과 실무자 간의 교감을 돕는 김 과장이 정중히 민우를 맞이했다. 서른둘이라는 나이가 믿기지 않을 만큼 그녀는 동안이었고, 또 그 나이답지 않게 다양한 연령대의 직원들을 요리할 줄 안다고 한 사장이 귀띔해 준 적이 있다.

"그렇잖아도 저희들은 오늘부로 실무에 들어갈 준비를 마칩니다. 직원들 소집할까요?"

"아뇨. 이따가. 그보다 내 책상 정리됐나요?"

"네, 직접 보시죠."

그녀가 자신의 자리 뒤편 공간의 문을 열어 주었다. 설계 도구며 전자 기기는 일전에 점검했었다. 어차피 그것들은 상관없었다. 널찍한 책상은 민우가 지시한 대로 한창 작업 중인 모양새를 갖추었다. 갓 꽃을 꽂은 성싶은 화병 앞에서 주춤했다.

"꽃은 본부장님의 정식 출근을 축하하는 제 작은 성의입니다."

"고맙긴 한데 오늘은 없는 게 낫겠어요."

민우는 그녀의 당황하는 모습에 개의치 않고 화병을 안겨 주었다. 들고 온 가방에서 산업용 로봇의 모션 캡처며 입체 설계도 따위를 책상에 흐트려 놓고서 비로소 긴 숨을 토하고는 휴대폰을 꺼냈다. 민우는 통화 버튼을 누르기 전에 김 과장을 바라보았다.

"첫날부터 내 작업실로 외부 사람을 들여도 되나요?"

"물론입니다."

"보안 규칙에 위반되는 건 아니겠죠?"

"본부장님 작업실 출입자는 본부장님만이 결정하실 수 있습니다."

"물론 책임도 내 몫이겠지. 확실치는 않지만 행여 손님이 온다면 잘 부탁해요."

"잘 모시겠습니다."

"고마워요, 이제 그만 나가 보세요."

"참, 천안 공장에서 에러 잡아 주신 거 감사하다고 말씀 전해 왔습니다."

그녀는 민우의 능력을 확인한 바가 뿌듯하다는 양 함박웃음을 보여 준 뒤 화병을 안고 나갔다. 말이 본부장실이지 민우의 작업실이다. 그리고 직함은 선임 연구원이 더 어울린다. 한 사장이 과하게 직함을 포장했을 뿐이다. 하지만 기능성 침대며 세면실까지 갖춘 내부는 지나치게 넓고 화려했다. 이미 레이저 스캐닝 시스템과 설계 프로그램도 완비되었기에 작업도 수월했다.

간밤에도 여기서 작업을 할까 하다가 형의 한쪽 다리로 얻어 낸 공간이라는 기분을 털어 내지 못해 불편을 감내하며 집을 고집했다. 하지만 지금은 어쩔 수 없이 이곳이 필요하다. 새김질해 보니 허술한 구석이 없지 않은 연극이었다. 불신을 살 만도 했다. 민우는 통화 버튼을 눌렀다.

"외근 나갔다가 방금 복귀했습니다. 지금 어디십니까?"

그녀는 정말로 회사 근처까지 찾아와 있었다.

찻집으로 들어서자 어두침침한 구석 자리에 앉아 있는 그녀가 보였다. 왜 당당하게 밝고 가장 좋아 보이는 자리에 앉지 않은 건지. 벌써부터 마음이 안 좋았다. 민우를 발견한 경자 씨가 엉덩이를 살짝 들었다가 놓았다. 머리는 단정하게 뒤로 묶었고, 어두운 빛깔의 차림새도 단정했다. 눈동자엔 여전히 도발적인 기운이 서렸지만 장항에서 볼 때보다는 한결 순해 보였다. 새삼 경자 씨의 얼굴이 전혀 불편하지 않았다. 찻집의 은은한 조명이며 술친구로 함께했던 게 이유의 다는 아닌 것 같다. 스프링노트에서 훔쳐본 그녀의 또 다른 삶이 뇌에 각인되어 보이지 않던 미덕을 보이게 만들었는지도 모르겠다.

"오래 기다리셨습니까?"

"놀라게 해서 미안하네요."

그녀는 차를 주문하자마자 용건을 꺼냈다.

"어제 경황이 없어 깜박 빈손으로 보냈네요. 정희 할머니가 하도 성화여서 이리……."

경자 씨는 반질반질 윤이 나는 밤색 선물 포장지로 싼 사각형 상자를 내밀었다.

"마침 서울에 볼일도 있고 해서 온 김에 생선 말린 것 좀 가져온 거유."

꼭 만날 일이 있어 회사 쪽으로 오겠다는 이유가 이 상자 때문은 아니리라. 과연 여전히 투박한 말씨인데도 살짝 떨림을 담고 있었다. 경자 씨는 거짓말에 서툴다. 그리고 호되게 당한 일이 있었는지 사람을 잘 믿지 못한다. 이런 추측을 굴리다가 상자를 쓸어 보

았다. 안쪽으로 아이스박스가 느껴졌지만 겉으론 전혀 생선 같지
않고 몇 겹으로 꼼꼼히 포장했는지 냄새도 거의 없었다.

"제가 역으로 나가는 게 순린데요."

"한가한 사람이 바쁜 사람한테 오는 게 순리죠."

할머니는 동행하지 않는다고 했다. 외삼촌이 대신 돌본다고 통화
중에 밝혔다. 민우는 문득 기차 시간을 가늠해 보았다. 머릿속으로
이미 저장해 둔 상태다.

"어머님, 식사 안 하셨죠?"

"무슨. 했슈. 지금이 몇 신데."

오후 2시 30분. 경자 씨는 11시 전에 기차를 탔고, 어쩐지 외식
은 안 하지 싶었다.

"제가 외근하느라 점심을 걸러서 그런데 식당으로 자릴 옮기면
안 될까요?"

민우가 손으로 배를 눌렀다. 쑥 들어간 배를 바라본 경자 씨는
고개를 주억거렸다. 정희에게 미리 경자 씨 식성을 물어볼 걸 그랬
다. 하지만 오늘은 알릴 수 없었다. 정희에게는 알리지 말라고 경
자 씨가 통화 중에 이미 부탁했다. 그리고 정희는 지금 한창 근무
중이었기에 이 자리에 합류하지 못해야 했다.

여하튼 일부러 한낮에 회사 근처로 찾아왔다면 목적은 뻔했다.
경자 씨도 핑계가 허술하다는 점은 익히 알고 있으리라. 아무튼 직
접적으로 직장을 확인하지 않고 이렇듯 에둘러 탐색하는 것이 서로
에게 편하지 싶다. 경자 씨는 무언가 못마땅한 표정으로 나란히 걸
었다. 그것이 화난 표정이 아님을 민우는 이미 익혔다.

민우는 해물 메뉴를 피해 곰탕집으로 들어갔다. 한 사장과 두

어 번 왔던 탓인지 종업원들이 쉬는 시간에 왔는데도 환대를 받았다.

"꼬리곰탕 둘 주세요."

"어째 두 걜……."

"어떻게 어른 앞에서 혼자 먹습니까. 대작할 때처럼 같이 드셔 주십시오."

음식이 나오자 민우가 그녀 몫의 수저와 젓가락을 챙겨 주었다. 경자 씨는 묵묵히 지켜만 보았다.

"참, 술 하시겠습니까?"

경자 씨는 찌푸리며 손사래를 쳤다.

"할머니도 그러시고, 어머님도 꼬리곰탕을 좋아하신다죠?"

"정희가 그게 만만하니 자꾸 보내서 자주 먹긴 해요."

경자 씨가 웃음을 흘리며 말을 이었다.

"직원이 친절해서 믿을 수 있다며 한 집만 간다나 뭐라나. 이번에 댁이 사 왔단 것도 그 집 포장이었잖소."

뜨끔해서 민우는 입을 다물었다. 왜 따로 선물을 챙길 생각을 못했을까. 하긴. 이익이 되는 일이 아니면 선물을 해 본 적이 없었으니.

아침밥을 먹은 직후에 바로 잤고, 일어나자마자 또 밥을 먹은 탓에 두어 숟가락에 벌써 배가 부르다. 어느새 수저를 들고 보조를 맞춰 주는 경자 씨를 바라보며 간신히 그릇을 비웠다.

"아까 차를 마시다 말았는데, 저희 회사로 들어가서 차 한잔하고 가시죠."

"그래도 되려나."

혹시나 했는데 정말로 경자 씨는 따라왔다. 사윗감이 퍽이나 의심스러웠나 보다. 하긴. 젊은 나이에 과하게 포장된 명함이었다. 민우는 이 모든 일을 당신 딸의 미래에 기어이 훈수 두고 싶다는 경자 씨의 의지로 해석했다. 이런 경자 씨를 속이는 일이 참으로 괴롭다. 하지만 기왕 시작한 일이라면 완벽하게 완주해야 한다. 그는 늘 그렇게 살아왔다. 회사로 들어서자 보안 직원이 나와서 꾸벅 고개를 숙였다. 그런 직원을 경자 씨가 매섭게 쳐다본다. 저쪽이 움찔할 정도로.

"큰 회산가 보네. 됐어요. 일 봐요."

"어, 어머님."

휙 몸을 돌리는 경자 씨를 붙들었다.

"차 드시고 가셔야죠."

"기차 시간을 깜박했소."

"이대로 가시면 제가 섭섭하죠. 참, 마침 저도 천안 공장에 가야 하는데, 차 드시고 같이 가세요. 제가 모셔다드릴게요."

"쓸데없는 소릴!"

"전 그러고 싶은데."

"피곤해 보여. 그럴 시간 있으면 쉬거나 해."

"일단 들어가세요."

"얼른 들어가기나 하라니까!"

경자 씨가 성을 내며 거칠게 손을 뿌리쳤다.

뒤도 안 돌아보고 종종걸음 치는 키 작은 여자를 민우는 물끄러미 바라보았다. 왜 엄마는 서울까지 와서 딸도 만나지 않고 가야 할까. 정희의 수척한 얼굴이 어른거린다. 장항에 도착한 뒤로 한결 어깨를 펴고는 속내를 드러냈던 모습이며 가족 앞에서 천진하게 행동하던 모습들이 홀로 움츠린 모습과 겹쳐진다. 그리고 지금 경자 씨의 뒷모습과 어제 전철역에 보았던 정희의 뒷모습이 겹쳐진다. 민우는 탄식을 삼켰다. 왜 하필 그런 모습이 닮았을까? 경자 씨의 뒷모습이 군중 속으로 숨었다. 비로소 그녀가 남긴 말을 새김질해 보았다.

"피곤해 보여."

경자 씨가 건넨 말이었기에 피식 웃음이 나온다. 이어서 말꼬리에 주목했다. 어느 순간 민우에게 말을 놓았다. 우리 경자 씨는.
좋은 일인지 나쁜 일인지 선뜻 가늠이 안 되어 웃지도 울지도 못하겠다.
라운지 안쪽으로 김 과장이 양손을 가지런히 앞에 모으고 이쪽을 바라보고 서 있었다. 민우가 문을 밀고 들어서자 그녀가 살짝 허리를 굽혔다가 펴고는 묻는다.
"손님은 안 오십니까?"
"그냥 가시네요. 혹 나중에 뵙게 되면 정중히 모셔요."
"네, 본부장님. 실례지만 누구……."
"우리 경자 씨…… 우리 어머님입니다."
단지 어머님이란 한마디를 입에 올렸을 뿐인데 왜 이리 울컥 치미는지 모르겠다. 그리고 보니……. 제길, 오늘도 역할 놀이에 푹 빠져 버렸다. 김 과장의 시선이 느껴진다. 약하게 보이면 당한다는 습관적인 경고 시스템이 퍼뜩 표정 관리를 해 준다.

"전체 미팅은 다섯 시로 잡아요."

사뭇 사무적으로 내뱉고 앞서 걸었다. 작업실 안의 냉장고에 생선 상자를 넣어 둔 후 골똘히 생각에 잠겼다. 역할 놀이의 강약 조절이 필요하다. 당장에 말이다. 후유증의 변수도 입체적인 각도로 계산해야 했다. 한순간 민우는 벌떡 일어나 문을 열었다.

"김 과장님, 반도체 검사 장비 관련 업체 자료 구할 수 있나요?"

"네, 어렵지 않습니다."

"수원! 수원에 본사나 공장을 가진 쪽으로 데이터를 축약하되 오너 부자가 같이 참여하는 곳이 보이면 세부 자료까지 부탁해요."

사적인 용도라 '진짜'의 이름까진 들먹이지 않았다.

"알겠습니다. 더 필요한 건 없으십니까?"

됐다고 들어 올리던 손바닥을 배에 붙여 쓸어 댔다.

"혹시 사내 의료함에 소화제도 있나요?"

5호 차

　서울로 올라와서 준수의 가장 중요한 보호자로 승급된 나는 한
껏 권위를 휘둘러 댔다. 요컨대 반찬 투정을 하면 휙 상을 치우며
녀석의 약점을 공략했다.

　"그냥 굶어! 하지만 끼니를 거르거나 골고루 섭취 안 하면 절대
로 키가 안 큰다는 걸 잊지 마."

　그래도 준수가 주춤하면 나는 결정타를 날렸다.

　"영양 결핍은 피부와 얼굴뼈까지 엉망으로 만든다구. 누나가 사
준 로션으론 커버 안 돼. 봐, 난 영양 섭취를 잘해서 이렇게 피부
좋잖아."

　마침내 준수는 전향한 얼굴로 누나를 본다.

　"뭘 먹어야 하는데?"

　나는 그날로 '십 대가 꼭 먹어야 할 음식'을 타이틀로 한 글을
냉장고에 붙였다. 음식의 질은 중요하지 않았다. 내가 만만하게 해

결할 수 있는 음식이면 되었다.

"장항김치, 도시락김, 멸치볶음, 참치통조림, 3분카레……."

갸웃하며 음식 이름을 읊는 준수에게, 나는 엄마가 김치를 담그며 포함시킨 유산균에 관해, 바다의 영양분을 응축한 김과 참치에 관해, 그리고 카레의 강황 성분에 관해 주저리주저리 정보를 풀어 놓았다. 특히 엄마가 싸 온 반찬 중 가장 인기가 없었던 멸치의 칼슘을 설명할 때는 인터넷 쇼핑몰까지 클릭하는 열정을 발휘했다.

"여기 박스를 잘 봐. '칼슘의 왕'이라고 적혔지?"

낯선 대도시의 익명성에 들떠 있던 준수는 미심쩍어하면서도 결국 누나의 권위를 인정해 주었다.

방학이면 우리는 주로 서천의 외할머니 집에 머물렀다. 준수 앞에서 손님처럼 구는 엄마의 행동거지가 불편해 이따금 나는 엄마에게 핀잔을 던졌다.

"죄지었어? 어깨 좀 펴."

대답 대신 휙 쳐다보는 엄마의 눈동자가 어쩐지 공격적으로 와닿았다.

준수는 새로운 친구들을 사귀고 더 이상 누나가 없어도 어울릴 사람이 존재한다는 바를 익힌 후로는 제법 자기 목소리를 냈다. 녀석은 복잡한 모형 조립에 푹 빠져들었고, 피규어를 수집하기 시작했다. 공부는 별로였어도 손재주가 좋아 자전거 수리도 척척 해냈다. 물론 어릴 적 누나가 주동이 된 시장놀이며 오목 놀이는 추억의 창고로 소환한 지 오래였다. 중학생이 된 후론 단백질 섭취에

열을 올리더니 바라던 대로 부쩍 키도 자라 평균 신장을 획득하는데 성공했다. 그리고 그때부터 움츠린 어깨를 폈다. 친구들을 데리고 와서 방에서 놀고 라면을 끓여 먹기도 했다.

준수의 외출이 잦아졌다. 남매에게 각각 휴대폰이 생긴 직후였다.

[어디? 빨리 안 옴 저녁 없당.]

문자를 날리면 준수는 친구 집에서 저녁을 먹고 간다는 둥의 답을 즉시 보냈다. 하지만 시간이 지나면서 답장이 느슨해졌고, 휴일에는 친구들과 함께 전철을 타고 멀리까지 놀러가기도 했다. 특히 엄마가 올라오는 날이면 귀신같이 날을 맞춰 집을 비웠다. 부쩍 말수가 줄어든 엄마는 드러내지 않았지만 준수를 못 보고 내려가면 몹시 실망하는 성싶었다.

"어딜 쏘다니는지 정돈 누나가 알고 있어야 하지 않냐."

그렇게 내게 화살을 돌린 적도 있었다. 하지만 나는 어느덧 대한민국의 고3 신분이었기에 준수의 행적을 추적해 볼 여유는 갖지 못했다.

일찍부터 건강이 안 좋았던 성주의 할아버지를 남기고 할머니가 먼저 돌아가셨다. 장례식을 마친 뒤 할아버지는 엄마와 오래도록 이야기를 나누었다. 그날부터였다. 엄마가 나를 보는 눈동자에 낯선 원망이 걸린 것은.

할머니의 49제가 끝나고 며칠이 지나서 할아버지가 돌아가셨다. 일상적인 잠이 든 것처럼 편안한 죽음이었다고 한다.

장항의 집 옆으론 널찍한 밭이 있었다. 그것을 어느덧 공장 사장이 된 아빠가 사들여 엄마에게 선물했다. 정확히 말하자면 할아버지의 선물이었다. 할아버지는 마지막 순간까지 엄마를 고맙고 미안한 며느리로 품고 있었다. 기존의 집은 지붕을 새로 얹었고, 사들인 땅으론 담벼락을 이어 쌓았다. 그 집에서 외할머니가 돌아와 텃밭을 가꾸며 엄마와 함께 산다고 했다.

우리에겐 달가운 소식은 아니었다. 서천의 둥지가 사라졌기 때문이다. 하지만 심각한 비보는 아니었다. 어차피 머리가 큰 우리는 시골에서 굳이 방학을 보낼 생각이 없었다. 외할머니 성화에 마지못해 내려가도 우리는 장항보다는 군산의 이모할머니 집이나 외삼촌 집에서 시간을 때웠다.

엄마는 서울에 올 때마다 택시를 타고 오라는 내 말을 무시하고 기어이 전철역에서 내려 무거운 짐을 들고 왔다.

어느 날, 도서관에서 공부를 하다가 점심을 먹으러 집으로 돌아가는 길에 엄마의 뒷모습을 발견했다. 나는 보따리 하나를 낚아챘다.

"택시 타라니깐. 엄마 점점 내 말 안 듣더라. 근데 내일 온다는 거 아녔어?"

"준수는 집에 있나?"

되묻는 표정이 무언가 심상치 않았다. 준수를 꼭 만날 일이 있어서 깜짝 방문을 한 듯싶었다. 아파트 단지 안으로 접어들 때 저쪽에서 준수가 친구들과 함께 걸어 나오고 있었다. 엄마를 발견한 준수는 기겁하며 친구들 눈치를 살피더니, 이내 고개를 푹 숙이고 바삐 지나치려고 했다.

"야, 양준수!"

"내가 어깨를 잡았다.

"쫌!"

꽥 소리를 지르며 나를 뿌리쳤다. 엄마는 멍하니 서 있기만 한다. 준수는 한 번도 돌아보지 않았다. 동행한 친구들만 이쪽을 힐 긋 돌아볼 뿐.

집 안으로 들어와 찬장만 쳐다보던 엄마가 불쑥 물었다.

"넌 알고 있었냐?"

"뭘?"

"준수가 인천 들락거린 거."

"설마! 근데 누가 그래?"

"몰랐구나. 하기야. 넌 항상 너 하나만 챙기면 되었지."

냉소적인 말씨는 전에 없이 지독한 혐오를 품고 있었다.

"이놈의 자식! 이따 준수 오면 내가 자세히 알아볼 테니 일단 진 정해."

"다 똑같아. 너도 똑같은 년이고."

처음 듣는 '년'이라는 말에 나는 오싹 소름이 돋았다.

"엄마?"

"정말 개 같은 세상이다."

분명히 엄마의 입에서 새 나온 말이었다. 나는 입만 크게 벌린 채 할 말을 잊었다. 혹시나 하고 코를 킁킁거려 봤으나 술 냄새는 나지 않았다.

나는 엄마의 보호자 노릇을 포기하기 싫어서 몇 마디 설교를 늘 어놓았지만 이날은 씨알도 안 먹혔다. 엄마는 마치 잠깐 슈퍼에 가는 사람처럼 나갔다가 그길로 떠났다.

준수는 좀처럼 돌아오지 않았고, 나는 대한민국 고3 신분을 헤아려 주지 못한 가족들의 처사를 원망하면서 시계와 학습지를 교대로 바라보았다. 도저히 그냥 앉아 있을 수 없어서 아빠에게 전화를 걸었다.

"준수 거기 있어요?"

아빠는 선뜻 대답하지 않았다.

"빨리 보내요! 다신 오지 말라고 하고."

— 정희야.

한참 후에야 입을 연 아빠는 담담히 말을 이었다.

— 준수도 이젠 아이가 아니다. 본인 뜻을 존중해 줘라.

"진짜 뻔뻔하다. 사람도 아니야, 아빠."

— 안다, 알아. 헌데 정희야, 준수는 어른 곁에 있는 게 낫겠더라. 방금 엄마도 그게 낫겠다고 전화 왔더라.

"거짓말!"

— 일전에 아빠가 넌지시 준수 일로 물어본 적이 있었는데, 방금 답을 준 거다.

"아녜요! 엄만 준수 없인 못 산다고요. 눈치를 보느라 말을 안 붙여서 그렇지 얼마나 아낀다고요."

— 안다. 엄만 정말로 준수를 아끼니까 이리 보내는 거다. 아파도 보내는 거다. 준수가 모나지 않게 중심만 잡을 수 있다면 엄마는 다 감수하겠단다.

"혹시 거기 아줌마가 예뻐서 준수가 넘어간 건 아녜요?"

어느덧 내 얼굴은 눈물, 콧물 범벅이 되었다.

"맞아요?"

— 그 여잔 준수하고 잘 지낸다. 어른과 아이로.

"내가 보살피고 있잖아요. 지금까지 잘해 왔잖아요!"

— 하지만 어쩌겠냐. 준수 본인이 어른 곁에 있고 싶어 하고, 또 그래야 하는데.

"나도 어른이에요. 도덕적으로 따지자면 적어도 아빠보단 훌륭한 어른이에요!"

나의 항변은 별 위력을 발휘하지 못했고, 결국 일단은 지금 준수를 집으로 보내라는 말로 통화를 갈무리했다. 서러운 파도가 가슴을 휩쓸고 지나가자 조금만 신경을 썼으면 미리 알 수 있었다는 자책이 찾아들었다. 며칠 전만 해도 그랬다. 준수는 거울 앞에서 손뼉을 쳤다.

"아싸! 아빠 얼굴이 보인다. 이대로만 가면 늙어도 멋지겠다."

최근 들어 준수가 유독 '아빠'를 빈번히 입에 올렸는데, 그 어감에 묻은 친근감을 분석해 볼 시도는 하지 않은 채 시험지만 분석했다. 문득 준수의 장항 생활이 떠올랐다. 아빠가 찾아왔을 때, 준수는 정희의 눈치를 보면서도 기어이 아빠를 따라 외출했다. 당시 준수에 대한 나의 권력으로 봤을 때 녀석에게는 대범한 결정이었다. 그만큼 아빠와의 시간을 소중히 여겼던 것이다. 가끔 찾아오는 아빠는 잔소리를 할 필요가 없었다. 도시로 녀석을 데리고 가서 아낌없이 돈을 쓰면서 하루를 함께해 주면 되었다. 녀석은 또 하나의 인생 같던 그 하루가 매일이기를 그때부터 꿈꾸었는지도 모른다.

아쉬움이 밀려든다. 그때 좀 더 준수한테 양보하면서 잘 놀아 줄
걸 그랬다. 녀석이 갖고 싶었던 정교한 장난감도 비상금을 털어서
아빠보다 먼저 사 줄 걸 그랬다. 자전거 또한 아빠가 사 주기 전에
엄마가 미리 사 주도록 바람을 넣을 걸 그랬다. 굳이 아빠를 따라
나서지 않아도 아쉽지 않게 말이다.

이어서 아빠가 원망스럽다. 아니, 엄마의 대응이 못내 아쉽다.
차라리 과감하게 인연을 정리해 버렸다면 준수가 그렇게 아빠와 단
둘이 시간을 가질 기회도 드물었을 것이다. 이런저런 아쉬움을 곱
씹으며 나는 초조하게 준수를 기다렸다.

저녁 늦게 돌아온 준수는 누나의 험악한 표정에 전혀 기가 죽지
않았다.

"니가 뭔데 오라 가라 지랄이야!"

준수가 내뱉은 말이었다. 철옹성 같던 누나의 권위는 한순간에
산산조각 났다. 나는 어금니를 사리물고 정신을 차린 뒤 줄곧 그랬
던 것처럼 우리가 아빠를 미워해야 할 이유를 나열했다. 준수는 마
치 사이비종교에서 탈출해 비로소 진실을 발견한 신도처럼 비아냥
거렸다.

"아빠가 뭐가 어째서! 누나보다 내가 더 잘 안다. 사장님이어도
우리처럼 조그만 집에서 살아. 우리한테 돈 부쳐 주고 살잖아."

나는 준수의 눈동자에서 타오르는 불꽃으로 곧 주눅이 들었다.
이제야 알았다. 준수가 마냥 아이가 아니라는 것을. 그리고 준수는
누나에게 배운 덕분인지 결정타를 날릴 줄도 알았다.

"누나 땜에 아빠가 엄마한테 안 돌아간 거잖아."

"억지 부리지 마, 인마."

"할아버지한테 다 들었다고! 대천시장에서 아빨 만났었잖아!"

"그게 무슨 상관인데."

"아빤 그때 우리 때문에 돌아올까 말까 고민하고 있었어. 근데 누나가 모른 척하니까 포기한 거야. 아, 쓰발. 아빠가 집으로 왔으면 동네 사람들도 찍소리 못 했을 텐데."

준수가 더위 먹어 헛소리를 지껄인다고 여겼다. 준수가 제 방으로 들어간 후 나는 한참을 머리를 굴린 끝에 눈물을 짰다. 할아버지는 죽기 전에 인천을 다녀갔고, 그 자리에서 준수를 만나 굳이 하지 않아도 될 말을 유언처럼 남겼던 것이다. 그즈음 엄마가 원망을 담고 쳐다보던 모습이 떠올랐다. 할아버지는 고약하게도 엄마한테도 그 말을 했나 보다. 그것도 위로라고 말이다. 나는 아빠가 더욱 미웠다. 우리 때문에 돌아오려고 망설였고, 또 우리가 원치 않을 것 같으니 포기했다니! 이게 무슨 자다가 봉창 두드리는 소리란 말인가. 그럼 엄마는 투명인간이나 식모라도 된단 말인가!

집으로 찾아온 엄마는 나의 울분에 동의하지 않았다. 아니 그 반대였다.

"아빠 봤다고 말 안 한 건 미안해. 그 일로 날 원망하는 건 아니지?"

간절한 내 눈빛을 외면한 채 엄마는 마른 웃음을 흘렸다.

"니가 엄마를 얼마나 안다고."

나직한 목소리였지만 그 속에는 그득한 원망을 담겨 있었다. 자랑스러운 딸을 향해서 말이다. 나는 바들바들 떨리는 입술 사이로 간신히 질문을 꺼냈다.

"그럼 진짜 아빨…… 기다렸던 거야?"

"어쩌겠냐. 너희들 때문에라도……."

조마조마하게 가늠했던 답이 선뜻 돌아오자 나는 꽥 소리를 질렀다.

"아, 제발! 걸핏하면 우리들, 우리들 때문! 엄마의 비굴함을 미화하는 건 좋은데 제발 우린 팔지 좀 마!"

"그래, 넌 시집가면 단 한 번의 실수도 용서하지 않음서 살아라!"

"실수? 그건 실수가 아냐. 범죄야, 범죄. 명백한 피해자를 남겼고, 피해자 구제조치도 나 몰라라 하는 뻔뻔한 범죄라고!"

"됐다."

엄마는 지친 모양새로 손을 휘익 내저었다. 준수의 방을 힐긋 보고는 넋이 나간 사람처럼 말한다.

"다 내 잘못이다. 월초에 공연히 올라왔어. 그때 준수와 마주치지 않았다면 보내지 않을 수도 있었는데……."

엄마와 마주친 후 준수가 인천으로 달려가서 졸랐는지, 아니면 도망치는 아들을 보고 엄마가 결심을 굳혔는지는 모르겠다. 어쨌거나 준수는 인천으로 떠났다.

"왜 엄마만 손해냐? 다들 너무해!"

엄마는 나의 눈물을 닦아 주지 않았다. 무심히 쳐다보다가 말한다.

"너도 가고 싶은 데 있으면 가라. 훨훨 날아가라."

지극히 낮은 목소리였으며 음울하기 짝이 없는 음색이었다.

"난 아무 데도 안 가."

엄마는 여전히 눈물을 닦아 주지 않았다.

"공연히 내가 올라왔던 거다. 앞으론 안 온다. 대학 가면 기숙사 들어가라."

시종 냉담한 목소리에 나는 더럭 겁이 나서 애원조로 응수했다.

"엄마, 준순 사춘기야. 상황 봐서 내가 다시 데려올게. 약속할게."

엄마는 내가 내민 새끼손가락을 거들떠보지도 않았다.

"날 믿어 줘, 엄마. 반드시 준수를 데려올게."

출렁이는 엄마의 모습에서 마른 웃음이 번진다.

"헛똑똑이."

분명히 나를 주시하며 내뱉은 말이었다.

"대체 내가 뭘 잘못한 거지?"

스스로에게, 더불어 엄마에게 던진 질문이었다.

"난 항상 엄마 편이었잖아."

"내 편? 편, 편이라."

엄마는 애증이 얽힌 눈빛을 오래도록 날리다가 한숨을 토했다.

"니가 뭘 잘못이냐. 다 내가 못난 탓이지. 너도 가라. 훨훨 날아가라. 난 괜찮으니 훨훨 날아가."

한결 작아 보이는 엄마를 배웅하면서 나는 '헛똑똑이'라는 말을 무수히 되까렸다. 준수에게도, 엄마에게도 나는 전혀 똑똑한 존재가 아니었다. 미련하고, 또 미련한 나는 갑자기 어깨가 좁아졌다.

엄마는 정말로 서울에 오지 않았고, 나는 예전보다 더 자주 장항을 찾았다. 하지만 엄마의 서늘한 반응이 점점 서러워졌고, 그것을 감당하는 일이 힘겨워 찾는 횟수가 줄어들었다.

"짐승만도 못한 놈이여."

외할머니는 준수마저 빼앗아 갔다며 사람도 아니라고 아빠를 비난했다. 하지만 그리 오래가지는 않았다.

"에구, 경자야. 어쩌겠냐. 그냥 좋게 생각혀. 거긴 애도 못 낳는다던데 공장 물려줄 아들 필요했다고 여겨라. 얄궂지만 적어도 준수 장래는 걱정 안 해도 되잖혀."

"누가 뭐라 했슈."

언제 그리됐을까. 퉁명스레 대꾸하는 엄마의 눈동자로 붉은 실핏줄이 얽혀 있었다. 늘 샛별을 담고 있던 눈동자가 말이다.

수선 가게를 정리한 엄마는 시장에서 생선 좌판을 벌였다. 한번은 집으로 갔다가 아무도 없어서 시장으로 찾아갔다. 좌판에 이르기 전에 엄마의 낯선 목청이 먼저 날아들었다. 급히 다가서다가 우뚝 멈추어 섰다.

"썩을 양반이 어디서 텃세야! 당신이 이 땅 사기라도 했어!"

엄마의 삿대질 상대는 검은색 물앞치마를 걸친 남자였다. 덩치는 거의 엄마의 두 배였는데도 남자는 기싸움에서 밀렸다. 그만큼 엄마의 목청이며 기세는 그악스럽기 짝이 없었다. 고개를 돌리던 엄마가 나를 발견했다. 나는 멍하니 서 있었고, 엄마는 곧 시선을 돌려 버렸다. 나는 그길로 돌아서서 기차역으로 향했다. 그때 아빠가 돌아왔어도 저리 변했을까, 하는 생각을 굴리다가 떠안게 된 보호한 죄의식으로부터 속히 도망가고 싶었다. 그래서 입석표도 개의치 않고 허둥지둥 개찰구를 통과했다. 시간이 지나고 종종 생각했다. 그때 나는 혹시 엄마의 모습이 창피하지는 않았을까. 엄마 또한 나에게 들킨 모습이 창피하지는 않았을까?

나는 아빠를 더욱 증오했으며, 불필요한 위로를 폭로한 할아버지도 증오했다. 그렇게 화살을 돌리지 않으면 내 가슴으로 화살촉이 박힐 것 같았다. 아빠가 선뜻 돌아오지 못한 이면에는 우리들 말고도 다른 변명이 있었다.

"게다가 엄마한테 돌아가면 또 다른 한 사람에게 상처를 안겨 줘야 할 상황이었단다."

아빠가 직접 밝혔던 그 이유를 나로서는 절대로 인정할 수 없었기에 증오를 멈추지 않았다. 그때부터였다. 새로 만난 사람들이 아빠에 관해 물으면 나는 조금도 죄책감을 느끼지 않은 채 대답했다. "요절하셨어."

혼자에 익숙해져 간 반면 시간이 지나도 좀처럼 어깨를 펴지 못한 채 옴츠렸다. 말을 하기에 앞서 상대의 말을 끝까지 듣는 법을 배웠고, 좀처럼 확신을 품지 못했으며, 좀처럼 선택을 못했다. 성준과의 만남도 그랬다. 오로지 그가 나를 선택했을 뿐이었고, 외톨이였던 나는 단지 우군이 필요하다는 이유로 그의 손을 놓지 않았다. 관계는 미지근했고, 성준도 나도 느린 연애 속도에 만족했다.

나는 성준 앞에서도 자기 목소리를 내지 않고 그저 따르는 모습으로 일관했는데, 다행히 그런 나의 모습이 성준에게는 매력으로 작용했다. 그는 자신에게 복종심을 보이는 사람에게는 한없이 자상했다.

무언가를 결정하는 일은 갈수록 곤혹스러웠다. 직장은 졸업 직전에 만났던 성준이 정해 주었다고 해도 과언이 아니다. 그가 말했다.

"정희는 남의 말을 잘 들어 주는 재주가 탁월하니 사회복지사 같은 직업이 딱이다."

나는 엄마와 약속을 지키고 싶었다. 그래서 반드시 준수가 돌아올 거라고 믿었다. 천진하게 웃고 있는 남매 사진과 네 사람의 온전한 옛 가족사진을 액자로 만들어 준수 방에 걸어 놓았다. 착실히 빈방을 청소했으며 침대보도 갈아 주었다. 성준에게도 준수 얘기를 자주 했고, 갑자기 준수가 찾아와도 놀라지 말라고 종종 말해 주었다. 나는 취직을 한 후에도 이웃 사람들에게는 동생이 대학 기숙사에 있다고 말했고, 나중엔 군대를 갔다는 사실도 알려 주었다.

"훨훨 날아가라."

엄마의 한마디는 꿈에서도 들렸지만, 나는 어디로도 날아가지 않은 채 지금의 집을 고집하며 준수를 기다렸다. 엄마가 아빠를 기다렸던 것처럼.

월요일부터 시작해 금요일까지 밤낮으로 신규 프로젝트에 매달리다 보니 파김치가 되었다. 신제품 설계 초안을 갈무리하고 나니 기차가 그리웠다. 모르겠다. 기차를 함께 탈 사람이 그리운 건지도. 민우는 어느 게 진심인지 일부러 확인하지 않았다. 그 답이 명료할 것 같았기에 더욱 그랬다.

며칠째 이쪽 사업본부를 부지런히 들락거리고 있는 한 사장이 점심을 함께 하자고 해서 곰탕집에서 마주 앉았다. 점심을 먹었다고 해 놓고도 결국에는 한 그릇을 다 비우던 경자 씨가 떠올라 마음이 어수선해졌다.

그날 김 과장 앞에서 경자 씨를 가리켜 '우리 어머님'이라는 말을 흘렸고, 그 어머니라는 말 때문에 울컥했다. 틈이 날 때마다 이유를 생각해 보았고, 한 가지를 깨달았다. 처음이었다. 생애 단 한 번도 누군가를 어머니라고 불러 본 기억이 없다. 물론 요절한 어머니는 기억으로도 존재하지 않았고, 심지어 할머니는 집 안에 사진 한 장 남기지 않았다. 그랬다. 민우 자신이 처음으로 어머니라고 부른 이는 경자 씨였다. 그래서 경자 씨가 들고 온 상자를 풀었을 때 기분이 묘했던 것이다. 마치 시골 어머니가 싸 온 음식을 바라보는 아들의 기분처럼 말이다.

그런 어머니, 경자 씨에게 자칫 상처를 남겨 줄 여지가 생겼다. 아니 되었다. 할머니 생신 이후의 '급행혼약 수습 계획'을 서둘러 짤 필요가 있었다. 그 어떤 프로젝트보다 난이도가 높을 듯싶다.

"많이 피곤하지?"

염려를 피로로 해석했는지 한 사장이 미안한 얼굴을 했다.

"잠도 안 재우고 막 부려 먹어 미안해."

"늦게 합류한 제가 죄송하죠."

"아냐. 시기는 딱 좋았어. 내가 몸이 달아 자넬 일찍 앉혀 두려고 했을 뿐이야."

한 사장은 뛰어난 엔지니어임에도 불구하고 스스로 경영에 더 소질이 있다고 믿는 40대 초반의 비교적 젊은 오너이다. 과연 그는 치밀했다. 일찌거니 알짜 설계도를 넘겨준 민우와는 달리 그는 회사의 핵심적인 정보를 두어 시간 전에야 털어놓았다. 비로소 민우가 자기 사람이 되었다는 확신을 가졌다는 뜻이기도 했다.

"자네 통장으로 돈 좀 넣었네. 출근 보너스 정도로 생각해."

갸웃하는 민우에게 한 사장은 들뜬 기분을 감추지 않았다.

"자네 덕에 회사 합병이 빨라질 것 같아. 상장하면 약속대로 자네 지분도 보장해 주겠지만 우선 그걸로 필요한 데 써."

일종의 족쇄였지만 굳이 사양할 필요는 없어서 민우는 고맙다고 대답했다. 회사로 돌아오자 김 과장이 파일철을 내밀었다.

"일전에 부탁하신 자룹니다."

수원 소재의 반도체 장비업체 자료였다. 받아 들고 작업실 안으로 들어가 펼쳤다. 제법 두툼한 출력용지 중 맨 앞 장을 차지한 자료에서 원하는 이름을 발견할 수 있었다. 과연 부자가 각각 대표이사와 전무 자리를 차지하고 있었다.

"새파란 나이에 전무라…… 제길, 금수저가 따로 없군."

회사 정보를 꼼꼼히 살펴본 뒤 유선전화로 버튼을 눌렀다. 젊은 여성의 목소리가 들렸다. 거래처인 양 둘러댄 후 물었다.

"한성준 전무님 언제 귀국하십니까?"

— 네? 지금 회사에 계신데요.

"벌써 귀국하셨나요?"

— 뭔가 오해가 있으신 것 같습니다. 전무님은 이 달에 계속 국내에 머물고 계셨는데…….

"아참! 제가 다른 분한테 전화를 건다는 게 착각하고 그쪽에 걸었네요."

민우는 재빨리 전화를 끊었다. 혹시나 했던 예감이 맞아떨어졌다. 기차 안에서 했던 말이 다시금 튀어나온다.

"나쁜 자식."

물론 민우가 미처 헤아리지 못한 피치 못할 사정이 있을 수도 있겠지만 대역 프로그램의 궤도를 수정하게 만드는 정보인 것은 확실했다.

개인용 노트북을 열어 통장 잔액을 확인해 보니 의외로 많은 액수가 오늘 날짜로 입금되어 있었다. 적지 않은 대출금을 안고 입주한 형의 아파트가 가장 먼저 떠올랐다. 형수에게 전화를 걸어 통장번호를 알려 달라고 한 후 5백만 남기고 나머진 이체시켰다. 그러고는 문자를 보냈다.

[공돈 생겨서 제 마음 편하고자 보냅니다. 늦었지만 결혼 축하 선물입니다.]

스스로 생각해도 몹시 낯선 행동이었다. 하지만 그 낯설음이 크게 어색하지는 않았다. 장항을 다녀오면서 무시로 낯선 자신을 발견하곤 했으니 말이다.

민우는 휴대폰을 한참 바라본 끝에 정희의 번호를 눌렀다.

— 예, 장민우 씨.

나지막해도 투명한 맑음은 여전하다. 고작 며칠 만인데도 오랫동안 그리워했던 목소리로 와 닿는다.

"내일 우리 기차 타자."

— 어딜.

말끝을 흐린다. 장항을 가고 싶은 마음이 굴뚝같아도 그녀 역시 걸리는 게 있어 고민인가 보다.

"어디긴. 장항선 타고 내키는 대로 내리면 되지. 후속작전도 짜야 하고."

— 아, 네. 후속작전…… 그래요. 만나요.

"어깨 펴고."

— 어, 전화로 어찌 안다고.

"목소리로 다 보여."

— 허풍도 떨 줄 아시네요. 시간이나 정하세요.

영등포역으로 약속을 잡고 통화를 마쳤다. 굴뚝새를 닮은 투명한 목소리의 여진을 음미했다. 문득 정희의 노트에 언급된 경자 씨의 고왔다던 목소리가 궁금하다. 지금의 정희 목소리일 것 같다. 아름다운 목소리와 샛별이 걸린 눈빛은 딸에게 고스란히 물려주고 지금은 세상과 고단한 싸움을 이어 가고 있는 경자 씨를 생각하자니 저절로 한숨이 나온다. 이런 모습을 지금 정희가 눈앞에서 새치름하게 지적해 줬으면 좋겠다. 요컨대 이런 식으로 말이다.

"에이, 한숨은 민우 씨가 더 많이 쉬잖아요."

장항에서 정희가 보여 준 천진한 행동거지를 보고는 추측했다.

원래는 밝은 성격이었을 거라고. 무엇이 정희의 천진함을, 그리고 경자 씨의 순수함을 빼앗아 갔을까. 알고 싶다. 차근차근 밝혀내고 싶다. 그러면 바라던 출세를 이루고도 웃지 못하는 민우 자신의 혼돈도 해결할 수 있지 싶다.

형수는 오늘 실사 피규어가 나왔다는 스튜디오의 전화를 받았다고 했다. 민우가 가는 길에 찾아가기로 했다. 마침 그곳 기기를 잠깐 쓸 일이 있었다.

스튜디오는 당직자만 남고 다 퇴근했을 터인데도 1층 전체가 환하게 불이 켜져 있었다. 갸웃하며 들어서니 형 회사의 유니폼을 입은 여자 한 명이 청소를 하고 있었다. 원래는 새벽에 하는 청소였고, 출입카드를 소지해야 했기에 형이 신임하는 사람만이 맡을 수 있었다. 그냥 지나치려는데, 여자가 돌아보았고 모자 속에 감춰진 얼굴이 드러났다. 민우는 갸웃하다가 눈을 치떴다. 민우를 발견한 여자도 죄지은 사람처럼 화들짝 놀라며 움츠렸다. 눈치를 보며 살짝 고개를 숙였다.

"안녕하세요. 오라……버님."

그녀는 언뜻 주눅이 습관으로 밴 모습 같다. 하지만 직업병을 발휘해 면밀히 스캔해 보면 계산적인 표정을 짓지 못하는 순박함으로 삶을 적극적으로 응대한다는 느낌을 준다. 아버지의 추모관에서 이미 만난 적이 있다. 그때 그녀는 장선미라고 자신을 애써 소개했다. 어쩌면 '장씨'임을 기어이 밝히고 싶었는지 모른다.

"새 알바가…… 너였구나."

민우는 못마땅한 표정을 감추지 않은 채 퉁명스레 말했다.

"그럴 일도 없겠지만, 혹 또 마주친다면 호칭부터 교정해."

"오라버님 소리가……."

"그래. 난 네 오라버니가 아니다. 아저씨, 그게 낫겠다."

풋내가 채 가시지 않은 선미의 얼굴로 살짝 떠 있던 어떤 기대감이 단박에 사라지고 다시금 당혹감만 남았다. 그러거나 말거나 민우는 휙 몸을 돌렸다.

아파트로 들어서자 여느 때보다 음식 냄새가 가득한 공간에서 형과 형수가 수선스럽게 민우를 맞이했다. 이번 주 처음으로 일찍 퇴근했다는 이유만은 아니었다. 4천5백이란 돈이 그저 결혼 선물로 가볍게 받아들일 액수냐 등의 말에 대충 대응하고는 형수에게 실사 피규어를 건네주었다.

"어머, 두 쌍이네요?"

"네, 하나는 실사, 말 그대로 똑같이 만들었고요, 하난 변형한 겁니다."

형수는 신가하다는 양 두 가지 피규어를 비교해 보다가 민우가 추가한 것을 가리켰다.

"뭔가 허술한 것 같은데도 전 이게 확 들어오네요. 뭐랄까, 형님이 더 형님 같으면서 왠지 더 멋져 보여요"

형수의 피규어를 살피던 형도 거든다.

"나도 당신이 더 당신 같고 더 멋져 보여. 근데 뭐지? 비슷한 것 같은데."

민우가 빙그레 웃었다.

"제가 성공했네요. 특정 부분 과장은 애니메이터들이 캐릭터의 특징을 강조하려고 모델링할 때 많이 쓰는 기법이죠. 저는 거기에 제 나름대로 추측한 서로에 대한 호감 요소를 강조했던 건데, 다행히 제가 돌팔이는 아니었어요."

형의 무모할 만큼 굳건한 책임감과 형수의 따뜻한 신뢰감이 모델링에 녹아나도록 애쓴 보람이 있었나 보다. 도움을 준 애니메이터에게 한턱내야겠다. 어쨌거나 두 사람의 눈에 콩깍지를 씌웠다는 서로에 대한 호감요소가 평생 사라지지 않았으면 좋겠다. 그 호감 요소가 사라지지 않는다면 언제까지나 서로가 세상에서 가장 아름다운 사람으로 보일 테니 말이다.

형수가 거나한 저녁상을 차리기 시작했다. 민우는 옷을 갈아입으러 들어가기 전에 지나가는 말처럼 형에게 물었다.

"새로 왔다는 알바는 일 잘해?"

"응. 자, 잘해."

순간 형의 눈빛이 흔들린다. 이내 피규어와 민우를 번갈아 본다.

"이, 이거 네가 직접 찾아온 거······."

민우는 비린 웃음을 흘리고는 방으로 들어가 버렸다. 형이 방으로 쫓아왔다.

"민우야, 바쁜 네가 스튜디오는 왜 직접······."

"기기 쓸 일이 있었어."

민우는 차마 화를 내지 못한 채 빤히 형을 바라보았다.

"형, 지금도 외로워?"

"자식. 너도 있고, 형수도 있는데 뭘."

"곧 태어날 아이도 있지. 그래도 가족이 부족해?"

"에잇!"

형이 혀를 차더니 곧 연극을 포기했다.

"만났냐?"

"제길, 오지랖도 좋아, 우리 장정우 씬."

"민우야, 내 말 좀 들어 봐. 말년에 아버지가 회사 망해 먹고 집을 나가 버려 모녀가 여간 고생이 아니었어."

"그랬겠지. 한 번 가족을 버린 양반이 또 못 버리겠어! 자식 버린 줄 빤히 알면서도 좋다고 같이 산 그 아줌만 당해도 싸."

유전자를 공유한 아버지를 마냥 원망하기 싫었던 어린 마음은 여우한테 깜빡 홀린 것이라 여기며 '아줌마'를 대신 원망하곤 했다. 요컨대 버린 죄보단 빼앗은 죄를 더 크게 두었다. 그리고 행여나 아버지를 닮을까 봐 숫제 여자를 멀리하며 살아왔다.

"그래도 선미 걔가 무슨 죄겠냐."

"언제부터 연락하고 지낸 거야?"

"소식만 들었지 왕래하진 않았어. 근데 한 달 전엔가 선물을 다 보내 왔더라. 편지를 같이 보냈는데, 진짜로 유산은 받은 게 없고 자신들도 어려운 처지다, 진짜 미안하다, 뭐 그런 내용이었어."

순간 스치는 단서가 있었다. 추모관에서 민우를 만난 직후에 보낸 걸로 보아 민우가 그때 건넨 말이 자못 부담스러웠나 보다.

"왠지 불안한 내용이잖냐. 나쁜 결심을 앞둔 사람처럼. 그래서 찾아가 만나 보았던 거야."

다행히 선미는 나쁜 마음을 품지 않고 삶에 적극적이었다고 한다. 오로지 남자에게 인생을 맡기고 살았던 '아줌마'는 신용불량자를 벗어나지 못했고, 또 벗어날 의지도 보이지 않고 있었지만 말이다.

"등록금 대출도 마땅치 않은 것 같길래 내가 알바 자릴 준 거야. 새벽 소규모 공간 청소가 시급은 괜찮잖아."

따지고 보면 추모관에서 민우가 유산을 들먹여서 엮인 꼴이었다. 민우는 퉁명스레 내뱉었다.

"아무튼 난 그쪽만 생각하면 지금도 피가 끓어. 부탁인데 나까지 엮이게 하진 마."

"그래, 그래. 알았다."

그나마 이 정도면 민우가 양보했다고 여긴 양 형은 안도하는 표정을 드러냈다.

❋ ❋ ❋

싫든 좋든 사람들과 부대껴야 하는 직장을 얻은 뒤부터 나는 조금씩 어깨를 폈다. 외로움은 태생적인 저주인 양 치유가 더뎠다. 직업 특성상 주로 힘겨운 가정사나 고독을 떠안고 사는 사람들을 상대하다 보니 상대적으로 느끼는 나의 행복지수는 조금씩 상승했다. 나와 비슷한 가족의 비극을 안고 사는 이들이 의외로 흔했으며, 우리 집은 양반이라고 해야 할 정도로 막나가는 집안도 꽤 겪었다. 가족은 구성원마다의 행복이며 불행을 공유할 수밖에 없는 숙명이고, 한 사람의 일탈이 전체를 수렁으로 빠지게 한다는 사실도 실감했다.

나는 종종 타임머신을 생각했다. 실현 가능하다면 첫 번째 미션은 그때 아빠가 외국으로 나가지 않게 하는 일이었다. 첫 번째 미션을 완수한다면 그 후의 아쉬움은 존재하지도 못했지 싶다. 그렇다. 외국에서 시작된 아빠의 탈선은 줄줄이 이어진 열차 전체를 전복시켰던 것이다.

✖ ✖ ✖

정희는 스프링노트를 덮었다. 아름다운 사랑만을 담았던, 또 그런 간절함으로 시작했던 기록에 애써 지워 냈던 기억들이 보태지는 중이다. 새삼 찾아내고자 욕망하는 진실은 아직은 잡힐 듯 말 듯 모호하다. 하지만 적어도 한 가지는 깨닫는 중이다. 삶은 아름답지만은 않고, 그래서 아름다움에만 집착하다 보면 결코 어른이 될 수 없다는 것이다.

날씨는 포근했다. 민우와의 약속 시간을 가늠하며 집을 나서면서 습관적으로 우편함을 확인했다. 준수가 군대를 간 후부터 정희는 꾸준히 편지를 보냈다. 좀처럼 답장을 하지 않던 녀석이 결국에는 두 차례 편지를 보내 왔다.

첫 번째 내용은 '누나 날 고문해? 그만 보내면 안 될까?'가 전부였고, 두 번째 편지에선 넌지시 엄마 안부를 물었다. 그리고 이미 훨훨 날아간 동생한테 제발 신경 좀 꺼 주라는 부탁도 적혀 있었다. 신경 좀 꺼 주라는 야속한 글귀를 애써 지우고 정희는 편지지 안에 또렷하게 존재하는 '누나'라는 낱말을 기껍게 껴안았다. 어쨌거나 준수는 여전히 '누나'라는 호칭을 쓰고 있었고, 처음으로 엄마 안부도 물었다.

영등포역 안으로 들어가 단정히 앞으로 모은 두 손으로 숄더백의 무게를 감당하며 어깨를 펴고 섰다. 무겁지도 않은 가방이 고단한 삶의 중력같이 느껴졌다. 고작 그깟 무게에 어깨를 펴지 못한다면 말도 안 된다고 여기며 그렇게 한껏 어깨를 폈다. 어떤 예감에 살짝 고개를 돌렸다. 지척에서 민우가 미술관 관람자의 모양새로 서 있었다. 낯선 콤비복장은 새 옷 같았으나 길들인 맵시처럼 그와 잘 어울려 보였다.

"어, 언제 왔어요?"

"좀 됐어."

"……?"

"멋있어서."

모호한 대답을 흘리고 그가 정희의 턱을 느슨하게 가린 머플러를 가벼이 건드렸다.

"진즉에 마스크를 벗을 일이지."

그래도 상대에게 나를 감추기엔 마스크보단 나은 게 없죠, 하는 말을 침과 함께 꼴깍 삼켰다. 언제 회원가입을 했는지 승차권은 민우가 홈페이지를 통해 예약해 두었다.

"장항이네요."

표를 보고 정희가 말했다.

"누구처럼 일부러 그리 끊은 거야. 하차 역은 자유고."

"민우 씬 어디까지 가고 싶은데요?"

자꾸만 목소리에 떨림이 묻어난다. 갑자기 편한 사람으로 다가온 한 남자에 관한 경계심 정도로 해석해도 되는지.

"나야 우리 경자 씨의 밥상이 보장된 장항이지. 일단 타고 회의를 하자고."

"회의…… 그렇군요. 회의."

주말의 무궁화호열차는 수원에 이르자 벌써부터 북적거렸다. 그런데 이야기를 나누기에는 도리어 편했다. 여러 좌석에서 만들어지는 대화들이 서로의 좌석에 역설적으로 언어의 칸막이 역할을 해 준다. 창가를 내주고 바짝 붙어 앉은 민우에게서 따뜻한 그 무엇이 느껴졌다. 떨어지려고 움츠리면 그가 눈치를 줄 것 같아 애써 어깨를 폈다. 민망하게도 그는 시선으론 창밖을 바라보면서 더불어 이쪽의 얼굴을 빤히 쳐다보았다. 공연히 창 쪽으로 앉았다고 후회되는 순간이다. 시선이 마주치면 어깨를 으쓱 들어 올리며 싱긋 웃는 모양새가 처음 보여 준 사무적인 장민우와는 확연히 다르다.

"우리 불륜은 아닌 거지?"

민우가 술김에 한 말이 떠오른다. 뻔뻔해진 건지 성준에 관한 미안함은 별로 들지 않았다. 하나의 불신을 지워 갈 무렵 또 하나의 불신이 드러난 탓일까. 아닐 것이다. 어디까지나 편리한 명분일 뿐이고 애당초 그를 사랑하지 않았는지도 모른다. 어쩌면 상대를 기만한 쪽은 성준이 아니라 이쪽인지도.

약을 먹은 지 두 달째. 칩거의 종지부를 찍기 위해서라도 장항을 가고자 결심했던 날에 낯선 여자의 전화를 받았다. 정희가 담당했던 독거노인의 딸이라고 자신을 소개한 그녀는 긴히 상의할 일이

있다고 했다. 누구를 말하는지 모를뿐더러 사표를 낸 마당이라고
해도 저쪽은 막무가내로 통사정했다. 울먹이는 목소리에 결국은 약
속 시간을 잡았다.

호텔 커피숍으로 시간을 맞춰 나갔는데도 정희를 부르는 여자는
없었다. 대신에 그가 보였다. 잘못 본 줄 알고 가까이 다가갔다. 그
들은 정희의 존재를 모른 채 대화에 열중했다.

"저야 늦추고 싶은 사정이 있어서 그렇지만, 한성준 씬 결혼이
급할 것 같은걸요?"

"나도 늦게 결혼하고 싶습니다. 마침 중요한 프로젝트로 오랫동
안 외국으로 나가야 합니다."

맞선을 보듯이 마주 앉아 이야기를 나누는 남녀 중 한 명은 틀림
없이 성준이였다. 고개를 돌리던 성준이 화들짝 놀라 맞은편 여자
와 정희를 바삐 번갈아 보았다.

"잠깐 실례 좀⋯⋯."

여자에게 뭐라고 둘러대는지는 더 듣지 못했다. 그길로 돌아서서
나와 버렸다.

"오해다, 오해. 이따 집에 가서 설명할게."

뒤에서 들리는 성준의 말은 환청처럼 왔다가 재처럼 흩어졌다.

성준은 이른 저녁에 찾아왔다. 그는 지친 모습으로 풀썩 앉아서
담담히 털어놓았다.

"누가 전화를 했겠지? 맞아. 그래서 정희가 온 거겠지. 음모
야. 엄마가 또 일을 꾸몄어. 회사에 큰 이익이 되는 일이니 그냥
맞선 한 번만 가볍게 보라고 떠밀더라. 예의만 갖춰 주면 애프터
는 내 자유라고. 그게 다야. 부잣집 여잔 맞아. 근데 남자를 물로

보는, 버릇없는 그딴 여자들일랑 상대도 하기 싫어하는 날 잘 알잖아?"

그의 말대로 음모이고 오해일 수도 있었다. 하지만 정희는 무엇이 진실인지 가늠해 봐야 하는 그 자체가 견딜 수 없었다. 안다고 했지만 결국은 준수를 몰랐고, 엄마를 몰랐던 아픈 기억들이 겹쳐져 이성이 공황상태가 된다. 정희는 양손으로 지끈거리는 머리를 감쌌다. 그가 말을 이었다.

"다 우리의 미래를 위해서 취한 일이야. 굴욕에서 벗어날 날이 얼마 안 남았어."

정희는 머리를 감싼 손을 풀었다. 그와 눈길을 섞은 뒤 잠결에 책을 읽는 투로 말했다.

"오늘 성준 씬 약속을 어겼어요. 적어도 그때까진 집에 찾아오지 않기로 했잖아요."

"정희야."

"가요. 준수가 오면 당황해서 그냥 갈지도 몰라요."

정희의 초점 없는 눈동자를 마주한 성준이 와락 껴안았다. 이어서 입술을 겹쳤다. 정희는 거칠게 뿌리쳤다.

"가요! 훨훨 날아가요. 영영 날아가요!"

"나 죽는 꼴 보고 싶니! 내가 누구 때문에, 누구 때문에!"

"또 나 때문! 나 때문! 제발 그만 좀 하고 가요!"

정희의 외침에 그가 이맛살을 찌푸렸다.

"네 심정은 모르는 건 아닌데, 나한테 큰소리 치진 마라."

과연 지금껏 그에게 큰소릴 낸 적이 없었다. 애완견처럼 복종만 하고 지냈다. 그런데 이젠 제 목소리를 내고 싶다. 아니 그래야 했다.

"원한다면 갈게. 하지만 명심해라. 약속한 대로 기다려야 한다."

다짐을 주는 그에게 정희는 실성한 사람처럼 마른 웃음을 흘렸다.

"그날이 오면 뭐가 달라지는데요?"

그는 선뜻 대답을 못했다.

"난 성준 씨 가족을 해체시킨 여자가 되겠죠?"

그가 비웃음을 흘렸다.

"정희야, 루저들 특징이 뭔 줄 아니? 목표를 앞두고 도중에 이것저것 잃는 걸 따져. 그러다 낙오되고 도태되지. 일단은 우리만 생각하자."

신발을 신고 그가 돌아보았다.

"오늘 찾아온 건 어쩔 수 없었어. 아무튼 그날까지 목소리는 들려주는 거다."

"잠깐만요!"

정희는 어금니를 사리물고 정신을 차린 뒤 그를 똑바로 보았다.

"만약에 내가 성준 씨 집안이 아니라 성준 씨 자체에 싫증 났다면 어떡하겠어요?"

성준은 잠시 뜸을 들였다가 대답했다.

"너야 날 오래 지켜봤으니 잘 알겠지만, 난 싫다는 사람 굳이 붙잡진 않아. 헌데 넌 지금 날 싫어하지 않아. 지금도 의지하는 중이야…… 맞지?"

그는 대답할 시간을 주며 기다려 주었다. 하지만 정희는 주저주저하다가 결국에는 아무런 답을 주지 못했다. 그가 비린 웃음을 흘리며 대화를 갈무리했다.

"일단은 나갈게. 그리고 같은 질문을 그때 또 해 주지."

그가 돌아간 후 정희는 선뜻 대답을 못했던 스스로에게 밤새 저주를 퍼부었다. 그러고는 중얼거렸다. 과연 그를 사랑하기라도 한 걸까. 그 또한 나를?

한 달 이상 지난 지금 새김질해 보니 성준에게 미안하다. 그때 싫다고 말해 주며 놓아줬어야 했다. 머뭇거렸던 이유를 애써 찾아보았더니, 역시 다시 혼자가 된다는 두려움이 원흉이었다.

기억 속에 감정을 맡기다 보니 어느새 눈이 젖어 있었다. 민우를 의식하고 재빨리 눈물을 훔치는데, 한쪽 귀로 노래가 들이닥쳤다. 혜은이의 '파란나라'였다.

*2

저 무지개 끝에 파란나라 있나요
저 파란하늘 끝에 거기 있나요
동화책 속에 있고……

"알아?"

자신의 이어폰 한쪽을 나누어 준 민우가 물었다.

왜 모르겠는가. 어릴 적 아빠와 엄마가 다정히 손잡고 서 있던 운동장에 퍼졌던 이 노래를.

"운동회 때 많이 들었던 노래예요. 근데 민우 씨 취향이……."

눈두덩으론 채 물기가 가시지 않았는데 입은 웃음을 만들고 만다. 그랬다. 장민우에겐 썩 어울려 보이지 않는 노래였다.

"오해 마. 친구 놈이 보내 준 형수님 선물 점검 중이었어."

만삭이라고 이미 들었다.

"아아, 진짜 오래간만에 듣네요."

지그시 눈을 감고 노랫말까지 오롯이 즐겼다. 이어지는 노래는 '아빠와 크레파스'였다. 듣다 보니 배따라기의 또 다른 노래가 떠올랐다. 이모가 말하길, 엄마는 슬픈 노래를 즐겨 들었으나 어느 날부터 자제했다고 한다. 슬픈 노래를 너무 많이 들으면 슬픔에 중독된다며 애청곡 중 부정적인 가사의 곡을 내쳤다고 했다. 하지만 엄마는 한 곡은 오래도록 즐겨 들었다. 아빠가 떠난 뒤에도.

정희는 최근에야 '그댄 봄비를 무척 좋아하시나요' 노래 가사를 냉정하게 곱씹어 보았다.

*3
외로운 내 가슴에 살며시 다가와
사랑을 심어 놓고 떠나간 그 사람을
나는요 정말 미워하지 않아요

혼성듀엣의 밀어 같은 노랫말 속에 묻혀 있던 그 구절이 어쩌면 엄마의 진심이었으리라. 아무렴. 그때 알아차렸다고 해도 엄마에게 동조할 순 없었을 것이다. 행복했던 온전한 가족과 깨어진 가족의 후유증을 연달아 회상하다 보니 다시금 눈시울이 달아오른다. 민우가 보는 데서 눈물을 보이지 않으려고 입술을 깨물었다. 눈은 참는데도 입이 그만 참지 못하고 오열을 흘리고 만다. 머플러로 얼굴을 가리고 숨죽여 울기 시작했다. 투덜대는 민우의 목소리가 날아든다.

"돌팔이 의사 놈일세. 태교에 좋은 노랠 보내라 했더니 눈물 나는 노랠 보냈어."

'뛰뛰빵빵' 노래로 이어지는 이어폰을 뽑아 가지는 않았다. 정희는 간신히 울음을 수습하고 입을 열었다.

"아녜요. 노래는 좋아요. 너무 감동적이라 눈물이 난 거예요."

민우는, 모처럼 고개를 돌려 보여 준 그녀의 눈동자를 아프게 바라보았다. 반짝이는 샛별이 보였다. 하지만 하늘 길에서 발을 헛딛는 바람에 우물에 풍덩 빠져 버린 샛별이었다. 순간 짐짓 태연을 가장해 꺼내 들려고 했던 '급행혼약 수습 프로그램' 회의를 조금 미뤄야겠다는 생각이 들었다. 안 그래도 억울했다. 벌써부터 끝을 생각해 더없이 소중한 시간을 걱정으로 채운다는 일이.

"다 울었니?"

민우가 놀리듯이 말했다. 이미 눈물을 지워 낸 정희는 이어폰을 빼내며 대답했다.

"그럼요. 노래가 끝났잖아요."

"또 울지는 마. 사람들이 날 흉본다고."

정희는 주변을 슬쩍 둘러보았다. 몇 사람이 흠칫하며 시선을 돌렸고, 중년 여자 한 명은 노골적으로 민우를 노려보고 있었다.

"제가 그리 요란했나 봐요?"

"어깨 추임새로만 따지자면 대성통곡이 따로 없었지."

"아이, 참. 노래가 감동적이었다니깐."

자신도 모르게 어리광이 새 나오고 만다. 오래전 엄마와 외할머니에게 그랬던 것처럼.

기차가 천안을 지나 온양온천에 이르자 입석까지 승객들로 가득 찼다. 정희는 창밖을 가리켰다. 북적대는 객차 분위기가 바짝 붙어서 말을 하게 만든다.

"저기, 보여요? 그랜드호텔. 엄마가 신혼여행 갔던 곳이에요."

"엄마뿐 아니라 아빠도 같이 가셨겠지?"

"당연……하죠."

민우의 질문에 정희는 곧 웃음을 걷어 냈다. 순간 민우는 머리를 바삐 굴렸다. 경자 씨도, 할머니도, 정희도 굳이 '아빠'를 입에 올리지 않았다. 무언가 다른 이유가 있다. 요컨대 장항 집 어디에도 '아빠'의 사진 한 장 붙어 있지 않았다. 문득 형수의 태교음악을 담아 준 친구가 떠올랐다. 신경외과 전공의인 녀석의 조언도.

"아빠 살아 계실 적 이야기 듣고 싶다."

정희는 고개를 숙인 채 양 손가락을 번갈아 주물럭댔다. 민우는 물끄러미 바라보다가 화제를 돌렸다.

"할머닌 치료가 더 필요하진 않니?"

"병원에선 더 해 줄 수 있는 게 없다 했어요. 주사로 연명하거나 호스피스 병동으로 모시느니 차라리 할머니가 원하신 대로 집으로 모신 거예요."

"뭐, 고인에겐 심히 죄송한 말이 되겠는데, 얼마 못 사신다면 우리가 연극을 했다는 사실을 영영 모르실 수도 있겠군."

246

"그럴 수도요. 그 때문에 제가 발칙한 생각도 품을 수 있었어요. 엄마 말로는 할머니가 애써 견디신다고 해요. 내가 눈에 밟혀서 말예요. 미안해서 더 밟힌다고."

할머니는 이윽고 귀한 외손자를 보게 됐다고 준수를 끔찍이 싸고돌았다. 정희가 찬밥이 되는 건 당연한 수순이었다. 엄마가 가게를 낸 후에 기꺼이 장항을 들락거렸던 이면에는 준수에 대한 각별한 애정이 자리했다. 준수의 말에는 그저 '오냐'로 대했다. 준수가 인천으로 떠나자 외할머니는 정희를 원망하는 마음을 드러냈다.

"이것아, 자그마치 3년 세월이여. 3년 동안은 니가 돌본 거잖혀. 근디도 동생이 어딜 쏘다닌지도 몰라던 겨!"

그날 딱 한 번뿐이었다. 하지만 그 한 번이 정희의 가슴에 못으로 박혀 좀처럼 빠지지를 않았다. 그 후로 할머니께 찾아갈 때마다 살갑게 맞이해 주셨지만 정희는 속내를 꺼내기에 인색해졌다. 입원하셨다고 해서 병원에 갔을 적에 외할머니가 뜨거운 속내를 줄줄이 꺼내 놓았다.

"저승길 목전이라 하는 말은 아녀. 벌써부터 널 아끼고 또 아꼈어. 암튼 내 업은 니 엄마한테서 끝나야 혀. 아니 업은 삼대까지 안 간다. 넌 절대 눈물 밥 안 먹을 겨. 일단은 사귄다는 그 양반 얼굴부터 보자. 안 그럼 할미 편히 눈 못 감어. 또, 내가 장사를 많이 해 봐서 사람 보는 눈도 있잖혀. 열 길 물속 말고 사람 속 말여."

그때 정희는 외할머니의 혹독하게 추웠을 삶 전체를 가늠해 보았다. 정말이지 마지막 가는 길에는 작은 웃음이나마 안겨 주고 싶었다. 그래서 곧 결혼할 남자를 데리고 오겠다고 약속했다.

"할머닌 이젠 제 걱정으로 못 주무시진 않을 거예요."

긴 상념에서 깨어난 정희가 쓸쓸히 말했다. 그가 손가락으로 이마를 짚으며 생각에 잠겼다가 말한다.

"할머니 일은 그렇다고 치자. 문제는 똑똑하신 우리 경자 씨겠군."

"그렇긴 해요."

정희는 뜸을 들였다가 말을 이었다.

"솔직히 말하자면 엄만 제 인생에 무덤덤하세요. 나중에 민우 씨와 헤어졌다고 말해도 혀를 몇 번 차고 말 것 같아요."

"틀렸어."

"네?"

"우리 경자 씬 절대 딸한테 무덤덤하지 않으셔. 잘 알잖아?"

"지금…… 민우 씨가 엄마를 더 잘 안다고 말하는 거예요?"

날을 세운 목소리는 아니었다. 허탈한 한숨에 가까웠다. 그가 시선을 섞다가 고개를 돌리고는 한숨을 쉰다.

"이런 자리에서 잘난 척이라 미안한데, 인간도 생존을 위해 무슨 수로든 삶의 방식을 개척해 나가는 동물이야. 달리 말하자면 환경이 사람을 변화시켜 나가지. 그런데 정희는 엄마의 변화를 인정해주지 못하고 있는 것 같더라. 약하게 보이면 당하는 세상이야. 우리 경자 씬 옳게 사는 거라고."

"저를 그리 많이 아세요? 만난 지 얼마나 됐다고."

여전히 목소리에는 힘이 없었다. 엄마의 어두운 사연까지도 기록해 가면서 어렴풋이 느꼈던 부분이었기에 반론은 못했다.

"물론 만난 진 얼마 안 됐지. 하지만 공부도 그렇고 사람은 더 그래. 시간이 중요한 게 아냐. 얼마나 집중하고 많이 생각하느냐가 관건이야. 적어도 난 정희와 우리 경자 씨에게 집중했다고 감히 말할 수 있어."

비스듬히 몸을 돌려 이쪽을 보며 낮으면서도 힘이 담긴 목소리로 말하던 그가 허공으로 시선을 주며 덧붙였다.

"집중하고 많이 생각하는 게 싫진 않아서 그랬어."

그가 다시금 이쪽을 바라보며 부드럽게 웃었다.

"내 말 믿어. 우리 경자 씬 지금도 날마다 딸을 걱정하고 사랑하고 계셔. 다만 표현을 안 할 뿐이야. 변화의 부작용으로."

"변화의 부작용……."

그녀는 혼돈에 잠긴 표정을 짓다가 고개를 푹 숙였다. 민우는 속말을 삼켰다. 바보야, 무덤덤한 엄마가 우리 회사까지 찾아와 확인하겠니. 얼결에 경자 씨의 순수했던 나날의 기록을 훔쳐보았다는 사실을 폭로할 뻔했다. 보길 잘했다. 그 기록이 없었다면 정희와 경자 씨에게 지금만큼은 가까이 가지 못했지 싶다. 이쯤에서 그녀가 애써 외면했을 법한 나머지 기록을 마저 읽고 싶다. 아마도 그것은 그녀의 입을 통해서야 가능하지 싶다.

지그시 눈을 감고 경자 씨의 투박한 모습을 아련히 그려 보았다. 바깥이 투박해도 이제는 보인다. 민우 자신에게는 이미 화석이 된 순수함을 그녀는 여전히 품고 있다. 민우 역시 한때는 경자 씨 같은 순수함을 동경했다. 하지만 현실은 순수를 기만한다는 바를 일찌거니 알아 버렸다. 그래서 좌우명을 만들어 주술처럼 뇌까렸다. 약하게 보이면 당한다. 이후 영영 순수의 세계로 돌아가지 못하고 치밀하게 계산된 모습으로 살고 있다. 사실 돌아갈 생각도 없었다.

정희가 쓸쓸하게 중얼거리는 소리가 들린다.

"맞아요. 도망치다 보니 어른이 될 수 없었던 거예요. 기차도 그래요. 어른이 되고 싶어서 탔어요. 어른이 되기 전에 멈춰 버렸던 시간으로부터 탈출하려고 방을 나갔어요."

외로움 때문이 아니고? 민우는 그 말을 삼켰다. 막연한 짜증이 치밀었다. 그녀가 형을 닮은 외로움을 드러냈던 대천의 식당과 빵집이 떠올랐다. 민우는 차창 밖을 살폈다. 기차는 홍천을 지나 광천으로 향하는 중이다. 어차피 이대로 장항 직행은 무리일 듯싶다.

"점심은 대천 단골집서 먹자."

대천역 광장은 모처럼 바람이 순했다. 정희가 손을 뻗어 따사로운 햇살을 만지작거렸다. 민우는 시내 쪽을 가리켰다.

"걷고 싶지 않아?"

"좋아요."

두 사람은 말없이 천변 쪽으로 걸었다. 길은 정희가 정했다. 어릴 적 기차를 타고 다녔던 길을 더듬으며 지금은 생태교란 이름으로 남아 있는 옛 철교를 내디뎠다. 유리를 깔아 놓은 다리 아래로 할미새 한 무리가 부리를 바지런히 놀리고 있었다. 민우는 묵묵히 걷기만 했다. '수습 프로그램'을 짜야 한다고 하더니 벌써부터 그는 타인이 될 준비를 하는 것 같다. 그래도 적어도 이 순간만이라도 그가 다정했으면 좋겠다는 소망을 품어 본다. 그것이 옳은 답이 아닌 줄 알면서도.

　폐철길을 활용한 생태 숲으로 접어들자 서로의 발소리가 또렷이 들릴 만큼 주변이 조용했다.

　"정희야."

　그가 불쑥 부르는 소리에 어쩔 수 없이 반색하고 만다.

　"수습 프로그램 초안을 잡아 봤어."

　"아, 잘했어요."

　"회의를 하기 전에 선행할 문제가 있다."

　그가 정희의 어깨에 한 손을 얹고는 똑바로 바라본다.

　"우리 서로에게 솔직한 시간을 갖자."

　"마, 맞아요. 제가 좀 문제가 있긴 하죠."

　"책망하자는 게 아냐. 나도, 정희도 한 번쯤 솔직할 필요가 있어서 그래."

　정희는 대답 대신 고개를 주억거렸다. 그가 나머지 한 손도 다른 편 어깨로 얹었다.

　"진짜하고 지금도 만나는 거 맞아?"

　정희가 주춤하자 그가 재빨리 말을 이었다.

　"달리 물을게. 헤어졌지?"

　정희가 입을 열려고 하는 순간 그가 또 재빨리 말한다.

　"대답하기 힘들면 고개만 끄덕여. 헤어진 거 맞지?"

　정희는 손가락을 매만지며 주춤하다가 곧 고개를 가로저었다. 그러고는 한 걸음 물러섰다. 어깨로 얹힌 그의 손이 뚝 떨어졌다. 앞서 걷는데 뒤에서 그가 말한다.

"진짜는 출국하지도 않았어. 그건 맞지?"

정희는 움찔하다가 찬찬히 몸을 돌렸다.

"우리 우선 밥을 먹어요."

정말로 허기진 사람처럼 애원하는 모습에 민우는 선선히 고개를 끄덕였다. 앞서 걷는 그녀는 또 어깨를 움츠렸다. 민우는 지적하지 않고 그녀의 가방만 낚아챘다.

"괜찮은데."

"내가 안 괜찮다, 휴우!"

그만 한숨이 나오고 만다. 처음에는 너무 추워 보여서 곁에 있어 주고 싶은 여자였다. 지금은 장항 집에서 보여 준 그녀의 천진한 모습을 그리워한다. 오리에게 정 들지 말라고 경고하고, 경자 씨의 술판 앞에서 투덜대고, 양말을 당기고 겉옷을 벗겨 주며 불퉁거리던 모습들이 그립다. 또 시간이 멈춰 버린 장항의 이곳저곳을 함께하며 더불어 위로를 받았던 기억들이 아득한 먼 기억처럼 여겨진다.

약봉지와 그녀의 기록을 발견한 뒤로는 까닭 모를 분노에 빠졌고, 그로 인해 민우 자신도 경제적인 이해관계를 떠나 누군가에게 꼭 필요한 존재를 꿈꾸어 보았다. 이 모든 속내를 그녀에게 당장 밝히려고 했다. 하지만 그녀가 고개를 가로젓는 순간 턱 말이 막힌다.

'제길, 첫 설계도가 옳았나?'

처음엔 기차에 갇힌 굴뚝새를 다시 세상 밖으로 날아가게 하는 일이 민우 몫의 전부인 줄 알았다. 공연히 수정을 했지 싶다. 회사로 찾아왔던 경자 씨의 모습이 떠오르자 이번에는 장항이 그립다.

'우리 경자 씨. 우리 어머님.'

그날 이후 무시로 가슴으로 부르게 되는 이름이 되었다. 심지어 경자 씨의 모든 애청곡을 공유 중이다.

'당신도 우리 경자 씨처럼 변화할 것이지. 더럽게 못난 양반 같으니.'

자신도 모르게 떠도는 어떤 상념에 민우는 부르르 몸을 떨었다. 정말이지 어머니를 죽음에 이르게 했던 이유는 평생 알고 싶지 않았다.

시장에 들어서자 그녀의 어깨가 한껏 펴진다. 마치 홈그라운드의 편함을 누리는 것 같아 민우는 실소했다. 마주 오던 할머니에게 정희가 살갑게 인사를 건넸다.

"어머, 허리는 많이 좋아지셨어요?"

하지만 할머니의 반응은 영 신통치 않았다.

"으응, 댁 덕에."

어색하게 대답하고는 피하듯 바삐 지나쳤다. 정희가 갸웃했다.

"아는 분이야?"

"네, 허리가 아프신데 2차 병원 이용 건으로 제가 조언을 약간 해 드린 적 있어요. 짐을 들어 주다가 어쩌다 보니 집까지 따라가 사정을 듣게 됐거든요."

그녀는 곧 화제를 돌렸다.

"보리밥이 좋아요, 집밥이 좋아요?"

해사하게 웃으며 물었다. 민우는 보리밥집을 가리켰다. 북적이는 손님들 틈에서 그녀는 밥을 급히 먹었다.

"체하겠다."

"자리가 없나 봐요. 빨리 먹고 자리 비워 주게요."

식당을 나온 그녀는 시장을 가로지르다가 빵집 앞에서 머뭇거렸다.

'내가 옆에 있는 지금도 넌 외롭니?'

그런 말이 나올 뻔했다. 그때 저쪽에서 각각 경찰복과 양복 차림의 남자가 다가왔다. 아까 보았던 할머니가 뒤따르고 있었다. 그들의 목적은 정희였다. 양복 입은 남자가 할머니에게 정희를 가리켰다.

"이 아가씨가 맞아요?"

"그려."

할머닌 정희에게 미안한 표정을 지으며 대답했다. 경찰을 뒤로하고 양복남자가 정희에게 정중히 신분증 꺼내 보여 주었다. 그는 이곳 시청 직원이었다.

"실례합니다. 할머님 말씀으론 저희 시청 일을 돕는다던데, 어떤 직원을 통해선지 알려 주시면 고맙겠습니다."

"아, 저 그게……."

정희는 큰 죄를 짓기라도 했다는 양 사색이 되었다.

"실은 서울시 공무원이에요. 사퇴했지만."

어폐가 있는 말에 경찰과 양복남자의 눈이 동시에 매서워졌다. 정희가 황망히 입을 열었다.

"전, 전 단지 할머니를 돕고 싶어서 그랬어요. 도움받는 입장이 조금이라도 편하시라고……."

"맞습니다."

민우가 거들었다. 양복남자가 민우를 바라보았다.

"선생님은 어떻게 되시죠?"

"결혼할 남잡니다."

"아, 그러시군요. 불쾌하게 들리시겠지만, 최근 혼자 사는 노인들에게 공무원을 사칭한 사기가 빈번해 제보를 받는 중입니다."

그때 빵집 주인이 나와 정희에게 인사를 건넨 뒤 호기심을 드러냈다. 양복남자가 힐긋 보고 정희에게 물었다.

"이 동네 사십니까?"

"아뇨. 서울에서 살아요."

"그럼 가족이 여기에……."

"아니에요."

양복남자가 연신 고개를 갸우뚱거렸다.

"제 신분증을……."

정희가 스스로 신분증을 건넸고, 양복남자가 경찰에게 넘겨 주었다. 정희의 개인정보가 낯선 사람 손에서 까발려진다는 사실에 민우는 화가 났다. 양복남자 뒤편의 경찰을 힐끔 보았다.

"여차하면 임의동행이라도 할 기세군요. 당연히 거부권을 행사하겠지만, 노상에서 시간 끌진 맙시다. 내 것까지 얼른 조회하고 끝내죠."

민우가 신분증과 명함을 꺼내 건네주었다. 정희의 진심 어린 호의가 왜곡되는 것에 잔뜩 화가 나기도 했지만, 그런 와중에 차가운 이성은 신경외과 전공의인 친구의 조언을 기억하고 있었다. 친구는 신뢰감을 강조했었다.

조회를 마치고 두 사람에게 정중히 고개를 숙인 후에도 양복남자는 빵집과 할머니를 번갈아 보며 고개를 갸웃했다. 민우가 그에게 물었다.

"선생님은 지독히 외로워 본 적이 없으시죠?"

대답은 듣지 않고 민우는 몸을 돌렸다. 벌써 정희는 저만치 걸어가고 있었다. 빠른 걸음으로 시장을 벗어나 옛 대천역을 지나 다시금 생태 숲에 이르러서야 그녀는 느슨하게 걷기 시작했다. 가쁜 숨은 폐활량의 과소비 때문은 아닌 듯싶다. 과연 도중에 주저앉은 그녀는 심장을 움켜쥐고 거친 숨을 토해 냈다.

"하악, 하악."

"일어나."

민우는 그녀의 손을 잡아 일으켰다. 다리가 넷 달린 송이버섯 모양의 정자로 걸음을 옮겨 그녀와 나란히 앉았다. 그녀가 심장의 고통을 다스릴 때까지 가만히 앉아 있었다. 어디선가 투명한 새소리가 들렸다. 어미를 잃은 새끼 같은 구슬픈 투명함으로 그녀가 말했다.

"실망했죠?"

민우는 대답하지 않았다. 그녀의 목소리는 젖어 있는 대신 낯선 냉소를 담고 있었다.

"다른 건 몰라도 시청 일 돕는다는 건 진즉에 고백하려 했어요. 거리끼지 않고 뱉은 거짓말이었거든요. 뭐, 이젠 모든 게 믿을 수 없는 사람이 된 것 같지만 말예요."

"다른 건 몰라도?"

민우는 그녀의 말을 뇌까리다가 담담히 말했다.

"그래, 그 다른 거짓말이란 것도 털어놓지 그래. 혹시 알아? 속이 시원해질는지."

"거짓말……."

그녀가 머리를 감싸 안았다.

"모르겠어요. 뭐가 거짓이고 진짠지 나도 모르겠어요."

그녀의 흐느낌에 민우가 살짝 목소리를 올렸다.

"모르겠다는 걸 말해 봐."

갑자기 그녀가 처절한 울음소리를 냈다.

"맞아요. 난 거짓말쟁이예요! 동생과 함께 산다는 말도 거짓말이고, 부모님이 끝까지 행복했다는 말도 거짓말이에요. 아빠가 돌아가셨다는 것도 말예요!"

민우는 그녀가 울도록 내버려 둔 채 바삐 머리를 굴렸다. 어쩌면 거짓말이 맞지 싶다. 다만 그녀는 인정하고 싶지 않았으리라. 민우 자신이 어머니가 죽은 이유를 절대로 인정하지 않았던 것처럼 말이다.

정희는 스스로 금방 눈물을 지우고 고개를 들었다. 여전히 눈동자엔 하늘 길을 잘못 디뎌 우물에 풍덩 빠진 샛별을 담고 있었지만 그 빛은 한결 선명해 보였다. 얼마나 깨물었는지 피가 밴 입술 사이로 제법 비장한 목소리를 내보낸다.

"하지만, 하지만 말예요. 이젠 뭐가 거짓이고 진실인지 알 수 있을 것 같아요."

아무렴. 민우는 참견하지 않고 고개만 끄덕였다. 어차피 스스로 일어서지 않는 삶은 위기에 취약하다.

"아무튼 장민우 씰 기만해서 죄송해요."

경자 씨의 기록을 안 보았다면 기만당했다는 생각에 화가 났지 싶다.

"그동안 수고하셨어요."

"뭐?"

"이 길로…… 가셔도 돼요. 훨훨."

민우는 이맛살을 잔뜩 찌푸린 채 그녀를 바라보았다. 그녀는 좀처럼 눈길을 섞지 않고 정면만 응시했다.

"이봐요, 어린 아가씨. 계약이란 일방적으로 파기하는 게 아니랍니다."

"아아, 전 어려요. 맞아요. 어른이 되지 못하고 있어요."

분위기 전환을 꾀하고자 꺼낸 말에 그녀는 얼굴을 파묻고 자책했다.

"처음부터 대천에 정이 든 건 아니었어요. 시장에서 아빠와 마주친 적이 있는데, 그때 이후로 그곳으로 자꾸 가게 되더라고요. 시간이 역행해 그날의 아빠와 다시 마주칠 거라는, 그런 엉뚱한 착각에도 빠졌고요. 그러다가 정이 든 거예요. 동생을 미련하게 기다리는 서울을 떠나, 또 불편한 장항을 떠나 제3의 영역을 만들고 싶었나 봐요."

이제 그녀가 대천에 새로이 구축한 아지트는 깨졌다. 여러 날에 걸쳐 사람들을 새로 익히며 들인 공이 만만치 않을 것 같지만 차라리 깨진 게 낫지 싶다. 본진으로 돌아가 그곳에 충실할 수 있다면 말이다. 한참을 기다려도 그녀가 말이 없자 민우는 채근했다.

"내친김에 아빠와 동생 이야기도 꺼내 봐."

물꼬를 튼 탓인지 그녀는 오래 머뭇거리지 않고 양만철과 준수에 관한 이야기를 풀어 놓았다. 듣는 중에 몇 번이나 안아 주고 싶었는지 모른다. 하지만 그때마다 한성준에 관해 물을 때 그녀가 고개를 가로저었던 모습이 벽이 되었다. 그녀의 이야기가 다 끝난 후 민우는 잔인한 줄 알면서도 또 물었다.

"한 번만 더 물을게. 한성준과 헤어졌지? 맞으면 고개만 끄덕여 봐."

그녀는 여전히 고개를 가로저었다. 하지만 머뭇거린 끝에 나온 그 움직임은 처음보다 눈에 띄게 약했다.

"쿨룩!"

그녀가 잔기침을 했다. 아마도 말을 너무 많이 한 탓인가 보다. 더 듣고 싶은 말은 다음으로 미루기로 했다.

"가서 뜨거운 차 마시자."

민우는 정희의 손을 잡았다. 그녀는 조심스럽게 그 손을 빼면서 민우를 따랐다. 가까운 찻집으로 들어가 유자차를 마셨다. 쉽지 않은 하루였는데도 창밖을 바라보는 그녀의 눈빛엔 생기가 담겼다. 그녀가 반짝이는 눈빛을 하고 민우를 바라보며 살짝 얼굴을 붉혔다.

"다 털어놓으니 시원하네요. 별난 인생이죠?"

아니라는 대답을 통해 위로받고자 하는 속내가 빤히 보이는 그 질문에 민우는 인심을 썼다.

"별나긴. 말 잘 듣고 털어놓아 착하기만 하던데."

그녀가 갸웃하더니 이내 무슨 말인지 알아차리고 피식 웃었다.

"근데 장민우 씨."

아까부터 새삼 풀네임인 게 못마땅하다.

"굳이 장민우 씨 신분증까지 내밀 필욘 없었잖아요. 사실 그 때문에 제가 솔직히 털어놓을 용기를 갖긴 했지만. 근데 제가 진짜 사기꾼이라도 됐으면……."

"내가 바보냐?"

"네?"

"자기 혼약자를 못 믿게. 그럼 정희는 자기 혼약자가 의심받으면 혼자만 도망칠래?"

"혼약자……."

"잊었어? 어쨌거나 지금 난 정희 혼약자잖아."

정희는 울컥하는 마음을 감추며 차분히 응수했다.

"혼약자…… 그렇군요. 맞아요. 오늘 급행혼약 수습회의를 하기로 했었죠."

"응. 장항선 급행혼약. 첫 회의도 대천이었지. 그보단 장항은 어떡할래. 간다고 연락한 거 아녔어?"

"봐서 간다고 했어요."

정희는 손가락을 주물거리고 있는 자신을 발견하고 움찔하며 주먹을 꽉 쥐었다.

"근데 오늘은 안 갈래요. 청소 먼저 하고 싶어요."

"청소?"

"너무 오래 방치해 어느새 제 삶을 가리고 있는 이끼며 거미줄 같은 거라고 해 두죠."

민우는 고단해 보이는 얼굴 속에서도 생기를 머금은 그녀의 눈빛을 바라보다가 아쉬운 표정을 드러냈다.

"잔뜩 기대했는데."

"장항이 좋아요?"

"우리 경자 씨……가 말린 생선, 그 맛에 중독됐거든."

"저라고 왜 안 먹고 싶겠어요. 근데 몇 번이나 먹었다고 중독 타령이에요?"

"뭐, 우리 경자 씨 솜씨야 한 방이면 충분하지."

"하긴. 포유류인 곰이나 늑대도 생선을 좋아하긴 하죠."

민우의 너스레에 이어 정희는 쾌하게 말을 이었다.

"회의 시작해요."

정희가 찻잔을 한쪽으로 치우고 테이블 위로 손을 올렸다.

"볼펜하고 종이 좀."

그의 요구에 정희는 가방을 열어 스프링노트를 꺼내 끝장을 북 뜯어냈다. 보던 민우가 묻는다.

"기록은 계속하고?"

정희가 갸웃하자, 그가 덧붙인다.

"린드그렌 여사처럼 부모님 이야길 쓴다고 했잖아."

"아! 맞아요. 사실 이걸 기록하면서 객관적인 시야를 얻는 중이에요. 썩 유용했어요."

정희가 생긋 웃었다. 그 웃음에 민우는 흠칫했다.

"방금 그렇게만 웃을 줄 알면 남자들 줄줄이 넘어오겠어."

"본인은 알아요? 가끔 싱거운 거."

"안 어울려?"

"글쎄요."

그런 틈이 보여 편하다는 소감을 새삼 드러내기 싫어 얼버무렸다. 쿨룩. 기침이 나왔다. 말을 많이 한 후유증이다. 그러고 보니 민우를 만나고부터 석 달 동안 했던 말 전체의 두 배 정도는 풀어 놓은 것 같다. 그가 힐긋 보고는 볼펜을 쥔 채 말한다.

"첫째, 할머님 생신 때까진 완벽한 혼약자로 장항을 간다. 잔치 가 끝나 갈 무렵 장민우는 다른 친척들과 말을 가능한 섞지 않은 채 먼저 상경하여 임무를 마친다. 둘째, 양정희는 할머니 임종 때 까지……."

민우가 멈칫하며 생각을 더듬자, 정희가 나섰다.

"후속 조치는 제가 알아서 할게요."

"흠, 난 차 버렸다고 할 거야?"

"스스로 떠났다고 하는 게 좋아요?"

"그보다…… 그냥 아는 사람으로 남는 방도는 없을까. 요컨대 결혼은 진짜하고 하더라도 난 경자 씨를 계속 보러 간다든가."

정희가 쓸쓸히 고개를 가로저었다. 그러자 민우는 쓸쓸히 고개를 끄덕였다. 그녀가 문득 어두운 표정을 지었다.

"혹시라도 말예요. 그럴 일은 없겠지만, 혹시라도 말예요. 장민 우 씨 명함으로 엄마가 전화를 하면……."

"면목 없습니다. 따님의 뜻을 존중하기로 했습니다. 이게 내 답 이야."

"나, 나쁘진 않겠네요."

"못마땅한 얼굴이네?"

"엄마하고…… 술자리는 괜히 가진 것 같아요. 그리 오래 누구 하고 마주 앉은 적이 없었거든요."

"그래서 생신날 푼수 노릇 좀 할까 해."

"일부러 실망시켜 드릴 필욘 없어요. 할머니 눈도 있으니까."

이쪽보다 더 걱정하는 듯싶은 장민우의 반응에 정희는 탁한 한숨을 토했다. 그러고 보니 계속 그렇게 살았다. 다음 일은 알아서 해결될 거야, 시간이 지나면 다 제자리로 돌아갈 거야, 따위의 안일함을 인내심으로 착각했다. 그리고 늘 누군가에게 의지하려 들었다. 엄마가 그랬던 것처럼.

문득 엄마의 몰랐던 삶이 보인다. 처음에는 외할머니에게 인생을 맡겼고, 이모와 외삼촌에게 조언을 들으며 살았다. 그러다가 나중에는 아빠에게 온통 의지하며 살아왔다. 비록 지금은 홀로서기에 성공해 보인 것 같긴 해도 퍽이나 늦은 건 사실이었다. 그리고 오로지 아름다운 삶만을 품으려 드는 욕심으로 정희 자신도 엄마의 전철을 밟아 가는 중이다. 엄마는 늦게라도 알에서 깨어났는데도 말이다.

"셋째……."

장민우는 더 말을 잊지 못한 채 난감한 표정을 지었다. 시원시원하게 자신의 계획을 밝히던 지난번 모습과는 확연히 달랐다.

"어렵군."

그가 허탈하게 내뱉었다. 정희가 쓸쓸히 응수했다.

"사람 사는 일이 공부보다 어렵죠?"

그는 쓴웃음을 지으며 볼펜을 내려놓았다.

"그렇긴 하네."

민우는 유흥가가 밀집한 바깥 거리로 시선을 둔 채 생각에 잠겼다. 정희는 건더기만 남은 유자차에 뜨거운 물을 부은 후 홀짝거렸다. 그가 천천히 고개를 돌렸다.

"서울 집으로 갈 거야?"

"예."

"여기까지 왔는데 굴뚝은 안 보고?"

"굳이 굴뚝을 안 봐도 되지 싶어요. 뭐랄까. 어쩐지 처음부터 굴뚝은 제 안에 있었던 것 같아요. 다만 제 자신과 대화에 게을러서 못 본 것 같고요."

바라보는 그가 포근하게 웃는다. 그렇게만 웃을 줄 알면 여자들 줄줄이 따르겠네요, 하는 말을 삼키며 정희도 조용히 웃었다.

"장민우 씬요?"

"바람 좀 쐬다 가려고."

"바다 가고 싶어요?"

"동행해 줄 테야?"

"글쎄요. 근데 쉬는 날엔 형님네 가족하고 어울리진 않나 봐요?"

"우리 형은 처갓집 문턱 닳아 없애는 중이라 쉬는 날이 더 바빠."

그가 모처럼 개인사에 관해 대답을 해 주자 정희는 왠지 기분이 좋았다.

"좋아요. 바다 가요."

추억이 담긴 서천의 춘장대 해수욕장이 그리웠지만 여기선 대중교통으론 곤란했기에 대천 해수욕장으로 가는 버스를 탔다. 버스는 한산했고, 두 사람은 뒤쪽으로 가 나란히 앉았다. 자주 안 타는 버스인지라 이따금 멀미가 났는데 오늘도 속이 안 좋아 손으로 입을 가린 채 머리를 푹 숙였다.

"멀미?"

그가 물었다.

"견딜 만해요."

"앞으로 옮길까?"

민우가 손을 잡아 이끌었다. 맨 앞 외자리에 그녀를 앉히고는 그는 뒤에 앉았다.

"앞을 보고 직접 운전을 한다고 생각해."

배운 적이 있다. 빠르게 스치는 시각 정보를 뇌가 채 해석하지 못하는 바람에 전정감각, 즉 평형감각이 혼란을 느껴 멀미가 나온다고. 어쩌면 삶도 그런 것 같다. 자신의 인생을 직접 운전하면 시시각각 눈으로 들어오는 정보를 바탕으로 속도와 지형을 뇌가 속속 분석할 수 있지만, 그저 몸을 맡기고 가면 뇌는 혼돈을 겪을 수밖에 없으리라. 그렇다고 일정한 패턴을 갖추어 심한 흔들림이 없는 기차만 고집할 순 없는 게 또한 삶이다.

버스에서 내려 바다를 바라보며 다가서다가 정희가 불쑥 물었다.

"혹시 전정감각이라고 알아요?"

"전정감각, 평형감각을 포함해 중력과 가속도에 반응하는 감각?"

"네, 엄마가 아이를 허공에 던졌다가 받아 주고 놀아 주면서 알게 모르게 훈련시키는 감각이죠."

"흠, 듣고 보니 썩 유익한 3차원 공간 훈련법이군. 근데 왜?"

"문득 그런 생각이 들었어요. 오늘 내 모습이 자신이 어디에 서 있는지를 파악하려고 전정감각을 익히는 아이 같다는…… 근데 장민우 씬 3차원이란 용어를 자주 쓰네요."

"직업병이야."

"네?"

"명함 봤잖아. 뭐, 직원이 죄다 젊은 신참투성이라 직함이 과장되긴 했어도 3D프린터에 몸담고 있는 건 사실이야."

그가 시큰둥하게 내뱉은 말이 쉬 소화가 안 되어 정희는 한참을 갸웃했다.

"명함이…… 진짜 본인 거라고요?"

"응."

"그럼 유품 정리 일은……."

"쫓겨났어. 아무튼 어쩌다 보니 급하게 새 직장에 출근하게 됐어."

"그, 그렇군요."

직함이 과장되었다고 해도 한동안 신기술로 매스컴을 탔던 회사다. 보수가 적지는 않지 싶다. 그렇다면 그는 돈이 아쉬울 이유가 없다. 갑자기 혼돈스럽다.

드물게 포근한 날이어도 바닷바람은 제법 차가웠기에 머플러를 코까지 둘렀다. 이런 선물을 그가 또 건넨다면 편하게 받지 못할 것 같다. 이내 생각을 축약했다. 어차피 그는 타인으로 돌아가기로 예정되었다. 설령 성준에 관해 집요하게 묻던 그가 남는다고 해도 상황은 달라지지 않을 터였다. 그 전에 이쪽에서도 그에게 무언가 선물을 주고 싶다. 어쩌면 오늘이 마지막일 수도 있으니 말이다.

"장민우 씨 장항에 왔던 날, 형님이 아버지를 겸한다고 했잖아요."

"사실이야."

"이런 말하기 좀 건방진데요……."

정희가 차마 말을 잇지 못하자 그가 채근한다.

"괜찮아."

"자알 키우신 것 같아요. 동생을."

정희를 향해 이맛살을 모으던 그가 곧 피식 웃었다.

"맞아."

그러자 정희도 참았던 웃음을 흘렸다.

"그래서 제가 형님분께 선물을 주고 싶어요."

"우리 형은 받는 걸 안 좋아해. 그저 퍼 주는 데 만족을 누리는 양반이야."

"그러니까 더 선물이 필요하지 싶어요. 만족지수가 상승하게끔."

그는 말없이 파도가 밀려드는 해변으로 시선을 돌렸다. 그러고는 밀물이 있기에 썰물 때도 생명을 유지하는 저 모래 깊은 곳까지 가늠하는 양 눈동자를 빛냈다. 그가 모래를 한 주먹 쥐었다가 손가락 사이로 흘려 냈다. 아련한 말씨 또한 흘려 낸다.

"할머니집 근처로 강이 있었어. 형은 모래집을 지을 때마다 방을 많이도 만들었어. 세 칸 방, 네 칸 방, 그렇게 잘도 넓게 짓더라. 난 항상 방 하나를 가지고 있는 집으로 높게 지었어. 대신 화려하게 꾸미고 담벼락도 만들었어. 장가가도 같이 살자는 게 형의 입버릇이었어. 내키지 않아도 지금 같이 살고 있는 중이야. 어릴 적 형 소망이 세뇌된 건진 몰라도 나답지 않게 따른 거지. 짧은 시기지만 형수님 밥상을 받으면서 세상에 대한 미움이 덜해진 것 같아. 아마도…… 형수님 반찬엔 우연하게도 인간성 회복에 도움을 주는 영양분이 포함됐던 거겠지, 뭐."

햇살은 대각선으로 바다로 직행해 무수한 금빛 비늘을 만들었고, 그 위로 다시 장밋빛 파편을 꽃가루처럼 뿌려 댔다. 분홍빛 햇살이 드리워진 그의 눈가로 살짝 물기가 어렸다. 정희는 그가 말을 멈추었어도 여전히 귀를 쫑긋 세우고 부드럽게 바라보는 중이다.

민우는 그녀를 정면으로 바라보며 멋쩍게 웃었다. 순간 그녀의 눈동자에 박힌 샛별이 낯설었다. 여름밤이 아닌데도 또렷이 보인다. 별의 강 은하수가. 그때 고인의 편지가 생각난다.

세상 그 누구보다도 남의 말을 잘 들어 줄 것 같은 양정희 선생에게 이 돈을……

살면서 타인에게 한 번쯤 드러내고 싶었던 속내를 방금 끄집어 냈다. 그 대상은 고인의 글귀를 읽는 순간 이미 정해졌던 것 같다.

"어머님은……."

정희가 조심스럽게 입을 열었다.

"많이 일찍 돌아가셨어요?"

단박에 그의 얼굴로 햇살을 가리는 먹구름이 낀다. '아차'를 삼키는 순간 그가 말한다.

"얼굴을 몰라."

정희는 울컥했지만 애써 차분한 눈길을 유지했다.

같은 순간 민우는 창졸지간에 떠오른 경자 씨 생각으로 짐짓 당황했다. 이제 한 가지는 부정할 수 없는 진실이 되어 버렸다. 자신의 어머니는 약했지만 경자 씨는 강했다. 조금만 맘을 독하게 먹었으면, 아니 자식들을 조금이라도 염두에 두었다면 살아날 수도 있었는데도 우울증 약에만 의지했던 어떤 어머니보다는 경자 씨가 백배 천배 강했다.

아버지 이야기는 정희가 차마 묻지 못하던 차에 그가 먼저 꺼낸다.

"아버진 일찌거니 당신 인생 누리러 떠났어."

그래서 할머니와 형이 키웠다고 장항에서 밝혔다.

"난 나침판까지 동원해 아버지가 사는 방향을 파악하고 그쪽으론 쳐다보지도 않으려 이를 악물었어. 하지만 형은 아니었어. 내 생일날 형이 케이크를 가져왔는데, 수상해서 빵집 포장지를 살펴보니 아버지 동네 거더라. 케이크를 내던지고 대판 싸웠어. 그래도 나 몰래 몇 번 다녔던 것 같아. 아버지가 노골적으로 꾸짖어도 말야. 나중에 들은 말인데, 그쪽 아줌만 도리어 형을 반겨 주었대, 후후."

가슴을 아리게 하는 웃음소리다. 그가 살며시 몸을 돌렸다. 정희는 그의 삶을 가늠하다가 동화되어 흠뻑 젖어 있는 눈이 부끄럽지 않았지만, 그는 아닌 것 같다. 한사코 등만 보이고 있는 그를 향해 자신도 모르게 정희는 양팔을 벌렸다. 그를 안은 쪽은 정희 자신인데도 어쩐지 그가 이쪽을 안아 주는 것 같다.

그렇게 민우는 정희에게 등을 내주고 먼 바다를 오래도록 바라보았다. 파도 소리 외엔 세상의 모든 소리가 멈추었고, 뺨으로 느껴지는 민우의 미동 외엔 세상의 모든 움직임이 정지되었다.

기차역으로 가는 동안 그는 시종 입을 다문 채 생각에 빠져 있었다. 익숙한 모양새였기에 정희는 굳이 간여하지 않고 이쪽 나름의 생각에 잠겼다. 매표소에서 안내받은 승차권은 입석뿐이었는데 예산부터는 앉아 갈 수 있다는 표가 있기에 구입했다. 정희는 그를 가만히 바라보았다. 그가 으쓱 어깨를 들어 올리자 방긋 웃으며 생각한 바를 꺼냈다.

"엄마가 말린 박대가 먹고 싶어요?"

그가 고개를 까딱 움직였다.

"수원에서 내리면 가능해요."

"수원?"

"예. 엄마가 말린 걸 가져가는 식당이 거기 있거든요. '섬과 섬'이란 일식집인데, 조용우 셰프라고, 유명한 조리사가 그걸로 음식을 만들어 줘요."

"혹시 거긴 체인점 아닌가?"

"그렇긴 한데……."

정희는 주변을 둘러본 뒤 대단한 비밀이라도 되는 양 속달거렸다.

"엄청 거물인 분이 가끔 거길 와요. 실은 그분이 즐겨 드셔서 박대랑 이것저것 가져가는 거래요."

경자 씨의 손을 거친 생선에 대한 자부심으로 들떠 보이는 정희의 모습에 민우는 선선히 따랐다.

"그리고요, 가고 싶은 데 있음 가요. 필요하다면 제가 조용히 동행해 줄게요."

"어딜?"

"으음, 보고픈 영화가 있는데 혼자라 쑥스러우면 제가 동행한다든가 뭐, 그런 거요."

잠시 생각을 어루더듬던 그가 쓴웃음을 짓더니 차갑게 내뱉었다.

"됐어. 우리 경자 씨가 말린 생선이면 충분해."

그가 일전에 그랬던 것처럼 이쪽도 같은 방법으로 선물을 주고 싶었지만 아쉬움을 삼켜야 했다.

기차에서 서서 가긴 했지만 아무 때나 자유롭게 자리를 옮길 수 있어서 좋았다. 객실 안에 서 있다가 카페 칸으로 옮겼다. 의자엔 사람들로 가득했다. 민우는 새 바지를 입은 것에 전혀 개의치 않고 카페 한구석에 주저앉아 등을 기댔다. 정희도 바닥의 먼지만 대충 털어 내고 따라 했다.

"이리 앉으니 유대감이 더 생기는 것 같군."

그가 말했다.

"같은 난민이라는?"

정희의 너스레에 그가 썩 밝게 웃었다.

"대천에서 펑펑 울던 아가씨가 맞는지 모르겠네."

"쉿, 창피하게."

하지만 왠지 평소와는 달리 주변의 눈을 의식하지 않는 중이다. 그는 지그시 눈을 감았다. 정희도 눈을 감고 열차의 흔들림에 유익하게 혼곤한 몸을 맡겼다.

얼마나 그렇게 있었을까. 그의 나지막한 목소리에 눈을 떴다.

"정희가 도움 줬다던 대천 할머니…… 배신감 느끼진 않았어?"

"처음엔 억울했어요. 근데 할머니 입장에선 그럴 수도 있겠단 생각이 들어요."

"성녀 탄생이로군."

"아, 좋은 일 할 뜻으로 나선 건 아녜요. 솔직히 나도 몰래 착각했던 거예요. 정말로 그 동네 사람이고, 정말로 그곳에 근무한 걸로."

"전에부터 사기 문제로 말이 떠돌았어."

"네?"

"혼자 보리밥 먹으러 갔다가 들었어. 정희한테 경고해 주려다가 귀찮아서 안 했지만."

"귀찮아서……."

"우리 계약하곤 상관없는 일이잖아."

"하긴."

정희는 쾌하게 받아들였다.

"만약에 말인데 시장에서 아빠를 만났다면 뭐라 말했을까?"

"솔직히 나도 잘 모르겠어요. 엄마가 기다린다고 말해 줘야 하나? 그렇게 망설이기만 했으니까요."

"아빠가 보고 싶었던 건 아니고?"

"절대 아녜요. 보고 싶다면 인천을 얼씬거리지 왜 대천을 헤맸겠어요!"

강하게 부정하는 정희에게 그는 선뜻 납득하기 어렵다는 얼굴을 했다.

"알았어. 요컨대 타임머신을 기다린 거군. 그나저나 제3의 영역이 깨졌으니 어쩌나?"

"그러게요."

"앞으로도 집이 불편할 것 같니?"

"사실 부모님 입장에서 보자면 서울 집은 판문점이었어요. 거기서 동생이 규칙을 어기고 한쪽으로 넘어가 버린 거죠. 전 보초병으로서 직무유기를 했고요."

"이사를 하지 그래."

"아녜요. 난 거기서……."

준수를 기다려야 한다는 말이 안 나온다. 냉정하게 따지자면 시시각각 변모하던 준수의 정서를 어린 누나가 쉬이 컨트롤할 수 있다는 생각 자체가 오판이었던 것 같다. 지금은 또 어떻게 변모 중인지 쉬 가늠이 안 된다.

인천으로 떠나기 직전의 준수는 걸그룹과 꽃미남들의 브로마이드를 벽에 처바르고, 마치 그게 대한민국의 평균 외모라도 되는 양 하늘 같은 누나의 키며 외모를 감히 능멸하기를 서슴지 않았고, 또 자신의 외모 변화에 초조함을 감추지 않았다.

구박을 감수하며 딱 한 번의 면회를 갔을 적에, 아직도 걸그룹 노래만 듣냐고 묻는 정희에게, 준수는 '국카스텐'이며 '검정치마' 등의 인디밴드를 언급했다. 집에 와서 검색해 본 후 꽃미남이라고 부르긴 영 망설여지는 남자들로 뭉친 밴드라는 사실 하나로 미련한 희망을 보태기도 했었다.

이제 종지부를 찍어야 했다. 준수를 위해서도 그게 낫지 싶다. 그러려고 방 밖으로 나와 놓고도 얻은 것은 제3의 영역뿐이었다. 그마저도 깨진 마당이니 이사도 나쁘진 않지 싶다.

"이사, 괜찮은 것 같아요."

정희가 뒤늦게 대답했다.

예산부터는 그와 나란히 앉을 수 있었다. 평택에 이르도록 혼자

만의 생각에 잠겨 있던 그가 불쑥 묻는다.

"사표는 병 때문에 낸 거야?"

"꼭 그렇지만은 않아요. 그 사람이 결혼하면 그만두라고 했어요. 전 자랑이라고 동료들한테 성급히 털어놓았고요. 후후, 제가 남의 말 잘 듣잖아요. 꼭두각시 인생이라도 냉큼 받아들일 정도죠."

그는 입술을 들썩이다가 조용히 창으로 시선을 돌렸다. 수원까지 그렇게 둘은 가만히 앉아만 있었다.

수원역에 내려 택시를 탄 끝에 '섬과 섬' 본점으로 들어섰다. 다른 매장과는 달리 단층집 주택을 개조한 공간이었으며 적지 않은 세월을 지켜 낸 듯한 분위기였다.

"어! 아가씨 오셨네요!"

20대 중반의 단아한 여자가 정희를 반기며 안쪽 테이블로 안내해 주었다. 간단하게 앞치마를 걸친 거로 보아 부친의 가게 일을 돕는 중인가 보다. 정희는 자리에 앉으며 그녀를 향해 뒤늦게 소감을 드러냈다.

"절 기억하시네요."

"그럼요. 이름도 비슷하잖아요."

유정아, 양정희. 고작 한 글자가 같을 뿐인데도 의미를 둔다. 민우를 힐끔거리던 유정아가 배시시 웃었다.

"박대는 아빠가 전화받고 준비해 놨어요. 얼큰한 조림이 낫겠죠?"

"좋아요. 이런 부탁해서 죄송해요."

"얼마든지 하세요. 안 그래도 아빠가 장항 아줌마한테 얼마나 고마워한다고요."

유정아의 부친은 한 달에 한 번 꼴로 장항에 직접 들러 생선을 가져가는 한편 이곳 셰프와 함께 이따금 엄마의 밥상까지 누리는 특혜를 받고 있었다. 유정아가 인사를 나눈 후 반대편으로 사라지자, 민우가 '와우' 하며 말을 흘렸다.

"우리 경자 씨 솜씨가 전국구인 줄 몰랐는걸."

"여기 셰프도 엄마 솜씰 인정해요. 그러니 그런 분께 장항에서 손수 상을 받아 봤던 걸 영광으로 아세요."

"여부가 있겠습니까. 헌데 자주 왔어?"

"그런 셈이죠."

"와선 수원에 볼일 있다고 핑계를 댔겠지?"

"어, 들켰네요, 훗!"

메뉴에도 없는 조림에 앞서 30대 중반의 조리사가 다가왔다. 장항에서 한 번 마주쳤던 조용우 셰프였다.

"반갑네, 아가씨."

짧게 인사를 건네고는 다양한 음식이 조금씩 담긴 접시를 내려놓았다.

"이게 뭐죠?"

"어머님을 존경하는 내 마음을 딸에게 대신 전하는 거야."

"와, 맛있겠네요. 그리고 너무 예뻐요, 조리장님."

"에잇, 어머님 솜씨에 비하면 쥐구멍행이지. 아마 장항 아줌마만큼 예쁘게 칼질하는 사람은 우주에 없을 거야."

조용우 셰프의 말에 민우도 열심히 고개를 끄덕였다. 남들이 알아주고, 또 이렇듯 칭찬해 주는 엄마의 특기를 정작 딸은 일찍 헤아리지 못했던 바가 미안하다. 아까부터 민우는 '엄마미소'를 짓고 있었다. 조용우 셰프가 돌아간 뒤 물었다.

"기분이 좋아 보여요."

"응. 우리 경자 씰 칭찬하잖아. 정희는 아냐?"

"아닌긴요. 봐요. 어깨지수가 낙타 등이잖아요."

스타 셰프가 챙겨 준 음식을 젓가락질하다가 민우를 보았다.

"왜 안 먹어요?"

"응. 우리 경자 씨 음식 먹기 전이니 배를 비워 두려고."

갑자기 입구가 어수선해졌다. 정장 차림의 중년 남자가 일행을 홀에 남겨 둔 채 혼자 거만한 모양새로 내실로 들어가고 있었다. 정희가 재빨리 속삭였다.

"봤어요?"

"응."

"누군지 모르겠어요?"

"몰라."

"그럼 제이씨 그룹은 들어 봤어요?"

"당연히."

"바로 저분이 그룹 회장님이세요."

"가만, 방금 그 건달 같은 양반이 허……."

"딩동댕! 허동수 회장님이세요. 저분 까다로운 식성 때문에 엄마 생선을 계속 가져가는 거래요. 잠깐만요. 회장님이 왜 건달 같아요? 멋진 신사 같기만 한데."

민우는 입을 벌린 채 정희를 바라보았다. 경자 씨의 음식만 사랑할 줄 안다면 골롬도 멋쟁이 신사가 될 터였다. 아주 신이 났다. 아이돌스타를 만난 극성팬이 따로 없다. 이제 정희는 어깨지수로도 부족한지 눈시울까지 동원한다. 그녀가 왜 수원까지 일부러 종종 밥을 먹으러 왔는지 알 것 같다. 민우는 곧 장단을 맞추었다.

"으흠, 상황을 간단히 축약해 보자면, 우린 지금 대기업 회장님과 같은 곳에 앉아 같은 메뉴를 기다리는 중이군."

"그쵸?"

어느덧 민우도 어깨지수를 올리며 뇌까렸다.

"대단해. 우리 경자 씬."

박대조림은 과연 빼어난 맛이었다. 하지만 민우는 경자 씨가 내준 조림의 맛까진 누리지 못했다. 음식의 속성이란 게 그랬다. 그것을 만든 사람의 마음을 더불어 누리게 된다.

요컨대 음식은 만든 사람과 먹는 사람 사이의 영혼을 이어 주는 다리와 같다. 더욱이 집밥은 차리는 사람이 누구를 위한 음식인 줄 정확히 알면서 만들고, 또 먹는 사람은 누가 자신을 위해 만들어 준 건지 알 수 있다. 그리고 언뜻 평범해 보이는 그런 위대한 밥상의 가치는 아이러니하게도 그것을 잃어 본 사람만이, 또 그것을 사무치게 그리워했던 사람만이 진정으로 헤아릴 수 있다.

그릇을 거의 비워 갈 즈음 유정아가 김이 모락모락 나는 숭늉을 가져왔다.

"숭늉에 집착하는 특별한 손님이 계셔서 하는 김에 좀 더 했어요."

맛있게 얼얼한 속을 숭늉으로 식히며 바닥의 누룽지까지 떠먹자니, 한 사발 가득 숭늉을 가져왔던 경자 씨가 떠오른다. 안 먹으면 버럭 성을 낼 것 같아 억지로 삼켰다. 그렇게 초면에 사람을 긴장하게 하고 기를 못 펴게 했던 경자 씨의 모습이 이제는 은은한 웃음을 안겨 준다.

정희는 음식을 뜨다가 한편에 앉아 있는 가족 손님을 자꾸만 바라보게 되었다. 잠깐 자리를 비우려는 엄마를 애써 따라가려고 했던 예닐곱 살 아이 때문이었다. 지금 아이는 엄마가 살을 발라 준 생선을 부지런히 받아먹고 있었다. 그 가족의 모습이 캡처되더니 오래된 사진과 겹쳐진다.

그악스러운 엄마의 모습을 감당 못해 도망치듯 돌아섰던 그날 이후 오랜만에 장항 집에 들렀을 때, 엄마는 마당에서 무언가 태우고 있었다. 언뜻 보니 사진 쪼가리 같은 게 보였다. 담배를 태우는 엄마 모습은 그날 처음 보았다. 그리고 그날 이후 아빠가 포함된 온전한 가족사진은 안방에서는 볼 수 없었다.

이따금 그날을 떠올리면 마당의 연기가 먼저 어른거렸다. 엄마의 담배 연기와 함께 한숨이 섞인 연기는 새의 깃털이 되었고, 그러다가 새가 되어 훨훨 날아갔다.

식당 한편에 앉아 있던 가족이 이쪽을 보고 갸웃했다. 정희는 고개를 돌렸다. 순간 그쪽 가족을 보고 있었던 민우 역시 고개를 돌리다가 정희와 눈길이 섞였다. 어색하게 얽힌 눈길은 잠깐이었다. 두 사람은 이내 테이블로 각각 눈길을 붙이고 젓가락을 놀렸다.

"정희야."

조심스럽게 부르는 소리에 고개를 드니, 그는 앞을 본 채 말한다.

"계산대 앞쪽으로 블랙 슈트 남자 보이지? 티는 내지 말고."

"혼자 밥 먹는 손님?"

"아는 사람이야?"

정희는 다시금 힐끔 보고는 고개를 가로저었다.

"근데 왜요?"

"그냥. 기차에서 봤던 사람을 여기서 또 보니 신기해서."

태연한 말씨와는 달리 민우는 적이 신경을 쓰는 눈치였다.

"장민우 씬 눈썰미가 좋은가 봐요. 어떻게 그런 걸 다 기억하죠?"

"뭐, 사물을 속속 스캔하는 버릇, 아니 직업병이겠지."

"전부터 그런 생각이 들었는데요, 장민우 씬 머리가 퍽 좋은 거 같아요."

"훗, 기형아겠지. 한쪽만 죽어라 활성화시키다 보니 다른 쪽엔 장님이 된 그런."

그런데 그 장님이 장항에 간 뒤론 신통하게도 광명을 찾으려 들지 뭐니, 하는 뒷말을 민우는 삼켰다.

말끔히 그릇을 비운 뒤 계산을 하려는데 유정아의 부친이 나타나 한사코 손사래를 쳤다.

"맘이 정 그렇다면 담에 내가 장항 여사님께 막걸리나 한잔 더 얻어먹을게."

더없이 선한 인상을 풍기는 어른의 배웅을 받으며 식당을 나왔다. 몇 걸음 내딛고 돌아보니 부녀가 다정히 붙어 있다가 손을 흔들어 주었다. 한없이 순해 보이는 유정아 부친의 모습을 담으며 걷다 보니 상상이 되는 얼굴이 있었다.

"형님분한테 꼭 선물을 드리고 싶은데, 같이 고르지 않을래요?"

"됐어."

"오늘 꼭 사 드리고 싶은데."

정희의 눈빛에 간절함이 서렸다. 순간 민우의 뇌리로 수상한 예감이 스쳤다. 아닐 거야, 하면서도 안정장치를 가늠해 보았다.

"혹시 페북 하니?"

"아뇨."

"흠, 오늘 가고 싶은 데 있으면 동행해 준다고 했지?"

정희는 쾌하게 고개를 끄덕였다. 하지만 민우의 다음 말에 우뚝 멈춰 섰다.

"정희 집까지 바래다줄게. 그러니 동행해라."

정희는 손가락을 주물거리다가 곧 주먹을 꽉 쥐고는 말했다.

"그래요. 근처까지만."

전철 안은 아침의 생기를 어딘가로 쏟아 내고 온 지쳐 보이는 사람들로 가득했다. 민우는 전철에 익숙지 않은지 시선을 어디에 두어야 할지 모르는 것 같은 모양새를 간간이 드러냈다. 늘 회색빛 군중이었던 무수한 타인들 틈에서 단지 그가 곁에 서 있단 사실 하나로 그녀의 마음에 뜻 모를 안식이 찾아오는 것 같았다. 하지만 그것도 오늘까지였다. 정희는 지금 이 순간 그에게 해 줄 수 있는 것을 더듬다가 이어폰을 꺼내 들었다.

"음악 들을래요?"

"응."

이어폰을 나누어 낀 후 그와의 키 차이를 실감했다. 정희가 올려다보며 부드럽게 주문했다.

"살며시 눈을 감아 봐요. 그리고 지금 창이 확 트인 기차를 탔다고 생각해 봐요."

정희는 '랄라스윗'의 '시간열차'를 틀었다.

*4
어디쯤일까 나의 열차는
어디에도 머무르지 않고 한없이 달려가네
무정한 가을바람처럼

다시 듣기를 반복하며 두 사람은 눈을 감은 채 노래가 깔아 주는 레일을 따라갔고, 또 노래가 빚어내는 풍경을 오롯이 누렸다.

아파트 단지 어귀로 들어서자 저 안쪽으로 미등을 켠 승용차가 눈에 들어왔다. 멀리서도 알 수 있다. 성준의 차다. 정희는 움찔하다가 곧 차분히 민우를 바라보았다.

"그 사람이 왔네요."

나지막한 말소리가 민우의 머릿속으로 들어와 천둥을 친다. 가까스로 표정 관리에 성공했다.

"진짜?"

"네, 진짜가 왔어요."

정희가 새삼스럽게 꾸벅 고개를 숙였다. 그 몸짓이 야속하기 짝이 없다. 마치 사람을 밀어 내는 몸짓의 언어와 같다. 그녀가 '가세요.' 소리를 꺼낼 듯싶어, 그 소리가 듣기 싫어서 민우는 시원하게 손을 한 번 들어 올린 뒤 그녀를 남겨 두고 휙 돌아섰다.

정희는 성큼성큼 걸어가는 민우의 뒷모습을 담담히 바라보다가 천천히 몸을 돌렸다. 정희가 다가서자 미등이 꺼지면서 성준이 모습을 드러냈다.

"안 오기로 했잖아요."

마주하고 선 정희가 조용히 책망했다. 성준이 손을 낚아챘다.

"들어가자."

"싫어요."

정희가 손을 빼려 했지만 성준의 손아귀는 여느 때보다 완고했다.

"할 얘기가 있어서 그래."

"집은 싫어요."

정희의 단호한 태도에 성준이 흠칫했다. 곧 비린 웃음을 흘렸다.

"나한테 설명할 일, 내가 꼭 들어야 할 얘기가 있지 않니?"

"성준 씨에게 할 말이 있는 건 사실이에요. 하지만 앞으로 집으론 누구도 들이지 않을 거예요."

"누구도? 그러니 더 들어가야겠어. 난 누구도가 아니니까."

"그럼 성준 씨 집에 가요. 거기서 이야기해요."

"미쳤어?"

"내 집은 성준 씨 편에서만 일방적으로 찾아오는 곳이 아녜요."

"어울리지 않게 새삼 영역 타령이군. 넌 우리 집 못 오는데, 나는 찾아와 불공평해?"

"네, 불공평해요. 많은 점에서."

정희의 담담하면서 또렷한 말씨에 성준이 양쪽 어깨를 붙들고 바짝 얼굴을 들이댔다.

"지금 너 나한테 반항하는 거니? 도대체 불만이 뭔데."

윽박지르는 건 아니었다. 호소에 가까웠다. 정희가 대답을 하지 않자 그는 비릿한 웃음을 지었다.

"후후, 불공평이라고 했나? 동등한 입장을 따지고 싶었다면 널 돌이켜 봐. 항상 넌 나한테 의지했어. 하찮은 선택마저 나한테 미뤘어. 난 다만 너한테 맞췄을 뿐이고."

"아무튼 성준 씬 성준 씨 집이 곤란하듯 나도 내 집이 곤란해요. 그러니 찻집으로 가요."

어처구니없다는 그의 표정은 잠깐이었고, 두 사람은 단지 앞 커피숍으로 향했다.

찻잔을 감싸 들고 정희가 먼저 입을 열었다.

"오랜 시간 동안 여린 날 감싸 준 걸 고맙게 생각해요. 성준 씨 덕분에 덜 고민할 수 있었고, 덜 추웠어요."

정희는, 얼굴을 찌푸리며 갸웃하는 성준을 개의치 않고 차분하게 말을 이었다.

"하지만 결혼까지 가기엔 무리예요. 성준 씨도 나도 결코 행복하지 못할 목표를 향하는 중이었던 거예요…… 여기까지만 해요, 우리."

성준이 자세를 바꾸었다. 의자에 등을 기대고 다리를 꼰 후 설뚱하니 쳐다보았다.

"진심이야?"

"그래요."

"거짓말! 넌 내가 더 잘 알아."

"아녜요. 성준 씨는 절 더 몰라요. 사람은 늘 변해요. 지금도 변하는 중이고요. 아무튼 그만하자는 말, 진심이에요."

"안 돼."

"싫어졌어요."

"뭐?"

"한성준 씨가 싫어졌어요."

성준의 얼굴이 딱딱하게 굳어졌다. 정희는 붉어진 눈시울이 싫어서 어금니를 사리물었다.

"한성준 씨가 날아가지 않으면 내가 먼저 훨훨 날아갈래요."

"싫어졌다…… 나 한성준이가 말이지?"

믿을 수 없다는 표정을 짓는 그에게 정희는 입술을 앙다물고 고개를 주억거렸다.

"딴 남자 생겼니?"

정희는 고개를 가로저었다.

"전에 장항 내려갈 때 동행이 있었잖아? 그 남자야?"

어차피 장민우는 앞으로 안 볼 남자다. 아니라고 대답하려다가 정희는 입을 다문 채 무심한 눈길만을 주었다. 다른 남자를 들먹여 이별을 마무리하기엔 그와 함께한 세월이 너무 길었다. 그가 정희의 손가락을 바라보았다. 그러쥐어 야무지게 손바닥에 맞물린 그 손가락을.

"나, 다음 주에 장항으로 인사하러 갈 거다."

"한성준 씨!"

"늦어서 미안하다. 네가 뭐라고 해도 간다, 장항."

"그만해요, 성준 씨. 내가 싫어졌다고 말하면 떠나겠다고 약속했 잖아요."

"싫다고 하면 붙잡지 않는다고 약속은 했지. 그런데 장항에 인사 드리러 간다는 약속도 내 입으로 했어. 난 너한테 한 약속을 다 지 킬 거다."

"이러지 말아요. 우리들 감정은 이미 종착지에 왔어요. 더는 낭 비예요."

"오늘 누굴 만나고 와서 용감해졌는지 모르겠지만, 며칠 시간을 줄 테니 잘 생각해 봐."

그가 시간을 확인하더니 미간을 잔뜩 찌푸렸다.

"에잇, 벌써! 젠장, 이런 식으로 시간 버리는 게 바로 낭비야. 오 늘 정희가 한 말, 지워 줄 수 있어. 그러니 잘 생각해 봐."

그가 일어났다. 그의 등으로 정희가 소리쳤다.

"하루 종일 생각했는데 싫었어요! 한성준 씨가."

"젠장!"

그는 돌아보지 않고 서둘러 떠났다. 그가 변한 건지, 아니면 여기까지라는 마음 때문에 그에게서 그간 안 보였던 모습이 보이 는 건지는 모르겠다. 한 가지 분명한 것은 결혼을 언급한 후로 정희의 눈에 비친 그의 모습은 갈수록 낯설다는 것이다. 처음부 터 그런 모습을 발견했다면 애당초 인연을 이어 가지 못했지 싶 다.

여하튼 진심을 털어놓고 나니 이미 오래전부터 그 말을 준비하고 있었던 자신을 발견했다. 다만 손가락만 주물거리며 결정을 못 했던 것이다.

으슥한 밤이어서 별도 달도 보이지 않는다. 하지만 색색으로 허공을 수놓은 간판과 가로등 저 위로는 오늘도 어김없이 별도 달도 떠 있을 것이라고 정희는 생각했다.

❋ ❋ ❋

일요일에 민우는 종합병원 근처의 식당에서 한창 바쁜 친구, 영훈과 점심을 먹었다. 신경외과 레지던트 3년 차인 영훈을 만나려면 이렇듯 민우가 발품을 팔아야 했다. 최근 들어 연달아 근처로 찾아온 민우가 신기한지 영훈은 갸웃했다.

"시간을 황금으로 여기던 장민우가 신경 쓰는 걸 보면 보통 귀인이 아닌 것 같은데?"

"귀인이 맞아. 요즘 같은 세상에서 사는 사람 같지 않게 드문 걸 갖고 있으니."

민우가 적이 쓸쓸하게 응수했다. 순수라는 낱말은 어쩐지 나약함을 상징하는 것 같아 피했다.

"어떻게 응급처치는 했냐?"

영훈의 의뭉스러운 눈길에 민우가 톡 쏘아붙였다.

"누가 환자라고 했어?"

지난주에도 영훈을 만났다. 일전에 정희의 약봉지를 알아봐 달라고 연락했던 날 이미 약속을 했기에 시간을 쪼개 들렀었다.

그날, 고향이며 주거지를 뒤로한 채 날마다 기차를 타고 엉뚱한 동네에서 외로움을 달래는 사람에 관해 의견을 풀어놓으라 했더니, 영훈은 '해리성 둔주' 며 '삐뜨와 현상' 을 들먹였다.

간략히 설명하라는 민우의 타박에, 영훈은 왜 대화를 통해 문제점을 찾는 신경정신과를 팽개치고 드릴로 머리를 가르는 신경외과 전공자에게 와서 돌팔이 타령이냐고 불퉁거렸다.

치료가 필요한 증상이냐고 묻자, 그는 제법 진지하게 생각에 잠긴 끝에 개인적인 솔직함이라는 단서를 달고는, 병원이라면 치료를 권하겠지만 의사로서는 아니라고 했다.

병원이 아닌 일상에서의 처방을 주지 않는 자는 돌팔이라고 몰아세우자, 우선은 신뢰감을 심어 주라고 한 뒤 영훈은 이렇게 말을 이었다. 다음 수순으론 속내를 털어놓게 하는 거야. 본인이 털어놓은 사실을 근거로 원 안에 갇혀서 못 보았던 원 전체를 볼 수 있도록. 그러다가 자신의 행위도 객관적으로 살필 수 있는 여력을 갖지.

신뢰감을 못 주면 소용없는 일이네? 민우의 염려에 영훈은 특유의 의뭉스러운 웃음을 지으며 그쪽 여자가 널 신뢰하고 있는지 시험해 볼 가치는 있다고 말했다. 민우가 여자라고 밝힌 적 없다고 쏘아붙이자, 영훈은 '해리성 둔주' 를 포함해 그런 증상은 여성에게 흔하므로 가능성 많은 쪽으로 찍었을 뿐이라고 키득거렸다. 이상이 지난주에 나눈 이야기다.

어제 정희가 민우에게 주저리주저리 진실을 풀어 놓았을 때 민우는 가슴이 아팠지만 한편으로는 그녀가 자신을 신뢰한다는 예감에 뭉클했다. 그래서 자신도 그녀를 깊이 신뢰하며 거리끼지 않고 속내를 털어놓을 수 있었다.

"참, 형수님이 태교음악은 맘에 들어 하셔?"

"돌팔이 같으니. 형수님 드리기 전에 누구한테 들려줬더니 슬프다고 울더라."

영훈은 클래식음악 감상 동아리 친구였다. 감상실을 졸음을 위한 장소로도 애용한다는 공통점으로 단둘이 감상실을 차지하는 날이 흔했다. 요컨대 무려 잠까지 같이 잤던 사이다.

아무튼 영훈의 어머니는 가요 LP 수집가셨고, TEAC 턴테이블을 소유하고 있었기에 USB로 담아 줄 수 있었다. 민우는 또 하나의 노래집을 부탁하는 의미라며 쾌하게 밥값을 낸 뒤, 엄마도 요즘엔 바쁘다는 영훈의 엄살을 뒤로하고 헤어졌다.

공부를 하려 들었지만 자꾸만 전날 보았던 '진짜'가 떠올라 집중할 수 없었다. 전날 민우는 성큼성큼 걷다가 더 나아가지 못하고 돌아선 채 한참을 아파트 어귀를 바라보았다. 단지 밖으로 나오는 두 사람을 발견하고도 한참을 더 서 있다가 돌아섰다.

'진정하자, 장민우. 애초 목표는 거기까지였잖냐.'

스스로를 다독이며 회사로 차를 몰았다. 쉬는 날이었지만 마음을 진정시키기엔 일만큼 좋은 게 없었다. 정희의 얼굴을 겨우 지워 내니 이번엔 경자 씨가 떠오른다. 민우는 이를 악물고 운전에 집중했다.

할머니 생신날 정희가 부르지 않을 수도 있다는 예감은 이미 품고 있었다. 다시 나흘을 분주히 보내다가 기차가 그리워 정희에게 전화를 걸었다. 그녀는 이미 전화를 받을 수 없었다. 휴대폰 번호를 바꾼 것이다. 살아온 습관의 힘으로 애써 태연한 척 굴었지만 입 밖으로 새 나오는 불만은 어쩔 수 없었다.

"매정하긴."

마침내 훨훨 비상했다고 좋게 해석하고 다시금 애써 태연한 척 일에 빠졌다. 세밀한 점 하나하나를 이어야 하는 설계에 집중하다가 몸을 풀고자 작업실을 빙빙 돌아 걸을 때면 생신날 경자 씨에게 대답할 바를 연습했다.

"부끄럽습니다, 어머님. 따님 뜻을 존중하기로 했습니다…… 제길!"

어머님 소릴 빼야 하는데 자꾸만 붙는다. 그래서 더 연습했다. 이번엔 목소리가 떨림을 실었기에 또 연습했다. 부끄럽습니다. 따님 뜻을 존중하기로 했습니다. 끝!

그렇게 할머니 생신을 열흘하고 이틀을 남겨 둔 날까지 가까스로 정희를 지워 내며 살았다. 아니, 살아온 것 같았지만 계속 가지는 못했다.

❊ ❊ ❊

"미친놈!"

주말에 민우는 기차역 대신에 엉뚱한 곳을 서성거리고 있는 자신을 발견하고 한숨을 쉬었다. 차가운 이성은 어서 돌아가라고 경고를 보내는데도 발길은 아파트 경비실로 향하고 있었다. 입 속으론 연신 생신 건으로 회의를 해야 한다고 뇌까리며.

어쩌면 오지 않는 게 나았다. 정희는 더 이상 이곳에 살지 않았다. 집을 채 팔지도 않은 채 서둘러 이사를 갔다고 한다. 이사를 권해 놓고도 불퉁거리고 만다.

"매정하긴."

기회가 된다면 꼭 전해 주고 싶은 선물이 있었다. 오뚝이 형상을 한 경자 씨와 샛별을 담고 있는 정희의 피규어를 가늠해 보고자 스튜디오로 차를 돌렸다.

당직자를 만나기 전에 또 그녀와 먼저 마주쳤다.

"어쩐 일이냐?"

심통을 부리는 양 쏘아붙이는데도 선미는 밀걸레를 든 채 화사하게 웃었다.

"아, 아저씨야말로 웬일이세요?"

그러고 보니 주말마다 하는 청소니 선미가 여기 있는 게 이상할 건 없었다. 민우는 대꾸하지 않은 채 휙 지나쳐 2층으로 향했다. 당직자의 협조를 받아 샘플 몇 개를 스캔해 파일에 담았다.

"드시죠, 본부장님."

커피를 사양했더니, 말없이 밖으로 나갔다 왔던 당직자가 따뜻한 병음료를 건네주었다. 민우는 건네받은 병음료를 손에 들고 1층으로 내려갔다. 선미는 부지런히 유리를 닦고 있었다. 지나치려다가 그녀 쪽 테이블로 음료수를 내려놓았다. 이쪽을 훔쳐보고 있었는지 고개를 돌려 동그랗게 눈을 치뜨고 음료와 민우를 번갈아 본다.

"먹어. 난 유자가 질색이라."

그대로 문을 밀고 밖으로 나왔다. 선미 앞에서 내보인 엉뚱한 행동을 새김질해 보니 문득 자신이 나약해졌다는 자책이 든다. 집으로 가지 않고 회사로 차를 몰며 음악을 들었다.

*5

저 멀리 차창 너머로
스치며 사라지는 풍경들처럼……

잠들지 못한 청춘의 눈이 시린 아침에도
조금의 예외도 없는 매정한 속도

그날 지하철에서 들은 후 음원을 구매해 자주 듣는 노래가 된 '시간열차'가 이날따라 자신에게는 감정의 사치인 듯싶어 꺼 버렸다.

월요일에 편지를 받았다. 보내는 쪽 정보는 없었지만 두 줄의 받는 주소를 통해 정희의 글씨임을 단박에 알아보았다.

❋ ❋ ❋

제겐 퍽이나 고마운 분으로 남게 된 님.
편지지 앞에서 새삼 호칭에 애를 먹습니다. 엄마의 젊은 날 애창곡이었던 'J에게'가 사붓이 귓속을 점령합니다. 가사와 상관없이 저는 '장' 자를 대신한 J를 첫 글씨로 적습니다.

J님께.
행여 절 찾지는 않으셨는지요.

이사를 했습니다. 빈집엔 미련이 없습니다. 그곳은 이제 그저 빈 새장일 뿐이니까요. 새장에 익숙한 새는 자유를 얻어도 생존하기 어렵다는 바를 익히 알고 있습니다. 그렇지만 걱정하지 마세요. 다만 저는 건강한 삶을 누릴 수 있는 숲으로 돌아가는 중입니다.

그렇습니다. 처음부터 새장에서 자란 건 아닙니다. 저는 이미 유년 시절에 사랑의 힘과 자유의 용기를 습득했답니다. 다만 한 가지 빠뜨렸다면 변화를 받아들이는 용기 정도가 될 듯합니다.

이제 누군가의 도움 없이는 결코 생존할 수 없는 새장을 벗어났습니다. 엄마가 유년 시절에 이미 심어 주었던 삶에 대한 사랑과 자유의 용기를 되찾았고, 더불어 제 자신이 주인인 삶으로 돌아온 거죠.

약은 착실히 먹고 있어요. 아침에 삼키다가 깨달았어요. 저는 아주 작은 병을 치료하는 약을 삼키고 있었음을. 그보다 훨씬 더 치명적인 병은 제 마음속에서 돌연변이를 일으키며 삶을 교란시키고 있었던 새장이었습니다.

방금 으쓱 어깨를 폈습니다. J님이 잔소리를 할 듯싶어 저도 모르는 사이 종종 움찔하며 어깨를 폅니다. 그렇습니다. 일방적으로 계약을 파기한 채 훌쩍 떠났는데도 J님은 지금도 제 어깨를 살갑게 펴 주고 있답니다.

알고 보면 참 다정한 분.

J님께 편지를 쓰고 있는 저의 얼굴은 햇살의 양분을 한껏 받아들이는 5월의 정원입니다. 지금 J님은 어떤 얼굴일까요. 아세요? 이

따금 님의 얼굴에 스산한 가을이 깔려 있음을. J님을 통해 건강한 웃음을 되찾았는데도 정작 저는 아무것도 주지 못하고 수북이 받기만 해서 미안하고 한편으론 너무 고맙습니다.

약해 보이면 당한다. J님이 두어 번 언급한 그 말을 간간이 곱씹어 봅니다. 감히 말씀드리자면, 이젠 안 그러셔도 될 것 같아요. 제가 알고 있는 J님은 이미 충분히 강해지신 것 같으니까요. 그럼에도 불구하고 제게 아픈 가슴을 보여 주셔서 고마웠어요. 제게 그것은 크나큰 선물이었답니다. 신뢰감이라는.

참 고마운 분.

지금 제 귀로 '예민'의 '어느 산골소년의 사랑 이야기'가 날아듭니다. 엄마의 애창곡 중 한 곡이죠. 감미롭게 가슴으로 스미는 노랫말을 풍경으로 그려 보다가 해피엔딩에 관해 생각합니다. 순진무구한 소년의 사랑이 결실을 맺어도, 더 나아가 소년과 소녀가 결혼을 한다고 해도 해피엔딩이라고 저는 선뜻 말하지 못할 것 같습니다. 어쩌면 결혼 후가 진정한 해피엔딩의 시험 무대가 아닐는지요. 결혼과 동시에 두 사람은 개인이 아닌 연대의 행복을 위해 고민해야겠지요. 더불어서 행복하지 못하다면 개인의 행복은 요원할 테니까요.

사귀는 남자가 있다고 밝힌 순간 엄마는 드물게 한마디 조언을 건네주셨습니다. 남자의 동정심과 사랑을 구별하라고. 그 말을 듣고 왜 그리 엄마 몰래 펑펑 울었는지 모릅니다.

J님의 호의에 고마워하면서도 문득문득 그것이 동정심인지 의심

했습니다. 비참해지는 일은 정말이지 참을 수 없어서요. 아니었습니다. 아마도 기꺼워하며 엄마와 술잔을 나누는 J님 모습을 보는 순간부터 염려를 줄였던 것 같아요.

생각만 해도 유익한 향기가 마음으로 스미는 님.

그러고 보니 J님이 만난다는 여자분 이야기는 한 번도 못 들었네요. 그분께도 고마운 마음입니다. 귀중한 휴일을 어쨌거나 제게 내주신 꼴이니까요.

이제 제가 시간을 빼앗을 일은 없을 겁니다. 할머니 생신은 너무 마음에 두지 마세요. 감춰진 J님의 따뜻함을 겪었기에, 그러므로 님이 할머니를 각별히 여기신다는 바도 넉넉히 헤아릴 수 있답니다. 손님으로 초대하지 못해 죄송해요. 일방적인 통보가 되었다면 그 또한 죄송해요.

방금 이런 생각이 떠오릅니다. 저는 삶을 배우면서도 죽음은 배우지 못했듯이, 만남에 관해 고민하면서도 이별의 예의에 관해선 고민하지 않았더군요. 물론 짧은 만남에 '이별의 예의'를 들먹인다는 사실 자체가 과잉 감정인 줄은 압니다. 다만 저는 어떻게 하면 J님과의 인연을 예의 바르게 갈무리할 수 있는지 나름 고민했다는 점을 꼭 밝히고 싶었나 봐요.

따뜻한 님.

J님은 앞으로도 건강한 삶을 이어 갈 거라고 믿어요. 저 또한 스

스로를 다독여 어디선가 마주칠 일이 생기더라도 부끄럽지 아니할 삶이고 싶어요.

……J님.
장황한 고마움과 안부를 이쯤에서 마칩니다.
안녕히 계세요.

추신, 우리 경자 씨 이야기를 이어 쓰고 있어요. 이젠 아픈 이야기도 아프지 않게 쓸 줄 알아요. 저 대견하죠?

6호 차

　보일 듯 말 듯 봄이 움트는 앙상한 나뭇가지 위로 진눈깨비를 닮은 눈이 떨어집니다. 그리고 집 안에선 목련이 피어나고 있습니다. 재봉틀 앞에 앉은 경자 씨는 바지런히 손을 놀렸습니다. 손수 만든 어머니의 한복 끝동으로 목련이 새겨지고 있습니다. 어쩌면 마지막이 될지 모를 어머니의 한복이었기에 며칠에 걸쳐 저고리와 고름과 치마까지 만들고, 또 밑동에 꽃을 심어도 마음에 차질 않습니다. 한쪽에 걸어 놓은 후 또 목련꽃을 틔웁니다. 쪽모이로 한 올 한 올 기워 어머니가 원하는 곳에 매달 수 있는 두툼한 목련을 얻고서야 자리에서 일어납니다.

　경자 씨는 어머니의 점심 시중을 든 후 다시금 재봉틀이 놓인 방으로 들어와 또 다른 원단을 펼쳐 보고는 재단을 가늠해 봅니다. 만들고자 하는 옷은 깃과 섶을 달 필요가 없는 옷, 즉 배냇저고리였습니다. 딸을 위한 옷이면서 또한 딸을 위한 옷이라고 단정할 순 없었습니다. 그저 누군가에게 이쪽 마음을 에둘러 드러내고 싶은 마음이 원단을 가져오게 했던 겁니다.

"별꼴이야!"

경자 씨는 스스로가 우스꽝스러워 불퉁거렸습니다. 하지만 입가론 희미한 웃음이 번지고 맙니다. 누군가를 생각하면서 선물을 준비하는 일은 가족이 아니고는 처음이지 싶습니다. 자꾸만 '별꼴이야'를 뇌까리는데도 어쩐지 마음은 따뜻해져만 갑니다. 그러고 보니 이런 기분은 퍽이나 오래간만입니다. 연애편지를 쓰는 양 살짝 떨림까지 일어납니다.

"별꼴이네, 참."

이내 연필을 들고 재단 선을 그어 갑니다.

❋❋❋

"장항선 급행혼약 수습 프로그램, 셋째……."

벌써 몇 번째 뇌까리는 말이다.

"셋째……."

다음 말은 연신 민우의 목울대를 넘지 못한다.

'제길, 그때 확 까발릴 걸 그랬나?'

또 한 번 편지를 읽었다. '안녕히 계세요'란 구절이 프로그램 종료를 알리며 점멸하는 메시지 같다.

"매정하긴."

그래도 어딘가. 따뜻한 사람이라고 칭찬하지 않는가. 한때는 모욕으로 받아들였던 그 말이 따뜻하기 그지없다. 정희가 건넸기에 말이다. 공연히 어깨에 힘까지 들어가지 않는가. 스스로를 애써 다독이고 편지를 갈무리했다.

일단 시작하면 최선을 다하고, 끝난 일에는 미련을 두지 말자는 오랜 좌우명이 경보 시스템처럼 가동한다. 하지만 무언가 아쉽다. 무엇이 빠졌을까? 왜 그녀 곁으로 남을 남자가 이리 못 미더운지 모르겠다. 혹시 금수저 놈에 대한 열등감?

"제길, 그딴 건 개나 줘 버려! 난 장정우가 잘 키운 장민우라구!"

막힌 공간이 답답해 거칠게 문을 밀고 작업실을 나서자, 김 과장이 잔뜩 긴장한 몸짓으로 벌떡 일어난다. 다른 직원들의 얼굴에도 긴장감이 서려 있다. 그러고 보니 직원들이 가져온 작업진행 과정을 미처 검토하지 못했다. 편지 앞에서 무려 한 시간을 보냈던 것이다. 짜증이 치밀었다. 다른 때는 그녀를 생각하느라 몇 시간을 그냥 보내도 도리어 방전된 에너지를 충전하는 유익함이라 여겼는데, 앞으로는 그럴 수 없다는 생각에 지레 짜증이 난다. 민우의 찌푸린 표정을 힐긋거리던 김 과장이 주눅이 든 몸짓을 한다.

"검토 결과가 본부장님 맘에 안 차시는지요."

"아니오. 밥 먼저 먹고 검토할게요."

자신의 입장에서 지레 판단하는 김 과장에게 또한 짜증이 나서 민우는 퉁명스레 내뱉고 사무실을 나섰다. 출입문에 이르자 보안실 직원이 빼죽 고개를 내밀었다가 다시 고개를 숙인 후 키보드를 두드려 댔다. 며칠 전 보안실 직원은 보다 전문적인 인력으로 교체되었다. 신기술 유출을 막고자 갈수록 보안을 강화하는 중이다.

그렇게 세상의 접근을 막을수록 회사는 스스로 구축한 감옥이 되어 갔고, 넥타이를 맨 수감자들은 웃는 얼굴로 서로를 경계해야 했다.

거리엔 진눈깨비를 닮은 눈이 내리고 있었다. 허술한 장항 대문을 떠올리며 곰탕집으로 혼자 들어가 이른 점심을 먹었다. 언젠가 이 자리에서 마주 앉았던 키 작은 중년 여자가 아프게 어른거려 수저를 놓았다. 일을 하려면 먹어야 했기에 다시 수저를 들었다.

일에 집중하다가 느지막이 집으로 들어갔다.

"저녁은 먹고 왔습니다. 쉬세요."

방으로 바로 들어가려는데 형수가 부른다.

"도련님, 어디 아프신 거 아녜요?"

"아프긴요."

민우가 애써 웃으며 부인하자, 형이 거든다.

"그럼 무슨 고민 있니?"

과연 형도 형수도 바라보는 눈에 걱정이 실려 있다. 요즘 들어 농담 한 번 건넨 적 없었다는 사실이 떠오른다. 그리고 이 집은 혼자 사는 곳이 아니다. 예전엔 몰랐는데 지금은 안다. 민우는 애써 개구지게 웃으며 식탁의 빵 접시를 가리켰다.

"형수님, 저 빵 형이 사 온 거죠?"

"네, 도련님 간식용이라고 자주 사 오네요."

"빵집을 한번 확인해 보세요. 형은 예쁜 주인이 있는 곳이라면 열심히 빵을 사러 다니거든요."

민우의 너스레에 형수가 갸웃하다가 형을 흘겨보았다.

"아, 아니야. 클리닝 고객이야, 고객!"

곤경에 처한 형을 뒤로하고 민우는 방문을 열었다. 뒤에서 형이 소리친다.

"진짜 아픈 덴 없는 거지?"

"넵!"

쾌하게 대답하고 문을 닫았다. 침대에 걸터앉아 가슴을 움켜쥐었다. 울컥해서 뇌까리고야 만다.

"제기랄…… 진짜 아프네."

※ ※ ※

진눈깨비 같던 봄눈이 어느덧 함박눈이 되어 쌓이고 있었다. 장항에서 하룻밤을 보낸 정희는 군산에 들러 이것저것 알아본 후 기차역으로 갔다. 그냥 입석표를 구해 서울로 올라갈까 하다가 꼭 집에 들러 저녁을 먹고 가라는 할머니의 얼굴이 눈에 밟혀 장항에서 내려 택시를 탔다. 예매해 둔 열차 시간도 여유가 있었다. 언제 훌쩍 떠날지 모르는 할머니란 생각에 주말은 물론 평일에도 이렇게 열심히 들르는 중이다.

모퉁이를 돌아서자 저쪽에서 승용차 한 대가 갓 출발하더니 정희를 지나쳐 간다. 언뜻 본 운전석의 젊은 남자가 왠지 낯설다. 갸웃하다가 집으로 들어갔다.

밟으면 우묵하니 바닥이 꺼지는 거실로 들어서자 재봉틀 소리가 들렸다. 할머니 한복은 다 만들었다. 자수패치 목련까지도 매듭지었다. 또 무언가를 시작하나 보다. 안방으로 들어가니 할머니가 누운 채 고개를 돌려 가득한 웃음을 짓는다. 웃어서 더 드러나는 앙상함에 가슴이 저렸다. 정희는 애써 마주 웃으며 곁으로 가 앉았다.

"그 양반은 언제 또 오는 겨?"

누구를 말하는지 알기에 우물거리며 대답을 못했다. 할머니가 장난기 담긴 웃음을 짓는다.

"싸운 겨?"

"아, 아녜요?"

"그려, 남자가 박대 속은 아니었어."

밴댕이처럼 내장이 워낙 작은 박대였기에 할머니는 속 좁은 사람을 가리켜 박대 속이라고 한다.

"맞아요. 알고 보면 따뜻한 사람이고요."

"아무렴, 그렇겠지. 똑똑한 내 새끼라 사람 하난 잘 고른 것 같혀."

정희는 대답 대신 할머니의 손을 쓰다듬으며 가만히 자리를 지켰다. 민우에 관해선 말을 아끼고 싶었다. 급한 회사 일로 생신 때 못 온다는 변명은 미리 꺼낼 필요는 없지 싶다. 그를 떠올리면 묘한 감정이 일어 정희는 스스로를 책망했다. 4년 인연의 남자에게 갓 이별을 선언한 여자가 갖기에는 너무도 몰염치한 감정 같아서였다. 그것이 남녀를 떠난 그저 한 인간에 대한 그리움일지라도. 더욱이 홀로서기에 나선 마당이니 그런 감정은 사치였다.

엄마가 일찌거니 저녁상을 차렸다. 배부르게 먹고 함께 상을 치왔다. 정희는 설거지를 하는 엄마 곁에 붙어 섰다.

"나 이사했어."

엄마가 힐끔 보고는 이미 닦은 그릇을 다시 닦았다.

"이젠 준수 안 기다릴 거야."

땅거미가 깔리는 바깥으론 수북수북 함박눈이 쌓여 갔고, 좀처럼 불을 떼지 않는 주방으론 묵직한 침묵이 깔렸다. 우두커니 선 채 창밖만 응시하던 엄마가 탁한 한숨을 뿜었다. 안방에서 끼니를 해결한 탓에 통 사용하지 않고 있는 식탁을 가리켰다.

"앉아라."

엄마는 소주병을 꺼냈다.

"마실래?"

정희는 고개를 가로저었다. 자작하려는 엄마의 술병을 빼앗아 냉큼 잔을 채워 주었다.

"너도 한잔하고 자고 가라."

"가야 해. 연차도 다 썼고."

엄마가 뚱하니 바라보았다.

"언제까지 속일 참이여?"

"엉?"

"서울 집은 안 가기로 해서 그렇다 치고, 엄마가 너 일한 데로 전화 한 통 안 했을 것 같어?"

들켰다는 낭패감을 낯선 뭉클함이 밀어 낸다. 엄마는 모난 웃음을 흘리며 스스로 빈 술잔을 채웠다. 하얀 비닐이 나붓거리는 주방 창을 멀거니 바라보다가 찬찬히 엄마를 보았다.

"언제 알았어?"

"좀 됐다."

"근데 왜 말 안 했어?"

"흥, 하면! 내가 말하면!"

"새로운 직장 몇 군데 타진 중이야. 결정하는 대로 출근할 거야."

정희는 사실대로 말했다.

"어떻든 오늘은 자고 가도 되잖냐."

"아, 알았어."

엄마가 일어나 뒤란을 향해 설치한 플라스틱 환풍기를 틀었다. 정희에게 등을 보인 채 담배 하나를 다 태우고는 도로 식탁에 앉았다.

"어디 아프냐?"

정희는 망설이다가 곧 대답했다.

"지금은 괜찮아."

몸은 물론이고 마음은 더욱.

"아프긴 아팠구나."

엄마의 목소리가 살짝 떨렸다.

"매정한 년."

단숨에 잔을 비운다. 정희가 재빨리 잔을 채워 주었다. 또 단숨에 비우고는 아까처럼 담배를 태우고 왔다. 술기운이 퍼졌는지 엄마의 눈자위가 살짝 부어 있다.

"그 사람도 알고 있냐?"

정희는 어금니를 사리물었다. 임시 처방은 말 그대로 임시일 뿐이다. 이젠 달라지고 싶다.

"몇 달 더 약을 먹어야 해. 그래서 당분간은 결혼할 처지도 아냐."

"그 사람도 아픈 거 알고 있냐고."

"미안해. 실은 그 사람은 내 인연이 아냐."

"야가 지금 뭔 소릴."

"진짜 미안해. 할머니한텐 아무 말 말아 줘."

엄마는 도무지 납득하지 못하겠다는 얼굴로 휘둥글게 눈을 뜨고 바라만 본다.

"그 사람이 뭐가 어째서."

투박한 목소리가 어쩐지 젖어 있는 것처럼 들린다. 정희는 손바닥을 모아 얼굴을 파묻었다.

"이미 끝났으니 그만하면 안 될까?"

"대체 그 사람이 뭐가 어째서."

"새삼스럽게 왜 그래. 그냥 내가 싫었어! 결혼 자체가 싫었다고! 제발, 그만 좀."

한참 동안 엄마의 목소리는 들리지 않았다. 고개를 들었더니 엄마는 안방 쪽을 힐긋 보고는 나직하고도 단호하게 말한다.

"니가 뭐라고 해도 난 자초지종을 꼭 들어야겠다."

그렇다고 성준을 포함시켜야 하는 연극을 늘어놓기는 싫었다. 결국 당당한 딸의 모습을 포기해야 했다.

"아프다고 동정할 것 같아 내가 포기한 거야. 미안한데, 제발 그만하면 안 돼?"

정희는 간절한 눈빛을 오래도록 날렸다. 출렁이는 엄마의 얼굴은 흔들림 없이 정희를 마주한다. 그렇게 얼마나 있었을까. 엄마가 한숨을 토했다.

"동정이라니, 헛! 니가 뭘 안다고."

정희 스스로 단단하게 서고자 하는 독한 처방의 부작용은 엄마의 가슴에서 일어나는 중이라고 정희는 생각했다. 그 속내를 읽고 있는 양 엄마가 냉소한다.

"헛똑똑이."

또 환풍기 앞으로 걸어간다. 너무 단단해 보여 얄미웠던 키 작은 중년 여자의 어깨가 살짝 흔들린다.

정희는 따로 자겠다고 말하고는 작은방으로 들어갔다. 일찌거니 불을 끄고 어둠 속에 은신해 마음껏 회한을 풀어냈다. 미안해, 엄마. 대신에 꼭 어른이 될게. 약속해. 진짜 똑똑이가 될게.

할머니와 이야기를 나누고 다시 작은방에 들어와 이불을 폈다. 화장실을 가려고 살며시 문을 열었다. 안방에서 두런거리는 소리가 들린다. 곧잘 안방 문에 귀를 붙이던 오랜 버릇이 정희를 살금살금 걷게 한다. 엄마의 중얼거리는 듯한 목소리가 가늘게 새 나온다.

"다 내가 자초한 못난 어미인 거요. 어린 딸한테 허구한 날 의지하고 살았던 어미한테 뭔 상의할 일이 있겠슈. 어린 것한테 어미 못남도 뒤집어씌우고 말이오. 더는 의지 안 하고 어미답게 이 악물고 독하게 산다는 게 지 딴에는 매정하게 보일 수도 있었겠구려."

잠든 할머니 앞에서 혼자 이야기를 풀어내는 성싶다. 술 마시면 자주 있는 일이다.

"아무리 그래도 그렇지. 어미한테 한마디 말도 안 하고 이사하는 딸이 어딧소. 몸도 아프다면서 지 혼자 뭔 짐을 싼다고…… 뉘 딸인지 여간 독한 년이 아니오. 아파도 저 혼자 감당한다는 게 어미 가슴에 대못 박는 일인지 알기나 한지…….”

그렇게 한참을 더 엿듣자니 오열이 새 나올 것 같았다. 사붓이 문에서 떨어지려는 순간 새 나오는 한마디에 정희는 화들짝 놀랐다.

“정희 사는 집이나 멀리서 보고 오고 말걸 괜스레 그 양반 회사까지 찾아갔나 보요.”

싸륵싸륵.

비질 소리에 눈을 떴다. 새벽녘에야 잠들었더니 어느덧 햇살이 눈을 찌르고 있다. 정희는 대충 옷을 걸치고 마당으로 나갔다. 대문까지 길을 내놓은 엄마는 마당길까지 눈을 쓸고 있었다.

“금방 다 녹을 것 같은데 그냥 두지.”

정희의 참견에 아랑곳하지 않고 엄마는 바지런히 빗자루를 놀렸다. 아빠가 떠난 후 엄마는 눈을 잘 쓸지 않았다. 해가 떠서 곧 녹을지도 모른데 왜 헛힘을 쓰냐며. 그랬던 엄마가 기어이 비닐하우스까지 길을 만들고 나서야 빗자루를 탁탁 두드렸다.

무심히 허공을 더듬거리던 두 사람의 눈길이 눈을 품은 나뭇가지를 공유했다. 바람에 살랑살랑 흔들리는 나뭇가지가 반짝거리는 눈가루를 간간이 뿌려 댄다. 흩어졌다가 이내 공기 중에 소멸해 가는 그 눈가루를 보며 정희가 입을 열었다.

“나, 군산에 취직할지도 몰라. 여기서 다녀도 되지?”

엄마가 힐긋 보고는 다시 나뭇가지에 눈길을 붙였다.

"조급할 건 없잖냐. 쉬는 김에 더 쉬고 몸단속이나 잘 해."

"이삿짐은 센터에 보관 중이야. 임시로 원룸을 얻어 놓고 공부하고 있어."

엄마가 대답이 없어 정희가 덧붙였다.

"패배자가 만만해서 찾는 고향행 같은 건 아니야."

정희가 새삼스러운 상의에 어색해하듯이 엄마도 무언가 어색한 양 더듬거린다.

"더…… 조, 조금 더 생각해 봐라."

작은 참견이 마음속의 눈을 녹인다.

아침을 먹고 집을 나섰다. 팔짱을 낀 채 대문 밖까지 따라온 엄마가 손에 든 작은 쇼핑백을 내밀었다.

"이거 그 사람한테 전해 줘라."

의외로 배냇저고리가 담겨 있었다.

"일전에 형수가 만삭이라 했던 게 생각나 딴 거 만든 김에 하나 더 했다."

난감해하는 정희를 아랑곳하지 않고 엄마가 덧붙였다.

"술친구 해 준 값이라고 해라."

"만날 일 없는데……."

"엄마 심부름도 만날 일이다."

여느 때보다 단호한 말씨를 내뱉고는 혼잣말처럼 덧붙인다.

"헛똑똑이…… 얼마나 됐다고."

정희는 엄마를 빤히 바라보았다.

"엄마…… 장민우 씨 따로 만난 적 있지?"

순간 엄마가 입술을 비틀며 시선을 피했다. 하지만 잠깐이었다.

"가는 김에 생선이나 좀 안겨 준 적 있다."

그 사람이 어째서! 간밤에 건넨 말이 머릿속에 겹쳐지면서 가슴이 저렸다. 정희는 따져 묻지 않고 가벼이 고개를 주억거렸다.

"갈게. 들어가."

몸을 돌리려는데 엄마가 급히 말한다.

"그냥 곰탕값이라 해라."

"응?"

"그냥 그리 전해. 술친구 값보단 그게 낫겠어."

한참을 걷다가 뒤돌아보니 저만치서 엄마는 한사코 자리를 지키고 서 있었다. 아주 오래전부터 늘 딸을 지켜보고 있었다는 양.

열차를 타고 지그시 눈을 감은 채 엄마의 말을 새김질하다가 정희는 갸웃했다.

"헛똑똑이…… 얼마나 됐다고."

✖ ✖ ✖

눈이 녹고 꽃샘추위가 잦아들었다. 형은 어김없이 어둑새벽에 하루를 연다. 일찌거니 조깅 준비를 마친 민우는 형과 동행하고 싶다는 욕심을 다스리고는 차를 몰고 시민공원으로 갔다. 잡념을 떨치고자 심장이 터져라 달린 끝에 옷이 흠뻑 젖었다. 집으로 돌아가는 길에 자신도 모르게 형의 청소 코스를 가늠했다.

함께 와 봤던 건물을 지나치다가 형의 회사 차가 보여 갓길에 차를 세웠다. 그때 선미가 보인다. 사고 후 운전에는 무리가 없지만 도구를 옮기는 데엔 어려움이 따른 형을 대신해 척척 청소 도구를 차에 싣고 있었다. 한때 민우도 거들었던 일이다. 무언가 입 안에서 굴려지는 말이 있는데 쉽게 정리되지는 않았다. 멀거니 지켜보다가 집으로 향했다.

아침을 먹는 민우를 형수가 저쪽에서 힐끔힐끔 살핀다.

"도련님, 혹시 연애해요?"

"서, 설마요."

"요새 왠지 쓸쓸한 가을 남자 같아서 말예요."

"훗, 연애를 하면 봄 총각이 되지 않나요?"

"진짜 연애를 하면 말예요, 아픈 것 같아요. 너무 아껴서 상대를 위해 고민하고, 방금 만났는데도 벌써 그리워서 그리워하고 말예요."

그래서 아픈가? 민우는 짐짓 어깨를 펴고는 말머리를 돌렸다.

"형수님은 언제부터 형이 좋았어요?"

형이 유품 정리를 본업으로 삼기 전, 형수는 코딱지만 한 규모의 사무실을 지키며 청소를 거들었던 직원이었다.

"전부터 성실한 분이라 존경하고 있었어요. 호호, 사실 그때부터 짝사랑을 키웠죠."

"형이 사고가 났을 때 흔들리진 않았어요?"

"죄송한 말인데 말예요, 실은 그래서 더 확신을 가지고 용기를 낼 수 있었어요."

"확신……."

민우가 중얼거리자, 형수는 머쓱하게 웃었다.

"저에 대한 확신 말예요. 형님은 제가 없어도 행복했거든요. 동생분만 생각하면 생의 이유와 보람이 불끈 솟는다나요? 왠지 형님에겐 제 몫이 없을 것 같아 주면만 맴돌던 차에 사고가 난 거예요. 그때 저에 대한 확신이 들었어요. 형님의 다리 한쪽은 내 몫이라는 욕심 말예요. 그래선지 항상 하나의 몸으로 사는 것 같아요, 우린."

진심을 풀어 놓는 듯했지만 어쩐지 민우는 마음에 들지 않았다. 행여 형의 다리에 관한 동정심이 개입되지 않았는지 하는 의심은 여전히 지워지지 않는 중이다. 마치 민우의 속내를 읽고 있기라도 하는 양 형수가 뜨거운 기억을 더듬는 투로 말을 이었다.

"처음 출근할 때 집안이 꽤 어려웠어요. 첫 월급은 몽땅 집에 보태야 했어요. 점심때 혼자 사무실에서 곧잘 컵라면을 먹었어요. 한번은 형님이 점심 전에 전화를 해 음식을 시켰는데 일이 아직 안 끝나서 못 들어간다며 대신 먹으라고 하더군요. 고기가 가득한 설렁탕을 다 비우고 소화 좀 시키려 밖으로 나갔어요. 그때 회사 트럭이 보이는 거예요. 운전석에 앉아 컵라면을 먹고 있는 형님도요. 저는 그것을…… 동정이라고 여기진 않았어요. 명백한 사랑이었던 거죠."

형수는 눈물을 훔치고는 젖은 말을 이었다.

"왜냐하면…… 컵라면을 먹고 있는 형님은 행복해 보였거든요…… 아주, 아주."

아침 햇살과 뒤섞인 오렌지빛 전등이 그녀의 눈물을 보석처럼 반짝이게 만든다. 그렇게 보석을 알알이 흘리는 눈을 하고도 그녀는 함박웃음을 짓고 있었다.

묵묵히 공기를 비우고 수저를 놓은 뒤 민우가 고개를 들었다.

"형수님은…… 형님에게는 물론 보석 같은 존재시겠지만……
제게도 형수님은 보석 같은 분이십니다."

몹시 계면쩍어 민우는 반응을 확인하지 않은 채 곧장 방으로 들
어갔다.

가방을 들고 나오니, 어느덧 눈물을 말끔히 지운 형수가 붙든다.

"저번에 가져다준 건조 생선 있잖아요. 돈 주고 살 순 없나요?"

진즉에 다 해치운 경자 씨의 손길을 민우 또한 그리워하는 중이
다. 민우는 드물게 자신 없는 말투를 했다.

"아마도…… 아니, 장담은 못 할 것 같네요."

현관 앞에서 머뭇거린 끝에 민우는 어색함을 다스리며 또 입을
열었다.

"선미 말이죠."

이미 관계를 알고 있는 형수의 눈동자가 반짝였다.

"……언제 한번 집에 초대하죠. 뭐, 형님을 많이 돕잖아요."

이번에도 형수의 반응을 확인하지 않고 서둘러 현관문을 열었다.

출근길에 정희의 삶을, 또 경자 씨의 삶을 반추해 볼 때였다. 선
미를 생각하며 입 안에 굴리던 말들이 문득 정리가 된다.

"그래, 네가 무슨 죄겠냐. 너도 누구처럼 아픈 피해자인걸."

민우는 주말에 기차에서 수면을 보충했다. 서울로 돌아와서 영
훈과 저녁을 먹었다. 일요일은 일부러 회사에 나가 일에 푹 빠졌
다. 가능성 하나만 보고 과하게 투자가 몰리는 중이다. 코스닥에
상장만 되면 대박이 확실하다고 다들 들떠 있다. 실체가 없는 금융

상품이 세계경제를 한때 휘청거리게 만들었듯이, 이것 또한 일종의 '삐뜨와 현상'이라고 비아냥거리면서도 슈투트가르트 자동차 부품박람회를 착실히 준비했다. 규모가 큰 프랑크푸르트 박람회에나 출국할 예정이었지만, 잠시 이 땅을 떠나고 싶어서 이번 박람회 준비 과정에도 참여할 터였다.

월요일에 회사로 정희가 보낸 우편물이 날아들었다. 보낸 이 정보부터 확인했다. 처음 편지와는 달리 보낸 이에 정보가 담기긴 했지만, 매정하게도 지금은 소용없는 옛 주소와 전화번호를 사용했다.

J님께.

고마운 분께 또 소식을 전합니다.

J님은 저에게뿐 아니라 우리의 경자 씨에게도 따뜻한 분이었나 봅니다. J님의 형수님 선물을 이미 준비해 놓으셨기에 이렇게 우리 경자 씨의 마음을 보내 드립니다.

저는 훗날 돌이켜 보면 후회가 덜하도록 현재 해야 할 일을, 또 할 수 있는 일을 열심히 치르는 중입니다.

행운을 빕니다. 안녕히 계세요.

짧은 글발 아래로는 경자 씨가 만들었을 듯싶은 배냇저고리가 개켜져 있었다. 펼쳐 보고 한참을 조심스레 손으로 쓸어 보았다. 우리 경자 씨, 우리 어머님, 하고 속말을 하면서.

차를 한 잔 마신 뒤 짧은 글발을 새김질했다. 훗날 후회를 덜 하고자 현재 해야 할 일이 정희에게 무엇인지 가늠해 보았고, 어렵지 않게 답을 얻었다.

아마도 그녀는 할머니 곁에서 많은 시간을 보내고 있으리라. 아픈 사람 혼자 장항에 가도록 했던 '진짜' 놈이 정희와 동참하는지는 모르겠다. 아무렴. 임자 있는 여자를 놓고 애정전쟁을 치르는 짓도, 떠난 사람의 삶 주변을 얼씬거리는 짓도 취향이 아니었기에 민우는 애써 아픔을 털어 냈다. 다만 이렇게 한 번을 또 뇌까렸다.

"제길, 또 아프네."

이번에는 정희 때문인지 경자 씨 때문인지 영 갈피를 잡지 못하면서 말이다.

❋ ❋ ❋

할머니의 생신을 나흘 앞두고 기차를 타기 위해 엄마의 이모와 외삼촌이 장항 집으로 왔다. 생신 선물이며 하고 싶은 것을 묻는 동생들에게 할머니는 기차를 타고 싶다 했고, 정희가 온돌객실 열차를 추천했다.

조심스럽게 차로 모셔 역에 도착해 늦은 오후에 출발하는 서해금빛열차를 탔다. 할머니는 온돌객실에 누워 널찍한 창을 바라보며 회한이 가득해 보이는 웃음을 누렸다. 창이 마치 지나온 삶을 보여주는 양.

돌아올 때는 좌석을 넉넉히 예매한 일반 기차를 타야 했기에 홍성까지의 짧은 여행이되었다. 댕댕이덩굴 수공예로 유명한 홍성은 할머니가 겨우 얼굴만 익히고 말았던 시댁이 자리한 곳이기도 했다.

어른들 틈에 끼어 있던 정희는 슬며시 일어나 열차카페로 들어갔다. 기타를 연습하고 있는 승무원이며 족욕실을 바라보니 장민우가 떠올라 지그시 입술을 깨물었다. 그날 민우 몰래 어설피 남겼던 흔적을 지우고자 창 위편 벽면에 가득한 사연카드를 훑었다.

장항선 급행혼약 — 따뜻한 대역이 있어 최고의 힐링 프로그램……

그렇게 적었던 카드를 회수하려는데 좀처럼 보이지 않는다. 어림해 보며 한곳에 집중하다가 발견했다. 정희의 것 대신에 그의 것을.

수습 프로그램 셋째 — 서로 짝이 없어진 경우 즉각적으로 서로의 상황을 알아본 후 '진짜'가 된다.
J는 현재 혼자임.
추신, 카드를 읽는 이가 당사자라면 승무원에게 J가 남긴 노래를 요구할 것. K의 것이면서 J를 위한 노래임.

읽고 또 읽었다. 생각하고 또 생각했다. 두 가지 마음이 평행선으로 치닫는다. 지금은 아니라는 생각이다. 애써 외면했던 마음을 밝힌다고 해도 당당한 모습을 보여 준 뒤이고 싶다.
뿌린 대로 거둔다고 했던가. 지난날의 과오 수습은 여전히 진행 중이었다. 이틀 뒤, 혹시나 했던 건데, 기어이 사달이 나고 말았다.

그래서 차마 그에게 연락하지 못했다.

※ ※ ※

경자 씨는 딸이 사는 서울의 아파트 단지를 멀찍이 지켜봅니다. 주민센터를 한번 기웃거려 멀리서나마 딸이 일하는 모습을 바라본 적도 있습니다. 행여 딸의 동료들에게 알려질까 봐 그곳 발길은 끊었습니다. 자식들이 아주 어렸을 때부터 차라리 자신의 뒤로 숨었다면 어땠을까, 하는 아쉬움은 여전히 경자 씨를 힘들게 하는 중입니다. 자신은 방해만 된다며 자식들에게 훨훨 날아가라고 해 놓고 정작 자신은 날아가지 못하고 있습니다.

아무튼 자꾸만 걱정이 드는 건 어쩔 수 없었습니다. 자신은 이미 억척스러운 어른이 되었건만 어쩐지 딸은 생각만 많은 가득한 사춘기에서 성장이 멈춘 것 같았습니다.

오늘은 웬 남자가 승용차에서 내려 줍니다. 남자는 당당한데도 딸의 어깨는 좁기만 합니다. 과거의 자신을 보는 듯싶어 애가 탑니다. 경자 씨는 들리지도 않을 충고를 꺼내고 맙니다.

"에구, 죄졌냐? 왜 웅크리냐."

남자의 반질거리는 세단이 이쪽 좁은 길로 경자 씨를 느리게 지나칩니다. 운전석으로 보이는 남자가 어쩐지 못 미덥습니다. 고생한 티가 없어 보인다는 첫인상이 허물로 다가왔던 탓인가 봅니다. 때문에 많이 아팠던 딸을 헤아려 주지 못할까 걱정인가 봅니다.

경자 씨는 고개를 들고 한곳을 빤히 쳐다봅니다. 딸의 아파트로 불이 밝혀지자 돌아섭니다. 갑자기 발걸음이 바빠집니다. 이번 무궁화호 기차를 놓치면 비싼 새마을호를 타야 했기에 경자 씨는 서둘렀습니다. 저축한 돈은 충분했지만 그건 어디까지나 딸의 몫이었습니다. 조금이라도 더 보태 주고 싶은 게 경자 씨의 마음이었습니다. 언제부터인가 그것이 정을 드러낼 유일한 수단이 되었기 때문입니다.

옷에 밴 비린내로 전철 안 사람들이 인상을 찌푸립니다. 서울 사람들은 이상한 코를 가졌다고 경자 씨는 콧방귀를 뀌었습니다. 숨을 턱 막히게 하는 매캐한 공기엔 무심하면서 빨아 입은 옷에서 나는 생선 냄새는 잘도 찾아내나 봅니다. 전철 노선표로 무심히 눈길을 주다가 '인천'을 보고는 움찔합니다. 속으로 삼키고 삼키다가 장항에 도착하고서야 밤하늘에다가 쏟아 냅니다.

"에라, 못돼 처먹은 놈들아! 니 놈들 속도 우죽하겠냐. 기왕 날아간 거 편히 살아라, 이 못돼 처먹은 놈들아!"

캬악, 가래침까지 토해 내고서야 길을 재촉합니다. 다시금 바라본 하늘로 샛별이 보입니다. 오래전부터 경자 씨는 저녁의 샛별을 두고 개밥바라기별이라고 부릅니다. 하지만 지금의 별은 개밥그릇이라고 어른들이 부르는 금성이 아니라 어린 별을 뜻하는 샛별로 다가옵니다. 경자 씨 눈에서 사라진 그 샛별은 딸의 눈에선 여전히 빛나는 중입니다. 그 점을 떠올리자 경자 씨의 어깨가 살짝 더 넓어집니다.

딸이 남자를 데려왔습니다. 오래전에 보았던 남자가 아니었기에 경자 씨는 깜짝 놀라는 한편 시치미를 뗐습니다. 하는 모양새가 하도 수상해 남자를 붙들어 앉히고 술판을 벌였습니다. 사람이 가식이 없어 보였고, 주사도 없었습니다.

하지만 도무지 마음이 진정되지 않았습니다. 딸이 이 남자 저 남자 함부로 만날 것 같진 않았고, 데리고 온 남자는 딸과 오랜 교제를 나누었다고 하기엔 하는 양이 영 허술했습니다. 마치 할머니 소원을 들어주고자 임시방편으로 데려온 남자 같았습니다. 게다가 딸은 어디가 아픈지 안색이 창백했습니다. 딸이 원하는 대로 살라고 둔 채 참견은 안 하겠다던 오래된 마음이 잠깐 흔들렸습니다. 이미 화석이 되어 있던 마음이 말이죠. 이쪽은 개의치 말고 훨훨 날아가라고 애써 무심했던 습관을 뒤로하고 오래도록 배웅까지 했습니다.

가만히 앉아 있을 수 없었던 경자 씨는 서울로 향했습니다. 우선 장민우의 소재지를 급습한 끝에 그의 과한 직급이 허영심의 산물은 아님을 확인했습니다.

그는 정말로 정희와 교제 중인 것 같았습니다. 그뿐만 아니라 첫눈에 불룩했던 배를 갑자기 오목하게 만들어 한 끼를 더 먹는 재주도 갖추고 있었습니다. 재주가 기특해 경자 씨는 장단을 맞추어 주었습니다. 또한 그는 멋져 보이는 회사 앞에서 경자 씨를 부끄러워하지도 않았습니다.

어쩐지 친구를 만나고 간다는 기분에 젖으며 딸의 직장으로 향했습니다. 부쩍 수척해 보이는 딸의 얼굴이 수상하기 짝이 없었던 탓입니다. 먼발치에서 딸이 안 보이니 더 가까이 갔습니다. 헌데 또 가까이 가도 안 보입니다. 결국 주민센터에 전화를 걸었습니다.

딸은 오래전에 퇴사했다는 말이 돌아옵니다.

"독한 년!"

그런 독한 딸이 간밤에 속내를 털어놓았습니다. 인연이 아니라며 장민우를 그저 스쳐 간 사람처럼 언급했을 뿐 그전에 만났던 남자는 끝내 밝히지 않았습니다. 경자 씨도 굳이 말을 꺼내지 않았습니다. 끝난 사람이라 여겨졌고, 저 혼자만 어깨를 폈던 첫인상이 걸렸던 남자라 아쉬움도 없었습니다. 반면에 장민우와 함께였던 딸은 드물게 천진했고 움츠리지도 않았습니다.

여하튼 오랜 세월 동안 딸의 말을 무심히 듣고 넘겨 왔지만 경자 씨의 마음은 이미 화석을 벗어나 있었습니다. 딸에게 장민우를 한 번 더 만날 기회를 만들어 주고 싶어서 기왕에 준비한 선물을 건네 주었습니다.

바보 같은 딸은 그것을 소포로 보냈다고 합니다. 예나 지금이나 똑똑한 딸이 남녀 간 문제에선 헛똑똑이로 보입니다. 엄마가 사람 보는 눈이 있다는 바를 믿어 주지 않는지 한 번 더 만나 진심을 확인할 생각도 안 하는 딸이 답답하기만 합니다.

경자 씨는 지금 어머니를 모시고 기차여행을 누리고 있습니다. 화장실을 갔다가 저쪽 카페 칸에 딸이 보여 다가갑니다. 딸 앞으로는 승무원 복장의 남녀 듀엣이 노래를 불러 주고 있었습니다. 경자 씨도 잘 알고 있는 노래였습니다. 아련한 기억 속을 더듬듯 들려오는 노래는 너무도 잘 알고 있는 노래였습니다. 오로지 딸 한 사람을 위해 불러 주는 듯한 그 노래는 단박에 경자 씨의 노래가 되고 맙니다.

*6

그댄 봄비를 무척 좋아하시나요

나는요 비가 오면 추억 속에 잠겨요

돌아가는 길엔 열차 좌석을 마주 보게 돌려 경자 씨의 어머니가 두 자리를 차지하게 하고는 이모와 외삼촌이 맞은편으로 앉았습니다. 나머지 두 좌석은 멀찍이 떨어진 곳이었는데 경자 씨와 딸이 나란히 앉았습니다.

차창 밖의 잔설이 깔린 들판으로 층층이 어둠이 쌓여 갑니다. 창유리로 서서히 피어나는 등꽃에 시선을 붙이고 있던 경자 씨가 딸에게 시선을 돌렸습니다. *7 '떠나간 그 사람을 미워하지 않아요' 노랫말을 유독 서러워했던 딸의 모습이 떠오른 까닭입니다.

"아까 노래들으면서 왜 그리 울었냐?"

"어, 엄마가 좋아했던 곡이잖아."

대답하는 딸의 말씨가 썩 자연스럽지 못합니다.

"그 사람이 먼저 떠난 건 아녀?"

딸은 움찔하며 말을 더듬습니다.

"내, 내가 싫었다고 했잖아. 이제 그만 좀 해, 엄마."

그만 좀 하라는 말이 어쩐지 아픕니다. 딸이 무슨 말을 하는지 알아차렸으면서도 경자 씨는 또 다른 방향으로 받아들여 봅니다.

"나 이제 그 노래 싫다."

꾸지람을 들은 아이처럼 딸이 슬픈 눈으로 바라봅니다. 다음 말이 좀처럼 목울대를 넘어오지 못합니다. 너무 오랫동안 삼키는 법만 배우다 보니 토해 내는 법이 퍽이나 어렵기만 합니다. 엄마가 삼키기만 하니 딸도 그리 배우는 것 같았습니다. 딸이 모처럼 인생 문제로 상의해 왔던 얼마 전에도 토해 내는 법을 몰라 한참을 우물 거렸습니다. 마치 고백을 받은 새색시처럼 공연히 들뜨면서도 말이 죠.

마침내 경자 씨는 속으로 단단하게 뭉친 아픔을 울컥 토해 냈습니다.

"떠난 사람이 미운 마당에 왜 그런 노랠 듣겠냐…… 못돼 처먹은 놈들."

"엄마 지금……."

"그래, 누군지 못돼 처먹은 놈이다. 남아 있는 내 딸을 힘들게 했으니 못돼 처먹은 놈이 아니고 뭐겠냐."

사무친 마음에 경자 씨의 눈시울이 붉어집니다.

"흥!"

콧방귀를 뀌며 고개를 창으로 돌리며 말을 이었습니다.

"미련한 것. 너도 훨훨 날아가라고 어미는 죽어라 정을 죽였는데 저 혼자 미련하게 남긴 왜 남어."

잔뜩 성이 난 표정으로 나지막이 불퉁거렸습니다. 속절없이 눈물 이 터졌지만 개의치 않고 말을 이어 갑니다.

"준수 놈은 또 왜 기다려. 누가 데려오래? 진짜 뉘 딸인지 미련 하기도 하지. 어민 그것도 모르고…… 그것도 모르고……."

결국에는 목소리마저 젖어 버렸습니다.

덜커덩, 덜커덩.

한동안 모녀 사이로 무언가 흔들리기만 합니다. 어쩐지 열차가 바닷속을 유영하는 것 같았습니다.

"지랄이네! 낮에 마늘 만졌다고 여직 손이 맵네."

경자 씨는 여전히 딸에게 등을 보인 채 돌아앉아 쓱 눈물을 훔쳤습니다. 갑자기 등이 따뜻해집니다. 비 오는 날 폴짝 등으로 달라붙었던 초등학생 딸의 따뜻함은 아니었습니다. 언제 어른이 되었는지 제법 의젓함이 묻어 있는 따뜻함이었습니다. 등 언저리로 달라붙은 예쁜 새끼가 뜨거운 목소리를 흘립니다.

"나도…… 힘들지 않았다면 거짓말이야. 하지만…… 엄마만큼은 아냐. 엄마만큼 힘들진 않았어."

경자 씨만큼 힘들지는 않았다고 나직하고도 뜨겁게 강조합니다. 딸은 등에다 대고 더운 숨을 흘리는데 왜 이리 등이 아닌 가슴이 화끈거리는지요.

덜커덩, 덜커덩.

그때 어디선가 기적 소리가 울리는 것 같습니다. 오래도록 마음속에 잠들어 있던 기차 하나가 칙칙폭폭 기지개를 켭니다.

기차가 장항에 도착하자 경자 씨는 어머니 자리로 달려가 삼촌을 가로막았습니다.

"삼촌, 이번엔 내가 업고 싶네요."

키 작은 경자 씨는 가뿐히 어머니를 업었습니다. 부쩍 가벼워진 어머니의 무게에 콧등이 시립니다. 짧은 시집살이 끝에 어린 딸 하나 덜렁 안고 장항 친정으로 돌아온 어머니입니다. 그래서 경자 씨는 더 조심하고 더 무서워하며 결혼했습니다. 또 그래서 버림받았다는 딸의 모습을 보여 주지 않고자 떠난 사람에게 미련한 미련도 보냈습니다.

뒤늦게 남편에 대한 미련을 털어 낸 경자 씨를 어머니가 밤새 안아 주었습니다. 안아 주면서 얼마나 통곡을 했는지요. 아마도 어머니는 당신 몫인 서러움도 덤으로 풀어내셨나 봅니다.

누가 뭐라 해도 당신 눈에는 경자 씨가 세상에서 가장 예쁜 새끼라고 뜨습게 품어 주었던 그 어머니가 지금은 저 세상으로 훨훨 날아갈 채비를 하는 중입니다. 그렇게 어머니에게 가득한 사랑을 배워 놓고도 자신은 그것을 딸에게 물려주지 못하고 있다는 생각에 또 콧등이 시립니다. 이래저래 오늘은 온통 뜨겁기만 합니다.

플랫폼을 벗어나자 딸이 붙듭니다.

"엄마, 나랑 교대해."

적지 않은 나이의 이모도 나섭니다.

"경자야, 나도 잠깐이라도 언니 업어 줄란다."

역 광장까지의 짧은 거리가 경자 씨의 어머니에게는 꽤나 어지러웠지 싶습니다. 다행히 어머니는 함박웃음을 잊지 않았고, 외삼촌은 조용히 따라왔습니다.

장항의 시린 하늘로 별꽃이 터집니다. 술 취한 양 우그러져 못난 달이 이날따라 퍽이나 곱게 보입니다. 개밥바리기별도 말이죠.

※ ※ ※

형은 저녁 식탁 앞에서 형수에게 그날의 소소한 경험을 풀어낸다. 시시콜콜한 그런 이야기가 형수에게는 재미있나 보다. 형은 어릴 때 민우에게도 밥 먹는 도중 자꾸 말을 붙였다. 민우는 형의 질문에 건성으로 응수하고 후다닥 먼저 밥그릇을 비우고 책상 앞으로 달려가곤 했다. 그러면 형은 민우의 등을 힐끔거리며 나머지 밥을 삼켰다. 밖에서 밥을 먹을 때도 혼자 후다닥 해치웠다.

하지만 이제는 끝까지 식탁을 지키며 후식까지도 형과 같이한다. 단지 동행이 있다는 이유로 식당에서 으스댔던 여자를 만나고부터다. 그리고 언제부터인가 여럿이 먹으니 맛을 느끼는 것 같다. 칼로리를 보충하는 행위일 뿐이라는 단정은 슬그머니 설득력을 잃고 있었다.

오늘 식탁에서는 미수금 따위의 돈 이야기가 오갔다. 여백을 틈타 민우가 물었다.

"현금 9백을 당연히 받을 권리가 있는 사람이 있어요. 부자는 아니에요. 헌데 준다고 해도 액수조차 관심도 없고 욕심도 없다면 그 사람은 과연 어떤 사람일까요?"

"좀 이상한 사람 아냐? 경제관념이 흐릿하든가."

형이 말했다. 그러자 형수가 반론한다.

"자기 몫이 아니라고 여겼을 수도 있죠. 받아서 더 불편한 경우 같은 거."

민우는 형수 쪽으로 시선을 붙였다.

"그렇겠죠, 형수님? 마음의 평온지수를 행복의 척도로 여긴다면?"

"마음의 평온지수…… 아, 그렇게 표현할 수도 있겠네요."

"첨엔 별나 보여 호기심이 생겼는데, 겪어 보니 참 순수한 사람이거든요."

뇌까리며 감상에 젖는 민우를 형과 형수가 갸웃하며 본다. 민우는 움찔했다. 그렇게라도 애써 누군가를 그리워하는 마음을 누군가에게 드러내고 싶었나 보다.

여하튼 노상 표정 관리에 완벽했는데 얼결에 속내를 에둘러 드러내고 말았다. 즉시 그리움에 잠긴 표정을 지우고 남은 밥을 비웠다.

식탁을 치우고 찻물을 얹은 형수가 갑자기 손뼉을 쳤다.

"자긴 아직 안 봤지!"

형수는 뒤뚱거리며 잰걸음으로 안방을 다녀왔다.

"이거 좀 봐. 이쁘지? 이쁘지? 진짜 손으로 만든 거야!"

형수는 경자 씨가 보내온 배냇저고리를 부른 배에 대보며 키득거렸다. 그 앙증맞은 옷이 아픈 민우는 찻잔을 들고 발코니로 나가 하늘을 쳐다보았다. 오랫동안 하늘 한 번 안 쳐다보고 앞만 보며 살아왔다. 장항의 밤하늘을 보기 전까지는.

색색의 등에 가려진 서울 하늘이어도 가만히 치어다보면 별도 달도 보인다. 투박하게 우그러진 달의 모양새가 정겹기 짝이 없다. 컴퍼스로 그릴 수 있는 원이 아니어서, 공장에서 찍어 낸 도형이 아니어서 더 원초적이고 순수하다.

웃음소리가 날아든다. 형과 형수는 경자 씨가 만든 배냇저고리 그리도 신기한지 보고 또 보는 중이다.

힐긋 형수를 훔쳐보았다. 마주하면 이쪽 마음으로 향기가 톡톡 터지게 하는 사람이다. 그런 화사한 형수도 처음에는 무척 어두웠다고 한다. 어두워 보이는 형수 때문에 형이 아파서 배려하게 되었고, 그것이 나중에는 사랑으로 움텄다고 한다. 그리고 어느덧 형보다 더 밝아진 형수는 반대로 형의 숨은 어둠을 발견하고 아파서 더 배려했고, 마침내 두 사람이 나란히 밝게 되었다고 한다.

차는 다 마셨는데도 계속 달을 쳐다보았다. 형수가 노래를 틀었나 보다. 취향이 누구와 닮았다고 민우는 달을 향해 피식 웃었다. 갑자기 등이 따뜻해 손으로 쓸어 보았다. 아무것도 없다. 바닷가에선 민우의 시린 등을 안아 주었던 정희의 체온이 끈질기게 따라붙어 이렇게 가끔 등을 쓸어 본다.

*8

달 밝은 밤에 그대는 누구를 생각하세요
잠이 들면 그대는 무슨 꿈꾸시나요

'알고 싶어요' 선율 때문인지 또 정희의 편지가 떠오른다. 몇 번이나 더 읽었는지 모른다. 마음이 아리면서도 어쩐지 힘이 나고 어깨가 으쓱해져 며칠 동안은 베개 가까이 편지를 두기도 했다. 그녀는 향기가 스미게 하는 사람이라며 민우를 띄워 주었다.

가슴으로 스미는 노랫말에 젖어 버린 민우는 달을 향해 답장을 보낸다.

너는 어쩌고. 내게 더운 피를 만들어 준 너의 향기는 또 어쩌고. 양말을 벗을 때마다 땀내를 지워 버리고, 저고리를 벗을 때마다 기습하는 너의 천진무구한 향기는 또 어쩌고. 알기나 하니? 처음 만난 순간부터 너는 내 품에 안겼음을.

과연 그녀의 향기는 화장터에서 품에 휘청 안겨 들었을 때부터 시작되었다.

문득 감상에 젖은 장민우 자신이 두렵다. '진짜'가 돌연사 했으면 좋겠다는 황당한 생각도 찾아든 적이 있었으니 이거야말로 환장할 중병이며 일급 경보 시스템을 가동해야 할 비상시국이다.

'그래, 아프지 말고 잘 살아라. 난 그거면 된다, 돼.'

애써 그렇게 심플(?)하게 갈무리하며 위험하고 아픈 감상을 걷어찼다. 빈 찻잔을 식탁으로 가져다주는데, 형과 형수의 표정이 어쩐지 수상하다. 그러고 보니 '알고 싶어요'를 반복해서 듣고 있다. 웃기는 노래는 아닌데 어쩐지 형과 형수는 웃음을 참고 있는 모양새다.

밤새 뒤척였던 민우는 보류했던 사항을 끄집어냈다. 자신이 무섭다. 국내에 남으면 할머니 생신 때 쳐들어가 정희를 '납치' 할 것 같다. 완벽한 이성을 소유했다고 자부하던 자신이 그런 발상을 한다는 자체가 견딜 수 없이 두려웠다.

출근 전에 슈투트가르트의 날씨를 가늠해 보았다. 품은 결심이 행여 흔들릴까 두려워, 못 참고 장항으로 달려갈까 무서워 형수에게도 한 번 더 다음 날 일정을 통보한다.

"제 여벌 춘추복 사 주신 거 그대로 싸 가면 되죠?"

"어머, 도련님. 진짜 독일 가시게요?"

"안 가도 되긴 한데, 티켓도 확보해 놓았으니 그냥 옛 동료들 얼굴이나 보려고요."

"아휴, 그래도 하루 종일 걸리는 먼 뎰……."

민우는 생긋 웃으며 형수의 말을 끊었다.

"멀어서 가려고요."

장항에선 아주 멀어서요.

※ ※ ※

방문이 열리자 정희는 움찔하며 노트북을 덮었다.

"자격증 있음 됐지, 또 뭔 공부냐."

서울은 물론이고 장항에 머물 때마다 꼭두새벽부터 밤늦도록 열중했더니 엄마는 잔소리를 늘어놓기 시작했다. 딱히 공부라고는 할 수 없었지만, 어떤 의미에선 진정한 공부였다.

"잘 먹기만 한다고 되냐. 잠이 보약이란 말도 모르냐, 쯔쯧."

"알았어. 근데 아까 택배 온 거 뭐였어?"

"아, 아무것도 아녀."

얼버무리며 재빨리 화제를 돌린다.

"그 사람이 저고리 잘 받았다고 연락 안 하던?"

정희가 건성으로 고개를 끄덕였다. 엄마가 뚱하게 보다가 한숨을 토한다.

"할머니가 그 사람 안부 자꾸 묻잖냐. 생신날 초대라도 한번 하든가."

정희는 흔들렸다. 내부에서 변명해 준다. 명분이 좋잖아.

"워낙 바쁜 사람이라…… 생각해 볼게."

얼결에 그렇게 대답해 버렸다. 명분 때문이 아니었다. 그리웠다. 속절없는 그리움이 그렇게 불쑥 튀어나와 버렸다.

날이 더 어두워지기 전에 산보를 하려고 대문 밖으로 나갔다.

그때 승용차 한 대가 이쪽으로 다가온다. 낯익으면서도 어쩐지 이 집엔 어울리지 않는 외제차가 뗘억 정희 앞으로 멈춰 선다. 운전석에서 낯선 젊은 남자가 먼저 내린다. 아니 낯설지 않다. 일전에 이 근처에서 본 적이 있다. 그뿐만 아니라 '섬과 섬'에서도 보았다.

그는 종종걸음으로 승용차를 돌아 뒤쪽 도어를 열었다. 이어서 그가 나타났다. 성준은 웃고 있었다. 하지만 정희는 알 수 있었다. 그 웃음엔 비린내가 물씬 배어 있음을.

❈ ❈ ❈

내일이 장항 할머니 생신이다. 민우는 돌발 상황을 미연에 차단했다는 안도감으로 웅숭깊은 우울을 애써 지워 냈다. 자정에 비행기에 오르면 이스탄불을 경유해 독일로 날아갈 터였다. 미사일을 탄다면 모를까. 절대로 생신에는 참석할 수 없다.

6월 박람회 준비 실무팀은 오전에 에어프랑스로 먼저 떠났다. 통역이며 인맥 동원에 힘을 보태 줄 수 있는 민우는 첫 직원 미팅 때부터 합류가 예정되어 있었다. 하지만 장항 할머니 생신 때문에 핵심 인원에서 스스로 빠졌다. 비록 중요한 프레젠테이션 때문에 어쩔 수 없이 뒤따라야 하는 입장이지만 어쨌거나 결국에는 합류할 터였다.

노크 소리에 이어 김 과장이 들어왔다.

"본부장님, 사장님과 귀빈들이 기다리십니다."

민우는 노트북을 챙기고는 휴대폰 전원을 끄려고 했다. 그때 벨이 울렸다. 딱 한 번 받은 전화 직후 착실히 저장해 두었던 '우리 경자 씨'가 떠서 김 과장에게 손을 들어 올리고 양해를 구했다. 그녀가 문을 닫자 심호흡을 하고는 전화를 받았다. 부끄럽습니다. 따님 뜻을 존중하기로 했습니다. 끝!

"안녕하세요."

— 안녕 못 하고 있소.

정희가 어떻게 설명했을까. 첫마디부터 도전적이다. 애써 머리를 차갑게 했다. 아직은 아닌 성싶어 준비한 말은 대기 상태로 둔 채 귀를 기울였다.

— 신랑감인 척 꾸며 댔다는 게 사실이오?

제길, 그냥 싫었다고 할 것인지 사실대로 털어놓았나 보다.

— 아, 어째 꿀 먹은 벙어리여. 참말로 꾸며 댄 일이냐고!

준비한 말이 목울대를 넘지 못한다. 어떻게 하면 경자 씨에게 덜 상처를 줄 수 있는지 가늠이 안 된다. 제길, 언제부터 남 사정 봐주고 살았다고.

— 참말이라면 배우를 해도 되겠소, 쯔쯧.

문이 빠끔 열렸고 김 과장이 노골적으로 발을 동동 굴린다. 한순간 집중력을 잃은 민우는 얼결에 내뱉었다.

"부끄럽습니다. 따님 뜻을 존중하기로 했습니다."

— 사람 참, 싱겁긴.

"죄송합니다, 제가 다시 전화드리겠습니다."

허둥거리며 전화를 끊었다. 예상과 다른 상황이었기에 생각을 정리한 후 통화할 필요가 있었다. 휴대폰 전원을 끈 뒤 시청각실로 향했다.

집중력이 흐트러져 힘겹게 PT를 치러 냈다. 실수는 없었는데도 화가 났다. 사랑에 재능이 없으면 일이라도 특출해야 했다. 무언가 마구 부숴 버리지 않으면 미칠 것 같다. 휴게실의 자판기로 가서 건강에 도움 안 돼 피했던 차가운 음료를 잇달아 들이켰다. 애써 냉정을 되찾고 경자 씨에게 대응할 방도를 찾아내고자 작업실로 향했다. 내선전화를 받던 김 과장이 일어난다.

"보안실로 본부장님께 전하라 맡긴 게 있답니다. 제가 찾아오겠습니다."

퍼뜩 뇌리로 스치는 혹시, 하는 생각에 잡았던 문손잡이를 도로 놓았다.

"내가 갈게요."

"제가……."

기어이 뒤따르는 김 과장을 개의치 않고 부랴부랴 계단을 밟았다. 보안실 문을 발칵 열자 두 직원이 깜짝 놀라 벌떡 일어났다.

"맡겼다는 건……."

대답을 듣지 않은 채 보안실 한편으로 보이는 귀퉁이가 찌그러진 사각형 상자로 다가갔다. 포장지가 낯익다.

"누구라곤 밝혔나요?"

상자를 쓸며 잔뜩 굳어 있는 민우의 표정에 보안 직원이 엇박자를 낸다.

"막무가내로 본부장님 불러내라고 떼를 쓰더군요. 회의 중이니 이따 와 보라 했더니 그냥 내던지고 갔습니다."

다른 직원이 변명조로 거든다.

"꼭 싸우러 온 사람 같았고, 인상도 좀 그랬습니다."

상자에 코를 대고 희미한 생선 냄새까지 확인한 민우는 홱 고개를 돌렸다.

"지금 누굴 보고…… 말조심하세요!"

민우의 살벌한 기세에 직원들이 당황했다.

"제길, 제길!"

민우는 까닭 모를 서러움을 삼키며 차분히 물었다.

"언제쯤 다녀가셨죠?"

"한 삼사십 분 됐습니다."

서울이라고 말씀해 주실 것이지. 민우는 김 과장을 보았다. 상자와 민우를 번갈아 보며 무언가 감을 잡은 양 그녀가 미안한 표정을 지었다.

"저도 PT 같이 들어간 관계로 미처……."

민우는 그녀의 변명을 한 귀로 흘리며 머릿속에 저장된 열차시간표를 떠올렸다.

"오후 일정 다 보류해요. 아니 취소해요!"

그길로 돌아섰다. 영락없이 오해받을 상황이다. 안 그래도 자꾸 무언가 억울한데, 일부러 민우가 피했다는 오해로 경자 씨가 화났다면 너무도 억울했다. 뒤에서 김 과장이 소리쳤다.

"출국은요!"

대답하지 않고 문을 박차고 달음박질쳤다. 저 앞으로 멈추고 있는 택시를 잡아타기 위해.

KTX를 타고 천안아산역에서 내려 내달린 끝에 가까스로 무궁화호를 탈 수 있었다. 민우는 객실을 샅샅이 훑다가 마침내 창가에 앉은 키 작은 여자를 발견하고 참았던 숨을 몰아쉬었다.

"헉, 헉! 죄송합니다, 제 어머님이신데 자리 좀 바꿔 주시죠."

경자 씨에게 애써 떨어져 앉아 있던 통로 편 좌석의 남자는 선선히 일어났다. 민우는 이미 토해 낸 거친 숨을 일부러 다시 토하며 회사 일을 변명했다. 경자 씨는 휘둥글게 눈을 뜨고 쳐다보다가 새치름한 표정으로 휙 창으로 고개를 돌렸다. 일단은 화는 안 냈기에 민우는 엷게 웃으며 옆으로 바짝 붙어 앉았다.

"같이 가자고 전화드렸는데도 혼자 먼저 떠나셨네요."

시선을 주지 않은 채 경자 씨가 갸웃했다. 어떻게 불쑥 나타났지 영 궁금한 듯싶었다.

"고속열차 타고 죽어라 따라온 겁니다."

"흥!"

"서울이라고 미리 말씀이나 좀 해 주시지."

여전히 콧방귀를 뀌는 모양새지만 보일 듯 말 듯 번지는 웃음을 민우는 놓치지 않았다. 오래도록 경자 씨가 말이 없자 다시 민우가 입을 열었다.

"선물을 가져오셨으면 곰탕이라도 드시고 가셔야 할 거 아닙니까."

곰탕을 같이 먹던 날을 떠올리는지 이번에는 웃음이 보다 선명하다. 이윽고 경자 씨도 입을 연다.

"선물은 그쪽이 먼저 보내와 오늘 답례하러 간 거요."

"아, 택배가 벌써 갔군요."

정희와의 인연을 떠나 경자 씨의 인연을 소중히 한다는 마음에서 따로 선물을 보냈었다.

"형수님이 선물 너무 좋아하셔서 답례한 겁니다."

"헛, 그래서 나도 다시 답례한 거 아니요."

"그럼 오늘 또 선물을 받았으니 저는 또 답례를 해야겠네요."

"그려, 평생 답례하시구려."

퉁명스럽게 쏘아붙이는 말씨와는 달리 눈빛이 왠지 부드럽다. 실핏줄 가득한 눈동자 속에 숨어 있는 샛별이 얼핏 보이는 것 같다. 어느덧 민우는 배실배실 웃고 있었다. 숱한 고민이며 죄의식 따위는 경자 씨를 다시 만났다는 반가움이 죄다 밀어 냈다. 더욱이 감추려 드는 웃음까지 발견하자 엄숙하게 준비했던 말들은 다 날아가 버리고 민우 자신도 모르는 사이에 넉살 좋게 응수한다.

경자 씨가 비로소 민우의 위아래를 훑었다. 코트를 입지 않은 채 그대로 달려와 조끼가 없는 슈트 차림이었다.

"서울은 안 춥소?"

한결 말씨가 따뜻해진 듯싶어 민우는 볼멘소리를 했다.

"어머님 따라잡으려다 코트도 못 입었습니다."

"어머니…… 소릴 여직 하네."

"뭐, 따님과 혹시라도 진짜 사이가 될 걸 대비해 연습했나 봅니다."

민우의 넉살에 경자 씨의 눈동자가 한순간 반짝였다.

"흥! 진짜 신랑이 될 맘은 있었고?"

"그럼요. 따님 같은 보석이 어디 흔합니까?"

"헛, 실없는 양반인 줄 알았지만 진짜 실없네그려."

경자 씨는 휙 창으로 고개를 돌리고 만다. 한참을 그렇게 있다가 여전히 뒤통수를 보인 채 묻는다.

"그럼 그쪽이 사귄 여잔 흔한 사람이요?"

민우는 나쁘지 않은 예감으로 힘차게 말했다.

"전 혼잡니다."

"그려?"

경자 씨가 다시금 민우를 훑어보았다.

"보아하니 연애도 많이 못 해 본 것 같어."

"바빴습니다."

"쯔쯧, 알 만하네."

허공을 향해 까닭 모를 탄식을 날린다.

"에휴, 답답해라. 어쩜 이리도 똑같냐."

경자 씨는 또 얼굴을 숨겼다. 웃고 있는 듯 보였으나 좀처럼 얼굴을 보여 주지 않는다. 또 한참이 지나서야 민우를 본다.

"그럼 연애 한 번 못 해 보고 산 거요?"

"비슷한 셈이죠."

경자 씨가 고개를 갸우뚱거린다.

"거참, 생긴 건 멀쩡해 뵈는데."

뭔가를 도무지 납득하지 못하겠다는 양 다시금 민우를 훑어본다. 위에서 아래로 천천히.

"혹시…… 어디 문제 있어서?"

민우는 무슨 뜻인지 선뜻 어림을 못해 갸웃하다가 경자 씨가 힐끔힐끔 겨냥하는 곳을 확인하고 화들짝 놀랐다.

"무, 문제라뇨! 전 아주 건강합니다. 모든 면에."

무언가 은근히 뭉클해서 머쓱하던 차에 거침없는 경자 씨의 질문에 또 머쓱해진 민우는 작전타임을 걸 요량으로 화제를 돌렸다.

"어머님, 점심 안 드셨죠?"

"지금이 몇 신데."

정색하다가 민우의 배를 살핀다. 불러 보여야 하는지 고파 보여야 하는지 어림하는데, 경자 씨는 무슨 생각을 했는지 콧방귀를 뀐다.

"밥도 안 파는 기찬데, 안 먹었다 함 어쩔 텐데?"

"대천에서 내렸다가 식사하고 가시게 하려고요."

"에구, 실없는 양반 같으니."

정이 담겨 보이는 핀잔도 다 있다고 민우는 생각했다. 바짝 긴장해야 할 자리인데도 편한 친구와 함께인 듯싶다. 장항에 도착하기 전에 모든 정보를 얻어야 한다는 바를 기억하고 민우는 이내 집중했다. 심호흡을 한 뒤 에둘러 희망사항을 점검했다.

"예비 사위분은 지금 장항에 있습니까?"

경자 씨는 대답 대신 민우를 설뚱하니 바라본다. 긴장되는지 민우는 침을 꼴깍 삼켰다. 경자 씨는 무엇이 어수선한 걸까? 눈빛뿐 아니라 손가락도 불안하게 서로를 만지작거린다. 하지만 잠깐이었다.

"정희가 아픈지 안다던데, 언제부터 알았소?"

얄밉게도 교묘하게 핵심 질문을 피해 간다. 민우는 사실대로 밝혔다.

"처음 장항에 같이 왔던 날 알았습니다. 헌데 걱정하실 병은 아닙니다."

"아프니까 잘해 준 거요?"

드물게 맥없이 물었다.

"잘해 준 게 아니라 제가 더 아픈 것 같아서, 저를 위로하고 싶어서 자꾸 따님을 필요로 했습니다. 제가 말이죠."

경자 씨가 눈만 씀벅거리며 대답을 안 하자 민우가 덧붙였다.

"제가 아픈 걸 알기 전에 따님이 먼저 제 아픈 델 만져 주었습니다."

경자 씨는 무언가를 더 곱씹더니 작은 한숨을 쉬었다.

"어머닌 아주 어릴 적 돌아가셨다던데 집안에 또 아픈 사람이 있었소?"

"제가 아프게 한 사람은 있었죠. 제겐 아버님 같은 형을 말이죠. 형은 행복했다고 하는데 전 그것을 받아들이지 못하겠고요."

역시 솔직히 말했다. 경자 씨가 모처럼 고개를 주억거린다.

"가족은 혼자는 행복할 순 없는 법이요. 그러니 형 뜻을 받아 주구려. 가족은 한 사람이 행복하지 못하면 다 행복하지 못해요. 형님을 위해서라도 그 뜻을 받아서 같이 웃으면 좋으련만, 쯔쯧."

민우에게 건네는 덕담인 동시에 스스로의 회한인 성싶다. 기차가 대천을 통과하자 민우는 서서히 몸이 달았다. '진짜'가 나타난 마당에 경자 씨가 선물을 들고 회사까지 찾아올 이유를 찾아내지 못하는 중이다. 다시금 심호흡을 했다.

"그런데…… 예비 사위분은 언제 도착합니까?"

또 설뚱하니 바라본다. 이내 속 터져 죽겠다는 사람이 된다.

"그걸 왜 나한테 묻는 거요!"

"네?"

어안이 벙벙해 있는 민우를 바라보던 경자 씨는 신경질적으로 창을 본다.

"에휴, 답답해라. 어찌 그리 똑같은지."

가슴을 주먹으로 탁 치며 불퉁거렸다. 여전히 고개를 갸우뚱거리고 있는 민우를 힐끗 보고는 혀를 찬다.

"쯔쯧, 헛똑똑이들."

7호 차

　시장의 콩나물시루 앞에서 한 주먹 더 취하려는, 또 지키려는 흥정에도 교양이 필요할까요? 한 가지 분명한 것은 그 풍경 속의 아낙들도 한때는 교양이라는 것을 기꺼이 품었답니다. 우리 경자 씨처럼 말이죠. 책을 좋아했던 사춘기의 경자 씨는 그 시절 베스트셀러였던 '칼린지브란(Kahlil Gibran)'과 '장 그르니에(Jean Grenier)', '에리히 프롬(Erich Pinchas Fromm)' 등의 저서를 내면의 화장품으로 끌어안았습니다. 자칫 건조해지려는 경자 씨의 가슴을 축축하니 적셔 주는 양분이 되기도 했지요.

　지혜의 샘이라고 여겼던 그것들은 시간이 지나면서 심연으로 가라앉았고, 대신에 품에 안긴 딸을 위한 버스의 빈자리 탈환이 보다 더 유익한 지혜로 부상했습니다. 그렇습니다. 경자 씨에겐 생선 좌판의 영리한 흥정이 바로 교양이었습니다. 이름 붙이기 좋아하는 학자들은 그것을 '생존교양'이라고 부를 것 같습니다.

딸의 지혜는 아직은 책 속에 머물고 있는 것 같습니다. 적어도 경자 씨가 보기엔 그랬습니다.

"니 나이가 몇인데…… 그래도 남자를 사귄 적은 있었겠지?"

오래전 사귄 남자와의 결과가 궁금했던 경자 씨는 넌지시 딸을 떠보았습니다.

"실은 오래 교제한 사람이 있긴 했어."

역시 과거형이었습니다. 어쩐지 반갑게 들리는 말입니다. 저 혼자만 어깨를 폈던 남자의 첫인상이 여전히 걸렸나 봅니다. 경자 씨는 딸의 눈에 비친 그 남자의 모습이 궁금했습니다.

"어떤 남자였냐?"

"내가 대책 없이 의지하긴 했지만, 따지고 보면 무척 아픈 사람이었어. 부모 눈을 못 벗어났거든. 오죽하면 자기 부모를 교도관 같다고 할까."

"흥! 그런 사람들이 밖에선 만만한 사람한테 윽박지르곤 하더라."

"뭐, 그런 면도 없지 않았어. 근데 난 그 사람이 성낼 때 신기하게도 아픈 데가 보였어. 아! 엄마 방에 있었던 책 말야. 에리히 프롬의 '사랑의 기술'이란 책에 이런 말이 나오잖아. 분노한 사람의 내면을 들여다보라고, 정작 괴로운 영혼은 당사자일 것이란."

책 내용은 전혀 기억나지 않습니다. 젊은 날에 읽었던 무수한 책들은 그저 착하게 사는 게 나쁘지 않다고 위로해 주는 이야기 상대로 남았을 뿐입니다.

여하튼 딸의 답이 경자 씨가 보기엔 아닌 것 같습니다. 곁에 남은 사람을 어떡하든 떠나보내지 않으려는 미련한 외로움 같았습니다. 자신이 한때 되지도 않는 변명을 붙여 만철 씨에 대한 희망을 버리지 못했던 것처럼 말이죠.

"에휴, 변명으로 붙드는 사람은 오래 못 가는 법이여. 차라리 잘됐다."

"변명?"

얼결에 튀어나온 '변명'을 딸이 더듬습니다. 경자 씨는 곧 에둘러 말했습니다.

"시골에 살다 보니, 마냥 세월아 네월아 죽치기만 하는 사람들 보면 하나같이 핑계를 입에 물고 있더라."

생뚱맞은 경자 씨의 말에 딸은 갸웃하며 눈동자를 굴립니다. 샛별이 한결 밝아 보였지만 세상을 들여다보기엔 아직은 어린 샛별 같다고 경자 씨는 생각합니다. 꺼져 있던 경자 씨 자신의 개밥바리기별은 어느덧 힘차게 빛나는 중입니다. 그 별은 바로 딸이 찾아준 별입니다. 끝까지 어미 곁에 남은 딸이 말이죠. 엄마 곁에 남느라 힘들었으면서도 엄마만큼은 힘들지 않았다는 그 딸이 말입니다.

어머니마저 훨훨 날아가고 나면 경자 씨는 차라리 눈을 감고 살 터였는데, 이제는 딸을 위해서라도 더 크게 눈을 뜨고 살아야 합니다. 경자 씨는 기어이 확인하고 싶은 바를 입 밖으로 꺼냅니다.

"어쨌든 미련은 없지?"

"응. 사실 더 빨리 멈췄어야 했어."

"됐다. 그 덕에 장민우란 양반도 만난 거잖어."

"엄마, 그 사람은 아, 아니라고 했잖아."

찌푸리며 자리를 피하는 딸입니다. 살짝 붉어진 뺨을 경자 씨에게 들킨 줄을 알기나 하는지요.

어쩌면 마지막일지도 모를 어머니 생신상 생선을 고르자니 든 자리 난 자리 생각으로 마음이 싱숭생숭합니다. 그래도 든 자리가 제법 든든해 경자 씨는 애써 어깨를 펴 봅니다.

외삼촌의 서천바닷가 덕장에서 가져와 마당의 그물에 한 번 더 말려 둔 생선 중 바다에 살 적 가장 씩씩했을 법한 놈들을 추려 내고 있는데 딸이 산보한다며 집 밖으로 나갑니다.

갑자기 성급한 밤이 찾아왔기에 하늘을 보니 먹장구름이 심상치 않습니다. 딸이 우산을 챙겼는지 궁금해 대문을 열려는데 말소리가 들립니다.

"이건 아닌 것 같아요. 아니 분명히 아니에요."

애써 소리를 죽이는 딸의 말에 이어 남자의 목소리도 들립니다.

"난 약속을 지키는 중이야. 어머님이나 어서 뵙자."

경자 씨는 빠끔히 허술한 문 틈새로 얼굴을 붙였습니다. 본 지 오래여도 첫눈에 알아볼 수 있는 남자였습니다. 여전히 남자는 잔뜩 어깨를 펴고 있었습니다. 딸은 자못 어깨를 펴고 있긴 해도 허둥대는 모양새를 드러내는 중입니다. 어떤 상황인지 즉시 감이 옵니다.

"이별에도 예의가 있는 법이에요. 예의를 지키고 싶다면 당장 돌아가요."

딸의 말에 경자 씨는 속으로 콧방귀를 뀝니다. 아예 책을 읽어라, 쯔쯧.

"예의? 그것도 내가 정한다. 넌 따르기만 해. 항상 그랬던 것처럼."

이런! 말하는 싸가지하곤. 똥물에 튀길 놈 같으니. 애써 욕을 삼키며 조금 더 지켜보기로 했습니다.

"들어가자."

남자가 딸의 손을 잡습니다.

"놔요. 추억마저 먹칠하고 싶지 않다면 그만해요."

딸이 손을 빼내려는데, 남자는 완강했습니다. 끌다시피 이쪽으로 다가오는 순간 경자 씨가 쿵 문을 밀었습니다.

"그 손 당장 치워요!"

갑자기 눈앞에 나타난 경자 씨 때문에 남자는 당황하며 모녀를 번갈아 보았습니다. 남자가 갸웃하다가 딸에게 묻습니다.

"이분이 사진 속의 그……."

일부러 흐르게 처리했던 흑백사진과 실물과의 괴리감을 극복 못한 양 남자는 말을 더 잇지 못했습니다. 딸이 대답합니다.

"맞아요. 제 엄마."

"그 손 놓으라니깐!"

경자 씨가 다시금 소리쳤습니다. 남자는 움찔하며 손을 놓았습니다.

"안녕하세요. 전 정희……."

"손 놓았으면 얼른 가시구려!"

"네?"

남자가 노골적으로 이맛살을 구겼습니다. 딸이 나섭니다.

"그만해, 엄마. 내가 조용히 이야기할게."

경자 씨는 딸을 무시한 채 남자에게 훠이훠이 손짓을 합니다.

"끝난 사이라고 들었소. 내가 인사받을 일도 없고 인사받고 싶은 양반도 아니니 얼른 돌아가시구려."

고집스럽게 입을 다문 채 미간을 한껏 찌푸린 남자가 딸에게 매서운 눈길을 날립니다.

"벌써 알렸어? 나한테 한마디 상의도 없이 감히?"

제법 어깨를 폈던 딸이 이번에는 어쩔 수 없다는 양 움츠러듭니다. 부아가 치민 경자 씨는 손아귀에 힘을 주었습니다. 물론 그 손엔 '바다에서 살 적 씩씩했을 법한 놈'이 쥐어져 있었습니다. 얼결에 들고 온 거였죠.

"못된 양반! 어미가 옆에 있는데 감히 누구한테 눈을 부라리는 겨!"

경자 씨는 남자를 향해 큼직하고 단단한 물메기를 휘둘러 댔습니다.

"어미 없는 자리에선 오죽했을까, 에라!"

"뭐 하는 겁니까!"

가까스로 피한 남자가 버럭 소리쳤습니다.

"아픈 사람 혼자 집에 오게 만든 주제에 이제야 뭔 낯짝을 내밀어!"

급기야 남자가 한 대 맞았습니다. 양복을 털며 남자가 따집니다.

"야만스럽게 이게 뭡니까!"

"오냐, 그니까 야만인하고 어울리지 말고 가! 가라구!"

경자 씨 손에서 춤을 추는 물메기가 남자를 연방 뒷걸음치게 만들더니 급기야 승용차 안으로 떠밀었습니다. 과연 바다에서 살 적 씩씩한 놈이었는지 물메기는 너끈히 제몫을 해냈습니다.

움직이는 승용차 안에서 남자가 딸에게 칼날 같은 시선을 날립니다. 경자 씨는 멀어지는 차 꽁무니를 향해 캬약, 가래침을 뱉으며 응수했습니다.

"썩을 놈! 어쩐지 그전부터 마음에 안 차더라."

"엄마?"

돌아보니 딸이 휘둥글게 눈을 뜨고 있습니다.

"성준 씨…… 알고 있었어?"

"뭐, 그전에 니 아파트 앞에서 두 번인가 봤다. 그냥 멀리서."

"아파트……를 왔었다고?"

"들어가자. 흥! 이별의 예의 좋아하고 자빠졌네."

얼결에 행적이 들통 나 멋쩍어진 경자 씨는 공연히 불퉁거렸습니다.

"예의고 나발이고 잘했다. 끝이 안 좋은 양반이니 안 봐도 비디오다."

딸은 붉어진 눈을 하고 웃더니 생뚱맞은 말을 합니다.

"근데 엄마…… 요즘엔 비디오 안 나와."

비디오가 안 나오는 게 그리도 슬픈지 딸의 눈으로 그렁그렁 눈물이 맺힙니다. 하지만 입은 환하게 웃고 있었기에 경자 씨는 내버려 두었습니다.

집으로 들어간 모녀는 주방 식탁에 마주 앉아 오래도록 이야기를 나누었습니다. 딸은 선선히 두 남자에 관해 실토했습니다. 연극

상대였다는 장민우에 관한 진짜 속내는 끝내 얼버무렸습니다. 하지만 경자 씨는 그를 이야기하는 도중 딸이 드러낸 표정을 놓치지 않았습니다.

안방으로 들어간 경자 씨는 어머니의 손을 보드랍게 쥐었습니다.

"우리끼리만 얘기해서 미안허유, 엄니."

"아녀. 집 안에 니 말소리가 많아져 좋기만 혀. 더 혀. 니 수다가 젤 좋은 생일 선물인 겨."

그러고 보니 경자 씨는 딸이 무시로 집을 들락거린 뒤부터 수다쟁이가 된 것 같았습니다. 곰곰 생각을 어루더듬어 보았더니, 처음 물꼬를 튼 상대는 딸이 아니었습니다. 오랜 세월 동안 어머니 말고는 누군가와 그리 오래 마주 앉은 적이 없었습니다. 더욱이 상대는 술친구까지 겸했습니다. 과연 자신도 모르는 사이에 친구같이 새록새록 정이 쌓이고 있었습니다. 서울로 올라가 곰탕을 같이 떠먹으면서도 어쩐지 친구를 만난다는 기분이었습니다.

경자 씨는 열심히 머리를 굴렸습니다. 장민우의 연극은 적어도 딸과 단둘이 있을 적에는 지극히 자연스러웠습니다. 둘 중에 하나입니다. 타고난 배우이거나 진심이 드러났거나.

이틀 후에 차릴 생신상은 어느덧 뒷전으로 밀려납니다. 더 중요한 선물을 준비하고자 경자 씨는 다음 날 기차표를 어림했습니다. 장민우가 보내온 선물을 풀어내 그 속에 담긴 턴테이블과 추억의 노래를 들어 보고 싶은 욕심은 미루어 두었습니다. 딸에게도 아직은 밝히지 않았습니다. 인연이 아니라면 딸에게 그것을 보이지 못하고 싶었습니다.

경자 씨는 곰탕집 근처에서 고민했습니다. 우선은 탁월한 연극인지 진심인지 알아내고자 전화를 걸었습니다. 안타깝게도 예감이 빗나가는 듯합니다. 피하는 기색이 역력했습니다. 두 번째 전화는 받지도 않았습니다. 그래도 성급한 판단이라 싶어 회사로 찾아갔더니 낯선 남자들이 문전 박대합니다. 가져온 생선을 내던지고 휘적휘적 팔을 저으며 바삐 걸었습니다. 그러다가 곰탕집 앞에서 주춤했습니다. 작아지는 어깨를 곧 애써 펴며 연방 크게 팔을 내저으며 걸었습니다.

역으로 들어서자 다리가 후들거리고 어깨가 축 처진 경자 씨는 대합실 의자로 풀썩 엉덩이를 붙였습니다. 예매한 기차 시간은 출발까지 꽤 여유가 있었습니다. 그것은 곰탕을 먹지 않았던 탓에 생긴 쓸쓸한 여유였습니다. 그래도 어머니와 딸을 위해선 튼튼해야 했습니다. 편의점에서 빵을 하나 사서 오물거렸습니다.

천천히 플랫폼으로 나가려고 하는데 전화가 왔습니다. 장민우였습니다. 망설이다가 받았더니 다급한 목소리가 귀청을 때립니다.

— 어디십니까! 제가 그리 갈게요!

"기찬 곧 떠나요."

경자 씨는 퉁명스레 대꾸했습니다.

— 이대로 가시면 절대 안 됩니다! 기다리세요. 제가 갑니다.

"괜찮소. 일 보시구려."

그렇게 전화를 끊은 경자 씨는 플랫폼으로 향했습니다. 그의 목소리에 담긴 뜨거움이 진심이라고 해도 착한 사람 특유의 연민이라는 의심을 지우기엔 역부족이었습니다. 그럼에도 불구하고 경자 씨는 기차가 도착하기 전까지 부지런히 플랫폼을 훑어보고 맙니다.

기차는 곡선 길을 달리지도 않는데 경자 씨의 마음은 울렁울렁 흔들립니다. 장사를 하면서 무수한 사람들을 상대한 끝에 체득한 직감이며 확신이 여지없이 흔들리는 중입니다.

가뜩이나 심사가 꼬이는데 옆에 앉은 남자는 노골적으로 이쪽에서 멀리 떨어져 앉으려 애씁니다. 분풀이라도 하고 싶은 그때 마침 다른 남자가 자리를 바꿔 앉습니다. 그는 남자답게 시원하게 생겼으며 경자 씨가 익히 알고 있는 사람이었습니다.

"회의, 하악, 회의 중이라 전활, 하악, 못 받았습니다, 하악!"

그는 말하는 도중 턱에 찬 숨을 참고 참다가 이제야 몰아쉬는 사람처럼 굴었습니다. 어쩐지 경자 씨보고 좀 봐 달라고 액션을 취하는 성싶습니다. 그는 근무 도중 뛰쳐나온 사람처럼 복장이 허술했습니다. 부랴부랴 고속열차까지 타고 여기까지 쫓아온 겁니다.

기특한 성의에 성급한 웃음이 새어 나옵니다. 경자 씨는 창으로 얼굴을 감추고 애써 웃음을 비워 냈습니다. 이야기 도중 몇 번이나 그렇게 창가로 몰래 웃음을 비워 냈는지 모릅니다.

딸의 마음을 엿본 마당이니 그의 진심을 더 알고 싶었습니다. 물론 딸에게 그간 어떻게 대했는지는 헤아리고 있었습니다. 그는 상대를 위해 곰탕을 한 그릇 더 비울 줄 아는 재주를 가졌고, 술친구 자리를 지켜주려고 토할 때까지 참는 재주도 가졌습니다. 그래도 더 알고 싶었던 겁니다.

이야기를 나누다 보니 듬직하고도 짠합니다. 그리고 딸에 대한 호의가 동정은 확실히 아닌 것 같습니다. 딸을 언급할 때 그가 살짝 들떠 보이면 마치 경자 씨가 연애 당사자이기라도 하는 양 공연히 들떴습니다.

문득 한숨이 나옵니다. 딸은 막 이별을 치른 입장 따위를 들먹이며 훗날을 기약하기만 합니다. 그렇다고 딸의 입장을 시시콜콜 그에게 설명하기는 영 껄끄러웠습니다.

'나야 사람만 끌어다 주면 되고, 나머진 두 사람이 알아서 하겠지.'

그런 마음이었습니다. 사윗감으로 이미 마음에 찬 건 사실이지만, 서로에 대한 확신은 본인들이 만나 직접 풀어내야 할 문제였습니다.

여하튼 얼추 장민우에 대한 궁금증은 해결됐습니다. 의외로 연애 쪽엔 쑥맥인 성싶어 작은 한숨이 나오긴 했어도 그게 싫지만은 않았습니다. 게다가 남자로서 '모든 면'에 전혀 문제가 없다고 큰소리도 칩니다.

하지만 힌트를 넉넉히 줬는데도 아직까지 정답을 못 찾는 그가 점점 답답해지기만 합니다. 이쪽에서 시간이 남아돌아 쓸데없이 민감한 부분을 꼬치꼬치 물었을까요? 그가 묻습니다.

"그런데…… 예비 사위분은 언제 도착합니까?"

이쯤 되니 경자 씨는 답답해 죽을 지경입니다. 어쩌면 딸하고 이리도 똑같은지요. 예비 사위는 언제 도착하냐고요? 아니, 본인이 모르면 누가 압니까!

❈ ❈ ❈

"그걸 왜 나한테 묻는 거요!"

짜증이 묻은 경자 씨의 말을 새김질해 보던 민우는 뒤늦게 고개를 주억거렸다.

"그렇군요. 따님께 물어보는 게 정답이겠군요. 근데 전화번호가……."

민우는 꺼 두었던 휴대폰 전원을 켜며 경자 씨를 바라보았다. 그런데 뭐가 또 못마땅할까? 경자 씨가 입을 벌린 채 멍하니 바라본다.

"구만리여."

"네?"

민우는 차장 밖의 마을을 살폈다. 그러자 경자 씨가 툭 어깨를 치며 통로 쪽으로 떠민다.

"전화는 관두고, 집에 가서 직접 물어보구려, 에휴!"

"가도 됩니까! 제가?"

민우가 벌떡 일어났다가 도로 앉았다. '진짜'는 아직 안 온 듯싶고, 경자 씨는 여전히 민우 자신을 벗으로 여겨 주는 성싶다.

"그럼 여기까지 와서 밥도 안 먹고 갈 거요?"

민우는 울어야 할지 웃어야 할지 모를 마음을 추스르며 진심을 넉살에 담았다.

"가서 제가 따님을 납치라도 하면 어쩌시려고."

"흥! 그럴 배짱이나 있소?"

순간 민우는 시종 따뜻한 그 무엇에 홀려 있는 듯한 감정을 애써 차갑게 식혔다. 따뜻한 위로라고 받아들였던 이쪽을 향한 경자 씨의 관심에는 분명 다른 뜻이 숨어 있는 듯싶다.

그렇다. 아직 기회가 남아 있다. 갑자기 가슴속에서 기차가 힘차게 출발한다. 장항 집에서 정희가 양말을 벗겨 줄 때처럼, 바닷가에서 안아 줄 때처럼 뜨겁게 혼란스럽다. 이런 낯선 감정에 도무지 대응할 방도가 떠오르지 않아 턱 숨까지 막힌다. 진정하자, 장민우. 애써 다독이고 짐짓 너스레를 떨었다.

"어머님, 예비 사위가 맘에 안 차시군요. 그렇죠?"

야속하게도 경자 씨는 고개를 끄덕여 주지 않은 채 복잡한 표정만 짓는다. 아니 피곤한 얼굴이다.

"마음에 찼다가 안 찼다가 하요. 둘이 붙어도 구만리 같아서 말이오."

"이참에 그냥 예비 사월 확 바꿔 버리세요!"

"누구랑?"

"누군기요! 한 번 연습도 해 보······."

그때 켜 두었던 휴대폰이 울어 댔다. 경자 씨가 눈으로 재촉하는 성싶어 우선 받았다.

— 본부장님! 아휴, 이제야 연락이 되네요. 무슨 일 있으세요?

김 과장답지 않게 호들갑을 떤다.

"아까 못 들어간다고 문자 보냈잖아요. 김 과장님이 알아서 마감해 줘요."

— 사장님도 걱정하십니다. 무슨 일이신지 말씀해 주시면 안 되겠습니까?

"내 인생이 걸린 중요한 문제고, 어디까지나 나쁘지 않은 개인적인 일이니 김 과장님이 알아서 수습해요."

— 보, 본부장님!

민우는 전화를 끊은 뒤 무수한 부재중 전화가 찍힌 휴대폰의 전원을 다시 꺼 버렸다. 김 과장의 소리가 워낙 커서 경자 씨도 들었는지 걱정스러운 얼굴을 한다.

"일하다 도망쳐 나온 거요?"

"어떡합니까. 어머님이 그냥 가셨는데."

"그러다 회사에서 내쫓기면 어쩌려구?"

"그보다 어머님, 아까 드리려던 말씀……."

"회사 내쫓기면 정희가 안 좋아할 텐데? 나도 실업자 사위 질색이고."

"어, 어머님!"

"흥! 성급하게 어머님 소린! 여직 갈 길이 멀어."

정말로 경자 씨는 예비 사위를 바꾸고 싶은 듯했다. 굴러 온 기회를 마다할 이유가 없다. 민우는 벌떡 일어나 꾸벅 고개를 숙였다.

"저, 장민우. 정식으로 사위 경쟁자로 등록하겠습니다. 잘 부탁합니다!"

"아, 앉아요, 앉아."

웃음보가 터지는 객실을 힐끔 둘러본 후 경자 씨는 민우를 도로 앉혔다. 무언가 문득 떠오른 양 배실배실 웃는 경자 씨의 모양새가 어쩐지 개구지게 보인다.

"내 말을 잘 들을 거요?"

"물론입니다."

"시키는 대로 따를 테요?"

"여부가 있겠습니까."

왠지 어디선가 경험한 상황 같다고 갸웃하면서도 민우는 기껍게 대답했다.

"우선 회사에 전화를 걸어서 뛰쳐나온 이율 알아듣게끔 잘 설명하구려."

"네, 알겠습니다."

민우는 휴대폰 전원을 켰다.

"그리고 부드럽게 좀 말하구려. 저쪽은 애가 타 전화한 모양인데 뭘 그리 쌀쌀맞게 말하는 거요."

"네, 어머님."

전화가 연결되자 민우는 지극히 부드럽게 차근차근 상황을 둘러댔다. 김 과장이 안심하는 듯싶어 끊으려 드는데 한마디가 또 날아든다.

— 정말 괜찮으신 거죠?

"또 궁금한 거 있나요?"

— 아뇨. 본부장님 말씨가 좀…… 네, 그리 알겠습니다.

지극히 부드럽게 설명했는데도 김 과장의 마지막 말투에는 걱정이 묻어 있다. 경자 씨가 흡족한 웃음을 흘리고는 묻는다.

"낼은 출근 안 해도 된다고?"

"아…… 네, 안 해도 됩니다."

"그럼 나랑 술친구 해도 되겠네?"

"환영합니다."

"뭐, 사위 후본가 뭔가 기왕 등록했으니 꾸물거리지 말고 잽싸게 정희 맘을 얻으시구려. 댁이 하기에 따라 낼 예비 사위가 올 수도 있고 안 올 수도 있으니."

"넵. 꾸물거리지 않겠습니다."

"흥!"

민우의 장담이 못 미더운지 휙 창으로 고개를 돌린다. 역시 '진짜'가 점수를 잃었나 보다. 설령 '진짜'가 잔치에 오더라도 적어도 오늘은 아니었다. 더욱이 경자 씨는 든든한 지원자가 되어 있다. 영 어지럽기만 하고 둔하기만 하던 연애 문제에 새삼 자신이 생긴다. 방금처럼 계속 두뇌가 명석하게 작동해 준다면 말이다.

"화장실 다녀오겠습니다."

민우는 객실을 벗어나자마자 김 과장에게 다시 전화를 걸어 가능성 30프로라고 통보했던 출국 일정을 100프로 취소로 확정지었다. 어느덧 기차는 서천역을 통과해 장항역으로 향하고 있었다.

역 광장의 버스 정류장에서 경자 씨와 나란히 선 민우는 애가 탔다. 시간은 금쪽같기만 한데도 경자 씨는 택시를 사양하고 기어이 15분 후에 도착할 버스를 고집했다. 하지만 경자 씨에게 순종한다고 약속한 마당이니 순한 양이 될 수밖에 없었다.

"작은 기다림을 못 견디는 사람은 큰 기다림도 못 견디는 법이오."

"집에 있긴 하겠죠? 전화라도 미리 하는 게 낫지 않을까요?"

"고것이 도망이라고 가면 어쩌려고?"

"하긴."

발을 동동 구르며 저쪽 도로로 목을 빼는 민우를 아랑곳하지 않고 경자 씨는 느긋하기만 했다. 어쩐지 무언가 음모를 꾸미는 사람처럼 짓궂은 표정을 드러내기도 했지만, 그런 음모는 경자 씨와는 통 안 어울려 보여 민우는 깊이 생각하지 않았다. 좀처럼 가만히

서 있지 못하는 민우를 힐긋거리던 경자 씨가 뜬금없는 질문을 한다.

"정희 말로는 그 회산 제법 똑똑한 사람들이 다닌다던데…… 혹시 뒷문으로 들어간 건 아니오?"

"뒷문이라뇨?"

"거 있잖소. 학교도 뒷문으로 가고 그런 거."

"아닙니다. 다른 건 몰라도 공부라면 부끄럽지 않게 했습니다."

"하기사. 울 딸도 공부는 잘했지."

이윽고 무려 '1분이나' 늦어서야 버스가 도착하자 민우는 행여 그냥 통과할까 봐 차를 가로막았다. 그것을 보고 경자 씨가 혀를 찬다.

"쯔쯧, 사람은 못 막고 잘도 놓치게 생겨 가지고……."

"안 놓칩니다. 걱정 마십시오, 어머님."

살짝 자존심이 상한 민우는 주먹을 불끈 쥐고 결의를 다졌다.

버스에서 내린 민우는 뒤돌아보며 경자 씨를 재촉했다. 이상하게도 집은 멀었다. 급박한 민우의 심정을 비웃기라도 하는 양 경자 씨의 걸음은 야속하게도 느긋하기만 했다. 온통 정희 생각으로 가득했던 까닭에 집 앞에 이르러서야 민우는 이마를 쳤다.

"생신 선물을 깜빡했습니다!"

경자 씨가 콧방귀를 뀐다.

"흥! 언젠 선물 가져왔었나."

은근히 뒤끝 있는 경자 씨라고 민우는 생각했다. 마당을 밟자 꽥꽥, 오리 소리가 난다. 물론 민우를 위한 오리는 아니리라. 마음이 더욱 바빠진다. 기필코 저 오리를 차지해야 했다.

※ ※ ※

'별꼴이네, 참.'

그의 형수에게 선물할 배냇저고리를 만들 적 공연히 달뜨는 마음에 깜짝 놀라 흘렸던 코웃음이 또 나옵니다. 경자 씨는 자신에게도 이렇듯 짓궂은 마음이 숨어 있는 줄은 몰랐습니다.

그런데 그를 놀려 먹는 일이 즐겁기까지 하니 퍽이나 요상하지 않을 수 없습니다. 하지만 그는 당해도 쌉니다. 아니 당해야 한다고 경자 씨는 생각합니다. 안 그러면 연애 진도가 구만리로 이어질 것 같았습니다.

'다 자초한 일.'

그렇게 앞서 걷는 사람에게 화살을 돌리고 일부러 느긋하게 걷습니다. 의젓하기만 했던 그의 행동거지에 오늘은 어리광 비슷한 게 섞였는데, 경자 씨도 더불어 어려진 것 같습니다. 그런데 그게 왜 좋기만 할까요? 이상하다고 경자 씨는 생각합니다. 그가 또 돌아봅니다.

"잘못 내린 거 아닙니까?"

마음 급한 그가 의심할 만도 합니다. 버스로 한 정류장 더 가서 내린 실수를 경자 씨는 굳이 밝히지 않았습니다.

"빨리 좀 가시게요."

"해도 아직 안 떨어졌는데 뭐 그리 급해요?"

경자 씨는 숫제 근처 공원으로 들어가 벤치에 엉덩이를 붙였습니다. 스산한 날씨라 해도 봄을 품은 오후의 볕은 좋기만 합니다.

그리고 그가 애를 태울수록 딸을 향한 마음을 보는 성싶어 즐겁기만 합니다. 이쪽을 본 그가 한달음에 돌아옵니다.

"다리 아프세요?"

"좀만 쉬었다 갑시다."

"어머님!"

바짝 몸이 달아 있는 그가 갑자기 등을 내보입니다.

"저한테 업히십시오!"

"망측한 소릴!"

"빨리 업히세요, 어머니."

그가 정말로 업을 요량으로 어깨를 잡습니다. 경자 씨는 화들짝 놀라 일어났습니다. 어깨를 잡은 체온 때문만은 아닙니다. 그저 '님' 자가 하나 바뀐 건데 왜 그리 뜨거운지요. 그렇습니다. 그는 '어머니'라고 제법 어리광을 섞어 불렀던 겁니다.

"망측하게!"

살짝 붉어진 얼굴을 들킬까 봐 성을 냈습니다. 그가 애원합니다.

"죄송하지만 집에 가서 쉬시면 안 될까요?"

"알았소. 가요, 가."

그는 다시금 앞서 걸으며 경자 씨를 뒤돌아봅니다. 경자 씨는 손을 휘이휘이 저으며 알겠다고 답합니다. 그렇다고 걸음을 빨리하는 건 아니었습니다. 비록 양복 속에 감춰졌지만 업으라고 내밀었던 등이 퍽이나 든든해 보입니다.

그가 돌연 친근했던 이유를 알 것 같았습니다. 그는 그저 친구 같은 사람이 아니었습니다. 친구 같은 그 무엇이라는 느낌이 살포시 고개를 들었던 겁니다. 배실배실 웃음이 나옵니다. 그때 지나가던 이웃에게 웃음을 들켰습니다.

"정희 엄마 좋은 일 있슈?"

"좋은 일은."

새삼 곰살궂게 응수하고 지나쳤습니다. 앞서가던 그가 홱 뒤돌아봅니다. 경자 씨는 퍼뜩 고개를 돌려 웃음을 감추었습니다. 갸웃하던 그가 다시금 앞을 보며 걷습니다. 또 그의 등을 향해 웃고 맙니다.

'참말로 별꼴이네.'

그날 초저녁, 잠에서 깨어난 어머니가 투덜거립니다.

"생선 가지러 간다드만, 어디 배 타고 잡아 오기라도 한 겨?"

종일 집을 비운 경자 씨가 걱정되었나 봅니다. 경자 씨는 방긋 웃으며 딸에게 그랬던 것처럼 능청스레 대꾸합니다.

"아주 실하고도 둔한 것 낚아 오느라 늦었소."

하지만 경자 씨는 다음 말은 차마 꺼내지 못하고 꼴깍 삼키고 맙니다. 아, 글쎄. 사위라고 낚아 왔는데 왜 자꾸 친구 같은 아들이 보이는지 모르겠소.

❋❋❋

안방 창에 나른하게 붙은 봄볕에 서서히 연분홍 꽃물이 든다. 아침 일찍 생선을 가지러 간다던 엄마는 해가 기울도록 돌아오지 않았다.

정희는 할머니 곁에서 아동 관련 서적을 들추다가 몇 번이나 시간을 확인했는지 모른다. 조금 있으면 당연히 귀가하게 될 식구를 기다리는 일이 이처럼 고행일 줄은 몰랐다. 엄마는 얼마나 많은 세월을 지난한 기다림으로 일관했을까.

할머니는 집을 비운 엄마를 염려하다가 잠이 들어 있다. 어디선가 투명한 새소리가 희미하게 날아든다. 어둡기 전에 마당 산보라도 할 요량으로 허리께를 두드리며 일어나는데 기척이 들리면서 곧 방문이 열린다. 반가움보다는 불퉁거림이 먼저다.

"생선 가리러 간다더니, 낚시라도 한 거야?"

"오냐, 너 닮아 실하고도 둔한 것 낚아 오느라 어미도 힘들었다."

"진짜 바다 간 거야?"

깊이 잠든 할머니를 살피던 엄마가 휙 보며 혀를 찬다.

"쯔쯧, 어쩜 이리 똑같이 둔할까."

새삼 정희의 허술한 옷차림을 훑는다.

"꼬라지하곤!"

"왜?"

"마당에 니 손님 와 있다."

"뭐?"

정희는 움찔하며 창으로 붙었다. 그가 와 있었다. 이리저리 몸을 흔들며 초조한 기색을 여지없이 드러내고 있는 모양새는 전혀 그답지 않았지만, 아무튼 장민우가 확실했다.

"어, 엄마. 어떻게 된 거야!"

"널 납치하러 왔다나 뭐라나?"

"장난치지 말고!"

"어라, 야가 왜 얼굴이 빨개져 가지고 난리지?"

"빨개지긴. 뭐가."

정희는 붉어진 뺨을 퍼뜩 감쌌다.

"할머니한테 들키면 골치 아프니까 어서 나가 봐."

그렇다. 할머니 앞에서 무슨 말을 꺼낼지 몰랐다. 우왕좌왕 종잡지 못하다가 이내 머리를 다듬었다.

"야, 그 꼬라지로 나갈래?"

"응?"

"로션이라도 좀 바르고 가."

"어, 엉. 맞아. 할머니, 할머니 때문에 내가 나가야 맞아."

그렇게 할머니를 들먹이며 부랴부랴 꾸민 뒤 슬며시 현관문을 열었다. 제법 쌀쌀한 봄인데도 그의 옷차림은 단출했다.

민우는 한기가 드는지 몸을 부르르 떨고 있다. 문을 마저 여는 순간 그가 이쪽을 본다. 그가 성큼성큼 걸어오자 정희가 안방을 힐긋 보고는 재빨리 다가섰다.

"갑자기 어쩐 일로……."

마주 선 그가 웃는다. 어쩐지 그답지 않은 바보 같은 웃음이다.

"보고 싶었다."

보고 싶었다는 나직한 말이 온몸을 휘돌아 메아리친다. 하마터면 말할 뻔했다. 나도요.

한참을 뜨겁게 마주 보고 서 있던 그가 문득 안방 창문을 본다. 정희도 보았다. 이쪽을 지켜보는 엄마의 얼굴이 보인다. 뭔가 못마땅해 혀를 끌끌 차는 듯싶더니 휙 사라진다.

"정희야, 가자."

그가 냉큼 손을 잡아끈다.

"어딜요."

"따라와."

이끌려 대문 밖으로 나가자, 그는 엄마의 트럭 문을 열어 준다.

"타."

"장민우 씨?"

"안아서 태울까?"

"아, 아뇨. 내가……."

왜 그가 키를 가지고 있는지 미처 파악할 겨를도 없이 조수석에 앉았다. 연방 시치미를 떼고 있었건만 어쩔 수 없다는 양 가슴이 쿵쿵 뛴다. 노래를 들은 후 기차에 붙여 둔 카드를 벌써 확인한 것일까. 그래서 이렇게 찾아온 것일까? 운전을 하면서 그가 울컥하는 양 말한다.

"사람이 사람 때문에 미칠 수 있더라. 제길, 진짜 미치기 일보 직전이었어."

퍽이나 낯설다. 장민우에게 이런 모습이 존재할 줄은 몰랐다.

"지금 어딜 가는 거죠?"

"납치하러 왔다. 진짜로부터 널 빼앗을 거야."

'진짜'를 들먹인다. 엄마하고 같이 온 모양인데도 성준의 일은 전혀 모르고 있지 싶다. 그는 아직 카드를 못 보았던 것이다. 뛰는 가슴을 어르며 애써 부드럽게 입을 열었다.

"돌아가요. 내일이 할머니 생신이에요."

"헛똑똑이."

"네?"

"누가 몸을 납치한대?"

갸웃하는 정희를 힐긋 보고 그가 혀를 찬다.

"쯔쯧, 누구 말이 딱 맞네. 헛똑똑이."

그가 환하게 웃으니 정희도 따라 웃었다. 그는 도선장으로 차를 세운 뒤 키를 착실히 주머니에 챙겼다. 바닷길 어귀인 금강으로 끝자락 햇살이 반짝였다. 목조 산책로를 나란히 걸었다. 그가 살짝 떤다.

"춥게 입었네요."

그는 푸득푸득 어깨를 흔들어 넓찍한 가슴을 만들어 낸 뒤 정희의 양쪽 어깨로 손을 얹었다. 그의 눈매로 사뭇 힘이 들어가 있어 정희는 고개를 숙였다.

"어깨를 펴고 날 봐."

고개를 들었다. 정작 시선을 똑바로 마주한 그는 흔들리고 만다. 말까지 더듬는다.

"처, 처음…… 음, 그러니까 장항에 왔던 날 잘 생각해 봐."

결국 그가 먼저 시선을 비켜가며 말을 잇는다.

"우리 썩 어울렸잖아. 진짜가 와도 그렇게는 못할 거야. 그러니까…… 으음……."

정희는 멀뚱멀뚱 그를 바라보았다. 다시금 마주친 그가 얼굴을 붉히며 또 살짝 눈길을 돌린다.

"그러니까 말야……."

그가 문득 무언가를 떠올렸는지 질끈 입술을 깨문다. 이내 힘차게 내뱉는다.

"우리가 진짜가 되자!"

휘둥글게 치뜨고 눈동자를 굴리는 정희에게 그가 덧붙인다.

"장민우의 혼약자 아가씨, 당장 나랑 결혼하자."

콩닥거리던 가슴이 급기야 증기기관차가 된다. 어쭙잖은 명분은 훨훨 날아간 지 오래다. 노을보다 짙은 노을이 얼굴을 물들여서 고개를 숙이고 말았다. 스르르 몸이 앞으로 끌려간다. 부드럽게 이쪽을 안은 그의 숨결이 머리칼로 떨어지고 심장으로 파고든다. 오래전 방으로 들어왔던 새가 떠오른다. 날려 보내려 손으로 쥐자, 작은 새는 이어질 운명을 예측 못해 파들파들 떨었다.

"난 어머님과도 꽤나 통하는 편이잖아."

속달거리는 그의 말이 퍽이나 따습다. 정말이지 그는 엄마와 잘 통한다. 그렇다고 엄마 때문에 사랑을 저울질해서는 안 된다. 엄마를 웃게 하는 건 궁극적으로 당사자들의 행복일 테니 말이다.

안긴 채 고개를 들었다. 노을을 등진 그의 표정이 가늠이 안 된다. 그의 머리 위로 막바지 노을이 쏟아지고 있었다. 문득 청혼을 받아 가슴이 달쳤던 우리 경자 씨의 모습이 어른거린다. 정희는 가슴에서 끌어낸 더운 말을 내 흘렸다.

"진짜 사이가 된다면…… 가장 어려운 일은…… 서로에게 상처를 줄 일이 생기더라도 그 상처는 당사자로 끝나야 한다는 점이에요."

그가 생각에 잠겼다가 부드럽게 정희를 끌어당겼다. 그러고는 다시금 정희의 머리칼로 얼굴을 붙였다.

"같은 마음이야. 확신이 없어서 연애가 무서웠어. 그런데 너였기에 확신을 가진 거야. 확신을 확신했기에 나선 거야. 잘 들어. 장민우에겐 말이지, 세상에서 가족보다 중요한 것도, 탐나는 것도 없어. 살면서 가장 목말랐던 게 가족이었거든."

그의 목소리에 또 하나의 뜨거움이 보태졌다. 그렇게 그는 오래전부터 온전한 가족을 그리워했나 보다. 사무친 마음을 감추느라 애써 혼자에 익숙해졌나 보다. 정희는 그의 품에서 벗어났다. 이번에는 정희가 팔을 벌려 그를 안아 주었다.

"나한테 와 줘서 고마워요."

"태어나 줘서 고맙다. 너무 고맙다."

그는 젖은 눈을 훔치지 않은 채 마지막 노을이 가물거리는 하늘을 바라보았다. 신에게 무언가를 감사하는 듯.

그가 정희에게서 떨어졌다. 엄마가 전화를 한 것이다.

"네, 어머님…… 그럼요! 밥은 먹어야죠…… 응원해 주신 덕분에 확실히 훔쳤습니다…… 정말입니다…… 꼭, 그렇게까지…… 아, 알겠습니다. 가서 보여 드리겠습니다."

통화를 마친 그가 정희를 보며 으쓱 어깨를 들어 올려 보인다.

"엄마가 뭐래요?"

그가 느물느물 웃음을 흘린다.

"우리 경자 씨 말씀이, 뽀뽀한 걸 보여 줘야 우리가 진짜란 걸 믿으시겠대. 그래서 말인데, 우리 연습이 필요하지 않을까?"

"에구, 못 말리는 우리 경자 씨."

화끈거리는 뺨을 톡톡 두드리다가 슬쩍 그를 보았다. 손가락끼리 주물거리는 모양새가 낯설고도 낯익다. 그렇게 그는 정희의 버릇을 품고 용기를 가늠하는 성싶었다. 정희는 달아오른 얼굴을 굳이 감추지 않은 채 날렵하게 그의 목을 끌어내려 가볍게 입을 맞추었다. 그러고는 후다닥 돌아서서 벌겋게 상기된 얼굴을 감췄다.

"가요."

잠깐의 여백을 취한 그의 대답이 뒤따른다.

"그, 그래. 가, 가자고."

저쪽 멀리 트럭을 세워 둔 곳까지 손을 잡고 걸었다. 손끝에서 가슴으로 전해지는 체온을 오롯이 누리던 정희는 사람들과 마주치자 흠칫하며 손을 뺐다. 민우가 뚱하니 쳐다본다. 정희는 배시시 웃었다.

"바보같이 잠깐 착각했어요. 이제 우린 진짜잖아요."

잠깐 놓았던 따뜻한 손이 억울해서 정희는 그의 손가락을 힘차게 그러쥐었다.

어둠이 깔려 가는 집 앞에 이르자 저쪽으로 승용차 한 대가 세워져 있었다. 성준의 것은 아니었으나 한 번 본 적이 있다. 정희는 꽉 다문 입을 하고 고개를 한 번 까딱 움직여 마음을 다잡았다.

"민우 씨, 먼저 들어갈래요? 잠깐이면 돼요."

민우가 승용차를 힐긋 보고 머뭇거리자, 정희가 덧붙였다.

"부탁이에요."

"알았어."

민우가 들어가자, 정희는 천천히 승용차로 다가갔다. 운전석 도어가 열리면서 '섬과 섬'에서, 그리고 저번에도 보았던 남자가 모습을 드러냈다.

"아가씨, 죄송하지만 잠깐만요."

남자가 휴대폰을 쥔 채 제법 정중히 고개를 숙였다.

"전화 한 번만 받아 주십시오."

정희는 남자가 내민 휴대폰을 받았다. 성준의 비린 목소리가 들린다.

— 정희 네가 싫다면 보내 준다는 약속 기억나?

"네, 기억해요."

정희는 지극히 사무적으로 대답했다.

— 그런데 어쩌지. 내가 먼저 싫어졌거든. 진즉에 네가 싫었어. 불쌍해서 차마 못 떠났던 거야.

"다행이군요. 전 지금 불쌍한 사람이 아니니."

— 분명히 해 주고 싶어 전화한 거다. 먼저 떠난 건 네가 아니라 나야. 사실 넌 낙오자 부류잖아. 애초에 우리 쪽 부류하곤 안 어울렸어. 이젠 싸구려 동정 따윈 딴 데 가서 알아봐. 넌 아웃이야!

정희는 딱히 할 말이 떠오르지 않아 전화를 끊으려고 했다. 그가 또 소리친다.

— 진짜 화난다! 야만스러운 네 엄마란 작자를 진즉에 못 만난 게 한스럽다. 미리 알았다면 그딴 집하고 엮일 생각도 안 했을 거다. 어휴! 생긴 건 진짜 괴물 같은 게 감히 내게 폭력을 휘둘러!

"말조심해요. 그쪽 엄마야말로 훨씬 야만적이고 폭력적이에요. 보다 교묘해서 더 잔인한 폭력 말예요!"

— 쌍! 막판이라고 반항이 제법이네. 그래, 그렇게 애써 곡해해 위안이라도 삼아야 돼지우리 인생을 위로하겠지. 넌 삼진아웃이야! 다신 내게 얼씬도 하지 마! 끊어!

정희는 남자에게 휴대폰을 돌려주었다. 남자는 제 할 일을 다 마친 건지 곧 차를 몰고 떠났다.

신통하게도 눈물은 나오지 않았다. 다만 엄마에게 미안했다. 자랑스러운 우리 경자 씨의 딸답지 못한 안목이었고, 알면서도 시치미를 떼며 잘라 내지 못했던 허구의 사랑이었다. 그렇게 삶에서도 사랑에서도 얼마나 허구를 품고 살았던가. 익히 알았으니 더는 자책하지 않기로 했다. 이제는 그 시간에 오늘을 더 부지런히 살고 사랑할 터였다.

정희는 심호흡을 몇 번 한 후 대문을 열었다. 기다리고 있던 민우가 손을 내밀었다. 정희는 어둑한 곳에서도 반짝이는 그의 눈동자를 부드럽게 응시했다. 그리고 속말을 풀어냈다.

'남아 있던 침전물까지 방금 다 비워 냈어요. 그만큼 빈자리가 더 커졌어요. 그래서 슬프지 않고 도리어 좋아요. 아무리 가득해도 부족할 것 같은 그대를 조금이라도 더 채울 수 있거든요.'

정희의 얼굴에 실린 그 언어를 해독했다는 양 민우는 부드럽게 웃으며 살짝 고개를 끄덕인다.

손을 잡고 나란히 설익은 어둠을 가로질렀다. 마루로 나와 전등을 켜던 우리의 경자 씨는 무엇이 또 못마땅한지 맞잡은 손을 보며 코웃음을 친다. 문득 몸이 쏠리더니 민우의 얼굴이 확 커진다. 정희는 입술을 그에게 내준 채 엄마를 보았다. 그 역시 정희의 입술을 탐하면서 엄마를 힐끔거리고 있었다.

갑자기 안방 창이 밝아졌다. 훤히 드러난 창 안쪽으로 경자 씨의 이모와 외삼촌의 얼굴이 보인다. 안경을 코에 걸고 당신의 동생 등에 업힌 할머니는 물론이고 모두의 얼굴로 웃음꽃이 활짝 피어 있다.

비실비실 떠오른 달이 오늘따라 발갛게 달아올라 있다. 몸뚱이를 떼어 내 술하고 바꿔 먹은 듯한 그 달은 혼자만 발갛기 싫다며 마당에 선 한 쌍을 발갛게 물들인다.

※ ※ ※

잔치를 치른 뒤 민우는 정희와 함께 오후 기차를 타고 서울로 돌아왔다. 정희는 내일부터 출근한다고 했다. 군산에서 직장을 다니고 싶다는 바람은 경자 씨의 완강한 반대로 무산되었고, 결국 이미 이야기가 된 서울의 청소년센터를 다니기로 했다. 이틀을 마저 쉬고 다음 주부터 다니라고 민우가 권했더니, 그녀는 앞으로 무엇이든 미루지 않고 싶다는 의지라며 뜻을 굽히지 않았다.

영등포역에서 내려 그녀의 집으로 향했다. 저녁은 원룸을 구경하며 시켜 먹을 생각이었다. 집 앞에 이른 그녀가 우뚝 걸음을 멈추어 섰다. 저쪽에 서 있던 중년 남자도 고개를 들더니 움찔한다.

"민우 씨, 그냥 집으로 돌아가 줄래요?"

"아는 분이야?"

"그렇다고 할 수도 있고, 아니라고 할 수도…… 아무튼 꼭 저혼자 당당히 해결하고 싶은 일이 있어요. 그러니 아쉽지만 밥은 집에 가서 먹어요."

민우는 중년 남자를 빤히 바라보았다. 언뜻 스치는 예감을 드러내지는 않고 정희를 향해 고개를 가벼이 주억거렸다.

"믿어 줘서 고마워요. 어서 가서 형수님 밥 먹어요. 내 말대로 할 거죠?"

민우는 그녀의 어깨를 토닥거려 주며 고개를 끄덕였다. 남아서 지켜보고 싶은 마음은 굴뚝같았지만 그녀의 단단함을 신뢰한다는 바를 스스로에게 납득시키고자 발길을 돌렸다. 회사로 가서 차를 가져가려다가 형에게 전화를 건 뒤 모처럼 버스를 탔다.

정류장에서 내려 초저녁의 어둑한 거리를 느슨하게 걸었다. 일단은 정희의 대처를 믿었기에 잠시 눌러두었던 들뜬 가슴을 한껏 만끽했다.

편의점을 지나치다가 환한 불빛으로 얼핏 스쳤던 모양새가 낯이 익은 듯싶어 뒷걸음쳤다. 과연 선미가 앉아 있었다. 그녀는 벽으로 붙은 테이블 앞에서 컵라면과 마주하고 있었다.

다시금 앞으로 걸었다. 이내 돌아와 편의점 문을 열었다. 그녀는 이쪽을 못 본 모양이다. 민우는 컵라면을 하나 사서 선미 곁으로 갔다. 뜨거운 물을 따르고 있는 민우을 선미가 발견하고 휘둥글게 눈을 뜨다가 말없이 고개를 숙였다. 민우는 컵라면을 들고 곁으로 가 앉았다.

"우리 집에서 나오는 길이지?"

"아, 예."

짐작이 맞았다. 형 아파트 근처에서 그녀가 끼니를 해결하고 있다는 생각이 미치자 걸음을 돌렸던 것이다.

"내가 공연히 저녁 먹으러 온다고 전화했구나."

선미는 말없이 컵라면 뚜껑을 열어 젓가락으로 한번 휘저어 본다.

"내가 온다니까 엉뚱한 핑곌 대고 그냥 나온 거잖아."

선미가 입을 벌린 채 본다. 어떻게 알고 있냐는 표정이다.

"잘 알지. 내가 그러고 살았거든."

민우는 그녀의 라면 용기를 가리켰다.

"먹자. 나도 좋아하는 거야."

그녀가 젓가락을 놀리자, 민우는 김치를 가져와 포장지 아가리를 벌려 컵라면 앞으로 놓아 주었다. 선미는 음식을 오물거리다가 꾸벅 고개만 숙인다. 민우는 그녀를 찬찬히 살폈다. 시종 부정하려 들어도 그녀의 얼굴에는 형과 민우 자신이 공유한 유전자가 어쩔 수 없이 드러나 있다. 민우의 눈길을 확인한 그녀가 어색하게 웃는다.

"미안하다."

민우의 나직한 말에 그녀가 갸웃한다.

"내가 불편해서 그런 거잖아"

이윽고 그녀가 입을 연다.

"아, 아니에요. 절 초대하잔 말도 해 주셨다 해서 얼마나 기뻤다고요. 다만 제가 아직 어색해서…… 아무튼 좋은 분이세요."

좋은 분이란 말에 미안하고 어색해진 민우는 그녀의 라면을 가리켰다.

"식겠다."

두 사람은 묵묵히 젓가락만 놀렸다. 그녀가 젓가락을 놓자, 민우가 일어났다.

"음료는 따뜻한 거? 시원한 거?"

"따뜻한 거…… 아! 제가 살게요."

"됐어. 앉아 있어."

민우는 유자음료 두 병을 계산한 뒤 다시 나란히 앉았다. 야금야금 음료를 비우던 그녀가 민우가 마시는 음료를 본다.

"유잔 안 좋아하신다고……."

"지금은 좋아해."

민우는 벽으로 시선을 붙인 채 생각을 더듬다가 천천히 고개를 돌렸다.

"아버님이 우리들 이야길 했었다며?"

그녀는 눈을 씀벅거리다가 고개를 가벼이 주억거렸다.

"직접 들은 건 아니고 엄마랑 하는 얘길 몇 번 들었어요."

"뭐라셨는데?"

"이런 말, 해도 되는지 모르겠는데…… 일부러 정을 지우려고 하셨대요. 그래서 큰 오라버니, 아니 형님이 찾아오셨을 때도 애써 화내셨대요. 미련을 지워 주는 게 더 낫다고…… 엄마는 그게 아니라면서 형님을 반기셨고요."

"제길, 그럼 다 늙어서 또 혼자 집 나간 것도 같은 이유라고 변명하겠군."

"그, 그것까진 저도 모르겠어요."

선미는 움츠러들며 고개를 숙인다. 노인이 된 부친이 가출해서 비참하게 생을 마친 이유를 몰라 애증이 교차하는 성싶다. 그런 선미를 새삼 연민의 눈길로 바라보았다.

"어머님께 말씀 좀 전해 줄래?"

그녀가 귀를 쫑긋 세우며 빤히 바라본다. 과연 눈빛이 익숙하다.

"나 어릴 적 일이라 기억하실지 모르겠는데…… 생일 케이크 감사했다고."

고개를 갸웃하던 그녀가 이내 방긋 웃으며 힘차게 고개를 끄덕인다. 민우가 일어나자, 그녀가 따라 일어난다. 민우는 주저주저하다가 목구멍에 걸려 있던 말을 밀어 냈다.

"근데 너…… 어깨 좀 펴고 다녀라. 오라버니들 체면을 봐서라
도."

그녀가 토끼 눈을 하고는 민우의 말을 새김질한다.

"오라버니들……."

선미의 입가로 번진 뜨거움에 머쓱해진 민우는 휙 몸을 돌렸다.

"오……빠 먼저 간다."

오지랖 넉넉한 형은 선미를 대신해 빚쟁이들을 상대해 주고 있
었다. 하지만 선미는 딱히 그 이유 때문에 형 곁에 머물고 있는 건
아닌 성싶다.

물론 물질적으로 감당하기 버거운 삶이어서 의지할 대상이 필요
하긴 했겠지만, 어쩌면 그보다는 피로 엮인 정서적인 우군이 더 절
실했으리라. 그게 사실이라면 자신의 감정에 솔직한 선미가 대견하
기 짝이 없다. 민우라면 애써 조소하며 피했을 그런 정서적인 우군
을 능동적으로 품는 그녀이니 말이다.

❈ ❈ ❈

정희는 만철 씨의 눈길을 비켜 가며 식은 찻잔을 만지작거렸다.
주민센터에서는 퇴거자의 신주소를 함부로 알려 주지 않는다. 하지
만 친족일 경우는 알 권리가 보장되어 있다. 만철 씨는 그렇게 주
민센터를 거쳐 퇴근 무렵에 원룸 앞에서 기다린 끝에 정희를 만났
다고 한다.

"할머니 생신 선물은 도로 보내왔더라."

정희도 알고 있는 일이다. 할머니 당신이 간곡히 원하셨던 바였다. 미련의 싹마저 잘라 내야 한다며.

"네 엄만 전화조차 상대 안 해 주고, 내 얼굴 보면 할머니가 쓰러질 거라 하니 어쩌겠냐. 그래서 장모님 생신도 못 챙겼다."

정희는 만철 씨를 똑바로 쳐다보았다.

"자꾸 변명하실 필요는 없어요."

시종 담담한 정희의 태도에 만철 씨가 쓸쓸한 웃음을 짓는다. 정희는 복받치는 마음을 애써 누르며 또박또박 말을 이었다.

"그래서 드리는 말씀인데요, 이참에 법적인 관계도 정리해 주심 고맙겠어요."

"굳이 그럴 필요까진……."

"그게 선생님이 우리 엄마한테 마지막으로 해 줄 수 있는 일이에요."

순간 만철 씨의 얼굴이 어둡게 일그러진다. 힘없이 뇌까린다.

"아까부터 선생님이라 하는구나."

정희는 어금니를 사리물고 어깨를 애써 꼿꼿이 폈다. 우리 경자 씨가 이렇듯 당당하게 키웠다고 보여 주고 싶었다. 만철 씨가 탁한 한숨을 토한다.

"준수도 편하지만은 않은지 나한테 너랑 엄마 소식 자주 묻더라."

그쪽이라고 편하겠는가. 정희는 진즉에 헤아리고 있었다. 이제는 서로가 훨훨 날아가야 했다. 서로를 위해.

"엄마랑 나는 아무도 묻지 않았어요."

"준수는 네 엄말……."

"됐어요. 우린 아무도 궁금하지 않아요. 참, 알려 드릴 게 있어요. 엄만 아들이 생겼어요."

"그게 뭔 소리냐?"

부쩍 주름살 골이 깊어진 만철 씨의 이맛살이 더욱 구겨졌다.

"사위 같은 아들이 생겼어요."

"사위 같은…… 아들 같은 사위…… 그래, 아까 그 사람인가 보구나."

"예, 그러니 절대로 엄말 동정하지 마세요. 준수한테도 그리 전하고 편히 살라고 해 주세요. 우린 정말로, 정말로 동정할 이유가 없거든요. 정말……."

정희는 뜨거워지는 눈시울을 이를 악물고 다스리며 말을 이었다.

"정말로 동정받아야 할 사람들이 있다면, 장항은 아니에요. 분명히 아니에요."

만철 씨는 지그시 눈을 감고 생각에 잠기더니 가벼이 고개를 끄덕인다.

"다행이다. 네 엄마가 잘 키운 것 같다."

눈물을 보이기 싫어서 먼저 일어난 정희는 결국에는 젖은 목소리로 꾸벅 고개를 숙였다.

"안녕히 가세요…… 아…… 선생님."

하마터면 아빠라고 말할 뻔했다. 한참을 걸어가다가 뒤돌아보았다. 저 멀리 찻집에서 어깨가 축 처진 중년 남자가 터벅터벅 걸어 나오고 있었다. 아주 오랫동안 미워하면서도 어쩔 수 없이 그리웠던 중년 남자는 여전히 아픈 모습으로 서서히 작아지고 있었다.

계단을 밟고 원룸에 이르자 문으로 글쪽지 하나가 붙어 있었다.

인천이다. 언제 한번 연락해라.

집에 사람이 없어 쪽지를 붙였고, 돌아가는 길에 정희 자신과 마주친 모양이다. 열쇠를 더듬는데 앞집 문이 열리며 대학생 여자가 얼굴을 내민다. 그녀는 방금 정희가 어림한 상황을 뒤집는다.

"어떤 아저씨가 종일 여길 왔다 갔다 하더라고요. 어찌나 신경이 쓰이는지……."

그렇게 아빠는 쪽지를 남기고 갔다가 또 와 보기를 종일 반복했나 보다. 아빠의 마음이 뜨거웠다고 해도 돌아볼 생각은 없다. 하지만 적어도 기억의 창고에 남을 아빠의 모습에는 영향을 끼치리라. 뜨거운 눈과는 달리 입으로는 희미한 웃음이 번졌다.

❈ ❈ ❈

민우는 형의 잔소리를 선선히 소화해 낸 뒤 식탁에 앉았다.

"알았어요, 형님. 앞으로 돌발행동은 안 할게요."

"근데 너 아까부터 말이……."

갸우뚱하는 형의 말을 형수가 낚아챈다.

"그러게요, 도련님. 왜 새삼 존대를 하세요, 후후."

"당연하죠. 이제 저도 어른이 되었답니다."

"네?"

민우는 형, 정우를 향해 말을 이었다.

"실은 어머니가 생겼어요. 아! 할머니도 생겼어요. 그 집 삼대에 게 배우고 어른이 된 거죠."

민우는 목발을 흘긋 본 후 정우를 향해 꾸벅 고개를 숙였다.

"저보고 잘 컸다고, 형님이 절 잘 키우셨다 하시네요. 잘 키워 줘서 고마워요, 형님."

"야, 야. 갑자기 왜 이래?"

민우는 살짝 젖은 눈을 내버려 두었다. 치욕스러워서, 약해 보여 서 한사코 감추었던 그런 모습을 굳이 가족에게까지 감출 필요는 없지 싶었다.

"내가 뭐 해 준 게 있다고……."

정우의 눈도 살짝 붉어졌다.

"민우 너 없었음 나도 이만큼 오지 못했다. 힘들 때마다 네가 희 망을 줬잖아."

"그래서, 그래서 형님은 제 아버지나 다름없어요. 잘 키워 줘서 정말 고마워요."

식탁으로 뜨거운 침묵이 휘돌았다. 주연이 티슈를 뽑아 돌아섰 다. 정우는 쓱 눈두덩을 문지르고 민우에게 불퉁거린다.

"너네 형수 내일모레가 예정일인데, 왜 이상한 말 해 가지고 울 리고 그러냐. 아이한테 안 좋게."

"아니에요."

형수가 부른 배를 쓸어 대며 말했다.

"이런 눈물이 아이한테 얼마나 좋은데요. 다이돌핀이라고 몰라 요? 엔도르핀은 비교도 안 된다고요."

주연은 부은 눈을 한 채 민우를 향해 짓궂은 웃음을 흘렸다.

"도련님, 어머님이 생기셨다면 그분 딸 때문이겠죠?"

"네, 어머님 모시기 전에 그분 딸 먼저 인사시킬게요."

갸웃하며 상황을 해석해 보던 정우가 뒤늦게 손뼉을 쳤다.

"민우 너, 여자 생겼구나!"

"네, 형님. 혼약자…… 진짜 혼약자가 생겼어요."

벌써 정희를 향한 그리움이 밀려든다.

※ ※ ※

주말에 두 사람은 장항선을 탔다. 서해금빛열차였다.

"카페 칸으로 갈래요?"

정희의 말에 민우는 따르면서 투덜거렸다.

"생각해 보니 억울하다. 카드를 봤다면 당장 연락했어야지."

"노래를 줬잖아요. 떠나간 그 사람을 미워하지 않는다는."

"그러니 더욱 연락을 해야 할 거 아냐."

"억울해요?"

"그걸 말이라고."

손을 잡고 카페 칸을 들어간 정희는 창 위로 붙은 카드 앞에 섰다. 민우의 카드를 발견한 곳이었다. 나란히 서서 카드들을 살피던 민우가 휙 손을 뻗어 카드 하나를 낚아챘다. 그날, 삶은 물론 사랑에도 능동적이고 싶어 정희가 남긴 답장이었다. 아직은 그가 확인하지 못한.

J님께.

떠나간 내가 밉지 않는 그대일지라도 시간이 지나면 미움으로 남을 수도 있겠죠? 욕심 많은 나는 그대에게 미운 사람으로 남고 싶지 않나 봅니다. 언젠가 전철에서 같이 들었던 '랄라스윗'의 '시간열차'를 보관해 둡니다. 서로가 각각 하나의 선로가 되어 '진짜' 가족을 운행하고 싶은 과한 욕심도요⋯⋯.

추신, Y도 어쩌다 외선로가 되었답니다.

우리 경자 씨

    그는 손에도 눈이 붙었나 봅니다. 두 눈은 딸에게 죄다 주고도 물메기탕은 잘도 수저질합니다. 찌푸린 경자 씨의 눈길을 알아차린 그가 딴청을 부립니다.

    "시원하니 좋네요."

    "흥! 당연히 시원하겠지. 실하고도 기특한 놈으로 끓였으니."

    "말린 걸로 먹으니 미끄덩거리지도 않고 더 맛있습니다."

    "낼 생신상 올릴 걸 끓여 준지나 알게나."

    그가 어른을 힐긋 보고는 계면쩍어하자, 경자 씨가 손사래를 칩니다.

    "신경 쓰지 말고 먹게. 그게 자네한테는 기특한 놈이라 일부러 그놈으로다가 끓인 거야. 암튼 자네 몫이 맞네."

    그는 바다에서 살았을 적 꽤 씩씩했을 그 물메기가 몸 바쳐 사수했던 그 일을 차마 알지 못한 채 고개를 갸웃했고, 딸은 공연히 천

378

정만 바라봅니다.

식사를 마치자 술판이 이어졌습니다. 돌아가는 분위기는 한 달 전하고 비슷하기만 합니다. 그날처럼 딸이 경자 씨에게 눈을 흘깁니다.

"아이, 그만 좀 마셔."

약을 다 먹을 때까진 술을 참아 낸다는 딸이 불퉁거렸습니다. 경자 씨는 코웃음을 칩니다.

"이런 날 아니면 언제 마시냐."

경자 씨가 누워 있는 어머니를 보며 생긋 웃습니다.

"좋은 날이잖소. 안 그래요, 엄니?"

"그려, 그려. 좋은 날이지."

한 달 전에 그랬던 것처럼 어머니는 연방 함박웃음을 짓습니다. 어머니는 다음 날 차려질 생신상이 걱정되지도 않나 봅니다. 이모와 외삼촌은 내일 또 오겠지만, 경자 씨가 술을 마시다 못해, 술이 경자 씨를 먹어 버리면 누가 상을 차릴 수 있을까요. 급기야 딸은 경자 씨 대신 그를 겨냥합니다.

"민우 씨, 화장실 안 가요?"

"응. 괜찮아."

그는 시치미를 뗍니다. 아니 본래 눈치가 없는 사람이라 그리 대답한 거라 경자 씨는 생각합니다. 자꾸 보니 든든함 뒤로 숨은 귀여움이 보이는 남잡니다. 경자 씨를 빤히 보며 실없는 웃음을 흘리곤 합니다.

"뭘 그리 빤히 쳐다본가?"

"좋아서요."

처음 핀잔을 주었을 적엔 익숙해지려고 빤히 쳐다본다고 했던 그는 한결 능청스럽습니다.

"그리고 고마워서요."

"흥, 나한테 고마울 게 뭐 있다고. 이 사람아, 정희한테나 평생 고마워해."

"그러니 고맙죠. 우리 정희가 태어나게 해 주셔서 고맙고, 또 고맙습니다."

이번에는 꾸벅 고개까지 숙이며 제법 진지하게 말했습니다. 멋쩍으니 만만한 게 콧방귀뿐입니다.

"흥!"

그에게 술을 따라 주는 손이 살짝 떨립니다. 문득 생각나 어머니를 힐긋 보았습니다.

"맘이 정 그렇다면 우리 엄니한테 절하게. 다 엄니가 준 선물이니."

말하면서 경자 씨는 마음으로 어머니에게 큰절을 올렸습니다. 그런데 영 눈치가 없는 그는 벌떡 일어나더니 정말로 어머니에게 큰절을 올립니다.

"할머니, 감사합니다. 우리 경자 씨, 아니 어머님과 손녀를 있게 해 주셔서 감사드립니다."

"어휴, 됐어, 됐어, 원."

어머니는 새색시처럼 부끄러워하며 손사래를 칩니다.

"쯧쯧, 참말로 실없는 사람이여."

경자 씨가 혀를 찼더니, 딸이 미간을 찌푸립니다.

"실없다니. 엄마, 예의 바른 사람이란 표현이 맞는 거 아냐?"

"예의 좋아하고 자빠졌네."

딸이 일전에 들먹였던 '이별의 예의' 따위가 생각나 톡 쏘아붙였습니다.

"엄마, 다른 집 식구도 있어. 예의를……."

그때 술상으로 돌아온 그가 딸의 말을 자릅니다.

"내가 왜 다른 집 식구지? 난 이 집 아들이야."

그가 경자 씨에게 고개를 돌립니다.

"그렇죠, 어머니?"

경자 씨는 입술을 비틀면서도 살짝 고개를 끄덕였습니다. 딸이 입을 벌린 채 억울하다는 시선을 이리저리 날리다가 한마디 뱉습니다.

"뭐야. 나 지금 왕따야?"

술판은 느긋하고도 길게 이어졌습니다. 어머니가 잠이 들자, 딸이 또 그를 툭 건드립니다.

"화장실 안 가요?"

"응. 괜찮아."

심심해 죽겠다는 딸의 표정이 퍽이나 낯익습니다. 그렇습니다. 일찍이 경자 씨가 많이 보아 왔던 천진함이었습니다. 어린 딸은 조금만 심심해져도 쪼르르 경자 씨에게 달려와 어리광을 부렸고, 또 밖으로 가자며 치맛자락을 당겼습니다. 그런 딸에게 이제는 그도 만만한 상대가 되었나 봅니다. 만만하다는 말은 그리 좋은 어감이 아닙니다.

하지만 일방통로가 아닌 쌍방이 그러하다면 그 만만한 상대는 서로에게 소중하다고 경자 씨는 생각했습니다. 편해서, 의지해서,

사랑하기에 만만해서 자꾸 속을 털어놓고 자꾸만 옆으로 붙는다고 여겼으니까요.

정작 중요한 사실은 몰랐습니다. 지금은 알지만 그때는 몰랐습니다. 만만한 사이라고 막말을 해서는 안 되었습니다. 막내를 감당 못해 어린 딸에게 맡긴 처지이면서도 막말을 하고 말았던 겁니다. 딸은 돈독한 정을 대신해 사무친 상처를 안아야 했을 겁니다. 그러고 보니 경자 씨 자신이야말로 참으로 철이 늦게 들었던 것 같습니다.

어쨌거나 딸은 이제 7년의 긴 세월 동안 잃어버렸던 천진하고도 당찬 모습으로 되돌아온 것 같습니다. 더 곱고 단단해져서 말이죠. 딸은 도리어 경자 씨를 위로합니다. 수업료가 비싸긴 했지만, 딸 자신이 남은 50년, 60년을 더 알차게 살기만 한다면 나쁘지만은 않았던 시간이라고 경자 씨에게 말해 주었습니다.

"한 병 더 하셔야죠?"

얼추 취기가 오른 그가 빈 술병을 톡톡 두드립니다.

"또 토하려구?"

"천만에요. 그땐 긴장해서 그런 겁니다."

그는 개구지게 호기를 부렸습니다. 참다못한 딸이 옷깃을 당깁니다.

"우린 그만 건너가요."

"거, 건너가……."

무슨 생각을 품는지 히죽거리는 그의 얼굴로 취기보다 더 붉은 그 무엇이 번집니다. 그때 경자 씨의 심술이 고개를 들고 맙니다.

"건너가서 뭐 하게?"

"무, 뭐 하긴."

딸은 또 무슨 생각을 품는지 술도 안 마셔 놓고 발갛게 물듭니다.

"응큼하긴."

"엄마야말로 엉큼하다. 어쩌 생각하는 게 참!"

"흥! 그려, 건너가라, 가."

막 방문을 나서려는 딸의 등에 대고 경자 씨는 기어이 한 심술 더 건네고 맙니다.

"너무 오래 있진 말고 건너와. 그 양반 듣자니, 모든 면에서 전혀 문제가 없는 남자래."

경자 씨는 '모든 면'을 특히 강조했습니다. 딸은 갸웃했고, 그는 경자 씨에게 악의 없는 눈총을 쏘아 댔습니다.

경자 씨는 술상을 치운 뒤 담배를 들고 마당으로 나갔습니다. 한 달 전 쓴물을 토해 내던 그의 모습이 떠올라 배시시 웃음이 나옵니다. 술 취한 달을 보며 담배를 입에 물었다가 도로 넣었습니다. 시린 하늘로 정신없이 터지는 별꽃을 바라보다가 뜨겁게 뇌까립니다.

"지랄하게도 이쁘네."

안방으로 들어가려던 경자 씨는 문득 발소리를 죽이고 작은방으로 살짝 귀를 붙여 봅니다. 새 나온 말 중에 깜짝 놀라게 하는 용어가 포함되었던 탓입니다.

"우린 이제 불륜이 아니라고!"

"아휴, 또! 언젠 우리가 불륜이었어요?"

경자 씨는 곧 돌아섰습니다. 입꼬리는 귀에 걸렸으면서도 코웃음을 칩니다.

"이쁜 짓도 가지가지네."

가족끼리 아침상을 누렸고, 점심은 마을 사람들을 비롯한 손님들과 함께 나누었습니다.

"정희 엄닌 좋것슈!"

잔치에 다녀가는 사람들마다 딸과 그를 가리키며 덕담을 아끼지 않았습니다. 사위가 아니라 아들이 생긴 것 같다고 놀리는 사람도 적지 않았습니다. 하지만 손님들이 가장 많이 가리킨 사람은 다름 아닌 경자 씨였습니다.

"아, 정희 엄마가 그리 싱글벙글 웃어싸니 내 속이 다 휜하유!"

"경자 넌 나이를 거꾸로 먹는 겨? 오늘 보니 처녀 적처럼 얌전하니 귀엽기만 혀."

심지어 동네 꼬맹이 하나는 제 엄마의 치맛자락 뒤로 숨지도 않았습니다. 노상 경자 씨가 호랑이처럼 무섭다고 피하던 꼬맹이가요. 아무래도 그 꼬맹이가 장독을 다시 깨뜨릴 때는 본때를 보여 주지 못할 것 같습니다.

늦은 오후에는 멀리 수원에서 선물을 잔뜩 안고 손님이 찾아왔습니다. 생선을 가져가는 '섬과 섬'의 유영식 사장이 딸과 함께 들른 겁니다.

"번잡할 거 같아 일부러 늦게 들렀네요."

본래가 숫기 없는 유 사장의 모양새가 다른 사람 눈에는 요상하게 보였는지 여기저기 놀리는 소리가 날아듭니다. 그도 무언가 앙갚음이라도 하는 양 감히 장모를 놀립니다.

"사장님 따님은 우리한테 맡기시고, 두 분이서 작은방에서 오붓하게 한잔하세요."

어쩐지 그도 유 사장이 홀아비란 사실을 알고 있는 성싶습니다. 하지만 어디까지나 헛똑똑이 짓입니다.

"떽기!"

후려친 등짝이 탄탄하기만 하여 경자 씨 손이 다 얼얼합니다.

경자 씨는 유 사장 부녀를 주방으로 들여 몇 가지 음식을 내준 뒤 박대 요리를 시작합니다. 저쪽은 사양하지만 먼 길을 와 준 성의가 고마워 기어이 유 사장이 즐기는 음식을 따로 해 주고 싶었던 겁니다. 껍질을 벗긴 후 날렵하게 살을 발라 말린 탓에 신선도며 모양새가 빼어난다며 감탄을 아끼지 않았던 유 사장입니다. 하나같이 신선해서 입맛 까다로운 어떤 양반한테 대접하기도 좋다고 또 칭찬합니다. 말리다가 시원찮거나 변색되면 아끼지 않고 버렸던 탓인 줄은 모르나 봅니다.

여하튼 누군가 자신을 칭찬해 준 바가 얼마나 큰 힘이 되었는지 유 사장은 모를 겁니다. 이번에는 딸이 주방으로 빼죽 얼굴을 내밀고 개구지게 웃습니다.

"손님들 다 가셨으니 천천히, 천천히 모시라구."

그러고는 뒤에 선 그를 내몹니다.

"우린 가요. 민우 씬 눈치 없이……."

어쩌면 그리 딸도 덩달아 헛짚는지요.

잔치가 끝나자마자 어머니는 깊이 잠이 들었습니다. 이모와 외삼촌도 돌아간 한밤중에 욕창이 걱정이 돼 여느 때처럼 잠자리를 바꿔 주었습니다. 그때 어머니가 깨어납니다. 경자 씨의 두 손은 어느새 포개져 어머니의 양손에 잡혀 있었습니다.

"정신이 오락가락해서 일부러 잠을 청한 겨. 말짱할 때 너하고 말 나누고 싶어서."

경자 씨는 불안한 예감이 싫어서 고개만 가로저었습니다. 오랜 세월 동안 땅속에서 숨죽이던 웃음꽃이 갓 싹을 틔우는 마당입니다. 그 꽃을 어머니는 오래오래 누려야 했습니다.

"사람은 말여. 사는 순간도 중요혀도 죽는 순간 맘도 못잖게 중요혀. 온갖 호사 누리고선 죽는 자리에서 통곡하는 사람이 좀 많은 겨. 난 좋다, 경자야. 이리 원 없이 저승길 밝게 생겼잖어."

"맞소, 엄니. 근디 정희 애 낳는 거 보고…… 그리고 또 애기 재롱도 봐야 제대로 원이 풀리는 거요."

"아녀. 난 경자 니가 짠해서 저승사자한테 목숨 구걸하고 버틴 겨. 니가 다시 웃으니 이제 된 겨."

"아니라오, 엄니. 정희 애 낳으면 사랑으로 사는 법 엄마가 가르쳐 줘야 해. 날 지극정성으로 키우면서 가르쳐 준 것처럼 말이오."

"아니다, 경자야. 어미가 못나 외롭게 키워서 난 미안하기만 혀."

"아니라니깐, 엄니."

경자 씨는 흐르는 눈물을 내버려 둔 채 옆으로 누워 어머니를 조심스럽게 안았습니다.

"엄니는 한시도 날 포기한 적이 없었잖어. 항상 내 곁에만 있었잖어. 내가 엄니를 얼마나 자랑스럽게 생각하는지 알기나 하요?"

"니 덕에 내가 그나마 사람답게……."

어머니는 목이 잠기는지 더 말을 잇지 못하다가 쿨럭 기침을 토했습니다.

"그냥 아무 말 마셔. 안 해도 다 알아요."

그날 경자 씨는 어머니를 안은 채 잠이 들었습니다. 새벽에 깨어나 보니 경자 씨가 도리어 어머니의 품속에 안겨 있었습니다. 어쩐지 잠결에 웬 젖내를 맡았나 했습니다. 쭈글쭈글하게 퇴색한 어머니의 가슴은 여전히 그리움을 불러들이는 생명의 샘이었습니다.

주말에 내려온 딸과 그에게 경자 씨는 어머니의 삶의 기운이 얼마 남지 않았다는 아픈 사실을 밝혔습니다. 시치미를 떼고 싶은 아픔이었지만, 어머니에게 선물을 하나 더 안겨 줘야 했기에 어쩔 수 없었습니다.

딸과 그는 부랴부랴 결혼식 날짜를 잡았습니다. 다행히 그의 형도, 갓 출산한 형수도 싫은 기색 하나 없이 따라 주었습니다. 성급한 웨딩사진을 찍었고, 청첩장까지 미리 찍었습니다.

어머니는 큼직한 액자 속의 신랑, 신부를 바라보며 말없이 울다가 웃기를 반복했습니다. 액자는 여러 개였고, 배경은 스튜디오가 아닌 장항 집이었습니다. 다양한 사진 속으론 곱게 차려입은 경자 씨도 담겼고, 외삼촌과 이모도 담기곤 했습니다. 젊은 사돈이 함께한 사진도 있었습니다. 물론 목련꽃 한복을 차려입은 어머니도 함께였지요.

다음 날, 가지런히 모은 손으로 청첩장을 쥔 어머니는 얼굴 가득한 주름살을 죄다 꽃으로 그린 채 잠에서 깨어나지 않았습니다. 그렇게 어머니가 장항을 떠나 저 하늘의 별이 된 날, 경자 씨의 가슴으로는 또 하나의 별이 새겨졌습니다. 그 별을 치어다볼 때마다 어머니의 마지막 말이 빛처럼 고요히 스며들 것 같습니다. 어머니의 마지막 기운은 미약하기만 했고, 오로지 경자 씨만이 그 말을 알아들었습니다.

"세상에서 가장 이쁜 내 새끼."

❉ ❉ ❉

예식장은 진즉부터 사람들로 넘칩니다. 일부러 작은 홀을 예약했는데 가장 큰 홀이어도 부족하지 싶습니다.

"돈이 썩었나."

경자 씨는 줄줄이 늘어서다 못해 겹겹이 들어찬 화환들을 보며 혀를 찼습니다. 신랑은 숙맥 주제에 인맥은 또 그리 좁지 않은지 그쪽은 그쪽대로 무슨 기업 사장이니 하며 화환을 보낸 이가 넘쳤고, 신부 쪽도 의외의 화환들이 줄줄이 들어서는 중입니다. 개중에는 알지도 못하는 대기업 회장이 보낸 것도 있습니다. 갸웃하는 경자 씨에게 유 사장의 딸이 속삭입니다.

"그분이 바로 여사님이 말린 생선 중독자세요."

"그렇다고 남 결혼식까지 챙기나? 거참, 실없는 양반이네."

경사스러운 날에 연방 투덜거리는 경자 씨입니다. 그렇게라도 하지 않으면 복받치는 그 무언가를 도무지 감출 수 없었기 때문입니다. 장항은 지금 온통 텅텅 비어 있을 것 같습니다. 다들 오겠다,

오겠다, 했지만 이렇듯 정말로 서천의 예식장으로 죄다 몰려올 줄
은 몰랐습니다.

"아이구, 울 경자한테 좋은 일 생기니 내가 다 어깨춤이 나온
다."

그런 덕담들이 흔치 않게 날아듭니다. 있는 듯 없는 듯 무심히
살며 기껏해야 애경사나 챙겼을 뿐인데도 마을 사람들은 오래전부
터 경자 씨를 응원하고 있었던 겁니다. 한 고을에서 같이 울고 웃
으며 보냈다는 끈끈한 세월의 힘이었습니다. 문득 가족의 울타리가
넓어진 기분입니다.

갑자기 수십 명의 젊은이들이 허겁지겁 들어서더니 곱상하게 생
긴 여자의 안내를 받으며 경자 씨에게 정중히 인사를 건넵니다. 사
위 회사의 직원들이 관광버스를 타고 서천까지 내려온 겁니다. 그
중에 유독 죄인처럼 머리를 조아리는 남자는 아는 얼굴이었습니다.

"일전에 몰라 뵙고 정말 큰 실수를 했습니다. 용서해 주십시오."

바로 경자 씨를 문전 박대했던 보안실 직원입니다. 회사의 과장
이라는 곱상하게 생긴 여자도 덩달아 조아립니다.

"제가 알아서 모셔야 했는데, 죄송했어요."

"에구, 다들 자기 할 일을 했을 뿐인데, 뭘."

경자 씨는 그들의 허리를 펴 주고는 등을 토닥여 주었습니다. 그
들의 행동거지를 통해 회사 안 사위의 위상을 실감한 경자 씨의 어
깨가 살짝 으쓱해집니다.

예식 사회는 사위의 친구가 맡았습니다. 사위가 보낸 선물 중 추
억의 애창곡은 그 친구가 손수 담았다고 합니다. 당연히 경자 씨도

미리 알고 있는 사실을 그가 공표합니다.

"부부는 나란히 세상을 걷는다는 의미로 이 결혼식에선 신부와 신랑이 동시에 입장하겠습니다. 평생을 나란히 해야 할 분명한 이유를 향해 걸음을 내딛는, 이 아름다운 한 쌍에게 아낌없는 격려의 박수를 부탁드립니다."

눈부시게 하얀 드레스를 입은 딸이 그와 손을 잡고 걸어 나옵니다. 조심조심하면서도 걸음걸음마다 야무지기 짝이 없어 보이는 데서 두 사람의 굳건한 의지가 드러납니다. 당당하게 어깨를 편 신부의 모습이 이채로웠는지 갑자기 박수가 커졌습니다. 감추지 못한 두 사람의 웃음이 꽃이 되어 경자 씨의 가슴에서 어지럽게 터집니다.

5월의 정원은 이내 경자 씨의 가슴에서 싱그럽게 젖어 듭니다. 이런 날을 위해서, 그렇게 이런 날을 위해서 삭막한 가슴에 씨앗 하나를 소중이 남겼나 봅니다.

결혼식은 축가도 이채롭습니다. 사회자가 짓궂은 표정으로 마이크를 잡습니다.

"참신한 결혼식인 만큼 축가도 참신하게 준비했습니다. 내빈 여러분, 음치의 종결자, 신부, 신랑 듀엣을 소개합니다. 부디 도망가지 마시고 끝까지 들어 주시길 간곡히 애원합니다."

선미라는 이름을 가진 그의 누이가 남자 친구와 함께 기타를 들고 앞으로 나왔습니다. 신랑이 신부와 무언가 눈으로 이야기를 한 후 마이크를 잡습니다.

"제 장모님께선 젊은 날에 혼성 듀엣 곡을 좋아하셨습니다. 따님이 결혼하면 사위와 함께 불러 줬으면 좋겠단 바람을 가지셨답니다. 저흰 천생연분 음치지만 어머님을 위해서 기껍게 이 시간 소음을 들려 드립니다."

신부와 신랑은 이정석, 조갑경이 불렀던 '사랑의 대화'를 부르기 시작했습니다. 어쩌면 그리도 노래를 못하는지요. 두 사람 다 썩 훌륭한 목소리를 소유해 놓고도 한 사람은 책을 읽고, 또 한 사람은 염소 울음소리를 내고 있으니 좌중에서 웃음보가 연신 터집니다.

하지만 우리 경자 씨에겐 뜨겁게 아름다운 노래였습니다. 어쩐지 주말마다 두 사람에게 이 노래를 청할 것만 같습니다. 아니 노래를 안 하면 작은방에 갑자기 비가 샐 것 같았습니다.

훗날 똑똑한 신랑은 '난해한' 문제 앞에서 종종 헛똑똑이가 되었습니다.

"자긴 내가 좋아, 엄마가 좋아?"

신부가 그 질문을 건넬 때마다 경자 씨와 신부를 번갈아 보며 번민의 함정으로 빠져듭니다. 경자 씨는 속으로 혀를 차면서 한사코 답을 알려 주지 않았답니다.

'그게 뭐가 어렵다고, 쯔쯧. 헛똑똑이.'

— fin

아들

5월의 화사한 정원을 마주한 감나무가 널찍한 잎을 거느리고 사붓이 흔들리고 있습니다. 이파리 뒤로 숨죽였던 노란 감꽃들이 하나둘 흙으로 몸을 던지며 남은 감꽃들에게 남기는 애잔한 목소리를 경자 씨는 들을 수 있습니다. 다 열매가 될 수는 없다고, 너는 어미한테 남아 꼭 탐스러운 열매가 되라며 낙화합니다.

바라보는 경자 씨의 눈이 여느 해보다 뜨겁습니다. 하얀 배꽃은 가득히 꽃몸을 드러내 부신 햇살을 누리기라도 할진대, 감꽃은 그렇게 숨어서 피었다가 속절없이 떨어지고 맙니다.

지난해 까치밥으로 남겼던 빨간 감이 마지막으로 흔들릴 적에 그 감을 훔쳐보고 갔던 사람이 있었답니다. 경자 씨는 못 보았는데 이웃이 보았다고 합니다. 그날부터 경자 씨는 가슴속에 아프게 묻어 두었던 뜨거운 말들을 캐냈습니다. 보이지 않는 누군가에게 무수히 그 말을 건네느라 예년보다 더 긴 겨울을 감당해야 했습니다.

다시 봄이 왔고, 경자 씨는 뜨거운 그 말들을 다시 가슴속으로 묻었습니다. 한 번 캐냈던 탓에 허술하게 묻혔는지 이따금 그 뜨거운 말들이 불쑥 고개를 듭니다.

"훠이, 훠이!"

경자 씨는 나뭇가지로, 텃밭으로 앉은 새들을 쫓으면서 애써 뜨거운 가슴을 식히곤 합니다.

오늘은 경자 씨의 가슴이 아닌 등이 뜨겁습니다. 외손자는 두어 시간 전에 딸의 품으로 돌아갔는데도 등에 업었던 아이의 체온은 가시지 않습니다. 진즉에 만들어 두고 소용될 날만 기다리던 아기 포대기를 전날에야 꺼냈던 겁니다. 딸과 사위는 경자 씨를 말리지 않았습니다. 외손자의 무게를 기껍게 감당하고 싶어 하는 경자 씨의 마음을 익히 헤아리고 있었기 때문입니다.

"어머머, 우리 아기 할머니한테 업히니 옹알이하네!"

"우리 장모님이 원래 사람 성숙하게 만드는 덴 한능력 하시잖아."

사위가 아들 같으니 아이도 친손자 같기만 합니다. 그렇게 아이를 업은 후부터 어쩔 수 없다는 양 오래전에 등에 업었던 누군가가 생각나기 시작했습니다.

"훠이, 훠이!"

뜨습게 허전한 등에 한 손을 대고, 한 손으로는 만만한 새들을 날려 보냅니다.

딸은 지금 젊은 사돈집과 마주한 아파트에 살고 있습니다. 큰 돈이 생긴 사위의 고집으로 새 아파트로 두 집이 동시에 입주한 겁니다. 엘리베이터에서 내리면 양쪽 어느 곳의 현관을 열어도 딸의 공간인 양 경자 씨에게도 그곳은 익숙하고 편한 집이 되었습니다.

젊은 사돈도, 사위와 딸도 서울에서 같이 살자고 합니다. 경자 씨는 한사코 손사래를 쳤습니다. 앞으로도 그리할 겁니다. 관계란 것은 소중할수록 적당한 거리가 필요하다는 것이 경자 씨의 생각입니다. 딸 내외도 주말마다 기차를 타는 것을 싫어하는 것 같지는 않았고, 무엇보다 경자 씨는 장항에 남아 계속 집을 지키며 일을 하고 싶었습니다.

새삼 찬찬히 둘러보니 퍽이나 넓은 집이고 땅입니다. 땅을 선물한 시아버지에게 고마운 마음을 품어 봅니다. 어쨌거나 마지막 순간까지 당신의 아들 맘을 돌려 보려고 애를 썼으며, 마지막 남은 재산을 몽땅 부부가 아닌 경자 씨의 명의로 넘겼던 어른입니다.

이제 마당이 널찍한 집은 사돈댁을 포함한 아이들이 마음껏 뛰어놀 수 있는 생명의 공간으로 거듭날 겁니다. 이곳에서 만만한 얼굴들을 기다리는 일은 큰 즐거움입니다. 열심히 한 주를 살아 낸 그들을 기다리는 일 자체가 얼굴을 마주한 시간 못지않게 즐거움을 주고 있으니까요.

노을이 꺼지면서 스멀스멀 깔리는 땅거미가 흙에 누운 감꽃의 눈을 감겨 줍니다. 그때 부드러운 바람을 타고 무언가 태우는 냄새가 날아듭니다. 경자 씨는 대문을 보며 찡그립니다.

"야들이 밥때를……."

이내 말을 삼킵니다. 십수 년 전에 사라졌던 그 말이 왜 튀어나

왔는지 모르겠습니다. 밖에서 뛰어노느라 밥때를 잊은 아이들은 진
즉에 사진첩으로 응고되었는데도 말이죠.

아닙니다. 사람에게는 저마다 직감이란 게 있나 봅니다. 드러내
지 않았던 마음이라고 해도 그것이 끈끈한 것이라면 직감으로 이어
지나 봅니다.

대문 뒤로는 누군가 서 있었습니다. 빠끔히 열린 문으로 살짝 드
러난 모습이어도 어쩐지 그 모양새가 뜨겁습니다. 그리고 몹시 흔
들려 보입니다.

삐그덕.

밖에서 누군가 스스로 문을 열고 들어옵니다. 직감이 막상 맞아
떨어지자 경자 씨의 가슴은 화덕이 되고 맙니다. 간신히 그 열기를
다스리고 담담한 표정을 지었습니다. 상대 역시 뜨거움을 애써 다
스리는 것 같았습니다.

"어……머니."

아들은 새삼스럽게 꾸벅 고개를 숙였습니다. 그 모습은 물론이고
'엄마'가 아닌, 처음 듣는 '어머니'란 말이 퍽이나 어색했습니다.
아들은 제법 머리카락이 긴 걸로 보아 제대한 지 좀 된 성싶습니
다. 아니 경자 씨는 진즉에 아들의 제대 날짜를 알고 있었습니다.
생일이며 입대 날짜를 아직도 꿰고 있는 것처럼요.

"저…… 준수예요."

고요한 눈길만 주고 있는 경자 씨에게 아들이 애써 자신을 언급
합니다. 그러고는 숫기 없는 얼굴을 하고 허공으로 시선을 날립니
다. 이윽고 경자 씨가 입을 엽니다.

"밥은 아직 안 먹었지?"

"예…… 아직요."

경자 씨는 돌아서서 앞서 걸었습니다. 따르는 발소리가 들렸기에 뒤돌아보지 않고 안으로 들어갔습니다.

아들은 주방까지 따라와 식탁에 앉았습니다. 경자 씨는 뜨거운 눈시울을 들키기 싫어 연신 등을 돌린 채 음식을 만들었습니다. 아직도 아욱국을 좋아하는지 묻고 싶은 걸 참고 손수 재배한 아욱을 된장에 버무려 국을 끓였습니다. 등으로 아들의 한숨이 들립니다.

"죄송해요."

경자 씨는 돌아보지 않았습니다. 보글보글 국이 끓고 심장도 끓습니다. 또 한숨 소리가 들립니다.

"누난 작년 봄부터 연락을 안 하네요."

파를 써는 경자 씨의 손이 살짝 떨립니다.

"내가 바보였어요. 내가 안 해도 누난 계속 나한테 연락할 줄 알았어요. 그리고 어……머니 역시……."

무슨 말인가를 차마 잇지 못하고 끊어 내는 아들의 목소리에도 떨림이 실렸습니다.

"역에서 누나 가족 봤어요…… 행복해 보였어요…… 그래서 더욱 알은체하지 못했어요."

경자 씨는 주방 벽을 향한 채로 가벼이 고개를 주억거렸습니다. 군대 가서 니 맘도 제법 자랐구나. 행주를 집어 무언가 닦는 척하며 슬쩍 눈물을 훔쳐 냈습니다. 가스레인지 불을 끄고 국자를 든 경자 씨의 뒤로 다시금 아들의 한숨이 들립니다.

"아버진 그저 돈만 벌어다 주기만 하면 되는 줄 알았어요. 그래서 그땐 어머니 아픈 걸 다 몰랐어요…… 그나마 어머니가 우리

키우면서 아버지한테 돈 한 푼 안 받았다는 사실을 얼마 전에야 알았어요. 어머닌 참 이상해요. 왜 받을 돈도 안 받았는지 모르겠어요."

아들이 입에 올리는 '어머니'란 말은 어색하기 짝이 없습니다. 딴에는 어른이 되었다고 호칭을 바꾸었는지 몰라도 조심스럽게 입에 올리는 그 '어머니' 때문에 경자 씨는 모자 간의 간극을 더욱 아프게 실감하고 맙니다. 그가 '어머니'라고 부르는 다른 여자가 떠올랐던 겁니다.

여하튼 아들의 책망 어린 말에 경자 씨도 속으로 책망합니다. 아들아, 왜 자꾸 어머니 소리냐. 이미 니 호적엔 엄연히 다른 어미가 박혀 있는데 말여.

"제대하고 갔더니 아버진 술 없이 못 사는 사람이 되어 있었어요. 취하셔서 누나 이름 부르다 주무신 적도 있어요. 한번은 어머니 이름을 불렀는데, 부축하던 그분이 그 소릴 들었어요."

어느덧 젖어 들어가는 아들의 목소리를 확인한 경자 씨는 마음을 바꿉니다. 그려, 죄다 여기다 쏟아 내고 가라. 그래야 훨훨 날아갈 수 있다면 다 비우고선 가볍게 날아가라.

아들은 무릎을 연방 흔들며 앉아 있었습니다. 그런 아들과 눈길을 섞지 않은 채 밥상을 차렸습니다.

"어머니는……?"

또 어머니 소립니다. 경자 씨는 '난 네 누나랑'이라는 말을 삼키며 대답합니다.

"난 사위랑 일찌거니 먹었다. 어서 먹어라."

"아버지가 그러는데…… 매형이 아들 같다고…… 아, 아니에요.

아무것도."

아들은 수저를 들었고, 경자 씨는 마주 앉아 묵묵히 밥을 먹는 아들을 지켜봅니다. 어릴 적 반찬 투정을 입에 달고 살았던 아들이 이제는 골고루 잘도 먹습니다. 박대와 함께 졸인 검붉은 무를 젓가락 사이에 품고 아들은 피식 웃습니다.

"기억나네요, 이 맛. 진짜 이런 맛은 어디에도 없었어요."

경자 씨가 말이 없자, 아들이 깊은 눈빛을 하며 또 쓸쓸히 웃습니다.

"바보같이. 이렇게 맛있는 걸 왜 그땐 싫다고 했는지 모르겠어요."

웃음이 아파 보여, 그리고 아들이 동의해 주길 간절히 원하는 듯싶어 경자 씨는 애잔한 눈빛으로 고개를 끄덕여 주었습니다. 숭늉을 비우면서도 비슷한 웃음을 흘립니다.

"이 맛도 기억나요."

아들이 또 무언가 간절함을 눈길에 담아 보냅니다.

"그땐 왜 이 맛을 몰랐는지 모르겠어요."

경자 씨는 또 고개를 끄덕여 준 뒤 숭늉을 다 비울 때까지 기다려 주었습니다.

"다 먹었냐?"

"예. 맛있네요."

"그럼 늦기 전에 가야지."

"네?"

"느그 집 어서 가야지."

"우리 집……."

"그려, 느그 집으로 가야지."

아들이 우울하게 얼굴을 찡그리며 경자 씨를 봅니다. 슬픔과 원망이 뒤섞인 아들의 표정에 경자 씨는 손을 감싸 쥐었습니다.

"아들아."

그렇게 부르는 소리에 아들이 흠칫 놀랍니다. 아니, 기대에 찬 빛이 눈동자로 어른거립니다. 경자 씨는 아들의 제법 단단한 손을 쓰다듬으며 애써 담담하게 말합니다.

"섬에서 고기를 잡던 어부가 농사를 짓겠다고 육지로 갔다면 말여, 농사에만 매달려야 하는 법이여. 자꾸 그물을 만지작거리면 안 돼. 그러다 그물에 갇히면 농사마저 망치는 법이여."

아들은 꾸중을 들었던 어릴 적처럼 눈동자에 가득한 슬픔과 두려움을 담고 경자 씨를 오래도록 바라봅니다. 한순간 허탈한 한숨을 토합니다.

"그러네요. 전 이 집 아들이 아니지요. 잠깐 헷갈렸어요."

울지 않고 쓴웃음으로 갈무리할 줄도 아는 아들이 대견스럽습니다. 경자 씨는 뜨거운 눈길을 담아 속으로 대답합니다. 왜 아들이 아니겠냐? 부부는 헤어지면 남이지만, 자식은 평생 마음에서 비워내지 못하는 법이여. 다만 묻고 살 뿐이란다, 아들아.

아들이 더 나이를 먹어 지금의 눈동자를 기억하고서 들리지 않았던 말을 그때는 들을 수 있기를 바라며 경자 씨는 눈으로 마음을 죄다 담았습니다. 경자 씨가 알기론, 인천의 여자와 아들은 돈독한 유대감을 쌓았습니다.

그렇습니다. 아들이 그물에 갇혀 인천과 장항 사이에서 방황하느니 훨훨 날아가 정착하는 게 낫다고 경자 씨는 생각했습니다. 어른이 되어 둥지를 떠난 새들이 돌아오지 않고 새 둥지를 꾸미는 것처럼 말이죠.

손님처럼 대문 밖으로 나간 아들이 어색하게 웃으며 묻습니다.
"아픈 덴 없으세요?"
너 때문에 아픈 데 빼곤 다 괜찮다, 하고 경자 씨는 속으로 대답합니다. 경자 씨가 고개를 끄덕이자, 아들도 고개를 끄덕입니다.
"아프지 마세요."
아들이 안 아프면 어미도 안 아프다. 역시 속으로 대답합니다.
어둑한 골목을 벗어나는 아들이 자꾸만 뒤돌아봅니다. 그만 뒤돌아보게 할 요량으로 경자 씨는 서둘러 대문 안으로 들어갑니다. 가슴은 여전히 뜨겁게 요동치고 있었지만 그 속에 담긴 아픔 하나의 무게는 한결 줄어들었습니다.
그렇게 가슴속의 작은 새는 몸집을 키워서 마저 날아가려고 묵직하니 남았나 봅니다. 아마도 아들은 이웃에게 들킨 지난 가을 이후에도 몇 번이나 집 근처를 훔쳐보다가 돌아갔을 겁니다. 하지만 이제는 미련을 갈무리하고 정말로 훨훨 날아가지 싶습니다.
달이 없는 하늘로 개밥바라기별이 가장 큰 빛을 뽐내고 있습니다. 곁으로 머문 어머니의 별빛이 경자 씨의 가슴으로 스며들어 속삭입니다.
'세상에서 가장 이쁜 내 새끼.'

에필로그 2

헛똑똑이 부부

구립시설인 소극장 행사가 막바지에 이르렀다. 주인공인 중·고등학생들의 기타며 영상 등의 다양한 공연에 이어 자원봉사 대학생들의 댄스공연이 끝나자 센터장이 마이크를 잡았다.

"다들 즐거우셨나요?"

"네!"

객석에서 힘차게 터지는 대답에는 민우의 것도 섞여 있었다.

"오늘 마무리는 제 몫이 아닌 것 같아요. 왜냐하면 이번 행사를 처음부터 끝까지 책임져 준 능력 샘이 따로 있으니까요. 여러분, 우리 청소년 지역아동센터의 인기스타 양정희 샘을 소개합니다!"

정희의 이름이 나오자, 박수 소리와 함께 여기저기서 휘파람 소리며 환호성이 터졌다. 특히 남고생들이 요란을 떨자, 민우는 이맛살을 모았다.

'양정희, 아줌마란 사실을 숨긴 거 아냐?'

정희가 무대로 나오자 환호성이 더욱 커졌다. 그런 객석 분위기가 즐거운지 정희는 양 손바닥을 들어 올리며 더 요란스럽게 환영하라고 부추겼다. 건들거리며 뽐을 내고 박수를 즐기던 정희가 집게손가락을 입술로 가져다 댔다. 그러자 뚝 환호성이 멈추었다. 기다렸다는 양 센터장이 말을 이었다.

"프로그램 맨 끝은 '서프라이즈'라고 적혔죠? 아주 특별한 공연이 준비되었으니 기대해도 됩니다. 작년에 양정희 샘의 결혼식에 참석한 사람들만 아는 그 전설의 혼성 듀엣 공연이 궁금하시죠?"

객석에서 "넵." 소리가 힘차게 터졌다. 순간 민우는 불길한 예감에 사로잡혀 움찔했다.

"서프라이즈는 바로 그 전설의 공연입니다, 여러분! 우리 센터의 든든한 후원자이시며, 양정희 샘의 부군이신 장민우 선생님을 모시겠습니다!"

환호작약 속에 얼굴을 익힌 센터 식구들이 우르르 몰려와 민우를 잡아끌었다. 강제로 무대에 오른 민우는 미리 준비한 꽃다발을 건네며 정희를 흘겨보았다. 정희는 개구지게 웃으며 민우의 손을 잡았다. 민우가 정희의 귀에 대고 불퉁거렸다.

"뭐야. 예고도 없이."

"나도 방금 알았다고요. 아무튼 기왕 나온 거 결혼식 때 불렀던 노래 해요."

센터의 학생들이 기타를 들고 나왔다. 민우는 이내 침착하게 목청을 가다듬으며 정희의 어깨로 팔을 둘렀다. 아까 요란을 떨었던 남학생들에게 보란 듯이.

각각 마이크를 잡고 부른 노래는 처음에는 지극히 순조로웠다. 그도 그럴 것이 1년 수개월 동안 장항에 갈 때마다 경자 씨 앞에서 불렀던 곡이다. 그런데 이상하게도 객석에서 야유가 터졌다.

"우우! 아니잖아!"

박자도 음정도 곧잘 맞는데도 아니라고 한다.

"전설의 음치를 들려줘요!"

"들려줘! 들려줘!"

급기야 두 사람은 당황하여 적정 목청을 놓쳐 버렸다. 노래가 멋대로 흘러가자 비로소 객석에서 웃음과 박수가 터졌다. 정희를 만나고부터 퍽이나 많이 망가지는 중이라고 민우는 생각했다. 하지만 그것이 싫지만은 않았다. 정희가 요즘처럼 환하게 웃기만 한다면야 얼마든지 더 망가질 터였다. 민우에게 있어서 행복이란 그녀, 그리고 아들 한별이가 먼저 행복해야 가능하니 말이다.

　돌아가는 승용차 안에서 정희가 뺨에 뽀뽀를 해 주었다.

"에구, 우리 낭군님. 고생했어요."

"나 비싼 남자야. 그냥 넘어갈 생각은 마."

"출연료라도 드려?"

"당연하지."

"주식 상장돼 몇십억 그냥 생겼단 부자가 쪼잔하게 나오기예요?"

"나, 오늘 자기 하자는 대로 다 해 줬지?"

"그럼요, 우리 착한 낭군님."

"지금부턴 나 하잔 대로 해."

"뭐, 좋아요!"

"오케이! 한별이엄마일언중천금!"

"오케이, 중천금!"

민우는 저쪽으로 보이는 거대한 네온사인을 향해 차를 몰았다. 무대의 색다른 조명 아래서 정희의 얼굴을 볼 때부터 와락 품고 싶었다. 그리고 방금 뺨으로 입술을 댔을 때도 화르르 내부에서 불길이 일었다.

양정희란 여자를 도무지 이해할 수가 없다. 어떻게 하루가 다르게 예뻐질까. 심지어 종종 요염해 보이기까지 한다. 말랐던 몸에 아이를 낳아 적당히 살이 살짝 붙은 것 빼곤 딱히 달라진 것도 없는데 말이다.

"자기 나 몰래 수술한 거 아냐?"

"수술?"

"성형수술 그런 거."

"설마요!"

"제길, 내 뇌가 이상인가 보군."

"엉? 그게 무슨 소리예요? 혹시 시신경에 문제가 생긴 거 아녜요?"

이런 헛똑똑이. 민우는 아이 엄마가 되어도 여전히 눈치가 둔한 그녀의 모습에 헛웃음이 나왔다. 얼결에 경자 씨의 말투가 튀어나온다.

"시신경 같은 소리하고 자빠졌네."

"어머, 자기 지금…… 어휴, 우리 경자 씨가 예의 바른 남자 버려 놨네."

"예의 같은 소리하고 자빠졌네."

"그만! 안 어울려요. '자빠졌네'는 우리 경자 씨 아니면 안 어울린다고요."

주말에 장항을 찾아가는 것도 모자라 천안 공장에서 근무할 때는 평일에도 곧잘 장항을 들락거리던 민우다. 그리고 엄마가 서울 집에 머물 때면 칼퇴근을 하고 와 시종 붙어서 지낸다. 때문인지 우리 경자 씨의 말씨를 조금씩 닮아 간다. 정희는 처음 만났을 적의 장민우를 떠올려 보았다. 변해도 퍽이나 많이 변했다. 엄마 역시 적이 변했다. 투박한 모습이 한결 엷어졌고, 말씨도 부드럽게 변하는 중이다.

승용차가 주차장으로 들어서자 정희는 화들짝 놀랐다.

"호텔은 왜요!"

"나 하잔 대로 하기로 했지?"

"집 놔두고 왜 호텔이냐고요."

"으흠, 오늘 하루만이라도 한별인 잊고 둘만의 오붓한 시간을 좀 가져 보자고."

일찌거니 뒤집기를 터득한 한별이는 엄마, 아빠가 사랑을 나누는 중요한 순간에 종종 훼방꾼이 된다. 다른 방에 재우고 '중요한 일'을 치르려 들어도 귀신같이 결정적인 순간에 깨어나 울어 댔다. 그렇다고 호텔이라니! 안 될 말이었다.

"싫어요. 한별이 보러 빨리 가고 싶어요."

"한별인 형수님도 계시고, 선아도 있는데 뭘."

사촌누나인 선아와 함께 두니 상호작용에 도움이 된다. 하지만 엄마 자리가 위태로운 상황이다. 건너편 아파트인 형님 집에 맡기고 출근하다 보니 종일 함께한 주연을 더 따를 기미를 보이는 한별이었다.

"낮에 떨어져 있으니 잠자는 거라도 한별이랑 같이 해야죠."

"이거야 원! 내가 빨리 한별이 동생을 만들어 줘야겠어."

둘째를 갖게 된다면 모를까, 직장은 절대 그만둘 수 없다고 고집하는 정희에게 그는 종종 그렇게 대응했다.

결국 두 사람은 호텔에서 잠시 머물다 나오는 걸로 합의를 보았다.

객실 복도를 걷던 민우가 뒤따르는 정희에게 눈썹을 찌푸렸다.

"이봐, 우린 지금 불륜이 아니라고."

"누, 누가 뭐래요?"

정희는 푹 숙였던 고개를 번쩍 치켜들었다. 객실로 들어서자마자 민우가 새삼 대단한 소식이라도 되는 양 소리친다.

"우린 부부야, 부부!"

번쩍 껴안아 단숨에 침대에 눕히고는 덮쳤다. 그가 게걸스럽게 정희의 입술을 깨물었다.

"흐흐, 여긴 훼방꾼도 없으니 장민우의 특기인 집중력의 힘을 보여 줄 테야. 각오하라고."

그가 성급하게 옷을 벗었다.

"아! 우선 씻고요."

"싫어. 정희한테 묻은 땀 한 방울도 놓치기 싫어."

신혼여행 때 그는 먼저 깨끗이 목욕을 한 후에 잠옷까지 착실히 갈아입고 침대 위에서 다소곳이 정희를 기다렸다. 살짝 떨고 있는 그 수줍은 모습이 귀여워 정희는 터지려는 웃음을 참느라 여간 애를 먹은 게 아니었다.

그는 애무를 하고, 또 살짝 깨물다가 '아프진 않아' 하고 질문을 던졌다. 이쪽을 한껏 달궈 놓고는 갑자기 또 멈추고 괜찮은지 물으며 애를 태웠다. 요컨대 그는 신음의 빛깔을 구별하는 데도 미숙한 헛똑똑이였다. 그런 장민우의 옛 모습이 떠올라 정희는 간지럽다는 양 키득거렸다.

"엄마가 나 몰래 보약이라도 해 줬어? 어째 갈수록…… 으흡!"

그가 거칠게 입술을 덮으며 혀를 밀어 넣었다. 한 손으로는 민감한 부위를 은근슬쩍 공략해 서서히 이쪽을 달군다. 그는 퍽이나 발전했다. 이제는 뜨겁게 사랑을 나누는 도중 말도 할 줄 안다.

"자기…… 한별이만…… 이뻐하지 말고…… 헉…… 나한테도 신경 좀…… 쓰라고…… 헉."

아무래도 엄마가 몰래 수상한 것을 사위한테 먹였나 보다.

격렬하게 사랑을 나눈 뒤 정희는 축 늘어졌다. 과연 그의 '집중력의 힘'은 대단했다.

가볍게 샤워를 하고는 옷을 입으려는데 알몸의 그가 뚱하니 본다.

"왜요?"

"이제 1라운드 끝났잖아?"

"네?"

"UFC 안 봐? 최소 3라운드까진 있잖아."

"에고, 양정희 선수는 1라운드 KO 패 당하렵니다!"

하지만 말릴 심판이 없는 탓에 어쩔 수 없이 2라운드까지 가야만 했다.

❌ ❌ ❌

사랑하는 J님께.

엄마랑 서해금빛열차를 탔어요. 이제는 카페 객차에 편지를 남길 수 없답니다. 작년에 당신이 내 답장을 보았던 그 다음 날에 화제의 위험 요소라며 죄다 치웠다지요.

족욕실로 엄마를 모셨습니다. 언젠가 당신이 내게 그랬던 것처럼 양말을 벗겨 드리고 맨발을 주물러 주었습니다. 당신을 남기고 여행 중이어도 마음으론 줄곧 함께하고 있답니다.

당신은 엄마의 생신 선물로 해외여행을 권했지만, 엄마는 국내에도 안 가 본 곳이 많다고 사양했지요. 과연 엄마는 장항선 범위 안에서도 안 가 본 곳이 많았습니다. 심지어 장항의 명물인 스카이워크와 국립생태원도 당신과 처음으로 가 보셨지요.

오늘은 도고온천에서 하루를 묵고 내일은 경춘선을 탈 생각입니다. 참, 중간 경유지는 우리 집이 될 것 같아요. 엄마가 워낙에 한별이를 보고 싶어 하니 말이죠. 엄만 시치미를 떼는데 나는 다 알고 있답니다. 한별이뿐 아니라 당신도 보고 싶어 한다는 것을요. 아무래도 엄마는 내일 뜬금없이 곰탕을 먹고 싶다고 할 것 같고, 또 그 곰탕을 잘하는 집이 당신 회사 근처라고 말할 것 같네요.

사랑하는 당신.

나는 종종 당신 회사 근처로 찾아가 점심을 함께 먹었습니다. 일하는 도중 만나는 짧은 시간인 탓인지 갈 때마다 나는 잔뜩 들뜬답니다. 밥을 먹는 도중 무수히 마주친 그 눈길 사이사이로 향기로운 꽃들이 튀밥처럼 터졌다지요. 나는 향기에 취해 뺨이 달아오르고, 꽃향기가 간지러워 연방 키득거렸답니다. 참 이상하죠? 아침에 보고 저녁에 또 보는데도 그 점심시간이 묘하게 들뜨니 말이죠.

당신 또한 이따금 내 직장 근처로 찾아와 점심을 함께하지요. 당신이 애써 찾아오는 이유가 나와 비슷하다고 들었을 때 얼마나 기뻤는지 모릅니다. 그리고 내가 센터의 공연 준비로 토요일에 부득이 출근했던 날엔 한별이까지 안고 찾아와 또 얼마나 기뻤는지요.

사랑하는 당신.

온천욕을 하고 숙소로 돌아온 엄마가 생뚱맞게 당신 얼굴이 축나 보인다고 날 구박합니다. 잘 좀 먹이라고 말이죠. 하! 억울하네요. 형님과 공조해서 잘 차려 주잖아요. 당신이 밤새 엉뚱한(?) 곳으로 힘을 죄다 쓴다는 진실을 밝히기는 싫어서 그냥 알았다고 대답했다지요.

사랑하는 당신.

발코니에 서면 반달이 보입니다. 그 달을 바라보자니 장항의 달과 별이 떠오릅니다. 그날도 오늘처럼 반달이 떴었죠. 한사코 장항을 오지 말라는 엄마의 고집이 수상해 우리는 기습적으로 찾아갔었죠. 엄마는 발목을 삐었는데도 침 한 방만 맞고 버티고 있었습니다. 아플수록 더욱 가족을 찾아야 정상인데도 혼자만 감당하려는 엄마가 야속하다고 당신이 서운해했지요.

기어이 당신 등으로 엄마를 업어 병원으로 향했습니다. 왜 콜을 하지 않고 힘들게 업고 가냐고 엄마가 핀잔을 주자, 당신이 그랬지요. 업어 드리고 싶었다고, 오래전부터 업어 드리고 싶었다고.

병원에서 반깁스 처치를 하고 집으로 돌아온 뒤 당신이 엄마에게 울먹이는 소리로 뜨겁게 부탁했지요. 아프지 말라고, 아파도 제발 숨어서 아프지 말라고요. 콧방귀를 끼며 하늘로 시선을 던진 엄마의 눈은 살짝 젖어 있었답니다. 그리고 엄마의 시선 끝에는 반달이 떠 있었지요. 반만 보여도 실체는 온전한 달이 말이죠.

결혼은 어쩌면 서로가 반만을 알고 시작하는 관계이지 싶습니다. 모르던 나머지 반이 죄다 어두워도 처음의 밝았던 반을 기억하며 기껍게 감당할 각오였는데 나머지 반도 이렇듯 따뜻하게 드러나는 중이니 행복하고 고맙습니다. 당신이 내게 따뜻하면 엄마가 당신을 고마워하듯이, 나 또한 엄마에게 따뜻한 당신이 고맙습니다.

그리고 형님네한테 잘한다고 당신은 내게 고맙다 하는데, 그것은 오해랍니다. 형님네한테 저는 더없는 사랑을 받고 있답니다. 늘 받기만 해서 미안할 지경이랍니다. 마주한 형님네 집을 쳐다만 봐도 저절로 웃음이 나올 만큼 참으로 따뜻한 분들이세요.

사랑하는 당신.

유명 인사가 된 당신은 지난달에 잡지사 인터뷰를 했었지요. 50년 후의 기술 문명이 주제였고, 인터뷰 말미에 개인적인 50년 후의 원하는 모습을 질문받은 당신은 이렇게 말했지요.

"아파트 근처 공원에서 어떤 노부부를 종종 봅니다. 그분들이 서로에게 보내는 눈길엔 신뢰와 사랑이 가득 담겼고, 산책을 할 때면 늘 손을 잡고 나란히 걷습니다. 50년 후의 제 첫 번째 소망은 바로 그런 모습입니다."

사랑하는 당신.

나 또한 50년 후의 소망은 그런 모습이랍니다. 언뜻 쉬워 보이지만 실상은 꽤나 어려운 소망이기도 하죠. 우선은 우리, 한별이 앞에서는, 그리고 반년 후면 태어날 둘째 앞에서도 늘 사랑하고 신뢰하는 모습이면 좋겠어요. 그보다 아이들에게 좋은 선물은 없지 싶어요.

사랑하는 당신, 아침에 보았는데도 벌써 보고 싶어 그 마음을 편지에 담았답니다. 당신도 좋은 밤 되세요.

추신, 그대는 언제까지 '사랑'을 '사탕'으로 발음할 건가요?

작가 후기

　서해를 여행하다 보면 썰물 때나 길이 열리는 올망졸망한 돌섬이 흔합니다. 그 바닷길 어귀에는 웅덩이가 여기저기 흩어져 있습니다. 웅덩이는 아주 작습니다. 하지만 돌 하나를 들추면 화들짝 놀라는 어린 물고기며 게와 조개 등을 어렵지 않게 만날 수 있습니다. 더 파 보면 또 다른 생명체가 곰지락거리지요. 그 작은 웅덩이의 거대한 생명력에 나그네는 갸웃합니다.

　이윽고 멀리 마실 나갔던 바닷물이 돌아오면서 나그네의 발을 적시고 웅덩이를 메웁니다. 그때 나그네는 깨닫습니다. 웅덩이는 아주 작은 공간이지만 거대한 바다와 소통하고 있다는 점을요. 건강하게 소통하는 웅덩이는 사실 축약된 바다였지요.
　어쩌면 우리네 각자의 삶은 작은 웅덩이가 아닐는지요. 그러므로 늘 소통을 통해서 삶의 에너지며 이유를 충전해야 하지 싶습니다.

소설 속 인물들이 소통을 통해 단절을 극복하고 존재감을 얻을 수 있었던 것처럼, 저 또한 이번 글을 연재하면서 소통을 통해 독자와의 단절을 극복하고 싶었습니다. 짧은 연재 동안 마음 깊은 댓글로 방향을 잡아 주셨던 고마운 님들께, 그리고 시종 편한 소통으로 원고의 오류를 야무지게 바로잡아 주신 뿔미디어의 박경희 선생님께 큰 신세를 졌습니다.(꾸벅~)

장항과 대천에 무지한 외지인에게 소중한 자료를 기껍게 챙겨 주신 서천군청의 박은희 선생님을 비롯한 충남의 문화관광 길잡이 선생님들께 감사드리며, 오래도록 응원해 준 가족과 이석범 님, GG 대표님께도 고마운 마음 전합니다.

튼실한 음표를 위한 쉼표의 강인 '당신의 밤과 음악'은 지금도 다정다감히 흐르더군요.
'바순 시그널 세대'는 물론이고 '클라리넷 5중주 세대'와도 이 글을 공유하고 싶습니다.

2016년 6월
솔겸 드림

빌려온 곳

*1 / 160p

'이종용' 의 '겨울아이' 가사 일부

*2 / 243p

'혜은이' 의 '파란나라' 가사 일부

*3 / 244p

'배따라기' 의 '그댄 봄비를 무척 좋아하시나요' 가사 일부

*4 / 281p

'랄라스윗' 의 '시간열차' 가사 일부

*5 / 291p

'랄라스윗' 의 '시간열차' 가사 일부

*6 / 319p

'배따라기' 의 '그댄 봄비를 무척 좋아하시나요' 가사 일부

*7 / 319p

'배따라기'의 '그댄 봄비를 무척 좋아하시나요' 가사 일부

*8 / 325p

'이선희'의 '알고 싶어요' 가사 일부(황진이의 한시가 원작이란 오해도 떠도는데 양인자 선생님의 순수한 창작임)

장항선
급행
혼약

1판 1쇄 찍음 2016년 6월 15일
1판 1쇄 펴냄 2016년 6월 21일

지은이 | 솔 겸
펴낸이 | 정 필
펴낸곳 | (주)뿔미디어

기획 · 편집 | 박경희

출판등록 | 2002년 9월 11일 (제1081-1-132호)
주소 | 경기도 부천시 원미구 소향로 17, 303(두성프라자)
전화 | 032)651-6513 / 팩스 032)651-6094
E-mail | scarlets2012@hanmail.net
블로그 | http://blog.naver.com/dahyangs
홈페이지 | http://bbulmedia.com

값 9,000원

ISBN 979-11-315-7184-2 03810